Als Nell und Van sich im Kindesalter kennenlernen, werden sie beste Freunde. Doch schon bald trennt das Schicksal die beiden voneinander. Als sie sich mit fünfzehn Jahren wiedersehen, ist die starke Verbindung zwischen ihnen sofort wieder da. Und auch ein paar Gefühle, die neu für sie sind, und die sie zuerst nicht einordnen können. Warum kribbelt es plötzlich zwischen ihnen? Irgendwann führen beide ihr eigenes Leben, doch vergessen können sie ihre gemeinsame Zeit nicht. Was passiert, wenn sie sich wiedersehen? Werden sie glücklich sein? Das Leben stellt Nell und Van immer wieder auf die Probe und vor große Entscheidungen.

Weitere Titel von Paige Toon:
›Lucy in the Sky‹, ›Du bist mein Stern‹, ›Einmal rund ums Glück‹, ›Immer wieder du‹, ›Diesmal für immer‹, ›Ohne dich fehlt mir was‹, ›Sommer für immer‹, ›Endlich dein‹, ›Wer, wenn nicht du?‹, ›Nur in dich verliebt‹, ›Dein Platz in meinem Herzen‹ sowie ›Du schenkst mir die Welt‹

Als Tochter eines australischen Rennfahrers wuchs *Paige Toon* in Australien, England und Amerika auf. Nach ihrem Studium arbeitete sie zuerst bei verschiedenen Zeitschriften und anschließend sieben Jahre lang als Redakteurin beim Magazin »Heat«. Paige Toon schreibt inzwischen hauptberuflich und lebt mit ihrer Familie – sie ist verheiratet und hat zwei Kinder – in Cambridgeshire.

*Andrea Fischer* ist studierte Literaturübersetzerin und hat mittlerweile weit über hundert Bücher ins Deutsche übertragen. Sie lebt im Münsterland.

*Weitere Informationen finden Sie auf www.fischerverlage.de*

Paige Toon

# Im Herzen so nah

Roman

Aus dem Englischen
von Andrea Fischer

FISCHER Taschenbuch

Aus Verantwortung für die Umwelt hat sich der S. Fischer Verlag zu einer nachhaltigen Buchproduktion verpflichtet. Der bewusste Umgang mit unseren Ressourcen, der Schutz unseres Klimas und der Natur gehören zu unseren obersten Unternehmenszielen.

Gemeinsam mit unseren Partnern und Lieferanten setzen wir uns für eine klimaneutrale Buchproduktion ein, die den Erwerb von Klimazertifikaten zur Kompensation des $CO_2$-Ausstoßes einschließt.

Weitere Informationen finden Sie unter: www.klimaneutralerverlag.de

FSC www.fsc.org
MIX
Papier aus verantwortungsvollen Quellen
FSC® C014496

Erschienen bei FISCHER Taschenbuch
Frankfurt am Main, Juli 2022

Die Originalausgabe erschien 2018
unter dem Titel »Five Years From Now«
im Verlag Simon & Schuster UK Ltd, London.

Dieses Werk wurde vermittelt durch die Literarische Agentur
Thomas Schlück GmbH, 30161 Hannover.



Satz: Fotosatz Amann, Memmingen
Druck und Bindung: GGP Media GmbH, Pößneck
Printed in Germany
ISBN 978-3-596-00063-0

*In Erinnerung*
*an Pascale Honore*

# Prolog: Vierzig

»Ach, Spätzchen«, murmele ich und streiche meinem Sohn die Haare aus der Stirn. Er kämpft mit den Tränen.

Luke ist immer noch mein Spätzchen, auch wenn er jetzt fast fünfzehn Jahre alt ist.

»Ich fasse es nicht, dass ich den ganzen Sommer zu Hause rumhängen muss«, bringt er mit erstickter Stimme hervor. »Und jetzt verpasse ich auch noch Angies Party«, fügt er hinzu.

Ich nehme an, dass ihn das noch mehr ärgert als der gebrochene Knöchel.

»Wahrscheinlich ist sie bald mit Jake zusammen, und das war's dann für mich«, vermutet er verbittert.

Ich beuge mich vor und drücke seine Schulter. »Angela Rakesmith himmelt dich an, als würde dir die Sonne aus dem Hintern scheinen«, sage ich. »Bei ihr brauchst du dir wirklich keine Sorgen zu machen.«

Luke muss grinsen, doch kurz darauf verzieht er vor Schmerz das Gesicht.

»Brauchst du noch eine Schmerztablette?«, frage ich besorgt und habe den Finger schon fast auf der Taste, um die Krankenschwester zu rufen.

Er schüttelt den Kopf. »Nee, davon wird mir schlecht.«

»Tut mir leid, dass du die Party verpasst«, sage ich und meine es auch so. Luke hatte sich so darauf gefreut. »Ich weiß, wie blöd das ist. Aber wenn du wieder in der Schule bist, kümmern sich alle um dich! Und die Mädels werden sich bestimmt darum reißen, auf deinem Gips unterschreiben zu dürfen. Da wird Angie vor Eifersucht an die Decke gehen.«

Lukes Unterlippe bebt, er schluckt, doch es gelingt ihm nicht, die Tränen des Schmerzes und der Enttäuschung zurückzuhalten.

»Ich hatte in diesem Sommer so viel vor! Wieso bin ich überhaupt auf das dämliche Surfbrett gestiegen?« Er schlägt mit der flachen Hand aufs Bett.

»Es hätte viel schlimmer kommen können.« Bei dem Gedanken, was alles hätte passieren können, läuft mir ein Schauer über den Rücken.

Luke verdreht die Augen. »Es kann immer schlimmer kommen. Das macht es auch nicht besser, Mum.«

»Ich weiß, dass dir jetzt alles sinnlos erscheint, aber eines Tages …« Mir wird ganz komisch, als ich neu ansetze: »In fünf Jahren guckst du vielleicht zurück und verstehst, warum es so kommen musste.«

»Nein, tu ich nicht«, erwidert er mürrisch. »In fünf Jahren werde ich nur denken, wie bescheuert es von mir war, Jensen zu fragen, ob er mit uns surfen will.«

Ich verdrehe die Augen zur Decke. Zum Unfall ist es nur gekommen, weil Luke seinem Freund Jensen helfen wollte, der in eine Rippströmung geraten war. Auf dem Rückweg ans Ufer wurden beide gegen die Felsen geschleudert. Jensen schlug mit der Stirn dagegen, seine Augenbraue musste mit drei Stichen genäht werden, sonst blieb er aber unverletzt. Mein Sohn hatte nicht so viel Glück.

»Stimmt. Du hättest ihn besser nicht mitgenommen«, sage ich. »Bei dem Wetter hätte keiner von euch in Porthleven surfen dürfen, schon gar nicht Jensen. Er hat viel zu wenig Erfahrung!«

Anders als Luke, der seit seinem zehnten Lebensjahr fast täglich auf dem Brett steht.

Er beißt sich auf die Lippe, weil er weiß, dass er sich noch einiges wird anhören müssen.

»Aber«, versuche ich meine Argumentation zu Ende zu führen, auch wenn Luke nichts davon wissen will, »vielleicht ist das alles ja doch zu etwas gut. In Zukunft schaltet Jensen vielleicht seinen Verstand ein, bevor er bei solchen Verhältnissen aufs Brett steigt. Oder du oder einer von deinen Freunden tut das für ihn. Das kann Leben retten. Und in diesem Sommer beschäftigst du dich halt mal mit etwas anderem oder lernst vielleicht jemanden kennen, den du sonst nicht treffen würdest, jemand, der Auswirkung auf dein ganzes weiteres Leben hat. Das könnte wiederum Angies Gefühle für dich beeinflussen, positiv wie negativ, aber wenigstens wüsstest du dann Bescheid und könntest dich nach einer anderen umsehen. Ich will damit nur sagen: Auch wenn dir der gebrochene Knöchel gerade wie die größte Katastrophe überhaupt vorkommt, schaust du vielleicht eines Tages zurück und verstehst, dass es aus einem bestimmten Grund passiert ist. Mein Vater hat mir mal gesagt: In fünf Jahren sieht alles anders aus. Das habe ich nie vergessen.«

Luke atmet tief durch, sein Gesicht verzieht sich vor Schmerz.

»Willst du wirklich nicht noch eine Tablette?«, frage ich besorgt.

Er schüttelt den Kopf. »Geht schon. Aber ich brauch irgendwas zum Ablenken. Bitte überleg dir was!«, presst er hervor.

»Soll ich dir eine Geschichte erzählen?« Ich lächele ihn hoffnungsvoll an.

»Solange sie nicht von Schummel und Bummel handelt«, antwortet er schmunzelnd und zuckt erneut zusammen.

»Du bist ganz schön frech«, gebe ich mich künstlich empört. »Schummel und Bummel sind das Beste, was ich je hervorgebracht habe!«

Das stimmt nicht ganz, und Luke weiß es.

Er grinst mich an. »Ja, sie sind echt super. Aber wann hat Grandad dir das mit den fünf Jahren gesagt?«

»Lustigerweise, als ich so alt war wie du jetzt. Zehn Jahre früher habe ich den Spruch allerdings mal so ähnlich gehört.«

»Als du fünf warst? Und das weißt du noch?«

Ich nicke. »Ruth war eine Frau, die man nicht so schnell vergisst.«

»Wer ist Ruth?«

»Die große Liebe deines Großvaters«, erkläre ich. »Und ich rede nicht von deiner Oma«, füge ich mit bedeutungsschwerem Blick hinzu.

»Was ist denn mit ihr passiert?«

»Ach, das ist eine andere und sehr lange Geschichte.«

Er sieht mich kleinlaut an. »Ich habe ja jetzt erst mal Zeit.«

»Na gut.« Ich lächele in mich hinein. »Dann fange ich am besten ganz vorne an.«

Für mich begann es nämlich, als ich fünf Jahre alt war.

# Fünf

Auf Nells Bett saß ein Junge.

Ihr Stoffhäschen an sich gedrückt, musterte sie ihn misstrauisch. Mürrisch starrte er zurück.

»Nell, das ist Vian«, sagte ihr Vater mit betont heiterer Stimme.

»Vian, runter von dem Bett!«, mahnte Ruth leise.

Nell hatte Ruth bereits unten im Wohnzimmer kennengelernt. Die Frau hatte ein nettes Lächeln und rote Locken, die beim Gehen wippten. Auf Anhieb hatte Nell die neue Freundin ihres Vaters gemocht. Aber wenn sie der Grund war, weshalb jetzt ein Junge auf der unteren Matratze des Etagenbetts saß, wo Nell immer schlief, dann musste sie vielleicht noch mal darüber nachdenken, wen sie mochte und wen nicht.

»Vian!«, wiederholte Ruth.

Nell löste den Blick von dem Jungen mit den unergründlich dunklen Augen und sah ihren Vater an. »Was macht der auf meinem Bett?«

Daddy wirkte kurz ratlos, dann setzte er wieder seine fröhliche Stimme auf. »Wir dachten, weil du jetzt ein großes Mädchen bist, möchtest du lieber im oberen Bett schlafen.«

Nell schüttelte den Kopf. »Ich will unten schlafen.«

Ihr Vater tauschte einen betretenen Blick mit Ruth.

Ruth kniete sich hin. »Stehst du bitte auf, Vian?«

»Nein«, presste Vian hervor und rückte so weit nach hinten, bis er die Wand berührte. Seine dunklen Haare hoben sich von der weißen Tapete ab.

Nells Blick schweifte durchs Zimmer, sie registrierte die fremden Teddys auf der Bettdecke und die Spielzeugautos auf dem schmalen Regal über dem Kopfkissen. Es sah aus, als würde Vian schon länger in ihrem Bett schlafen.

Und es war wirklich ihr Bett. Es war schon immer ihr Bett und ihr Zimmer gewesen. Unter die Holzlatten, auf der die obere Matratze lag, hatte sie sogar Sterne geklebt, die im Dunkeln leuchteten. Schnell sah sie nach, ob die Sterne noch da waren. Ja, waren sie.

»Schon gut«, beruhigte Nells Vater seine Freundin und legte ihr die Hand auf den Arm. »Wie wär's, wenn wir erst mal nach unten gehen und einen schönen heißen Kakao trinken und Kekse essen?«

Kakao und Kekse *vor* dem Abendessen? Nell war von dem Vorschlag begeistert, nur Vian machte weiter ein düsteres Gesicht. Es war geradezu so, als sei *sie* der Eindringling.

»Daddy, ich will nicht im oberen Bett schlafen«, flüsterte sie ihrem Vater befangen zu, als sie ihm aus dem Zimmer folgte. Sie verstand den Grund für die ganze Aufregung nicht. »Dann kann ich meine Sterne nicht sehen.«

»Wir können neue holen, die wir an die Wand kleben«, schlug ihr Vater vor und drehte sich am Fuß der Treppe um, um Nell auf den Arm zu nehmen.

»Aber ich find es schön, wenn sie *über* mir sind«, beharrte sie. Tränen stiegen ihr in die Augen, während ihr Vater sie in die Küche trug.

»Dann besorgen wir dir Sterne für die Decke«, erwiderte er.

»Aber ich mag mein Bett.«

»Nell, *bitte*!« Genervt legte er die Stirn in Falten und setzte seine Tochter auf dem Boden ab. »Sei lieb, ja?«

Nell war verletzt. Sie *war* doch lieb. Sie wohnte gerne bei ihrem Vater in Cornwall. Sie freute sich darauf, die Sommerferien mit ihm gemeinsam zu verbringen. Warum musste das plötzlich anders sein? Warum waren diese Leute hier?

Ihre Mutter hatte es ihr natürlich vorher erklärt. Daddy hätte eine neue Freundin, die »nicht schnell genug einziehen konnte« ...

*»Passt gar nicht zu deinem Vater. Total untypisch. Hab erst gedacht, sie hätte ihn komplett auf links gedreht, aber ich hab mit ihr gesprochen, und sie macht einen ganz netten Eindruck. Tut ihm wahrscheinlich gut – dann ist endlich Schluss mit seinem Eremitendasein. Außerdem bist du dann nicht allein, ihr Sohn ist nämlich genauso alt wie du, hat nur zwei Tage vor dir Geburtstag. Dein Dad meint, das wäre Schicksal und ihr wärt bestimmt bald dicke Freunde.«*

Von all den Informationen war Nell ganz schwindelig geworden, aber sie hatte aufmerksam zugehört, weil Mummy sonst immer zu viel zu tun hatte, um mit ihr zu sprechen, und sie jetzt sogar richtig fröhlich war und lachte.

Der einzige Mensch, der Mummy in letzter Zeit zum Lachen gebracht hatte, war ihr Tennislehrer Conan.

Auch wenn sie schon länger nicht mehr mit Conan Tennis gespielt hatte.

»Ruth? Kommst du?«, rief Daddy nach oben.

»Sofort!«, rief Ruth zurück.

Daddy lächelte Nell an. »Vian ist ein bisschen schüchtern, aber sonst ist er wirklich nett. Du wirst ihn mögen, versprochen.«

Das hatte er schon am Telefon gesagt.

»Und, auf welche Kekse hast du Lust?«, fragte Daddy. »Die mit Vanillecreme oder die dunklen? Oder vielleicht die mit Marmeladenfüllung?«

»Die mit der Marmelade«, antwortete Nell lächelnd. Strahlend öffnete ihr Vater die Packung und verteilte den Inhalt auf einem Teller. »Da sind sie ja!«, sagte er fröhlich, als Ruth mit Vian an der Hand auftauchte.

Der Junge war ungefähr so groß wie Nell, höchstens ein paar Zentimeter größer. Im Küchenlicht konnte Nell sehen, dass seine Augen blau waren. Dunkelblau. Er wirkte immer noch sehr schlechtgelaunt.

Nell drückte ihren Stoffhasen an die Brust und versteckte sich hinter den Beinen ihres Vaters.

»Alles geklärt«, sagte Ruth heiter. »Vian schläft ab jetzt im oberen Bett.«

»Aber …«, setzte Nells Vater an.

»Pst!«, unterbrach Ruth ihn. »Ist schon gut. Er ist einverstanden. Stimmt doch, Schatz, oder?«

Vian funkelte seine Mutter böse an und zog einen Stuhl unter dem Tisch hervor. Als die Beine über die Küchenfliesen schrammten, zuckten alle zusammen, nur der Verursacher nicht. Schmollend ließ er sich auf den Stuhl sinken, schob die Unterlippe vor, verschränkte die Arme vor der Brust und starrte vor sich hin.

Es sah nicht so aus, als sei Vian einverstanden.

Nell versuchte, ihn nicht zu beachten. Sie hatte sich schließlich nur zurückgeholt, was ihr gehörte. Sie schlief wirklich gern im unteren Bett.

Später am Abend, nach einem Abendessen in angespannter Atmosphäre – Nells Vater hatte viel mehr als sonst geredet, Vian dagegen kein Wort gesagt –, saß Nell unruhig zappelnd im Dunkeln vor dem Badezimmer auf dem Boden. Ruth half ihrem Sohn, sich bettfertig zu machen, während Nells Vater die Küche aufräumte. Nell wartete darauf, sich die Zähne putzen und zur Toilette gehen zu können, wie ihre Mutter es ihr gezeigt hatte, aber Vian und Ruth brauchten Ewigkeiten da drin. Die Tür war einen Spaltbreit geöffnet. Nell sah, dass Vian mit hängendem Kopf neben der Badewanne stand.

»Die ziehe ich nicht an«, brummte er. Sein Gesicht war rot.

»Nur so lange, bis du dich an die Leiter gewöhnt hast«, sagte Ruth leise.

»Windeln sind was für Babys.«

Nell spitzte neugierig die Ohren. *Machte Vian etwa ins Bett?*

Er schniefte.

*Heulte der?*

Ruth hockte sich neben ihn. »Das wird schon, Vian. Ich verspreche es dir. Wenn du morgen erst mal mit Nell gespielt hast und ihr euch kennengelernt habt, dann wird es besser.«

»Sie mag mich nicht.«

»Sie *kennt* dich nicht. Das ist auch für sie alles neu, vergiss das nicht! Sie ist es gewöhnt, ihren Daddy ganz für sich zu haben, wenn sie herkommt. Sonst sieht sie ihn doch nicht.«

»Warum sehe ich meinen Daddy nicht?«

Ruth seufzte schwer und richtete sich auf. »Komm, Schatz!«, drängte sie.

Nells Gedanken überschlugen sich. Wer war Vians Daddy? Und wo war er?

»Zieh das Ding heute Nacht an, dann bist du auf der sicheren Seite. Du willst doch nicht, dass dir ein Missgeschick passiert, während Nell unter dir schläft.«

Nells Augenbrauen schossen in die Höhe.

Als beide bettfertig waren, las Daddy Nell und Vian eine Geschichte vor. Das machte er nicht wie sonst immer oben in Nells Bett, sondern unten auf dem Sofa. Nell schaute zu Vian hinüber, der reglos dasaß und aufmerksam lauschte. Er hatte dunkelbraunes, fast schwarzes Haar und dieselben Locken wie seine Mutter, nur kürzer. Sie umrahmten sein Gesicht und fielen ihm teilweise in die Augen.

Vian hatte immer noch kein Wort mit Nell gesprochen. Sie konnte sich nicht vorstellen, dass er ihr Spielkamerad werden würde und sie freiwillig Zeit mit ihm verbrachte.

»So, das war's! Schlafenszeit!«, sagte Nells Vater und tätschelte die nackten Knie der Kinder.

Nell sprang auf und gab ihrem Vater einen Kuss auf den Mund.

»Nachti, hab dich lieb!«, rief sie.

Ihr Vater schien sich zu wundern, als sie sich umdrehte und die Treppe hochlief.

Normalerweise zog Nell die Gutenachtgeschichte ewig in die Länge, bettelte um eine weitere Geschichte, einen weiteren Kuss oder sogar um ein Lied. Doch an diesem Abend trieb sie die Entschlossenheit in ihr Zimmer. Sie warf den Plüschhasen auf das obere Bett und kletterte die Leiter hinauf. Als Vian in der Tür erschien, hatte sie sich bereits unter die Bettdecke gekuschelt. Erstaunt sah er zu ihr hoch.

»Von mir aus kannst du das untere Bett haben«, sagte Nell großmütig.

Vian stürzte in den Flur und rief: »Mummy! Nell sagt, ich kann unten schlafen!«

»Ach, das ist aber lieb von ihr!«, sagte Ruth im Wohnzimmer.

Nell spürte, wie sich eine kribbelige Freude in ihr ausbreitete, als ihr Vater die Treppe heraufkam. Er trat in ihr Zimmer, und seine schokoladenbraunen Augen strahlten vor Stolz.

»Danke«, flüsterte er, stieg auf die mittlere Sprosse und drückte seiner Tochter einen dicken Kuss auf die Wange. »Das bedeutet mir sehr viel. Finde ich wirklich toll von dir. Hast du richtig gemacht.«

Ja, das stimmte.

Und es hatte nur ganz, ganz wenig mit Nells Angst davor zu tun, dass Vian ihr auf den Kopf pieseln könnte.

Nells Vater, Geoffrey Forrester, lebte schon so lange in dem kleinen Cottage am Helford River, wie er denken konnte. Er hatte es nach dem frühzeitigen Tod seiner Mutter geerbt und ging davon aus, dass auch er das Haus nur mit den Füßen zuerst verlassen würde.

Das Cottage stand an einem steilen Hang, der zum Fluss hin abfiel. Nichts liebte Geoff mehr, als in Ruhe auf der Bank vor der riesigen dunkelroten Hortensie im Garten zu sitzen und anzusehen, wie die Gezeiten des nahen Meeres den Fluss an- und abschwellen ließen.

Jetzt jedoch war er nicht allein, und »Ruhe« war nicht das passende Wort, um seine Situation zu beschreiben.

»Auf die Plätze, fertig, los!«, rief Ruth.

Nell bemühte sich, ihren Körper so steif wie möglich zu machen, bevor sie sich in Bewegung setzte. Kreischend rollte sie den Hang hinab und hoffte, Ruth würde sie wirklich wie versprochen auffangen, bevor sie vom Gras ins Flussbett rollte. Es war zwar Ebbe, aber der Schlamm war unglaublich tief. Nell erinnerte sich, dass sie im vergangenen Jahr einen Gummistiefel darin verloren hatte.

Ruth fing das taumelnde Mädchen auf und stellte es auf die Füße. Nells Lachen wurde bald von Vians Kriegsgeheul übertönt, der als Nächster an der Reihe war.

»Du alter Schlawiner!«, rief Ruth, als sie ihren Sohn unten auffing. »Ich war noch nicht so weit!«

Vian rappelte sich auf und rief: »Noch mal! Noch mal!«

Er suchte Nells Blick, und sie begriff, dass der Wettstreit eröffnet war, deshalb raste sie den Hang hinauf, so schnell sie konnte, um sich oben hechelnd auf den Boden zu werfen.

Ruth stand unten und schrie: »O Gott, *Geoff*! HILFE!«

Gerade noch rechtzeitig war sie bei Nell, und Geoff kam hinuntergestürzt und fing Vian auf. Er fluchte laut, weil er sich beim hastigen Aufspringen heißen Tee über die Hand gegossen hatte.

Nell und Vian bekamen ein schlechtes Gewissen, aber Ruth warf den Kopf in den Nacken und wieherte los, und alle fielen in ihr Lachen ein.

»Ihr habt Gras in den Haaren«, sagte Ruth später am Küchentisch und zupfte die frisch gemähten Halme aus den Haaren der Kinder. Sie aßen Käsesandwiches. Das Brot hatte eine harte Kruste; es stammte aus dem Laden im Dorf. Das Fenster bot eine wunderbare Aussicht auf den breiten Fluss unten. Zu beiden Seiten der steilen Ufer standen alte Eichen, deren grüne Wipfel weich wie Watte erschienen.

»Deine Mutter hat gesagt, ich muss deine Haare diesen Sommer besser pflegen, sonst macht sie kurzen Prozess damit und schneidet sie ab«, witzelte Geoff und klopfte Nell auf die Schulter.

Nell wunderte sich. Sie wusste, dass das eine leere Drohung war. Schon öfter hatte sie ihre Mutter gefragt, ob sie die Haare so kurz haben könne wie Isabel in ihrer Vorschulklasse, aber Mummy hatte geantwortet, Isabel sähe aus wie ein Junge, und aus ihrem Tonfall hatte Nell geschlossen, dass das nichts Gutes war.

»Ich bürste dir die Haare«, erbot sich Ruth. »Sie haben so

eine wunderbare Farbe. Wie der Weizen auf den Feldern jenseits des Flusses.«

»Willst du heute Abend wieder rüber und malen?«, fragte Geoff beiläufig, und Nell erinnerte sich, dass ihre Mutter erklärt hatte, Ruth sei Malerin. »Ich kann auf die Kinder aufpassen«, schlug er vor.

»Nein, ich will mit!«, rief Vian begeistert. »Darf ich?«

Ruth lächelte ihren Sohn an. »Natürlich.«

»Juhu!« Er warf Nell einen Blick zu. »Ich baue da eine Höhle«, verriet er.

»Darf ich auch mit?«, fragte Nell ihren Vater hoffnungsvoll.

»Na, wie wär's, wenn wir alle zusammen gehen und ein Picknick machen? Solange Ruth arbeitet, könnte ich euch bei eurer Höhle helfen.«

Alle fanden, das sei eine hervorragende Idee.

»Wo ist LouLou?«, fragte Nell am Abend, als sie am Bootsanleger unten am Wasser standen. Sie meinte das Ruderboot, das nach ihrer Mutter benannt worden war.

Eigentlich hieß ihre Mutter Louise. Nell hatte nie gehört, dass jemand »LouLou« zu ihr sagte, doch ihr Vater hatte das offenbar getan, vor langer Zeit.

»Das war ein bisschen klein für uns vier, deshalb habe ich ein neues gekauft«, erklärte ihr Vater.

Nell betrachtete das orangefarbene Ruderboot, das sanft im leicht muffigen, trüben grünen Wasser schaukelte.

»Was hältst du von dem Namen ›Wombat‹?«, fragte Nells Vater. »Hat Ruth vorgeschlagen.«

»Wombats leben in Australien«, meldete sich Vian ernst zu Wort. »Mein Vater ist Australier.«

Das Erste wusste Nell schon – ihre Vorschullehrerin war ebenfalls Australierin und brachte oft Bücher über dort heimische Tierarten mit, die sie den Kindern vorlas –, doch der zweite Satz war neu für sie.

Nell registrierte die erwartungsvollen Gesichter der anderen um sie herum und schaute schließlich Vian an. »Finde ich gut«, sagte sie.

Vians Lächeln brachte sein Gesicht zum Strahlen, und der Anblick erfüllte Nell mit Wärme.

Zweimal täglich war Hochwasser, die Zeiten verschoben sich jedoch immer leicht. Heute und in den nächsten Tagen war es möglich, den Fluss am späten Nachmittag zu überqueren und kurz nach Sonnenuntergang zurückzukehren, ohne dass man Angst haben musste, auf Grund zu laufen.

Ruth setzte sich vorne ins Boot, um zu zeichnen. Die Kinder hockten hinten, in ihren dicken gelben Schwimmwesten doppelt so breit wie sonst. Nells Vater saß an der Ruderpinne, doch in der Mitte des Flusses fragte Nell, ob sie auch mal lenken dürfe, worauf Vian das natürlich auch wollte. Das Boot wackelte bedenklich, als Geoff mit den Kindern die Plätze tauschte, und als sie zehn Minuten im Kreis gefahren waren, wechselten sie zurück, damit Ruth in Ruhe weiterzeichnen konnte.

Nachdem sie das Boot sicher an den niedrigen Ästen eines Baumes festgemacht hatten, gingen die vier unter den Eichen entlang zu einem Grashang, der an das Feld eines Bauern grenzte.

Nell schaute Ruth nach, die allein weiterzog, eine zusammengeklappte Holzstaffelei unter dem Arm und eine große Tasche über der Schulter. Ihre roten Locken leuchteten in der Nachmittagssonne.

Als Nell später das Interesse am Bau der Höhle verlor, lief sie nach oben, um nach Ruth zu sehen.

»Hallöchen!«, grüßte Ruth mit einem freundlichen Lächeln. Sie stand inmitten goldgelber Ähren und hielt einen Pinsel mit oranger Farbe in der linken Hand. »Weiß Daddy, dass du hier bist?«

»Ja, er hat gesagt, dass ich zu dir gehen darf«, erwiderte Nell, noch atemlos vom Anstieg. »Was malst du da?«

»Das«, erwiderte Ruth und wies mit dem Kopf auf die Aussicht.

Nell schaute sich über die Schulter um. Der klare blaue Himmel über ihr liebkoste die flaumig wirkenden Baumwipfel auf der anderen Seite. Der Fluss selbst war so ruhig, dass sich die Landschaft darin spiegelte, und rechts von ihnen stand ihr Cottage samt Nebengebäude auf der grünen Anhöhe und strahlte weiß in der Sonne.

»Willst du mal gucken?«, fragte Ruth und machte Nell ein Zeichen, um die Staffelei herumzukommen.

Und ob Nell wollte.

Was sie sah, verblüffte sie. Die Leinwand explodierte vor Farben: strahlende Blau- und Grüntöne, lebendiges Gelb und Orange, leuchtendes Rot und Violett. Das Bild war wunderschön, hatte nur nicht viel Ähnlichkeit mit der Realität.

»Gefällt es dir?«, fragte Ruth.

»Ja«, antwortete Nell ehrlich.

»Ich male nicht immer das, was ich sehe«, erklärte Ruth. »Sondern das, was ich fühle.«

Nell dachte darüber nach. Sie schielte zu Vians Mutter hinüber. »Bist du glücklich?«

Ruth lachte, und die Sommersprossen auf ihrer Nase zogen sich zusammen. Ihre blauen Augen tanzten. »Ja, Schätzchen, das bin ich.« Sie lächelte Nell an. »Magst du Kunst?«

Nell nickte ernsthaft. »In der Vorschule male ich auch viel.« Aber ihre Bilder waren nie so bunt und schön wie dieses.

»Wenn du willst, kannst du es mal mit meinen Aquarellfarben versuchen. Hast du Lust darauf?«

Nell wusste nicht, was Aquarellfarben waren, dennoch strahlte sie übers ganze Gesicht.

»Du bist so niedlich«, sagte Ruth mit geschürzten Lippen. »Vielleicht darf ich dich irgendwann mal malen?«

Es klang wie eine Frage, deshalb nickte Nell.

»Schau mal!« Ruth knickte eine goldene Weizenähre ab und hielt sie an Nells Haar. »Ich lag gar nicht so falsch. Siehst du?« Sie nahm eine Locke und zog sie vor Nells Gesicht, damit sie die beiden Farben vergleichen konnte. »Aber deine Augen«, fuhr Ruth mit konzentriert gerunzelter Stirn fort, »deren Farbe ist schwieriger zu beschreiben ... Sie sind wie ... Sie haben die Farbe von flüssigem Honig. In der Sonne«, fügte sie hinzu, während sie das kleine Mädchen betrachtete. »Wunderwunderschön.«

Nell gefiel die Beschreibung sehr.

Da rief ihr Vater unten am Ufer nach ihr. Die leichte Brise wehte ihm das braune Haar aus der Stirn. Er machte Nell ein Zeichen, dass sie zurückkommen solle. Sie sah, dass er eine rot-schwarz karierte Decke ausgebreitet hatte, auf der bereits Vian lag und alles Mögliche in sich hineinstopfte. Nell warf Ruth ein kurzes Lächeln zu, dann lief sie los, und ihr blondes Haar flatterte im Wind.

»Was ist deine Lieblingsfarbe?«, fragte Vian Nell später, als sie im Etagenbett lagen.

»Grün«, erwiderte sie, wie aus der Pistole geschossen. Das war immer so gewesen, solange sie denken konnte. »Und deine?«

»Rot«, antwortete er. »Aber früher war es blau.«

»Warum ist dein Vater in Australien?«, fragte Nell. Es war ein heftiger Themenwechsel.

Von unten kam lange keine Antwort. »Keine Ahnung«, sagte Vian schließlich.

Nell hörte ein Rascheln, kurz darauf tauchte Vians Gesicht oben an der Leiter auf. »Ich krieg immer Postkarten von ihm«, murmelte er und reichte ihr eine Karte.

Nell setzte sich im schwindenden Licht auf und betrachtete das Bild. Der gelbe Stoff ihrer Vorhänge war so dünn, dass er die Helligkeit draußen kaum ausschloss, selbst zu dieser Uhrzeit konnte man das Bild erkennen.

Es zeigte ein Boot auf weitem blauen Meer.

»Mein Vater ist Fischer«, erklärte Vian und hakte seinen dünnen Arm um das Holzgitter des Bettes.

»Fehlt er dir?«, fragte Nell, denn ihr Vater fehlte ihr immer sehr, wenn sie bei ihrer Mutter in London war. Cornwall war zu weit weg, um am Wochenende hinzufahren; im letzten Jahr hatte sie ihren Vater nur in den Schulferien sehen können.

Vian zuckte mit den Schultern. »Weiß nicht.«

Nell fand die Antwort seltsam. »Magst du ihn?«

»Weiß nicht«, wiederholte Vian, und Nell stutzte abermals. »Mummy sagt, irgendwann fliegt sie mit mir nach Australien, damit ich ihn kennenlerne.«

»Du kennst ihn gar nicht?« Nell wusste nicht, ob sie richtig verstanden hatte.

Vian schüttelte den Kopf, nahm die Postkarte wieder an sich und zog sich auf seine Matratze nach unten zurück.

»Bist du traurig?«, fragte sie.

»Nein«, antwortete Vian.

Aber da war sich Nell nicht so sicher.

Nach der ersten Woche von Nells einmonatigem Aufenthalt in Cornwall musste Geoff zurück zur Arbeit. Er war Landschaftsgärtner in Glendurgan, einer Parkanlage auf der anderen Flussseite von Helford, die im Besitz des National Trust war. Nell begleitete ihren Vater oft. Das war ihr lieber, als mit dem mürrischen Mädchen aus dem Dorf daheim zu bleiben, das sonst immer auf sie aufgepasst hatte, doch auch wenn Geoff seine Tochter mit kleinen Aufgaben wie Unkrautjäten und dem Ausbrechen toter Blüten beschäftigte, wurde der Tag für ein Mädchen in ihrem Alter schon recht lang.

Als Ruth vorschlug, Nell könne mit ihr und Vian zu Hause bleiben, dachte Nell lange über das Angebot nach. Schließlich entschied sie sich jedoch, es so zu belassen, wie sie es kannte. Als sie dann aber allein durch den Irrgarten lief, während ihr Vater die Hecken schnitt, stellte sie fest, dass ihr der neue Spielkamerad fehlte.

In der vergangenen Woche hatten die beiden Kinder Höhlen am Ufer und Sandburgen am Strand gebaut. Auf windigen Hügeln hatten sie Drachen steigen lassen und waren steile Dünen hinuntergerannt. Als Vians Eis in den Sand fiel, hatte Nell ihres mit ihm geteilt. Und als sie gebeichtet hatte, dass ihr die Sterne fehlten, die ihr Vater noch nicht nachgekauft hatte, knibbelte Vian die Hälfte der alten über seinem Kopf ab und klebte sie mit Pritt an der Decke über Nell fest.

Als Nell die kleine Strohhütte in der Mitte des Irrgartens erreichte, setzte sie sich auf die Holzbank und dachte an die vergangene Nacht zurück. Wieder einmal hatten Vian und sie sich flüsternd mit Geschichten wachgehalten, hatten sich gegenseitig ihre Sehnsucht nach einem kleinen Hund gestanden. Irgendwann war Nell eingefallen, dass sie ihr Kuscheltier, den Hund Barky, draußen im Garten vergessen hatte. Sie war aufgestanden, um ihn zu holen, und hatte dabei ein Gespräch zwischen ihrem Vater und Ruth im Wohnzimmer belauscht. Als Nell ihren Namen hörte, war sie stehen geblieben.

»Wie Nell heute geguckt hat, das war köstlich!«, hatte Ruth gesagt, und Nell hatte sich vorgestellt, dass Vians Mutter dabei lächelte. »Wie sie leise gelacht hat, als sie hinter Vian die Düne runtergelaufen ist … Sie ist hinreißend, Geoff. Ich hab sie jetzt schon unglaublich lieb.«

Nell war ganz warm ums Herz geworden, und ihr Vater hatte mit einem leisen »Aah« geantwortet.

Als sie ein Geräusch hörte, schnellte ihr Kopf herum, und sie sah Vian aus dem Schlafzimmer kommen. Nell legte den Finger auf die Lippen und zeigte auf die oberste Treppenstufe. Die beiden setzten sich hin und lauschten.

»Als ich erfuhr, dass ich mit Vian schwanger war, dachte ich, mein Leben sei vorbei«, sagte Ruth, und Vians Grinsen erstarrte in seinem Gesicht. Die unvorhergesehene Wendung des Gesprächs machte Nell frösteln. Sie hakte ihren kleinen Finger um den von Vian.

»Ich musste nach Hause zurück und bei meiner Mutter wohnen, und ich hatte solche Angst. Aber wenn ich damals gewusst hätte, wie es mir fünf Jahre später geht«, fuhr Ruth fort, »hätte ich mir keine Sorgen gemacht. Ich liebe dich, Geoff. Vian liebt dich auch, und wir sind hier so glücklich mit dir und Nell. Danke für alles, was du für uns tust.«

»Nein, ich danke dir, mein Schatz«, hatte Nell ihren Vater antworten hören. Seine Stimme klang rauer als sonst. »Du hat wieder Licht in mein Leben gebracht. Ich bin unglaublich glücklich darüber, dass ihr alle bei mir seid.«

Nell hatte erleichtert geseufzt und dann Vian angesehen. Er hatte ihr Lächeln erwidert, und Nell kam zu dem Schluss, dass Barky draußen auch eine Nacht alleine überstehen würde. Dann waren die beiden zurück ins Bett gekrochen.

Als Nell nun allein mitten im Irrgarten saß, kam ihr eine Idee. Sie sprang auf und suchte ihren Vater.

»Daddy?« Sie zupfte an seinem grünen Hemd und blickte hoffnungsvoll zu ihm auf.

»Ist gleich Zeit für Tee und Kekse«, versprach er, weil er annahm, seine Tochter sei deshalb zu ihm gekommen.

Nell schüttelte den Kopf. »Vian und ich haben uns unterhalten.«

»Aha?«

»Können wir einen Hund haben, Daddy?«, fragte sie. Die buschigen Augenbrauen ihres Vaters zogen sich zusammen. Bevor er nein sagen konnte, redete Nell schnell weiter. »Bitte, Daddy! Wir würden ihn so lieb haben! Wir würden mit ihm spazieren gehen und ihn füttern und die ganze Zeit mit ihm spielen. Vian und ich wünschen uns so sehr einen Hund. Wir versprechen auch, dass wir uns immer um ihn kümmern!«

Nell hatte ihren Vater schon öfter nach einem Hund gefragt, aber er hatte immer abgewiegelt – er arbeite zu viel, und Nell sei nur selten in Cornwall. Doch jetzt schien er zum ersten Mal ernsthaft darüber nachzudenken.

Am Wochenende dann knickte Geoff unter dem vereinten Druck der Kinder ein, und nachdem das Cottage hundesicher gemacht worden war, fuhr er mit Ruth und zwei unglaublich aufgeregten Kindern in ein mehrere Meilen entferntes Dorf, wo die örtlichen Pubbesitzer einen Wurf Mischlinge hatten, die gerade abgegeben werden konnten. Das kleine schwarzweiße Fellknäuel, das sie sich aussuchten, nannten sie Scampi als Erinnerung an den Pub, aus dem das Hündchen kam.

Es war der tollste Sommer in Nells Leben, und als der August sich dem Ende zuneigte, wollte sie um nichts in der Welt zurück nach London. Sie weinte, als Vian, der in die kleine Schule oben im Dorf gehen würde, seine neue Uniform anprobierte. Sie heulte und bettelte, damit sie in Cornwall bleiben und mit ihm in eine Klasse gehen durfte. Auf keinen Fall wollte sie an ihre strenge Privatschule in London zurück.

Aber ach, es sollte nicht sein. Zumindest nicht in jenem Sommer, sondern erst zwei Jahre später, als es Louise in den Sinn kam, einem Mann an die französische Riviera zu folgen. Da bekam Nell ihren Willen, und als sie dieses Mal die lange Fahrt nach Cornwall antrat, sollte es für immer sein.

# Zehn

»Nell!«, rief Vian, als er durch die Haustür hereinplatzte. »Wo bist du?«

»Hier.« Sie saß am Küchentisch. Obwohl sie erst vor einer halben Stunde von der Schule heimgekommen war, begann sie schon mit ihren Hausaufgaben, die sie über das verlängerte Wochenende aufbekommen hatten.

Vian hatte wie immer keine Lust zum Lernen.

Er konnte sich kaum zusammenreißen, fuchtelte wild mit den Armen und rief: »Im Fluss ist ein Entenküken! Es hat seine Mutter verloren! Schnell!«

Sofort sprang Nell auf und lief ihm nach.

Schon oft hatten die beiden darüber gesprochen, wie viel Spaß es machen würde, ein Küken großzuziehen, doch bisher hatte keins das zweifelhafte Vergnügen genossen, sich ihnen zur Verfügung stellen zu müssen.

Scampi ließ sich von der Aufregung der Kinder, die den Hang hinunter ans Ufer rasten, anstecken, doch Nell konnte das Piepsen des Kükens trotz des lauten Hundegebells hören. Zwischen den Zweigen der Trauerweide erhaschte sie einen Blick auf das gelbbraune Federkleid.

»Bring Scampi ins Haus und hol die Rettungswesten!«, befahl Vian. »Ich mache das Boot fertig.«

»Aber deine Mum hat gesagt, dass sie nicht gestört werden will«, warf Nell ein.

Nells Vater war noch auf der Arbeit, und Ruth malte in

ihrem Atelier – das kleine Nebengebäude, fünf Meter vom Cottage entfernt. In früheren Zeiten war darin eine komplette Familie untergekommen, doch schon in Geoffs Kindheit hatte man es renoviert und zu einem Spielzimmer umgebaut.

»Wir stören sie ja gar nicht«, erwiderte Vian mit durchtriebenem Grinsen. »Los, beeil dich, bevor das Küken weg ist.«

Aus der Fließrichtung der Wellen schloss Nell, dass gerade Ebbe war, und sie wusste, dass das Wasser erstaunlich schnell ablief. Sie war noch nie auf Grund gelaufen, aber es gab immer ein erstes Mal, deshalb war sie so klug, zwei Paar Gummistiefel und das Netz für die Fahrt im Boot mitzubringen, das sie immer zum Krabbenfischen benutzten.

Auch wenn Nell Angst hatte, später eine Standpauke zu bekommen, weil sie allein mit dem Boot rausgefahren waren, war ihr Verantwortungsgefühl stärker. Sie hatte schon gesehen, wie verirrte Küken von großen Reihern aus dem Fluss gefischt wurden, deshalb war ihr bewusst, dass sie keine Zeit zu verlieren hatten. Mit dem Netz in der Hand saß Nell im Heck und drehte sich so, dass sie aufs Wasser schaute. Angestrengt lauschend, vernahm sie bald das Piepsen des Vogeljungen.

»Da!« Sie zeigte hinüber. Das Küken verschwand immer wieder zwischen den Zweigen, die übers Wasser strichen. Es bewegte sich in Richtung der Brücke. Dahinter würde es in einen Zufluss gelangen, der mit dem Boot nicht befahrbar war.

Mit frischer Entschlossenheit ruderte Vian weiter. Nell reckte sich über Bord, wollte ihre Beute fischen wie beim Entenangeln auf der Kirmes, doch das Küken paddelte erstaunlich schnell davon. Vian setzte ihm nach, und abermals blieb Nells Netz leer. Ein Auto fuhr über die Brücke. Nell schaute hoch und erkannte gerade noch das blasse Gesicht eines braunhaarigen Jungen, der zu ihnen hinunterschaute. Als sie den Blick wieder auf den Fluss richtete, war das Entlein verschwunden.

»O nein!«, rief Vian.

Nell hörte die Panik in seiner Stimme. Er hatte Angst vor den Sandbänken in der Mitte des Flusses, die glitschigen Walrücken glichen.

»Wir drehen besser um«, sagte er kleinlaut.

»Auf gar keinen Fall!«, entgegnete Nell. Sie hatte Nerven wie Drahtseile. »Notfalls steigen wir aus und waten da durch!« Sie schaute über das Wasser. »Wo bist du, kleines Küken?«, rief sie. »Wir wollen dich doch retten!«

»Da!«, meldete Vian und wies zur Brücke hinüber. Schnell ruderte er hin und verzog das Gesicht, als das Ruderblatt auf das Flussbett traf. In dem Bewusstsein, dass es ihre letzte Chance war, hielt sich Nell am Rand fest und beugte sich so weit wie möglich vor. Als es einen Ruck gab, fiel sie fast über Bord. Das Boot war auf Grund gelaufen und würde jetzt erst mal gute sechs Stunden bis zur Flut dort liegen bleiben, doch das störte die Kinder nicht, denn im Netz war das Entenküken. Nell und Vian waren überglücklich.

Als sie nach Hause kamen, stand Ruth mit einem Pärchen und einem Kind vor dem Cottage.

Ruth verkaufte nicht nur Bilder, sondern arbeitete auch als Verwalterin für den Besitzer mehrerer Ferienhäuser oben im Dorf. Wahrscheinlich war die Familie da, um die Schlüssel abzuholen.

»Was ist denn mit euch passiert?«, rief Ruth beim Anblick von Nell und Vian.

Sie hatten ihre Gummistiefel am Fluss gelassen und waren

barfuß nach Hause gegangen. Ihre Beine waren bis zu den Knien mit dickem Schlamm überzogen.

Strahlend präsentierte Nell das Küken, doch schnell war sie ernüchtert, als sie Ruths entsetztes Gesicht sah.

»O nein!«, rief Ruth. »Bringt es zurück!«

»Das geht nicht, Mum«, mischte Vian sich ein. »Dann stirbt es.«

»Seine Mutter ist bestimmt irgendwo am Fluss und sucht es«, sagte Ruth.

»Nein, da war keine Ente«, beharrte Vian. »Es war ganz allein. Wir *mussten* es retten.«

Ruth seufzte, und als sie weitersprach, klang sie resigniert. »Kate, Simon: Das sind Nell und Vian.«

Nell lächelte die Erwachsenen an. Das Kleid der Frau gefiel ihr – es war hellblau und umspielte ihre Knöchel.

»Und das ist Edward«, stellte Kate ihren Sohn vor und schob ihn den Kindern entgegen.

Er war ungefähr so groß wie Nell, hatte hellbraune Haare und ein offenes, freundliches Gesicht. Seine Augen waren groß und dunkel. Sie erinnerten Nell an Bastian aus *Die unendliche Geschichte*. Den Film hatte sie einen Monat zuvor im Kino gesehen. Ihr hatte der Film *sehr* gefallen.

»Warum seid ihr so dreckig?«, fragte Ruth entnervt.

Nell sah zu Boden.

»Wir sind bei Ebbe auf Grund gelaufen«, murmelte Vian.

»Ihr seid mit dem Boot rausgefahren? Allein? Wo ist es jetzt?« Bei jeder Frage wurde Ruths Stimme höher.

Vian wies auf das Rinnsal unten. »Wir haben es an einem Ast festgebunden, damit es nicht aufs Meer rausgezogen wird.«

»Du liebe Güte!«, sagte Ruth kopfschüttelnd. Dann wandte sie sich Kate und Simon zu. »Entschuldigen Sie bitte.«

»Kein Problem«, erwiderte Kate lächelnd. »Wir sind Ihnen

dankbar, dass wir einen Tag früher kommen durften.« Normalerweise war samstags Bettenwechsel. »Wir können ja noch ein bisschen herumfahren und dann wiederkommen.«

»Sie können auch erst mal einen Tee trinken. Wie wäre das?«, schlug Ruth vor. »Die Putzfrauen sind gründlich und schnell. In einer halben Stunde können Sie bestimmt rein.«

»Eine Tasse Tee wäre herrlich«, sagte Kate. »Wir haben eine lange Fahrt hinter uns. Aber keine Eile. Machen Sie ganz in Ruhe.«

Alle schauten auf das Küken in Nells Händen. Die Augen des Entleins öffneten und schlossen sich schläfrig. Es war erstaunlich ruhig.

»Ich würde sagen, ihr setzt es erst mal in die Badewanne«, sagte Ruth. »Ich lasse schon mal das Wasser ein. Ihr zwei geht zum Wasserhahn im Garten und macht euch sauber. So dreckig kommt ihr mir nicht ins Haus.«

Die Erwachsenen gingen hinein, die drei Kinder liefen ums Cottage herum nach hinten.

»Ich kann es so lange halten«, bot Edward Nell an, als sie am Gartenschlauch standen.

»Nein, *ich* halte es«, bestimmte Vian. »Moment.« Er fing an, sich mit dem eiskalten Wasser zu waschen. Zu seiner Verärgerung blieb Edward stehen.

»Ist das winzig!«, sagte er, als Nell die Hände öffnete, um ihm das daunige Wesen zu zeigen. Das Küken reckte den Hals und versuchte, aufzustehen. Es piepste mehrmals schrill.

»Es ist wahrscheinlich erst ein paar Tage alt«, erklärte Nell und schloss die Hände wieder, so dass sich das Küken klein machen musste. Ihr gefiel es, wie sich die feuchten Schwimmflossen auf ihren Handflächen anfühlten.

Sie konnte immer noch nicht glauben, was für ein Glück sie gehabt hatten.

»Wie weit ist es von hier bis zum Strand?«, fragte Edward.

»Es gibt ganz viele Strände«, antwortete Nell. »An einem, der ganz in der Nähe ist, lernen wir gerade surfen, nicht, Vian?«

Er brummte nur.

»Ich würde auch gerne surfen«, sagte Edward.

»Dann komm doch mit!«, schlug Nell sofort vor.

»Geht das?«, fragte Edward. Vian warf Nell einen strafenden Blick zu.

»Ja, klar! Du musst nur deine Eltern fragen.« Sie ignorierte Vian. Nell freundete sich schnell mit anderen Kindern an, Vian gewöhnte sich erst mit der Zeit an sie. Am Anfang sträubte er sich immer gegen Neues.

»Gut, mach ich«, sagte Edward.

»Wie alt bist du?«, fragte Nell aus Höflichkeit, während sie darauf wartete, dass der Schlauch frei wurde. Vian schien Ewigkeiten zu brauchen und nicht voranzukommen. Der Flussschlamm klebte wie Kleister.

»Zehn, aber fast elf. Und du?«

»Auch zehn«, erwiderte Nell. Sie wies auf Vian. »Vian auch. Er hat zwei Tage vor mir Geburtstag.«

Edward war verwirrt. »Seid ihr Zwillinge?«

»Wie sollen wir wohl Zwillinge sein, wenn wir nicht am selben Tag geboren wurden?«, fragte Vian mürrisch.

»Wir sind keine richtigen Geschwister«, erklärte Nell, unbeirrt von Vians Laune. »Mein Vater ist mit seiner Mutter zusammen, aber meine richtige Mutter lebt in Frankreich und Vians richtiger Vater in Australien. Wo wohnst du?«

»In London«, antwortete Edward.

»Ich auch!«, rief Nell. »Ich meine, da habe ich gewohnt, bis meine Mutter weggezogen ist. In den Sommerferien fahre ich zu ihr nach Frankreich.«

Die Erinnerung daran schien Vian merklich zuzusetzen. Er tat Nell leid. Im letzten Jahr war sie selbst unglaublich einsam gewesen, als Ruth mit Vian nach Australien geflogen war. Er war zum zweiten Mal dort gewesen – beim ersten Mal, mit sieben Jahren, hatte er seinen Vater kennengelernt. Nell wusste, dass Vian ihr fehlen würde, wenn sie in Frankreich war, aber für denjenigen, der zurückblieb, war es immer schwerer.

»Das reicht«, sagte Vian, wischte die nassen Hände an seinem roten T-Shirt ab und streckte sie Nell entgegen. Vorsichtig bugsierte sie das Entenküken in seine kalten Hände und ging zum Wasserhahn. Als sie sich umdrehte, sah sie, dass Vian wegging.

»He, warte!«, rief sie ihm entgeistert nach, während er aus ihrem Blickfeld verschwand. Wollte er das Entlein etwa ohne sie in die Badewanne setzen? »Der nervt mich so!«, brach es aus ihr heraus.

Edward trat verlegen gegen die Steinplatten.

»Sei froh, dass du keinen Bruder hast!«, fauchte Nell verärgert und schrubbte energisch den hartnäckigen Schlamm von ihren Beinen.

»Ich hatte mal einen Bruder«, bemerkte Edward beiläufig. »Aber der ist gestorben.«

Nell war entsetzt. »Was ist denn passiert?«

»Er wurde krank. Da war ich noch ein Baby, deshalb kann ich mich nicht daran erinnern. Er war zwei Jahre älter als ich.«

Nell wusste nicht, was sie sagen sollte. Sie war voller Mitgefühl.

»Meine Mutter bekommt noch ein Kind«, verriet Edward. »Wir wissen aber noch nicht, ob es ein Junge oder ein Mädchen wird. Dann bin ich ein *sehr* großer Bruder«, sagte Edward stolz und verschränkte die Arme vor der Brust. »Kleine Babys weinen viel, aber ich helfe ihr trotzdem.«

Nell lächelte Edward an. Sie merkte, dass er nett war. Sie mochte ihn.

»Möchtest du was trinken, Edward?«, rief Ruth aus der Küche, als sie ins Haus kamen.

»Nein, danke«, erwiderte Edward und zog im Flur die Turnschuhe aus.

Das Badezimmer war direkt geradeaus. Nell schaute hinein und sah, wie das Küken zufrieden in der Badewanne schwamm. Vian ließ die Hand über den Rand baumeln. Seine Fingernägel waren immer noch schwarz vor Dreck.

»Warum hast du nicht gewartet?«, zischte Nell ihm zu.

Vian tat, als habe er sie nicht gehört. Verärgert schnaubend folgte sie Edward in die Küche.

Die Erwachsenen saßen am Tisch. Das Kleid von Edwards Mutter spannte sich straff über ihren Bauch, so dass Nell die Schwangerschaft sehen konnte. Im Garten hatte man nichts davon gemerkt.

»Wann ist es so weit?«, fragte Ruth.

»Ende August«, erwiderte Kate. »Wird schon seltsam sein, nach so langer Zeit wieder Windeln zu wechseln und nicht durchschlafen zu können.«

»Das glaube ich«, sagte Ruth.

»Mum und Dad, kann ich surfen lernen?«, unterbrach Edward die Erwachsenen. »Nell und Vian bekommen Unterricht.«

»Ja, am Poldhu Beach«, ergänzte Ruth. »Das sind von hier zehn, fünfzehn Minuten mit dem Auto. Morgen früh geht's los.«

»Darf ich?« Edward sah seine Eltern hoffnungsvoll an. Sie waren noch unentschlossen.

Simon fragte Ruth: »Muss man sich da vorher anmelden?«

»Ich denke, Sie können einfach hinfahren«, antwortete Ruth. »Aber ich suche Ihnen die Nummer heraus, dann sind Sie auf der sicheren Seite.«

Kate zog ihren Sohn auf den Schoß. »Ich hab dir doch gesagt, dass du hier Freunde findest«, sagte sie aufmunternd.

Edward wurde rot, stand schnell auf und warf Nell ein schüchternes Lächeln zu.

»Warum musstest du den unbedingt zum Surfen einladen?«, murrte Vian in der Nacht. Sie lagen in ihrem Etagenbett, Nell war bereits halb eingeschlafen. Jetzt war sie wieder wach.

»Er ist doch nett«, entgegnete sie müde. »Ich finde, er sieht aus wie der Junge aus der *Unendlichen Geschichte*.«

Nach längerem Schweigen brummte Vian: »Du hast immer gesagt, *ich* würde wie der Junge aussehen.«

»Du erinnerst mich an Atréju, auch wenn du jetzt kurze Haare hast.« Im Film reichten die Haare Atréju fast bis auf die Schultern.

Nell beugte sich über das Gitter des oberen Betts – sie hatten nie wieder getauscht. »Edward sieht eher aus wie Bastian«, sagte sie.

Vian schmollte noch immer, doch Nell wusste, dass er mit dem Vergleich zufrieden war. Atréju war ein mutiger Held, ein reitender, monsterjagender Retter des Universums. Bastian las die spannende Geschichte nur in einem Buch, auch wenn er am Ende auf dem Glücksdrachen saß.

»Er tut mir leid«, sagte Nell. »Er hat niemanden. Sein Bruder ist tot«, fügte sie ernst hinzu.

Vian verstummte.

»Da war er selbst noch ganz klein, aber es ist trotzdem furchtbar, nicht?«

Vian nickte. Er schaute zu Nell hoch, und seine Augen füllten sich mit Tränen.

»Was ist?«, flüsterte sie.

»Ich will nicht, dass du im Sommer nach Frankreich fährst«, brach es mit erstickter Stimme aus ihm hervor.

Nell warf ihre Bettdecke zurück und kletterte die Leiter hinunter. Scampi lag neben Vian auf dem Boden, seine Rute klopfte schwach, als Nell über seinen flauschigen Körper hinweg in Vians Bett stieg. Vian rückte zur Seite, Nell legte einen Arm um seine Schultern. Vian tat dasselbe, und die beiden hielten sich fest.

»Es wäre schön, wenn du mitkommen könntest«, flüsterte Nell. »Das wird total langweilig.«

»Immerhin hat deine Mutter einen Swimmingpool.«

»Ja, das ist super«, gab Nell zu. »Aber lieber würde ich mit dir im Meer schwimmen.«

»Auch wenn es eiskalt ist?«

»Ja, trotzdem.«

Meistens trugen sie Neoprenanzüge, aber die waren so mühsam anzuziehen, dass sie sich manchmal auch ohne ins Wasser wagten.

»Hoffentlich geht's dem Entlein gut«, bemerkte Vian.

»Hoffe ich auch«, erwiderte Nell. »Unglaublich, dass wir es retten konnten!«, freute sie sich.

Im Moment saß das Küken in einem Karton in der Küche, zu Scampis großem Verdruss hinter verschlossener Tür, doch am nächsten Tag wollten die Kinder ihr altes muschelförmiges Planschbecken mit Wasser füllen und dem Entchen dort ein Zuhause schaffen.

Nells Vater war überraschend verständnisvoll und sogar hilfsbereit gewesen, als er nach Hause kam und erfuhr, was passiert war. Er hatte nicht nur dafür gesorgt, dass Steven und Linzie, die Bauern weiter oben an der Straße, ihnen Hühnerfutter liehen, sondern hatte auch Ruth überzeugt, dass die Kinder alt und umsichtig genug seien, um allein mit dem Boot rauszufahren, solange sie vorher einem Erwachsenen Bescheid sagten und auf die Tide achteten.

»Was hältst du davon, wenn wir ihn Webster nennen?«, fragte Vian.

Nell runzelte die Stirn. Ihn? Sie war überzeugt, dass das Küken weiblich war, und Webster klang sehr nach einem Jungennamen.

Doch letztendlich wollte sie nur, dass Vian glücklich war, und wenn das Küken dafür männlich sein musste, dann sollte es halt so sein. »Ja, finde ich gut«, sagte sie. »Also heißt es Webster.«

Vian grinste.

Sie waren so ins Gespräch vertieft, dass sie die Schritte auf der Treppe nicht hörten. Plötzlich öffnete sich knarrend die Tür. Die beiden sahen sich erschrocken an, Vian zog die Bettdecke über ihre Köpfe.

Sie hörten zwei schwere Schritte, dann wurde die Decke zurückgerissen. »Ab in dein Bett!«, brüllte Geoff so laut, dass sogar Scampi Reißaus nahm.

Nell floh aus Vians Bett und kletterte flugs die Leiter hoch in ihr eigenes, bevor sie ihrem Vater in die Augen sah.

»Entschuldigung, Daddy«, flüsterte sie. Er war sehr böse.

»Entschuldigung«, echote Vian von unten.

»Schluss jetzt! Es wird geschlafen!«, befahl Geoff und verschwand.

Später in der Nacht wurde Nell ein zweites Mal aus dem Schlaf gerissen. Sie legte das Ohr an die Wand. Ihr Vater und Ruth unterhielten sich mit erhobenen Stimmen im Wohnzimmer.

»Sie streiten«, murmelte Vian im unteren Bett. Er spürte wohl, dass Nell aufgewacht war.

»Worüber?«, fragte sie bang.

Vian schlüpfte aus dem Bett.

»Vian!«, zischte Nell. »Lass das!« Aber er war schon an der Tür und zog sie auf.

Nell kletterte die Leiter hinunter und schlich auf Zehenspitzen zu Vian.

»Ich will nicht umziehen«, hörten sie Ruth sagen.

»Glaubst du, ich vielleicht?«, gab Geoff zurück. »Ich bin in diesem Haus groß geworden! Aber jeder braucht ein eigenes Zimmer – und ein eigenes Bett.«

»Sie sind doch erst zehn! Bei dir hört es sich an, als würden sie was Verbotenes tun.«

»Ich weiß, dass sich niemand was dabei denkt, aber sie werden so schnell groß. Es ist nur eine Frage der Zeit, bis sie …«

»Hör auf!«, unterbrach Ruth Nells Vater. Sie klang empört.

Vian und Nell tauschten verwirrte Blicke.

»Wir müssen uns Gedanken darüber machen«, sagte Geoff erschöpft. »Vielleicht können wir das Atelier umbauen«, schlug er vor.

»Und wo arbeite ich dann?«, fragte Ruth. »Und wer von den beiden soll da schlafen?«

»Vian hätte vielleicht nichts gegen ein eigenes Zimmer.«

Vian zuckte zusammen. Nell spürte einen stechenden Schmerz. Ohne nachzudenken, drängte sie sich an ihm vorbei und lief die Treppe hinunter.

»Ihr könnt ihn nicht zwingen, draußen zu schlafen!«, rief sie auf halber Höhe.

Schockiert sahen Ruth und Geoff zu ihr hoch. Dann sackten die Schultern von Nells Vater nach vorn. »Wir überlegen nur, Nelly. Erwachsene besprechen solche Sachen.«

»Ist mir egal!«, schrie sie. »Ihr könnt ihn nicht zwingen! Wenn einer da schlafen muss, dann ich, nicht Vian!« Sie stampfte mit dem Fuß auf.

Ein blasser Vian kam hinter ihr die Treppe hinunter. »Nein, ihr könnt sie nicht zwingen! Warum dürfen wir uns nicht das Zimmer teilen? Wir wollen in einem Zimmer schlafen!«

»Ihr werdet größer. In eurem Alter sollte jeder ein eigenes Zimmer haben«, sagte Geoff überzeugt.

»Warum?«, fragte Vian.

»Es ist einfach ...« Verlegen trat Ruth von einem Bein aufs andere. »Es ist nicht richtig, Kinder. Jungen und Mädchen sollen nicht in einem Zimmer schlafen.«

Vian und Nell waren verblüfft. Warum das denn nicht?

»Ihr schlaft doch auch zusammen«, fiel Vian ein.

»Das ist was anderes«, entgegnete Ruth verdrießlich. »Wir sind erwachsen und wir sind ... Gut, wir sind *nicht* verheiratet«, räumte sie ein, »aber so gut wie.«

»Nell und ich heiraten später auch«, verkündete Vian.

Nell nickte. Darauf hatten sie sich mit sechs Jahren geeinigt. Es stand fest.

Ruth warf Geoff einen Seitenblick zu.

»Ihr seid viel zu jung, um so was zu sagen«, fuhr er die Kinder an und unterband jeden weiteren Widerspruch. »Es steht doch noch nichts fest. Wir haben uns nur darüber unterhalten, ob es möglich wäre, in ein größeres Haus umzuziehen. Man belauscht nicht die Gespräche anderer Leute! Ihr müsstet eigentlich tief und fest schlafen. Ab ins Bett!«

»Ich will nicht umziehen!«, rief Nell.

»Vielleicht ziehen ja Ruth und ich ins Atelier«, sagte Geoff, um seine Tochter zu beruhigen. »Bloß brauchen wir uns darüber jetzt keine Gedanken zu machen. Aber«, seine Stimme wurde deutlich lauter, »wenn ihr beide jetzt nicht auf der Stelle ins Bett geht und nicht aufhört, zum anderen ins Bett zu klettern und ihn wachzuhalten, dann *werdet* ihr getrennt, und zwar *schneller, als euch lieb ist*!«

Die Drohung half. Nell und Vian rasten wie der Blitz nach oben, und für den Rest der Nacht hörte man keinen Mucks mehr von ihnen.

Am nächsten Morgen war die Stimmung im Cottage leicht angespannt, doch niemand kam auf das Thema vom Vorabend zu sprechen. Selbst die kleine Ente konnte Nells Unbehagen nicht vertreiben.

Direkt nach dem Frühstück packten sie für den Strand. Obwohl Nell Edward ermutigt hatte, mit ihnen in die Surfschule zu gehen, hoffte sie nun, er würde es nicht tun. Sie wollte nicht, dass Vian wieder schlechte Laune bekam.

Doch als sie den Strand erreichten, stand Edward bereits mit seinen Eltern in der Schlange, um sich anzumelden. Er schaute sich über die Schulter um, und sein Gesicht begann zu strahlen. Nell griff nach Vians Hand und drückte sie, doch er entwand sie ihr. Sie warf Edward nur ein verhaltenes Lächeln zu.

»Alles in Ordnung?«, fragte er später, als sie sich in die Neoprenanzüge kämpften. Edwards geliehene Ausrüstung war noch nass und sandig vom letzten Benutzer. Sie sah aus, als sei sie besonders schwer anzuziehen. Nell und Vian hatten ihre eigenen Anzüge mitgebracht.

»Doch«, antwortete Nell und stieß versehentlich mit dem Ellenbogen einen fremden Mann an. Der Kurs bestand aus ungefähr einem Dutzend Teilnehmern aller Altersklassen. »Und bei dir?«

»Hab ein bisschen Angst«, gab Edward zu. »Du nicht?«

»Eigentlich nicht.« Nell war völlig ruhig. In den letzten zwei Wochen war sie aufgeregt gewesen, aber Angst hatte sie nicht. Vian und sie wollten schon seit Ewigkeiten surfen lernen.

Jeweils zu zweit trugen sie ihre Bretter an den Strand – eins unter jeden Arm – und stellten sich im Halbkreis um den Lehrer auf. Vian rückte ganz nach außen neben Nell und ignorierte Edward auf ihrer anderen Seite.

Nell konnte es nicht leiden, wenn Vian so abweisend war – nicht nur zu Edward, sondern auch zu ihr. Er war immer so besitzergreifend. In der Schule war er anders. Dort hatte jeder seine eigenen Freunde, sie waren selten in der Pause zusammen. Doch die Ferien gehörten ihnen, und Vian stellte klar, dass Edward ein Eindringling war.

Nell war in der Zwickmühle. Sie versuchte, sich auf den Unterricht zu konzentrieren, was deutlich einfacher wurde, als sie erst mal im Wasser waren und jeder mit sich selbst beschäftigt war. Als Vian schon beim zweiten Versuch auf dem Brett stand und mit der Welle fast bis ans Ufer surfte, jubelte sie, so laut sie konnte. Vian sah sich über die Schulter um und reckte ihr den gestreckten Daumen entgegen. Dass Edward immer wieder ins Wasser fiel, hob seine Laune beträchtlich.

Am Nachmittag regnete es in Strömen. Ruth lud die Kinder ein, mit ihr im Atelier zu malen. Nell schrieb lieber Geschichten als zu zeichnen, aber sie beschäftigte sich gerne mit Ruths

Aquarellfarben und mochte den Geruch im Atelier, auch wenn sie sich nicht vorstellen konnte, dort zu schlafen. Der Raum hatte vier große Fenster, die alle auf den Fluss gingen. Abgesehen davon herrschte dort das reinste Durcheinander: Überall auf den Holzbodendielen waren Farbkleckse, an den Wänden lehnten Leinwände in allen Größen.

Nell traute sich nicht, Ruths teure Öl- und Acrylfarben zu benutzen, doch Vian tat es gerne. Er hatte Ruths künstlerisches Talent geerbt. Seine Werke waren bereits in einer Galerie in Truro ausgestellt worden, nachdem er an einem Malwettbewerb für Kinder teilgenommen hatte. Der Galerist war von seinen abstrakten Segelbooten beeindruckt gewesen, doch Nell bewunderte am meisten seine Zeichnungen von Elfen und Kobolden.

Einige Jahre zuvor war Ruth mit ihnen zu einer Vorlesestunde in der Bibliothek gegangen, in der die verschiedenen Feenarten vorgestellt wurden. Das hatte Nell auf die Idee gebracht, sich Geschichten über die in Cornwall beheimateten Pixies auszudenken – beziehungsweise Piskies, wie sie hier genannt wurden. Und so war sie auf Schummel und Bummel gekommen, zwei freche Kobolde, die am Helford River lebten und ständig von den bösen Spriggens bedroht wurden.

Auf Nells Bitte hin hatte Vian die Wesen aus ihren Geschichten zum Leben erweckt. Er hatte kleine Szenen auf Kieselsteine gemalt, die sie am Strand gefunden hatten. Auf der Fensterbank ihres Zimmers hatte Nell ganz viele Steine aneinander gereiht. Sie gehörten zu ihren kostbarsten Besitztümern.

Nell sah Vian gerne beim Malen zu. Sein Gesichtsausdruck faszinierte sie: wie sich seine dunklen Brauen zusammenzogen und sich die Augen vor Sorgfalt verengten. Nirgends konzentrierte er sich so wie beim Malen. Nur dann schien er wirklich in einer anderen Welt zu sein. Mit ihren Geschichten kam Nell nicht schnell genug voran, weil sie immer zu sehr mit Vians Fortschritten beschäftigt war. Auch jetzt schaute sie ständig zu ihm hinüber.

»Was malst du da?«, fragte sie schließlich.

»Erkennst du das nicht?« Er wandte den Blick nicht von der Leinwand ab.

»Sieht aus wie Wombat, nur auf dem Kopf.« Sie meinte das Boot.

»Das *ist* Wombat auf dem Kopf«, erwiderte Vian und malte einen grünen Strich auf das orangefarbene Boot.

Nell runzelte die Stirn. »Ähm, warum?«

Er schaute kurz zu ihr hinüber und grinste. »Du hast mir doch erzählt, dass Schummel und Bummel kein Haus mehr haben, weil die Spriggens ihren Holzapfelbaum überfallen haben, oder?«

Seit dem Frühjahr wohnten Schummel und Bummel in dem Holzapfelbaum, als sie den Heckenelfen als Dank für deren Zauberstaub Apfelblüten geschenkt hatten. Mit Hilfe der naturverbundenen Brownies, kleinen Wichteln, hatten Schummel und Bummel die Äpfelchen monatelang gehegt und gepflegt. Dann hatten die bösen Spriggens den Baum überfallen und die rubinroten Früchte gestohlen. Die Spriggens waren verrückt nach Edelsteinen, und für sie sahen die Äpfel wie Juwelen aus. Sie wollten sie nicht essen – sie fraßen lieber schleimige Schnecken und Blutegel aus dem Fluss. Die Spriggens wollten die Äpfel als Schmuck vorzeigen und sich damit brüsten. Wenn die Früchte faulten, warfen sie sie einfach in den Fluss.

Da die bösen Kobolde den Holzapfelbaum seiner Früchte und Blätter beraubt hatten – Letzteres aus reiner Häme –, waren Schummel und Bummel vorübergehend obdachlos. Sie drückten sich zwischen die nackten Zweige und zitterten vor

Kälte, völlig ungeschützt vor den Blicken der Menschen. Schummel wäre fast entdeckt worden – was für eine Katastrophe!

Nell betrachtete das Bild. Vian wartete geduldig, dass sie verstand, was es darstellte.

»Aah! Im Winter leben sie unter dem Boot!«, rief sie schließlich.

Vian lachte und nickte. »Guck mal, ich habe ihnen sogar eine kleine Tür reingemacht. Wie findest du das?«

Staunend schüttelte Nell den Kopf. »Ganz toll.« Schon begann es in ihrem Kopf wieder zu arbeiten, ersann sie neue Abenteuer für die Kobolde, zum Beispiel eine schnell steigende Flut. Oder ein zappelnder Fisch wäre unter dem Boot gefangen und müsste befreit werden.

Ruth kam dazu, neugierig geworden durch die Unterhaltung der Kinder. Sie hatte ihre roten Haare locker mit einem grünen Band zurückgebunden und sah besonders hübsch aus, wie Nell fand.

»Die Algen sind wirklich toll geworden, Vian!«, rief Ruth.

Vian errötete, stolz wie Oskar.

»Ehrlich, ich finde, ihr zwei könntet diese Geschichten veröffentlichen. Ich bin mir sicher, dass viele Menschen sie interessant fänden. Ich könnte sie für dich tippen«, wandte sich Ruth an Nell. »Und vielleicht könnte ich dir helfen, ein paar wichtige Szenen auszuwählen, die Vian dann illustriert. Wir könnten die Geschichten kopieren und binden lassen und vielleicht sogar an Leute schicken, die solche Bücher verlegen. Mal gucken, was sie davon halten.«

Nell war erst einmal verblüfft. Dann hüpfte sie vor Aufregung herum. Ruth gab ihr einen Kuss auf den Scheitel. Als sie sich aufrichtete, löste sich das grüne Satinband aus ihren Haaren und fiel zu Boden. Nell, die es schon länger hatte haben wollen, hob es kichernd auf und versuchte, sich selbst damit einen Zopf zu binden. Doch ihre Haare waren vor kurzem auf Kinnlänge abgeschnitten worden, so dass das Band keinen Halt fand.

Ruth lachte und zupfte an Nells Locken. »Wenn du dir so was reinmachen willst, musst du die Haare länger wachsen lassen.«

Ruth hatte sich in all den Jahren bemüht, dafür zu sorgen, dass Nells Haare nicht verfilzten, angefangen in jenem ersten gemeinsamen Sommer. Ganz erfolgreich war sie nicht gewesen – wenn Nell nach London zurückkehrte, beschwerte sich ihre Mutter jedes Mal, Nells Haare sähen aus wie Stroh. Irgendwann hatte Nell den Kampf gewonnen und die Haare abschneiden lassen, doch jetzt bereute sie es zum ersten Mal.

»Ich weiß, was wir machen«, sagte Ruth. Sie funktionierte das Band zu einem Stirnband um und befestigte es um Nells Kopf.

»Welche Farbe soll die Tür haben?« Vian lenkte die Aufmerksamkeit der glücklichen Nell wieder auf das Bild.

»Grün«, erwiderte sie, ohne mit der Wimper zu zucken.

Vian und Ruth sahen sich an und grinsten. Nell war so durchschaubar.

»Was ist dein Lieblingsgrün, Nell?«, fragte Ruth und nahm mehrere Tuben mit Acrylfarbe aus einem Karton. »Schon als du klein warst, hast du immer gesagt, Grün wäre deine Lieblingsfarbe, aber welches Grün magst du am liebsten? Es gibt Lindgrün, Grasgrün, Tannengrün, Salbeigrün, Olivgrün, Mintgrün ... Magst du Jadegrün? Oder Petrol? Oder die Farbe von diesem Haarband? Das würde ich Smaragdgrün nennen.«

Nell betrachtete die Farben vor ihr. Sie mochte alle, aber am stärksten hingezogen fühlte sie sich zu Mintgrün und Petrol.

»Interessant«, sagte Ruth. »Das sind nicht gerade die grünsten Grüntöne, finde ich. Der hier geht ins Bläuliche.« Sie wies auf Petrol. »Was ist, wenn du aus dem Fenster guckst?« Ruth führte Nell vom Karton fort. »Magst du die Farben der Blätter an den Bäumen? Eichenblätter sind dunkler als die Blätter der Platane unten auf der Terrasse. Was ist mit Gras? Und mit dem Fluss?«

Bei der letzten Frage rümpfte Nell die Nase, und Ruth musste lachen.

Nell hatte noch nie darüber nachgedacht, welches Grün sie am liebsten mochte. Sie besaß keine grünen Kleidungsstücke, aber wenn sie ein Spiel mit bunten Steinen spielten, stand stets fest, dass sie den grünen bekam. Ihre Zahnbürste war immer schon grün, und als sie Scampi bekamen, hatte sie sich gewünscht, dass er ein grünes Halsband trug. Doch als eine Münze geworfen wurde, hatte Vian gewonnen, deshalb hatte Scampi jetzt ein rotes Halsband. Nicht dass Vian bei seiner Lieblingsfarbe geblieben wäre. Momentan war es gelb.

»Was ist mit dem Weizen auf dem Feld vom Bauer?«, fragte Ruth und wies über den Fluss. Es würde noch mindestens einen Monat dauern, bis er goldgelb wurde.

Nell ging näher ans Fenster und schaute hinaus. »Ja, die Farbe mag ich«, sagte sie mit Überzeugung.

»Auch das wäre bei mir fast ein Blaugrün«, bemerkte Ruth. »Ich würde sogar behaupten, da spielt ein bisschen Grau mit hinein. Auf jeden Fall ist es nicht so leuchtend grün wie die Gerste, die da letztes Jahr stand. Die war eher lindgrün.«

Vian seufzte.

»Langweile ich dich, mein Sohn?«, neckte Ruth ihn.

»Kann ich jetzt *Inspector Gadget* gucken?«, fragte er mit hängenden Schultern.

Ruth lächelte und verdrehte die Augen zum Himmel. »Dann

geh! Lass deine Pinsel stehen, ich mache sie zusammen mit meinen sauber.«

»Danke, Mum«, grinste Vian und nahm seine Mutter schnell in den Arm, dann lief er davon. Nell tat es ihm nach.

Der nächste Tag war ein Sonntag, deshalb gab es keinen Surfunterricht. Nell und Vian beschlossen, sich die Zeit zu vertreiben, indem sie mit Wombat über den Fluss fuhren und auf der anderen Seite picknickten. Außerdem hatten sie vor, Elritzen zu angeln. Webster bekam immer noch das Hühnerfutter, und die Kinder dachten, ein paar leckere Fischbröckchen seien eine schöne Abwechslung für das Küken. Es hatte richtig Gefallen am Planschbecken gefunden, und Scampi hatte richtig Gefallen am Entlein gefunden. Zum Glück schien sich Webster nicht zu sehr am Gebell des aufgeregten Hunds zu stören.

Sie nahmen Scampi mit, damit Webster zu Hause ein bisschen Ruhe hatte, und wie immer sprang er aus dem Boot, bevor es das Ufer erreicht hatte. Er wartete, bis die Kinder zu ihm kamen, ehe er sein nasses Fell einmal gründlich ausschüttelte.

Auf der anderen Seite des Flusses angekommen, sah sich Nell den Weizen genauer an.

Für sie war er einfach grün, aber sie verstand, was Ruth mit der leichten Blaufärbung der Stängel meinte.

»Die Farbe finde ich *wirklich* schön«, sagte sie zu Vian, der bereits die Kekse verputzte, die eigentlich als Nachtisch gedacht waren. »Ich glaube, das ist mein Lieblingsgrün. Kannst du die Farbe für die Tür nehmen?«

Er zuckte mit den Schultern. »Nimm ein paar Stängel mit nach Hause. Dann versuche ich, die Farbe zu mischen.«

Als die Kinder heimkamen, sahen sie verdutzt, dass Edward mitten im Kükengehege saß und Webster in den Händen hielt.

»Hallo!«, rief er.

»Was machst du denn hier?«, fuhr Vian ihn an, während Scampi anfing, wie wild zu bellen.

»Dein Vater hat gesagt, ich könnte ruhig herkommen und das Kleine besuchen. Er hat uns gesehen, als wir unten am Fluss spazieren gegangen sind.«

Nell zwang sich zu lächeln, um Vians Grobheit die Schärfe zu nehmen. »Er ist niedlich, nicht?«

Vian kletterte in das Gehege und leerte den Inhalt des Eimers ins Schwimmbecken. Die kleinen Fischchen zappelten herum.

»Gib ihn mir!«, fuhr er Edward an.

Hastig reichte Edward Webster weiter, und Vian setzte das Küken ins Becken. Fast sofort tauchte das Entchen mit dem Kopf unter und ging auf Nahrungssuche.

Entzückt schauten die Kinder zu, die Anspannung zwischen ihnen war vorübergehend vergessen.

»Wart ihr mit dem Boot unterwegs?«, fragte Edward Nell und bückte sich, um Scampi zu streicheln. Sofort drehte sich der Hund auf den Rücken, damit Edward ihm den Bauch kraulen konnte.

»Ja, wir haben ein Picknick auf der anderen Seite gemacht.«

»Hört sich toll an.«

Bevor Nell vorschlagen konnte, Edward beim nächsten Mal mitzunehmen, zwickte Vian ihr in den Finger.

»Wir sehen uns im Atelier«, sagte er mit Nachdruck. »Ich hole den Schlüssel.«

Beschämt über Vians Verhalten blieb Nell, wo sie war.

»Dein Bruder mag mich nicht«, stellte Edward fest.

»Er ist schnell eifersüchtig«, gestand Nell, kniete sich neben Edward und tätschelte Scampi ebenfalls.

Der Junge zog eine Grimasse. »Warum?«

»Keine Ahnung«, erwiderte Nell. Sie hatte ja nicht vor, irgendwohin zu verschwinden.

Doch sie fühlte sich Vian gegenüber verantwortlich. Es war einfach so. Er schien alles viel intensiver zu empfinden – auch die Dinge, die einfach so an ihr abperlten.

Sie erinnerte sich noch gut an die Anfangszeiten ihres Zusammenlebens. Damals hatte Vian Probleme gehabt, wenn Ruth sich mit Nell beschäftigte. Irgendwann hatte er sich daran gewöhnt, weil Nell zu einem Familienmitglied wurde und die Familie Vian über alles ging.

Es tat Nell weh, wenn Vian von seinem Vater Postkarten aus Australien bekam. Lag eine im Briefkasten, schwebte er anfangs auf Wolke sieben. Dann zog er sich zurück, und nichts, was Nell sagte, konnte ihn aus seiner düsteren Stimmung holen. Sie hatte herausgefunden, dass sie ihn am besten einfach nur in den Arm nahm, wenn es passierte. Unzählige Male waren sie bei solchen Gelegenheiten gemeinsam im unteren Bett eingeschlafen.

Bei dem Gedanken daran, dass ihre Eltern sie auseinanderbringen wollten, verspürte Nell einen Stich. Sie verstand es immer noch nicht.

Vian kam aus dem Cottage. Kurz blieb er stehen und guckte düster zu Nell und Edward hinüber, dann ging er zum Atelier und schloss es auf.

Ruth hatte einen Teil ihrer Bilder nach Padstow mitgenommen, wo sie sich mit einem Galeristen traf. Sie würde den größten Teil des Tages unterwegs sein. Hoffentlich hatte sie nichts dagegen, wenn Vian allein in ihrem Atelier war – eigentlich durften die Kinder nicht hinein.

»Ist morgen wieder Surfunterricht?«, fragte Edward beiläufig.

»Ja«, antwortete Nell traurig. »Ich bringe den hier mal eben zu Vian.« Sie griff nach dem Weizen.

»Wofür ist der?«

»Er malt was für mich.«

»Und warum braucht er die Stängel?«

»Weil ich die Farbe mag. Ich schreibe ein Buch«, erklärte Nell voller Stolz. »Vian malt die Bilder dazu.«

»Wovon handelt das Buch?«, erkundigte sich Edward neugierig, bevor ihm einfiel, dass Nell eigentlich ins Atelier wollte.

»Tut mir leid«, murmelte sie im Weggehen mit schlechtem Gewissen.

Im Atelier kramte Vian in einem Karton herum und holte verschiedene grüne und blaue Farbtuben heraus.

»Warum bist du so gemein zu ihm?«, fragte sie wütend.

»Bin ich gar nicht.«

»Bist du wohl! Du bist total fies!«

»Warum magst du ihn so?«

»Er ist nett, und er hat niemanden zum Spielen. Er tut mir einfach leid.«

»Dann geh doch und spiel mit ihm.«

Nell sah ihn böse an. Vian ignorierte sie und stöberte weiter in der Kiste herum. Sie war stinksauer.

»Das mach ich auch«, sagte sie. »Ist ja nicht so, als würdest du mich hier brauchen.«

»Nee.«

»Na, dann.«

Er sagte keinen Ton mehr. Sie ging.

Edward saß immer noch im Gras und streichelte Scampi. Er sah Nell entgegen.

»Soll ich mal eine von meinen Geschichten erzählen?«, fragte sie.

»Ja«, erwiderte Edward lächelnd.

Es dauerte jedoch nicht lange, da kam Edwards Vater und sagte, sie wollten zum Abendessen nach Hause. Als sie gegangen waren, schaute Nell im Atelier nach, wie Vian vorankam.

»Alles in Ordnung?« Sie schob den Kopf durch die Tür.

»Ja«, antwortete er.

Sie entdeckte das Blatt, das auf Vians Staffelei befestigt war – es war fast von oben bis unten blaugrün bemalt.

»Und, kommt das so hin?«, fragte er und hielt ihr den Weizen hin.

Unten war die Leinwand bläulich-grün mit einem leichten Graustich, nach oben hin wurde sie immer blasser.

»Perfekt!«, rief Nell. »Das hänge ich mir an die Wand!«

»Von mir aus.« Vian wirkte zufrieden. »Hoffentlich weiß ich hinterher noch, welche Farben ich dafür gemischt habe, damit ich die Tür von Schummel und Bummel richtig hinbekomme.«

Nell war erleichtert, dass Vian nicht mehr sauer wegen Edward war.

»Kannst du deinen Namen draufschreiben?«, fragte sie.

Vian drückte den Pinsel in den letzten Rest hellblauer Farbe. Gebannt sah Nell zu, wie die Wörter in Schreibschrift auf dem Papier erschienen: *Vian Stanley Stirling*.

Ruths Nachname war Stanley. Vians Vater hieß Stirling. Irgendwann in den letzten fünf Jahren hatte Ruth entschieden, dass Vian beide Namen tragen sollte.

»Was treibt ihr beide da drin?« Nells Vater erschien in der Tür. »Wow!«, rief er, als er Vians Bild sah. »Das ist aber sehr grün.«

»Das ist die Farbe von Weizen«, erklärte Nell.

Geoff runzelte die Stirn. »Weizen ist doch gelb.«

»Nein.« Nell schüttelte den Kopf und hielt die Stängel hoch, die sie draußen gepflückt hatte. »Nicht zu dieser Jahreszeit. Können wir die Ränder abschneiden, damit es komplett grün ist?«, fragte sie Vian.

Er nickte.

Liebevoll verwuschelte Geoff Vians Haare. »Soll ich das mit einem Cutter machen? Dann wird es ganz gerade.«

»Okay«, sagte Vian. »Geht das auch sofort?«

Ruth kam nach Hause, als sie gerade fertig waren.

»Vian hat die Farbe von Weizen gemalt!«, verkündete Nell.

Doch Ruth wirkte alles andere als glücklich.

»Ach, Vian, du hast mein gesamtes Coelinblau verbraucht!«, rief sie verärgert und ging zu den Farbtuben, um sie durchzusehen. »Das brauchte ich noch für mein Bild.«

Vian machte ein langes Gesicht.

»Wir können doch Nachschub holen«, warf Geoff sanft ein.

»Wie denn? Wann?«, gab Ruth zurück. »Du musst morgen arbeiten, und wir sind am Strand – wann soll ich da nach Falmouth fahren und Farbe kaufen?« Sie hatten nur ein Auto, das sie sich teilten. »Außerdem habt ihr die ganze Milch aufgebraucht. Jetzt kann ich keine Makkaroni mit Käse mehr machen.«

»Ich gehe schnell einkaufen«, sagte Geoff, um Ruth zu beschwichtigen.

»Heute ist Sonntag! Der Laden hat zu!«, fuhr sie ihn an. »Vergiss es! Ich gehe zu Linzie rüber und frage sie, ob sie mir Milch leihen kann.«

»Komm, ich gehe.«

»Nein, ich brauche frische Luft und Bewegung. Habe über zwei Stunden im Auto gesessen. Die Straßen waren total voll.« Verärgert schnaubend stürmte Ruth nach draußen.

Geoff lächelte die Kinder entschuldigend an, dennoch wirkte Vian sehr verstört, als er aufräumte.

»Schon gut, mein Junge«, sagte Geoff liebevoll. »Ich glaube, nach Mums Laune zu urteilen, ist ihr Termin nicht gut gelaufen. Wir heitern sie beim Abendessen auf.«

Ruth brauchte Ewigkeiten, um die Milch zu holen. Nells Bauch fing an zu grummeln. Vian ging schmollend nach oben, Nell hingegen blieb in der Küche und aß ein bisschen von dem Käse, den ihr Vater zur Vorbereitung aufs Essen schon mal gerieben hatte. Immer häufiger schaute Geoff zur Uhr hinüber.

»Wo bleibt sie nur?«, murmelte er schließlich. »Ich weiß ja, dass Linzie viel redet, aber das ist doch etwas übertrieben! Ich rufe mal besser drüben an«, beschloss er laut und ging in den Flur, um die Nummer der Nachbarn herauszusuchen.

»Oh, hallo, Steven, hier ist Geoff!«, hörte Nell ihn sagen. »Ja, sehr gut, danke. Und dir?« Eine kurze Pause. »Eigentlich wollte ich Ruth sprechen. Die Kinder fangen schon an zu nörgeln wegen des Essens, da dachte ich, ich frag mal kurz, wo sie bleibt.« Wieder kurzes Schweigen. »Ach. Sie wollte zu euch rüber und fragen, ob sie sich Milch leihen kann.« Er klang verwirrt. »Ach«, sagte er wieder. »Ja, wenn das geht … Jetzt mache ich mir schon Sorgen. Ich glaube, ich setze mich besser eben ins Auto und …«

Eine heulende Sirene unterbrach ihn. Nell spähte in den Flur und sah gerade noch, wie ihr Vater die Haustür aufriss und nach draußen stürzte. Der Telefonhörer baumelte am Kabel und schlug gegen die Wand. Nell hörte eine blecherne Stimme:

»*Geoff? Geoff?*«

Sie lief zu ihrem Vater nach draußen. Die blau und rot blinkenden Lichter eines Rettungswagens kamen aus dem Dorf die Straße hinunter. Das Martinshorn heulte. Nell hielt sich die Ohren zu, als das Fahrzeug am Cottage vorbeiraste, die Straße hoch, in Richtung der Farm von Steven und Linzie. Geoff starrte ihm nach, Nell wurde übel.

»Bleib im Haus!«, befahl ihr Vater mit bebender Stimme und hastete mit bleichem Gesicht an Nell vorbei, um den Autoschlüssel aus dem Flur zu holen. »Bleib bei Vian! Ich bin gleich wieder da.«

Verängstigt verfolgte sie, wie er zum Auto lief, einstieg und dem Rettungswagen nachfuhr.

Als Nell ins Haus kam, hing der Hörer immer noch herunter und gab einen stumpfsinnigen langgezogenen Piepton von sich. Benommen hob sie ihn hoch und legte ihn auf die Gabel, dann schlich sie ins Wohnzimmer. Sie schaute zur Treppe, mochte aber nicht nach oben gehen.

Kurz darauf öffnete sich ihre Zimmertür, und Vians Schritte waren auf den Stufen zu hören.

»Wo ist Mum?«, fragte er, als er Nell erblickte.

Sie schaute zu ihm hoch und schüttelte den Kopf. »Weiß ich nicht.«

Er seufzte. »Ich sterbe vor Hunger.«

»Sie kommt bestimmt gleich«, sagte Nell, doch ihre Stimme klang seltsam.

Vian sprang die letzten drei Stufen hinunter und landete mit einem lauten Rums. Er ging in die Küche. Nell folgte ihm, innerlich krank vor Angst.

»Wo ist dein Vater?«, fragte er und sah sich stirnrunzelnd um.

»Er hat einen Krankenwagen gehört«, flüsterte Nell.

Vian warf ihr einen durchdringenden Blick zu. Dann dämmerte es ihm plötzlich.

»Vian, warte!«, rief Nell. »Dad hat gesagt, wir sollen im Haus bleiben!«

Doch er zog schon seine Turnschuhe an.

»Bitte!«, flehte Nell. »Ich will nicht allein hier bleiben!« Das war das Einzige, was ihn überzeugen konnte, nicht zu gehen.

»Komm mit!«, forderte er und reichte Nell ihre Schuhe.

Vians entschlossenem Gesichtsausdruck sah sie an, dass sie ihn nicht aufhalten konnte.

Doch kurze Zeit später sollte sie sich von ganzem Herzen wünschen, sie hätte es wenigstens versucht.

# Vierzig

Luke schläft. Ich glaube, er ist eingenickt, als ich mit den verschiedenen Grüntönen anfing, aber ich habe leise weitergesprochen. Die Geschichte lenkt ihn ab.

Ich stehe auf, gähne und recke die Arme über den Kopf. Ich bin erschöpft. Eigentlich müsste ich einen Spaziergang machen oder mir in der Cafeteria des Krankenhauses etwas zu essen holen, damit ich durchhalte, aber selbst dazu fehlt mir die Kraft. Ich hebe den Stuhl an, um ihn näher ans Bett zu rücken, setze mich wieder, beuge mich vor und lege die Wangen auf die Arme. Ich schließe die Augen und frage mich, ob ich in dieser Position schlafen kann.

Doch meine Gedanken wandern weiter, und es dauert nicht lange, da bin ich wieder zurück in meiner Kindheit ...

# Fünfzehn

Das Erste, was ich beim Aufwachen sehe, ist das Bild mit der Farbe des Weizens.

Das Erste, an was ich denke, ist Vian.

Ich schlafe jetzt im unteren Bett, was irgendwie immer noch seins ist, obwohl es in den Jahren, bevor er zu uns kam, mein Bett war und es wieder ist, seit er fort ist. Ich schlafe darin, um ihm näher zu sein, auch wenn wir geographisch nicht weiter voneinander entfernt sein könnten.

Mein Blick wandert zu den Postkarten, die rund um das Bild an der Wand hängen: wellenreitende Surfer, schroffe australische Küstenabschnitte, verschlafene Nester mit Blechdächern, große und kleine Fischerboote …

Meine Freunde haben Poster über dem Bett – von Bros über Milli Vanilli und Guns N'Roses bis zu George Michael –, ich habe nur Postkarten, und alle sind von Vian.

Mittlerweile schreibt er nicht mehr so oft wie früher, denn er ist schwer beschäftigt mit Schule, Surfen und Arbeiten. Ich kann mir nicht vorstellen, wie es ist, tagelang am Stück draußen auf dem Meer zu sein, aber er fährt oft mit seinem Vater auf einem Krabbenboot raus. Das kommt mir alles unglaublich fremd vor.

Der Wecker reißt mich aus meiner Benommenheit. Ich drehe mich um und stelle ihn ab, dann stehe ich auf und gehe zitternd zum Fenster. Es ist Flut, das Wasser ist so glatt wie eine Glasfläche. Die Bäume an den Ufern spiegeln sich im

Fluss. Noch vor wenigen Wochen trugen sie rotes, orangefarbenes und gelbes Laub, jetzt sind die Zweige braun und nackt. So werden sie monatelang bleiben. Ich beuge mich vor, um nach dem Rasen zu sehen. Er liegt noch im Schatten des Cottages und ist wie von Zuckerguss überzogen. Die Glasscheibe beschlägt von meinem Atem, ich trete zurück.

*Heute auf jeden Fall Strumpfhosen.* Ich wühle in meinen Schubladen und hole alles heraus, was ich brauche, um mich anzuziehen. Dann gehe ich nach unten.

Dad sitzt in seiner weiten braunen Strickjacke am Küchentisch, einen Becher Tee in den Händen. Ich erinnere mich noch, dass die alte Strickjacke mal dieselbe Farbe wie seine Haare hatte. Jetzt ist er fast vollständig ergraut. Der Verlust von Ruth hat ihn alt gemacht.

»Hallo«, sage ich mit schleppender Stimme.

»Morgen«, antwortet er und lächelt mir zu, bevor ich im Bad verschwinde.

Als ich in Schuluniform wieder herauskomme, hält er eine Tasse Tee für mich bereit.

»Rührei?«, frage ich und gebe ihm einen Kuss auf die Wange.

»Das wäre schön«, sagt er dankbar und drückt meine Schulter.

Normalerweise mache ich mir das Frühstück selbst, und falls Dad noch nicht zur Arbeit aufgebrochen ist, serviere ich ihm auch seins.

Nach Ruths Tod nahm er stark ab und bekam das Gewicht nicht ansatzweise wieder drauf. Ich versuche, ihn zu unterstützen, wo ich kann.

Nach dem Unfall wollte meine Mutter, dass ich nach Frankreich ziehe. Sie dachte, Dad käme nicht mit mir klar, solange wir beide so tief in unserer Trauer gefangen waren. Ich kämpfte mit Händen und Füßen dafür, bleiben zu dürfen. Es gab keine schlimmere Vorstellung für mich, als ihn alleine zu lassen.

Aber es war hart. Und das ist eine verdammte Untertreibung.

Der Verlust von Ruth brach uns allen das Genick, aber Vian auch noch zu verlieren ... Das war für mich ... Ich kann immer noch nicht in Worte fassen, was das mit mir machte – wie es mir bis heute damit geht.

Vians Vater wollte, dass Vian nach Australien kommt und bei ihm lebt, und mein Vater sagte, wir müssten ihn gehen lassen. Dad und Ruth waren nicht verheiratet, und Dad hatte Vian nicht adoptiert, deshalb hätten wir keine andere Wahl, sagte er.

Doch tief in mir bin ich überzeugt, dass Dad sich stärker dafür hätte einsetzen können, dass Vian bei uns bleibt. Er war wie ein Bruder für mich, mein Zwilling, der Deckel für meinen Topf. Ruths Tod erschütterte uns und schleuderte uns in entgegengesetzte Richtungen.

Manchmal liege ich nachts wach und kann nicht schlafen. Dann empfinde ich nichts als Verbitterung, Zorn und sogar Wut auf meinen Vater, weil er Vian gehen ließ.

Deshalb denke ich lieber nicht darüber nach.

Und wir sprechen fast nie über Vian.

Dad und die Mutter meiner Freundin Ellie teilen sich das Bringen und Abholen: Ellies Mutter fährt uns auf dem Weg zur Arbeit zur Schule, Dad nimmt uns auf dem Heimweg mit. Er arbeitet immer noch in Glendurgan Gardens und fängt schon um halb acht an, ist aber so früh fertig, dass er uns abholen kann. Heute hat Ellies Mum jedoch einen frühen Termin, so dass Dad später zur Arbeit fährt.

Ellie – Eloïse Culshaw – ist meine beste Freundin. Sie wohnt den Berg hoch in Mawgan, doch obwohl unsere Häuser nicht weit voneinander entfernt sind, machen wir nicht so viel zusammen, wie man denken könnte. Dad erlaubt mir nicht, zu Fuß nach Mawgan zu gehen – nicht nach dem, was mit Ruth passiert ist. Die Landstraßen sind schmal und gewunden, es sind zu viele unachtsame Autofahrer unterwegs. Der Unfallverursacher von damals wurde nie gefunden.

Dad fährt in die Sackgasse, in der Ellie wohnt. Ich will meine Sachen dort abgeben – heute übernachte ich bei ihr –, deshalb springe ich aus dem Wagen und laufe zur Haustür.

»O Gott!«, quietsche ich, als die Tür aufgeht.

Am Vortag reichten Ellies kastanienbraune Haare noch bis zu ihren Schultern, aber nachdem sie gestern Abend beim Frisör war und sich eine Dauerwelle hat machen lassen, sind sie deutlich kürzer. Ellie wollte schon immer Locken haben.

»Und, wie findest du es?«, fragt sie grinsend und dreht den Kopf hin und her.

»Du siehst aus wie Baby aus *Dirty Dancing*, nur in Braun!«

Das ist das größte Kompliment, das ich ihr machen kann. *Dirty Dancing* ist unser Lieblingsfilm, wir haben ihn schon tausend Mal auf Video gesehen.

»Los, gib her!« Ellie nimmt meine Tasche und stellt sie in den Flur, dann zieht sie die Tür hinter sich zu und kommt nach draußen.

Wir setzen uns hinten ins Auto. Ich hab's aufgegeben, vorne zu sitzen, weil ich mir immer den Nacken verrenke, wenn ich mit ihr rede.

»Deine Haare sehen super aus«, meint sie. »Hast du sie geknetet?«

»Ja.« Meine Haare haben leichte Wellen, aber mit Haarschaum und einem Diffusor auf dem Föhn kann ich mir eine richtig wilde Mähne machen.

»Für die Party?« Sie stößt mich verschwörerisch an.

Dad am Steuer spitzt die Ohren. »Was für eine Party?«, fragt er.

»Brad Miltons sechzehnter Geburtstag«, erwidere ich und werfe Ellie einen Blick zu, der ihr signalisiert: *Gleich geht es los …*

Brad ist der ältere Bruder unserer Klassenkameradin Brooke – die beiden sind nur ein Jahr auseinander, deshalb haben unsere Klassen so viel miteinander zu tun.

»Wann hast du mir das erzählt?«, fragt Dad.

»Letzte Woche«, behaupte ich fest. »Deshalb schlafe ich doch bei Ellie, schon vergessen? Ihre Eltern bringen uns hin.«

»Wo ist diese Party?«

»Im Haus von Brooke und Brad in Helford.«

»Und wann holen Ellies Eltern euch ab?«

»Keine Ahnung, so … gegen elf?« Ich verdrehe die Augen so, dass Ellie es sieht.

Tatsächlich hat Ellies älterer Bruder Graham angeboten, uns abzuholen – er hat einen Führerschein und will heute Abend zu einem achtzehnten Geburtstag im nahe gelegenen Segelclub.

Aber wenn ich das Dad erzähle, regt er sich nur auf.

»Was ist, wenn er mit meiner Mutter redet?«, fragt Ellie am Abend, als wir auf hohen Absätzen über die schmale, steile Straße nach Helford stöckeln. Ihre Mutter hat uns am Parkplatz oben abgesetzt, weil man unten so schlecht wenden kann. Bei Flut ist es so gut wie unmöglich, weil die Straße dann unter Wasser steht.

»Tut er nicht«, wiegele ich ab und fahre mit den Fingern über die Kopfsteine in der Mauer rechts von mir. In den Rillen wachsen Farne, in der Luft liegt der Geruch von feuchtem Moorboden und Salzwasser.

»Er macht sich immer Sorgen«, sagt Ellie.

»Viel zu viele Sorgen«, ergänze ich. »Aber er kann mich nicht mein Leben lang in Watte packen.« Ich stolpere über einen Huckel im Boden und komme ins Straucheln. Schnell halte ich mich an Ellies Arm fest und ziehe sie fast mit nach unten. Wir müssen lachen.

»Hast du was getrunken, Forrester?«, ertönt eine Stimme hinter uns.

Ich sehe mich über die Schulter um: ein grinsender Drew Castor ist nur wenige Meter hinter uns. Er trägt Jeans und ein schwarzes Sakko und sieht noch heißer aus als sonst.

»Das sind diese dämlichen hohen Absätze!«, rufe ich zurück und drehe mich wieder nach vorn, damit er meine roten Wangen nicht sieht.

Ich bin ein bisschen verknallt in Drew. Er ist ein Freund von Brad und hat herrliche braune Haare, die man nicht mehr kurz nennen kann, aber die auch nicht richtig lang sind. Keine Ahnung, womit er sie sich stylt, aber wenn er sie zur einen Seite kämmt, bleiben sie so stehen, und wenn er sie auf die andere Seite drückt, bleiben sie dort. Manchmal fallen sie ihm auch in die grünen Augen, und ich habe mir schon hundert Mal vorgestellt, wie es wohl wäre, sie ihm nach hinten zu streichen. Mit seiner letzten Freundin, die das tun durfte, wovon ich nur träume, war vor ein paar Monaten Schluss.

Kann nicht behaupten, dass ich deswegen traurig gewesen wäre.

Drew kommt mit langen Schritten näher. »Wollt ihr zu Brad?«, fragt er. Als er uns eingeholt hat, hakt er sich bei mir unter. »Damit du nicht wieder stolperst«, scherzt er.

Ich lache und schiebe ihn mit dem Ellenbogen weg. »Ja, wir wollen zu Brad. Und du?«

»Auch.«

»Müsstest du nicht eigentlich aus der anderen Richtung kommen?«, fragt Ellie.

Drews Eltern sind die Inhaber des Pubs, der ein paar Minuten Fußweg entfernt ist. Er wohnt mit seiner Familie in dem Cottage gegenüber.

»Ich musste meinem Dad helfen«, erklärt er.

Drew und sein älterer Bruder Nicholas jobben im Pub ihrer Eltern. Nick bedient hinter der Theke, Drew hilft in der Küche. Ich habe ihn schon gesehen, wenn ich mit Dad zum Essen da war, was leider nicht oft vorkommt.

Als wir uns dem Haus der Miltons nähern, einem winzigen Cottage zwischen der Straße und dem Helford River, dröhnt Madonnas »Like a Prayer« aus den Boxen. Durch das Tor gehen wir in den Garten, wo die Bäume mit Lichterketten geschmückt sind. Viele Schulkameraden von uns sind bereits da. Es ist viel zu kalt, um die Jacke auszuziehen, doch wir tun es trotzdem, und sofort bekommen wir Gänsehaut an den Armen. Ich trage ein schulterfreies schwarzes Kleid, das kurz über dem Knie endet; die dicke graue Schulstrumpfhose habe ich gegen eine durchsichtige schwarze eingetauscht. Es ist eiskalt, dennoch bibbern wir so lange draußen, bis alle ins Haus gehen.

Als später im Wohnzimmer eine Gluthitze herrscht, haben wir genau das gegenteilige Problem. In dem engen Raum sind wir zusammengedrängt wie Sardinen. Beim Tanzen schwitzen wir am ganzen Körper, das Wasser läuft an den Fensterscheiben hinunter. Ich schiele zu Drew hinüber und merke nicht zum ersten Mal an diesem Abend, dass er mich ansieht. Kurz darauf verschwindet er in der Küche.

Ich warte, bis »Love Shack« von The B-52's zu Ende ist, dann frage ich Ellie und Brooke: »Wollt ihr was trinken?«

Sie nicken und folgen mir.

Drew steht am Kühlschrank und holt eine Zweiliterflasche Cola heraus, Brad futtert mit ein paar Freunden Chips aus einer großen Schüssel.

Brad und Brooke haben erstaunliche Ähnlichkeit miteinander. Beide sind groß und haben glatte, lange blonde Haare. Manche Mädchen in der Schule finden, Brad sähe aus wie Scott aus *Neighbours*, aber das scheint mir ein bisschen übertrieben.

»Kannst du uns auch was eingießen?«, fragt Brooke.

»Klar«, sagt Drew.

Ich merke, dass er mich beobachtet, während ich die Plastikbecher von einem großen Stapel nehme und sie auf der Arbeitsfläche aufreihe.

»Du siehst heiß aus«, sagt er.

Die anderen kichern.

»Ich meinte, du siehst aus, als ob dir heiß wäre«, murmelt Drew und gießt die sprudelnde Flüssigkeit in die Becher. »Obwohl du auch in anderer Hinsicht heiß aussiehst«, fügt er cool hinzu und grinst mich mit Grübchen in den Wangen keck an.

Bei seinem Kompliment macht mein Herz einen Hüpfer, und ich werde ungewollt rot. Schon wieder.

Brooke nimmt einen Pappteller, um mir frische Luft zuzufächeln.

Lachend schiebe ich sie von mir. »Ist gut! Ich gehe mal raus, mich abkühlen.«

Alle kommen mit, und die Dezemberluft auf der heißen, feuchten Haut ist ein Segen. Wir gehen ans Ufer hinunter. Der Pub von Drews Eltern steht direkt auf der anderen Seite des

Flusses, die Außenbeleuchtung der Terrasse spiegelt sich im dunklen Wasser.

»Arbeitest du samstags noch im Café?«, fragt mich Drew.

»Nein, momentan leider nicht.« Ich hatte einen Job oben im Segelclub. »Im Winter haben sie nicht genug Gäste, aber sie meinten, ich sollte im Sommer wiederkommen. Und du, musst du heute Abend nicht arbeiten?« Ich sehe zu ihm auf – ich bin nur ein Meter sechzig groß, Drew ist knapp eins achtzig.

»Nein, dafür habe ich morgen Abend und den ganzen Sonntag übernommen.«

»Arbeitest du gerne in der Küche?«

Er zuckt mit den Schultern. »Stört mich nicht. Hinter der Theke wäre mir lieber.«

»Da musst du noch zwei Jahre warten, oder?« Dann wird Drew achtzehn.

Er grinst mich schief an und schüttelt den Kopf. Seine Augen funkeln im Schein der Lichterketten. »Ich glaube nicht, dass Nick mich in sein Territorium lässt – dazu hat er zu viel Spaß daran, die Mädels abzugreifen.«

Ich grinse und trinke einen Schluck. Ich weiß, was für einen Ruf sein Bruder hat.

»Und was hast du sonst so am Wochenende vor?«, fragt Drew und schiebt seine Haare nach rechts.

»Mit Ellie abhängen. Ich schlafe heute bei ihr. Und du?«

»Ich will mit meinem Bruder und ein paar Kumpels surfen.«

»Im Winter?«

»Im Winter ist es am geilsten!« Drews weiße Zähne strahlen. »Die Wellen sind höher und besser, außerdem sind viel weniger Touristen unterwegs.«

»Ich kann nicht surfen«, sage ich. »Mit zehn habe ich mal einen Kurs angefangen, aber …« Ich verstumme.

»War nichts für dich?«

»Doch, schon.« Ich zögere mit der Erklärung, aber da ich nun mal angefangen habe, spreche ich weiter. »Nach unserer ersten Stunde ist die Freundin meines Vaters gestorben – ich weiß nicht, ob du dich daran erinnerst.«

»Doch, natürlich. Das tut mir leid. Ist dein ... Also, er war natürlich nicht dein leiblicher Bruder, wie hieß er noch mal?«

»Vian.«

»Ist der danach nicht nach Australien gezogen?«

»Ja. Er surft jetzt richtig«, sage ich stolz. »Hat sogar ein paar Wettkämpfe gewonnen.«

Drew ist beeindruckt. »Wenn du morgen nicht arbeiten musst, kannst du doch mitkommen! In Nicks Auto ist genug Platz.«

»Oh, danke!« Die spontane Einladung überrascht mich.

»He, Nell, ist das dein Vater?«, unterbricht uns Brad.

Mein Kopf schnellt herum, und ich sehe eine allzu vertraute Gestalt am Gartentor stehen.

»Wartet kurz«, murmele ich und eile hinüber. »Dad! Was ist los! Ist was passiert?«

Er schüttelt den Kopf, und sofort bekomme ich Panik. *Vian?*

»Du hast gesagt, Ellies Eltern würden euch abholen«, sagt er vorwurfsvoll. »Warum hast du mir nicht gesagt, dass ihr Bruder fährt? Er hat gerade erst seinen Führerschein gemacht.«

Verdattert sehe ich ihn an. Deshalb ist er hier? Um mich an Grahams Stelle abzuholen und nach Hause zu bringen?

»Aber ich schlafe bei Ellie!«

»Ich bringe euch *beide* nach Hause. Ich habe mit ihren Eltern gesprochen. Komm, hol deine Jacke!«, befiehlt er. »Wieso bist du überhaupt ohne Jacke draußen?«

»Aber … aber … es ist erst halb elf«, stottere ich. Wie kann er mir das antun?

Aus dem Augenwinkel sehe ich, dass Ellie näherkommt.

»Ist alles in Ordnung?«

»Dad ist hier und will uns abholen.« Mein Gesichtsausdruck vermittelt ihr, wie peinlich mir die Situation ist.

»Oh«, sagt sie. »Aber …«

»Wir fahren am Segelclub vorbei und sagen Graham Bescheid«, fügt Dad hinzu. »Das Auto steht oben auf dem Berg.«

»Wir treffen uns da«, bringe ich durch zusammengepresste Zähne hervor. »Wir müssen uns noch verabschieden.«

Zum Glück ist er einverstanden.

Ich gehe zu Drew und den anderen zurück.

»Wir müssen los«, sage ich niedergeschlagen. »Wegen morgen muss ich noch mit meinem Vater reden. Er stellt sich immer ein bisschen an, wenn ich mit anderen fahre.«

»Aha.« Drew macht ein fragendes Gesicht. »Ruf doch im Pub an und sag mir Bescheid. Ellie kann auch mit, wenn sie Lust hat.«

»Worum geht's?«, fragt sie.

»Erzähle ich dir auf dem Weg zum Auto«, sage ich schnell und verabschiede mich leise von allen. Brooke nehme ich in die Arme.

Auf dem Heimweg schlagen meine Enttäuschung und Scham in Wut um. Schäumend sitze ich da, während Ellie sich kleinlaut mit meinem Vater unterhält.

Ich weiß, dass er mich nur abgeholt hat, weil er sich Sorgen um mich macht, aber er kann mich nicht immer wie ein kleines Kind behandeln – ich bin fünfzehn!

»Ellie und ich wollen morgen mit Max und Nicholas Castor an den Strand«, verkünde ich, als er vor Ellies Haus hält.

Es ist mein erster Satz, seit wir losgefahren sind.

»Nicholas nimmt uns mit«, füge ich hinzu.

Dad schüttelt den Kopf. »Nicholas Castor vertraue ich nicht.«

»Dad, das ist albern!«, rufe ich. Die arme Ellie zuckt zusammen.

»Ich bin …«, setzt sie leise an, öffnet die Tür und steigt aus.

Ich warte, bis sie die Tür geschlossen hat, dann explodiere ich: »Das war so dermaßen peinlich eben! Wieso kann Graham uns nicht nach Hause bringen? Er war doch auch in Helford!«

»Du hättest es mir sagen sollen«, erwidert mein Vater verärgert.

»Das habe ich nicht getan, weil ich wusste, dass du ausflippst! Ich will morgen an den Strand, und ich will mit Drews großem Bruder fahren!«

»Auf gar keinen Fall.«

Ich schüttele den Kopf, Tränen der Enttäuschung schießen mir in die Augen. »Dad, ich halte das nicht mehr aus. Was damals passiert ist, war … furchtbar …« Ich erschaudere. »Aber ich bin nicht Ruth! Ich brauche Freiraum und Unabhängigkeit! Vian darf bestimmt bei jedem Freund mitfahren! Mit Sicherheit dürfte er bei jedem ins Auto steigen, wenn er noch hier wäre, darauf wette ich!« Der Zorn, der manchmal nachts in mir aufsteigt, übermannt mich.

»Er war dir scheißegal! Du hast einen Dreck dafür getan, dass er hier bleiben konnte, dir wäre auch scheißegal, mit wem er seine Zeit verbringt!«

»Wie kannst du so was sagen?« Dad wirkt getroffen. »Ich hatte doch gar keine Wahl …«

»Ruth wäre so enttäuscht, wenn sie wüsste, was mit ihm passiert ist. Was *du* zugelassen hast!«

Selbst im dunklen Auto sehe ich, dass jede Farbe aus seinem Gesicht weicht.

»Ach, Nell«, murmelt er, und sofort verdrängt ein aufkommendes Schuldgefühl meine Wut. »Mir fehlt Vian genauso sehr wie dir.«

»Wie kannst du so was sagen?« Ich glaube ihm nicht. »Das ist einfach nur *gelogen!* Selbst Scampi war trauriger als du, als er weggezogen ist! Du sprichst nie über ihn …«

»Ich spreche nicht über ihn, weil ich weiß, dass es dir weh tut, an ihn erinnert zu werden«, unterbricht er mich. »Und das weiß ich, weil es auch *mir* weh tut! Aber das heißt nicht, dass er mir nicht fehlt, und egal, was du sagst, Ruth hätte gewollt, dass er zu seinem leiblichen Vater kommt. Sie hatte sowieso Schuldgefühle, weil Vian keine richtige Beziehung zu John hatte.«

Mit glänzenden Augen greift er nach der Geldbörse in seiner Gesäßtasche und zieht ein zerknittertes Stück Papier hervor. »Ich denke ständig an ihn«, sagt er und gibt es mir. Ich falte es auseinander und betrachte es verstört. »Seit er fort ist, habe ich das immer bei mir.«

Es ist der Rand von Vians grünem Gemälde, den Dad vor fast fünf Jahren abgeschnitten hat.

Der Kloß in meinem Hals schwillt auf das Dreifache an.

»Er fehlt mir immer noch so sehr!« Ich breche in Tränen aus. »Manchmal habe ich das Gefühl, ihn gar nicht mehr zu kennen, dass ich nicht mehr weiß, wer er ist. Am Telefon klingt er so anders. Ich würde alles dafür geben, ihn wiederzusehen.«

»Vielleicht kann er uns besuchen kommen«, schlägt Dad vor. »Ich könnte ihm anbieten, das Flugticket zu bezahlen. Ein bisschen Geld habe ich zur Seite gelegt«, verrät er. Hoffnung keimt in mir auf. »Eigentlich wollte ich dir etwas zu einem Auto dazugeben, aber …« Er verstummt.

»Ich kann mir nicht vorstellen, dass du mir je erlaubst, selbst hinterm Steuer zu sitzen«, bringe ich hervor.

»Nein, vielleicht nicht.« Dad schürzt die Lippen.

»Könnte er nicht Weihnachten kommen?«, frage ich.

»Wir können ihn ja anrufen und fragen.«

»Jetzt?«

»Und was ist mit Ellie?«

»Ich habe keine Lust mehr, bei ihr zu schlafen«, erwidere ich. »Sie versteht das schon. Ich sage ihr Bescheid und hole meine Sachen.«

Als wir zu Hause ankommen, ist es bereits nach elf. In Australien ist es Samstagmorgen. Als ich mit dem Hörer am Ohr im Flur stehe und mein Magen mit jeder Sekunde, in der Vian sich nicht meldet, flatteriger wird, denke ich an eine unser letzten Begegnungen. Er kämpfte stoisch gegen die Tränen, während sein Vater vor ihm kniete und sagte, er könne es nicht erwarten, ihn mit nach Hause zu nehmen.

Als ich John das erste Mal sah, hatte ich Angst vor ihm. Er war unglaublich groß, viel größer als mein Vater, und musste sich regelrecht bücken, um in unserem Cottage von einem Zimmer ins nächste zu gehen. Ich erinnere mich daran, dass seine Kleidung unheilvoll dunkel war und er einen buschigen schwarzen Bart hatte. Ich konnte es nicht fassen, dass dieser Riese von Mann unseren geliebten Vian mitnehmen durfte.

Doch als er sich hinkniete, sah ich, dass er ein freundliches Gesicht hatte.

Schnell schüttele ich den Kopf – ich kann es nicht ertragen, an jene schrecklichen Tage zurückzudenken. Meistens versuche ich, die Erinnerungen zu verdrängen, aber manchmal habe ich Albträume, in denen ich die Straße hoch laufe, immer schneller, um zu verhindern, dass Vian den zerstörten, leblosen Körper seiner Mutter und an ihrer Seite meinen vor Schmerz schreienden Vater sieht.

In meinen Träumen schaffe ich es nie, Vian aufzuhalten, genau wie in Wirklichkeit.

Am anderen Ende klickt es in der Leitung.

»Hallo?«

»Ich bin's, Nell!«

Kurze Pause. »Hi.«

Vian hat jetzt einen australischen Akzent – und eine tiefe Stimme. Ich erinnere mich noch an den Stimmbruch: In den Monaten zwischen unseren Telefonaten verwandelte Vian sich in einen Fremden.

»Ich dachte, du wärst vielleicht surfen«, sage ich.

»Nein, das Klingeln hat mich geweckt.«

»Oh, Entschuldigung!« Ich merke, dass er wirklich müde klingt.

»Schon gut.«

Wir sprechen nicht mehr oft miteinander, und zwar nicht nur, weil es teuer ist. Es ist auch irgendwie unangenehm. Vian redet nicht sehr viel – hat er noch nie getan.

»Alles in Ordnung bei dir?«, fragt er.

»Ja.« Ich sehe kurz zu Dad hinüber. »Ich wollte dich was fragen. Dad und ich haben uns unterhalten, und wir haben überlegt, ob wir dich vielleicht überreden können, über Weihnachten nach England zu fliegen. Dad würde das Ticket bezahlen.«

Keine Reaktion am anderen Ende der Leitung.

»Dieses Jahr Weihnachten?«, fragt Vian nach einer gefühlten Ewigkeit.

»Ja, also letztlich in ein paar Wochen.«

Wieder eine lange Pause. »Ich weiß nicht genau«, erwidert er schließlich. »Da müsste ich erst meinen Vater fragen.«

»Warum, weil du arbeiten musst? Kannst du nicht mal Urlaub machen? Dein Vater hätte doch nichts dagegen, oder? Du fehlst uns!« Ich kann nicht aufhören zu reden. »Warte kurz, Dad will mit dir sprechen.«

Ich lege meinem Vater den Hörer in die wartenden Hände, gehe mit gedrückten Daumen auf und ab und höre, wie mein Vater anbietet, mit John zu sprechen. Schließlich verabschieden sie sich, und Dad legt auf.

»Er sagt, er fragt seinen Vater«, wiederholt Dad das, was Vian mir schon gesagt hat. »Er ruft zurück.«

»Wann?«

»Keine Ahnung, aber nicht in den nächsten Stunden, also können wir uns erst mal ins Bett legen.«

Erst jetzt fällt mir auf, wie geschafft er aussieht – die Ringe unter seinen Augen sind fast so prägnant wie seine buschigen Augenbrauen.

Eine Welle der Zuneigung für ihn rauscht über mich hinweg. Ich nehme ihn in den Arm. »Hab dich lieb. Danke!«

Er küsst mich auf den Scheitel. »Hab dich auch lieb«, erwidert er. »Tut mir leid, wenn ich dich heute Abend bloßgestellt habe. Das tue ich nur, weil du mir wichtig bist.«

»Ich weiß«, brumme ich. »Aber du musst ein bisschen lockerer werden, Dad, *bitte!*«

»Ich versuch's«, verspricht er mürrisch.

Vian meldet sich am nächsten Morgen. Er hat Neuigkeiten für uns: Sein Vater hat es erlaubt! Er bekommt ungefähr zur selben Zeit wie ich Ferien, aber hat den gesamten Januar frei, deshalb buchen wir sofort seine Flüge.

»Wo soll er schlafen?«, frage ich Dad. Inzwischen ist Vian vielleicht zu groß für mein Etagenbett.

»Ich hatte gedacht, wir räumen das Nebengebäude aus und machen ein Gästezimmer daraus.«

Mich überrollt die Erinnerung daran, wie Vian und ich auf der Treppe standen und unsere Eltern anschrien.

*Sie wollten, dass jeder ein eigenes Zimmer hat.*

Damals konnten wir natürlich nicht verstehen, warum Jungen und Mädchen nicht in einem Zimmer schlafen sollten, aber mittlerweile …

Dad wartet auf meine Antwort.

»Hört sich gut an.« Ich versuche, begeistert zu klingen. »Wollen wir direkt damit anfangen?«

Am Montag treffe ich zufällig Drew vor der Cafeteria der Schule.

»Wie war's beim Surfen?«, frage ich.

»Gut«, antwortet er knapp.

O-oh. Ich hab's verbockt. Ich war so mit Vians Besuch beschäftigt, dass ich nicht dran gedacht habe, im Pub anzurufen und Bescheid zu geben, dass ich nicht mit an den Strand durfte.

»Tut mir leid, dass ich nicht kommen konnte«, beeile ich mich zu sagen. Dann gebe ich mehr preis, als ich unter anderen Umständen erzählt hätte. »Ich hatte einen Riesenkrach mit meinem Vater. War echt übel, aber am Ende hat er Vian gefragt, ob er über Weihnachten rüberkommen will!«

»Das ist doch super!«

»Wenn er da ist, könnten wir ihn vielleicht mit zum Surfen nehmen«, schlage ich hoffnungsvoll vor.

»Auf jeden Fall.« Drews Grübchen erscheint wieder. »Halt mich auf dem Laufenden!«

*Das tue ich ganz bestimmt …*

Zwei Wochen später fahren Dad und ich zum Flughafen, um Vian abzuholen. Während wir in der Ankunftshalle stehen und warten, dass er herauskommt, kribbelt alles in mir vor Aufregung. Werden wir ihn überhaupt erkennen? Seit Jahren habe ich kein Foto mehr von ihm gesehen. Auf dem letzten war er ungefähr zwölf und trug eine Schuluniform – sein Vater hatte es uns geschickt.

»Da ist er!«, ruft Dad und winkt überschwänglich.

Ich folge seinem Blick, und mir fällt die Kinnlade runter.

Wenn mir schon Vians Stimme am Telefon fremd vorkam, dann ist das nichts im Vergleich zu seinem Aussehen.

Ich schaue hoch, immer höher und höher …

Bis er vor uns steht und ich den Kopf fast in den Nacken legen muss, um diesem menschlichen Eiffelturm ins Gesicht zu blicken.

Dad nimmt diesen *Fremden* in die Arme; ich stehe völlig sprachlos da.

Vian ist mit Sicherheit einen Meter neunzig groß – mindestens fünfzehn Zentimeter größer als Dad –, und sehr schlank. Es ist, als sei sein Körper in die Länge gezogen worden und habe noch keine Zeit gehabt, ihn mit Masse zu füllen. Seine leicht gewellten dunklen Haare reichen ihm fast bis auf die Schultern, und er hat eine schwarze Jeans, einen grauen Kapuzenpulli und eine Jeansjacke an.

Dad und Vian lösen sich voneinander, dann nimmt Vian mich in die Arme und drückt mich fest an sich. Mein Herz spielt verrückt – ob er das hört? Oder ob er merkt, dass es gegen seinen Brustkorb hämmert?

*Wer bist du?*

Er macht einen Schritt nach hinten und mustert mich von oben bis unten. Sein Lächeln erreicht seine dunkelblauen Augen.

Errötend wende ich den Blick ab. Dad überschüttet Vian mit Fragen, will wissen, wie der Flug war und ob er viel Schlaf bekommen habe. Verstohlen betrachte ich Vians Gesicht, seine langen dunklen Wimpern, die auffallend schrägen Augenbrauen, seine hohen Wangenknochen und die gerade Nase.

Ich versuche, mich auf ihr Gespräch zu konzentrieren, und merke, dass Vian sogar anders *klingt* als am Telefon.

*O Mann, ist das gruselig.*

»Kommt, gehen wir zum Auto!«, verkündet Dad und greift nach Vians Koffer.

Vian wirft sich einen abgeschrammten natogrünen Rucksack über die Schulter. Auf dem Weg zum Parkplatz schiele ich ihn befangen von der Seite an. Er merkt es.

»Du hast dich echt verändert«, sagt er.

Ungewollt breche ich in Lachen aus.

»Was ist?«, fragt Vian stirnrunzelnd.

»*Du* bist total verändert!«, rufe ich.

Sein Gesicht verzieht sich zu einem breiten Grinsen, das es noch kantiger wirken lässt.

»Ist ja auch schon eine Weile her«, sagt er, doch der Humor, den ich in seiner Stimme höre, verschwindet aus seinem Gesicht.

Je näher wir unserem Cottage kommen, desto nervöser wird Vian. Weil ich hinten sitze, fällt mir auf, dass seine Schultern sich immer stärker anspannen und seine Kiefernmuskeln zucken, weil er die Zähne aufeinanderpresst.

Das Gespräch ist schon länger verstummt – Vian hat im Auto nie viel geredet, sondern lieber aus dem Fenster geschaut. Anders als Ellie und ich, die unablässig quatschen. Das hat er mit Dad gemeinsam, daher ist das Schweigen nicht unangenehm.

»Dieses Dorf kommt mir bekannt vor«, murmelt Vian.

»Ja, wir sind gleich zu Hause«, erwidert Dad.

Als wir vor unserem Cottage halten, steigt keiner aus. Es ist ein klarer, kühler Wintertag, und die silbrigen Schieferplatten glänzen in der Sonne. Zwischen Cottage und Nebengebäude sieht man den grünen Rasen zum Fluss hin abfallen. Es ist Ebbe. Rinnsale aus dem Zufluss winden sich durch den Schlamm in Richtung Meer.

Dad dreht sich zu Vian um, und von der Seite kann ich sehen, dass er seine buschigen Augenbrauen besorgt zusammenzieht. »Wie wär's mit einer Tasse Tee und Keksen?«, fragt er.

Nach Dads Überzeugung können diese beiden Dinge alles kurieren.

Man hört nur die Geräusche der zuschlagenden Autotüren, Dads klimpernde Schlüssel und das Rattern von Vians Koffer auf dem schmalen Gartenweg, doch Vians Schmerz tönt mir in den Ohren und trifft mich in der Magengrube. Als Dad durch das Tor geht und die Haustür aufschließt, lässt sich Vian zurückfallen und schaut zum Nebengebäude hinüber – damals das Atelier seiner Mutter.

Scampi quetscht sich an Dad vorbei und stürzt sich auf Vian.

»Scampi!«, ruft er erfreut und sinkt auf die Knie. Scampis Rute schlägt aufgeregt hin und her. Vian nimmt den Kopf des Hundes in die Hände und kichert, als Scampi ihm durchs Gesicht leckt. Der Rüde reißt sich los, um mich ebenfalls zu begrüßen, Vian bleibt auf den kalten Platten knien und sieht mit vor Tränen glänzenden Augen zu, wie sein alter Kamerad wieder ins Haus schießt.

»Wie trinkst du deinen Tee, Vian?«, fragt Dad leise, dennoch zuckt Vian merklich zusammen.

»Mit Milch und einem Stück Zucker bitte«, erwidert er mit gepresster Stimme und erhebt sich. Er zieht die schmalen Schultern hoch und folgt Dad in die Küche.

»Alles in Ordnung?«, flüstere ich ihm zu, als wir am Tisch sitzen und Dad an der Spüle den Wasserkocher nachfüllt.

Vian nickt, aber richtet seine Aufmerksamkeit mehr auf den Hund als auf mich.

»Willst du dich vielleicht erst mal umsehen?«, frage ich.

Er zögert, dann nickt er.

»Ich zeige Vian mal eben das Haus«, sage ich zu Dad und stehe auf.

Die Beine von Vians Stuhl kratzen über die Fliesen, als er ihn nach hinten schiebt. Dad und ich ziehen den Kopf ein.

*Das hat er früher immer nur getan, wenn er wütend oder verletzt war …*

»Das ist alles so klein hier«, bemerkt er, als ich ihn ins Wohnzimmer führe. Er betrachtet den gemütlichen Raum mit der niedrigen Decke und den kleinen Fenstern. Dies ist der älteste Teil unseres vierhundert Jahre alten Cottages, hier bestehen die Wände traditionell aus Lehm, Stroh und Steinen. Badezimmer, Flur und Küche wurden später angebaut.

»Achtung auf der Treppe!«, mahne ich und weise auf seinen Kopf, als wir nach oben gehen. Vian muss sich unter den Deckenbalken und im Türrahmen zu meinem Zimmer klein machen.

Sein Blick wandert vom Fenster über die Kommode zum Etagenbett.

»Da passt du jetzt nicht mehr rein«, stelle ich das Offensichtliche fest.

»Nein«, stimmt Vian mir zu und beugt sich vor, um die Wand genauer zu betrachten. Er stutzt.

»Ich habe dein Bild immer noch«, sage ich. »Und ich habe alle Postkarten von dir aufgehoben.«

Seine dunklen Haare fallen ihm ins Gesicht und verbergen

seine Miene, doch ich kann deutlich sehen, wie sein Adamsapfel auf und ab hüpft. Einmal, zweimal, dreimal.

»Und wenn du da druntergucktst ...« Ich weise auf die Holzbretter unter der oberen Matratze, »... dann kannst du sehen, dass da auch noch alle Sterne kleben.«

Vian schweigt, deshalb rede ich weiter.

»Das Atelier – ich meine, das Nebengebäude – haben wir zu einem Gästezimmer umfunktioniert.«

Ich habe mich zwar schnell berichtigt, jedoch nicht schnell genug. Mit schmerzverzerrtem Gesicht richtet Vian sich auf.

Bevor ich noch etwas sagen kann, ruft Dad von unten: »Kinder, der Tee ist fertig!«

»Wir sind keine Kinder mehr«, brummt Vian eher zu sich selbst als zu mir.

Als wir uns an den Tisch setzen, ist er nervös. Immer wieder schielt er zur Tür hinüber, und ich spüre, dass er den Rest der Hausbesichtigung, diese Reise in die Vergangenheit, endlich hinter sich bringen will.

Dad will Vian unbedingt zeigen, was wir aus dem Atelier gemacht haben. Der unsichtbare Faden, der mich mit Vian verbindet, ist immer noch da, wenn auch sehr dünn und zum Bersten gespannt, deshalb spüre ich seinen Kummer, als sein Blick über die frisch gestrichenen hellblauen Wände, das Doppelbett mit der rot-blau gestreiften Tagesdecke und die neuen Teppiche auf den gebohnerten Bodendielen schweift. Die alten Wandschränke sind noch da, aber Dad zeigt Vian eine Kommode, in die er seine Sachen räumen kann. Vian lächelt die ganze Zeit höflich, doch seine Augen sind leer.

»Toll geworden«, sagt er ausdruckslos.

»Wenn dir das lieber ist, kannst du auch in meinem Zimmer schlafen«, biete ich schnell an. »Vielleicht ist er lieber im Haus«, sage ich zu Dad, der sich offensichtlich wundert, was in mich gefahren ist. *Nach der ganzen Arbeit!* »Ich würde gerne hier schlafen«, füge ich hinzu.

»Aber ...«, setzt Dad verwirrt an.

»Nein, nein, das ist völlig in Ordnung«, unterbricht Vian ihn. »Wirklich.« Es klingt fast echt, und dann lächelt er mich aufrichtig an. »Du bist genau wie früher«, artikuliert er lautlos, und in mir platzt eine Blase des Glücks.

»Also gut«, unterbricht Dad uns befangen. »Vian, willst du dich vielleicht frisch machen? Ich kann dir eine Wanne einlaufen lassen.«

Vian nickt, doch als er spricht, ist seine Stimme wieder gepresst. »Ja, das wäre super.«

»Willst du vorher vielleicht noch kurz die Bootsterrasse sehen?«, frage ich.

»Na, gut.«

»Pass auf, dass du nicht ausrutschst!«, mahne ich, als wir den Hang hinabgehen.

»Unglaublich, wie steil das ist!«

»Hier haben wir uns immer runterrollen lassen. Weißt du das noch?«

»Ja.« Sein Ausdruck ist von Traurigkeit überschattet, und mir wird klar, dass jede seine Erinnerungen belastet ist. Schnell versuche ich, den Gedanken zu verdrängen, und konzentriere mich stattdessen darauf, unfallfrei über die nasse, glatte Bootsterrasse zu gehen.

»Wow«, sagt Vian trocken und starrt auf das dreckige kleine Ruderboot, dass verkehrt herum im schlammigen Flussbett liegt.

»Willst du rausfahren?«, witzele ich.

Er rümpft die Nase. »Vielleicht ein andermal. Ich meine, wenn das Wasser da ist. Hey, was ist eigentlich aus Webster geworden?«

»Sie wurde immer größer, da haben wir sie schließlich ausgesetzt.«

Er sieht mich mit erhobenen Augenbrauen an. »Sie?«

Ich lächele und nicke. »Sie ist noch mehrmals zurückgekommen, nachdem wir sie freigelassen hatten, bis sie irgendwann verschwunden war, aber dann …« Ich halte inne, um die Dramatik zu steigern, »… kam sie im nächsten Frühling mit zehn Küken wieder!«

»Nein!« Vian freut sich, und ich weiß nicht, warum ich Angst hatte, ihm das zu erzählen.

»Ja, sie ist einfach mit ihnen ins Haus gewatschelt. Ich konnte es echt nicht glauben! Und sie war es wirklich.«

»Muss ja. Ist sie öfter gekommen?«

»Nur ein paar Wochen lang. Ich glaube, sie war keine gute Mutter. Jedes Mal waren weniger Küken dabei. Zum Schluss waren es nur noch drei.«

»Vian!«, ruft Dad vom Haus herunter. Ich weiß nicht, ob es an seiner Stimme oder an der Geschichte mit den Küken liegt, dass Vian das Gesicht verzieht. »Die Wanne ist fertig!«

Vian schließt die Augen und verschränkt die Hände im Nacken. Er macht keine Anstalten, sich in Bewegung zu setzen.

»Was ist?«, frage ich.

Er seufzt schwer, und als er spricht, klingt er resigniert. »Es geht nur darum, wie ihr meinen Namen aussprecht.«

»Was meinst du damit?«

»Mein Dad, meine Freunde, *alle* nennen mich Van.«

Ich ziehe eine Grimasse. »Van? Aber du heißt Vian.«

Er zuckt zusammen. »Nein«, sagt er. »Jetzt heiße ich Van.«

»Aber … *warum?*« Ich begreife es nicht. »Seit wann?«

»*Seit Jahren*«, erwidert er, und vor meinem inneren Auge erscheint das V, mit dem er immer seine Postkarten unterschrieben hat. Wann hat er damit angefangen? »Dad hat mich einfach Van genannt, als ich ankam. Dabei ist es geblieben.«

»Aber … aber …«, stottere ich. »Das ist … *Nein!* Du heißt Vian, nicht Van!« Ich rümpfe die Nase.

»Ich mag Van aber.« Jetzt ist er richtig sauer.

Ich mache einen Schritt nach hinten, und ein Teil von mir hat Angst vor der von ihm ausgehenden Feindseligkeit, ein anderer Teil erschaudert vor der Wucht seines zornigen Blicks. Jetzt erkenne ich den alten Vian.

Ich schüttele den Kopf, will das nicht so stehen lassen. »Können wir dich nicht weiter Vian nennen?«

»Nein«, antwortet er bestimmt. »Ich heiße Van. Erklärst du das deinem Vater, oder soll ich das machen? Es kotzt mich nämlich an, wenn ihr das nicht tut.«

Plötzlich werde ich furchtbar wütend.

Ich stampfe an ihm vorbei, zum Cottage hoch.

Warum hatte er seinen Vater nicht korrigiert? Wie konnte er das einfach zulassen? Ist es nicht schon schlimm genug, dass sich so viel änderte, als er ging? Warum wollte er auch noch seinen Namen verlieren? Er ist mir ohnehin schon so fremd – der neue Name macht es nur noch schlimmer.

»Vian ist ein schöner alter englischer Name«, sagt Dad stirnrunzelnd. »Und sehr ungewöhnlich.«

Vian reimt sich auf Ian. Van reimt sich auf, na ja, Van. Ich weiß, dass es nur ein Buchstabe weniger ist, eine Silbe, aber für mich ist es ein komplett anderer Name.

Dad und ich sitzen im Wohnzimmer und unterhalten uns leise, während Vian – *Van* – im Badezimmer ist.

»Vian, Van«, sage ich laut und versuche den Akzent nachzuahmen, den ich von den australischen Soaps kenne, die ich leidenschaftlich gern sehe. »Reg dich ab, *Van*. Ich schätze, mit australischem Akzent klingen die beiden Namen fast gleich.«

Dad klopft mir gutmütig aufs Knie. »Ist doch *sein* Name.«

Die Badezimmertür geht auf, Vian erscheint in einer Dampfwolke. Aus seinen dunklen Haaren rinnt Wasser auf sein orangefarbenes T-Shirt, so dass es blutrot wirkt.

»Brauchst du einen Föhn?«, frage ich.

»Nein, geht schon.«

»Nicht, dass du dich erkältest«, wirft Dad ein.

»Schon gut, danke.«

»Soll ich vielleicht den Kamin anmachen?«, schlägt Dad vor. »Wir könnten einen Mince Pie essen, Nell, oder?«

»Okay.« Wie auf ein Stichwort stehe ich auf und gehe in die Küche. Ich weiche Vians Blick aus, doch kurze Zeit später kommt er mir nach. Ich bin überrascht.

Vian lehnt sich gegen den Schrank und umfasst die Arbeitsplatte rechts und links mit weißen Fingerknöcheln. Ich weiß nicht, was ich sagen soll, deshalb schweige ich lieber, während ich den Ofen einschalte, um die Mince Pies zu erwärmen, und noch mal Tee mache. Ich warte darauf, dass das Wasser kocht, und Vian ist so still, dass ich mich frage, ob er noch da ist. Irgendwann wird meine Neugier zu groß, und ich schiele zu ihm hinüber. Er schaut auf den Boden und wirkt so erschöpft und elend, dass ich ein ganz schlechtes Gewissen bekomme.

Er hebt den Blick und sieht mir in die Augen.

Ich öffne den Mund, um mich zu entschuldigen, doch er spricht zuerst.

»Es erinnert mich an sie«, erklärt er. »An Mum. Jedes Mal, wenn ihr meinen Namen sagt, muss ich an sie denken. Ihr drei wart die letzten, die mich Vian genannt haben.« Er lässt den Kopf hängen.

Ich will den Kloß im Hals hinunterschlucken, aber kann

nicht. Intuitiv gehe ich zu ihm und stelle mich neben ihn an die Küchentheke.

»Vian ist mit ihr gestorben«, flüstert er.

Mir steigen Tränen in die Augen.

»Ich werde mich bemühen, dich Van zu nennen«, murmele ich und lehne den Kopf an seine Schulter. Auf seinem T-Shirt bilden sich neue blutrote Flecken.

Es fühlt sich an, als hätte ich meinen Freund aus Kindertagen ein zweites Mal verloren. Ich trauere um ihn.

Der nächste Tag ist ein Dienstag, vier Tage vor Weihnachten. Um sieben Uhr gehe ich nach unten – meine normale Zeit, wenn ich nicht zur Schule muss – und entdecke Vian auf dem Sofa. Seine langen Beine baumeln über der Lehne, seine nackten Füße kraulen Scampis schwarz-weißes Fell. Er hat ein Buch in den Händen und einen CD-Walkman auf dem Bauch. Blechern hallen die Töne von »Kick« von INXS aus seinem Kopfhörer.

Als Scampi mich sieht, klopft seine buschige Rute auf den Teppich.

»Du bist schon wach?«

»Schon seit Stunden«, entgegnet Vian mit schiefem Grinsen, legt seine Sachen auf den Boden und stützt sich auf die Ellenbogen.

Ich schäme mich ein wenig in meinem weißen Schlafanzug mit den rosa Punkten und den Plüschpantoffeln, besonders da Vian bereits angezogen ist. Meine Haare sehen bestimmt aus wie ein Vogelnest.

»Hast du schon gefrühstückt?«

»Dein Dad hat mir Cornflakes gegeben.«

»Hast du noch Hunger? Ich kann spitzenmäßige Omeletts machen.«

»Hört sich gut an.« Vian setzt sich auf und stellt die Füße auf den Boden. Er zieht seine abgestreiften Socken wieder an.

Die Dusche läuft. Als wir am Bad vorbeigehen, klopfe ich an und frage Dad, ob er mit uns frühstücken möchte.

»Ja, bitte, ich komme sofort!«, ruft er zurück.

Wir haben nur ein Badezimmer – ein großes Manko –, deshalb habe ich mir angewöhnt, schnell zu sein.

Scampi folgt uns in die Küche, seine Pfoten klackern über die Küchenfliesen.

»Glaubst du, er kennt mich noch?«, fragt Vian, kniet sich hin und krault den Hund kräftig hinter den Ohren. Scampi hechelt zufrieden und wirft sich auf den Rücken, um am Bauch gestreichelt zu werden.

»Sieht so aus«, sage ich, um höflich zu sein. In Wirklichkeit bezweifele ich es. Wenn ich schon finde, dass Vian wie ein Fremder klingt und aussieht, dann kann ich mir kaum vorstellen, wie Scampi nach fast fünf Jahren wissen soll, wer er ist. Er wäre zu jedem Gast so freundlich.

»Wir dachten, wir kaufen heute einen Tannenbaum«, erzähle ich Vian, schlage ein Ei in eine Schüssel und greife bereits nach dem nächsten. Normalerweise hätten wir das Haus schon mindestens eine Woche früher weihnachtlich geschmückt, aber wir haben extra auf Vian gewartet, weil wir dachten, es wäre schön, das gemeinsam zu machen und so in weihnachtliche Stimmung zu kommen.

»Dad und ich haben es nicht so mit Baum und Lametta«, gesteht Vian. Er sitzt auf dem Boden und zieht den total beglückten Hund auf seinen Schoß. »Ist so aufwendig, alles wieder abzuschmücken. Außerdem hatten wir viel zu tun.«

»Wie ist Krabbenfischen denn so?«, frage ich, denn ich kann es mir wirklich nicht vorstellen.

»Supergeil«, erwidert Vian.

»Ah, nein, ich meine, wie funktioniert es? Was machst du da genau?«

»Bei Sonnenuntergang bringen wir die Netze aus, und sobald die Sonne aufgeht, müssen wir sie wieder einholen. Dann suchen wir den ganzen Beifang raus, füllen die Krabben in Kisten und schockfrosten sie. Manchmal bin ich achtzehn Stunden am Stück auf den Beinen und bekomme nur drei Stunden Schlaf, bevor ich wieder rausmuss.«

»Du meine Güte!«, rufe ich. »Und wie lange geht das am Stück so?«

»Bei unserer letzten Tour waren wir siebzehn Nächte auf See.«

»Siebzehn Nächte?« Ich staune. Ich hatte keine Vorstellung, dass er so lange unterwegs ist.

»Man braucht einen Tag, um rauszufahren, und einen zurück. Aber wir haben auch viel Freizeit. Zum Beispiel kann man bei Vollmond keine Krabben fischen, dann sind keine da.«

Gebannt von seinen Erzählungen, halte ich mit den Frühstücksvorbereitungen inne.

»Hast du manchmal auch Angst?«, frage ich und setze mich ihm gegenüber auf den Boden.

Vian zuckt mit den Schultern. »Hin und wieder schon, wenn eins von den Netzen an einem Stein festhängt oder so. Dann kippt das Boot richtig zur Seite, und bei schlechtem Wetter kann es kentern. Wir haben schon mal ein Auto aus dem Wasser gezogen.« Er grinst. »Einen VW-Käfer, an der Küste von Whyalla. Den hatten Fischer da versenkt, um ein künstliches Riff zu schaffen. Sie hatten den Käfer auf ihrem GPS, damit sie ihn wiederfinden konnten, aber auf unserem war er natürlich nicht verzeichnet.«

»Das ist ja Wahnsinn!«

»Ja. Das Schlimmste ist die Seekrankheit. Wir bringen die

Schleppnetze im Spencer Gulf aus, und wenn der Wind mal gegen die Tide steht, werden die Wellen kurz und hart. Da wird man heftiger durchgeschüttelt als mitten auf dem Meer. Außerdem kneifen die Krabben, und manche Fische haben scharfe Flossen, an denen man sich verletzen kann – dann pocht der gesamte Arm bis hoch zur Achselhöhle. Das ist die Hölle, aber es ändert nichts. Egal, ob man kotzen muss oder am ganzen Körper zittert, man muss weiterarbeiten.«

»Das klingt ja total furchtbar!« Ich kann nicht glauben, dass er mit seinen nur fünfzehn Jahren so hart arbeiten muss.

Vian schmunzelt. »Ja, ist heftig.«

Dad kommt in die Küche und stutzt, als er uns beide auf dem Boden sitzen sieht.

»Alles in Ordnung?«

»Ja!« Ich springe auf. »Vian hat mir erzählt …«

Vians Lächeln erstirbt auf der Stelle.

»Entschuldigung«, sage ich zerknirscht. »Keine Ahnung, ob ich mir angewöhnen kann, dich Van zu nennen.«

»Versuch es!«, bittet er.

»Hast du keine wärmere Jacke?«, fragt Dad, als wir das Haus verlassen.

»Nee, nur diese«, erwidert Vian. Er trägt die Jeansjacke, wie am Tag zuvor.

Dad runzelt die Stirn. »Die ist zu kalt. Ich guck mal, ob ich was habe, das dir passt.«

Während wir vor dem Cottage warten, wippt Vian von den Fußballen auf die Fersen. Er trägt seine abgeschrammten schwarzen Stiefel.

»Wie war die Nacht?«, frage ich, um irgendwas zu sagen. Vian richtet den Blick zur Tür. »War es warm genug?«

»Ja, war gut.« Er schluckt. »Wann habt ihr das denn alles ausgeräumt?«

»Vor zwei Wochen.«

Er wirft mir einen eindringlichen Blick zu. »Erst vor zwei Wochen?«

Ich nicke. »Er war abgeschlossen, seit ...« Ich breche ab. »Wir haben das extra für dich gemacht.«

Vian wirkt betroffen.

Dad kommt mit einem langen grasgrünen Schal und seiner alten Barbourjacke zurück und sagt, er hoffe, das sei warm genug. »Ach ja: Handschuhe!«, ruft er und verschwindet wieder im Haus.

Vian wickelt sich den Schal um den Hals. »Ist das deiner?«, fragt er.

»Weil er grün ist?« Ich lächele, und mir wird ein bisschen komisch. Dann schüttele ich den Kopf. »Nein, der gehört Dad.«

Er nickt und zieht die Barbourjacke über seine Jeansjacke. »An die kann ich mich erinnern«, bemerkt er. »Jetzt sieht sie aus, als wäre sie zu groß für deinen Dad.«

»Im Alter wird er wieder kleiner«, scherze ich im Flüsterton und versuche, den Stich der Sorge zu ignorieren, der darauf folgt. Mein Vater ist erst fünfzig, doch wenn ich uns mit Ellies Familie vergleiche, ähnelt er mehr ihrem Großvater als ihrem Vater.

Am Nachmittag hören wir Weihnachtsmusik und schmücken das Haus. Der Duft frischer Tannennadeln vermischt sich mit dem Geruch der Mince Pies aus dem Ofen, während wir Kugeln an den Baum hängen und Girlanden um die Gardinenstangen wickeln. Alle Versuche von Dad und mir, eine gemütliche Stimmung aufkommen zu lassen, verlaufen jedoch im

Sande, und schließlich fragt Vian, ob es uns störe, wenn er sich ein bisschen hinlegen würde.

»Meinst du, das ist der Jetlag?«, frage ich Dad besorgt, als wir in der Küche vor unseren unberührten Mince Pies sitzen.

»Ich weiß es nicht, Nell«, erwidert er bedrückt. »Ich überlege, ob wir es ein für alle Mal hinter uns bringen sollen.«

Als wir das Atelier ausräumten, haben wir alles von Ruth aufgehoben, was Vian eventuell gerne haben würde – ihre Gemälde, ihr Zeichenzubehör, selbst ihre alten Kittel. Alles ist da, direkt vor Vians Nase, in den Wandschränken eingeschlossen. Wir warten die ganze Zeit auf den passenden Moment, um ihm die Sachen zu zeigen.

Schweren Schrittes gehe ich in den Flur und ziehe meine Schuhe an. Es sind nur wenige Meter zum Nebengebäude, doch als wir vor der Holztür stehen und Dad anklopft, ist mir eiskalt. Keiner von uns sagt ein Wort.

»Herein!«, ruft Vian.

Er liegt auf dem Bett, aber setzt sich auf, als wir hereinkommen.

Dad übernimmt es, unser Anliegen zu erklären, und als er einen kleinen Schlüssel hervorholt, huscht Vians Blick zum Wandschrank. Die Anspannung macht ihm zu schaffen, er verdeckt sein Gesicht teilweise mit den Händen, beugt sich vor und wartet darauf, dass er mit dem Inhalt des Schranks konfrontiert wird. Als der durchdringende Geruch von Farben ihn mit voller Wucht trifft, weiten sich seine Nasenflügel und seine Augen werden groß. Dieser in unserer Kindheit so vertraute Duft, der bis jetzt von den frisch gestrichenen Wänden und dem neuen Teppich übertüncht wurde, ist plötzlich überwältigend. Vians Unterlippe beginnt zu zittern, ihm steigen Tränen in die Augen, er starrt auf die an die Wand gelehnten Leinwände. Die erste zeigt uns – ihn und mich – am Strand beim

Burgenbauen. Das Bild ist realistischer als die meisten, die Ruth malte, weist aber Elemente ihres charakteristischen abstrakten Stils auf, zum Beispiel in der kühnen Strichführung der Felsen, ihren satten Grün- und Brauntönen und in der abgestuften Farbe des Wassers, das vorne am Ufer strahlend aquamarin und weiter hinten smaragdgrün ist.

Wir waren ungefähr sieben Jahre alt, als Ruth das Bild malte, und ich kann mich noch gut an meinen gelben Badeanzug mit den Rüschen an Bauch und Beinsaum erinnern, den ich darauf anhabe. Vian trägt eine hellblaue Badehose und hat eine nackte Brust, seine Haut ist golden und seine dunklen Haare reichen ihm fast bis ans Kinn. So trug er sie damals, im Jahr darauf ließ er sie sich ganz kurz schneiden. Jetzt sind sie wieder ähnlich lang.

»Sollen wir dich damit allein lassen?«, fragt Dad.

Das widerspricht komplett meinem Instinkt, doch bevor ich etwas sagen kann, nickt Vian, den Tränen nah. Mit einem Kloß im Hals sehe ich, wie ihm die Tränen aus den Augen rinnen und seine Nase hinunterlaufen. Er schaut uns nicht nach, als wir das Zimmer verlassen, auch nicht, als ich zögere. Ich möchte so gerne zu ihm gehen, aber Dad zerrt mich mit sich.

»Er will nicht vor uns weinen«, murmelt er, als er die Tür hinter uns zuzieht.

*Woher will er das wissen?*

Während ich im Bett liege und mein eigenes Elend pflege, kommt mir der Gedanke, dass Dad vielleicht derjenige ist, der nicht damit umgehen kann, unseren Kummer zu sehen. Er hat sich ebenfalls in sein Schlafzimmer zurückgezogen, und ausnahmsweise kommt mir unser winziges Cottage groß wie ein Herrenhaus vor.

Vian erscheint nicht zum Abendessen, und als Dad mir schließlich erlaubt, nach ihm zu sehen, liegt er zusammengerollt tief schlafend unter der Bettdecke.

Irgendwann in der Nacht schieße ich hoch, als ich unten eine Tür höre. Ohne nachzudenken, springe ich aus dem Bett und hoffe, Vian noch zu erwischen, bevor er wieder im Nebengebäude verschwindet. Doch ich bin zu spät. Die Haustür ist zu, das Badezimmer leer und der Toilettenkasten läuft.

Meine Augen brennen, mein Körper ist schwach vor Erschöpfung, dennoch bleibe ich nicht mal stehen, um Schuhe anzuziehen, sondern laufe nach draußen und klopfe an Vians Tür.

Kurz darauf öffnet er mir in Jeans und grauem T-Shirt, das vorne einen neonfarbenen Schriftzug hat.

»Hi!« Er ist überrascht.

»Kann ich reinkommen?« Auf den eiskalten Pflasterplatten hüpfe ich von einem Fuß auf den anderen.

Entsetzt schaut Vian auf meine nackten Füße und zieht die Tür weit auf.

»Du bist ja angezogen.« Zitternd gehe ich hinein. Nur seine Nachttischlampe brennt.

»Ich konnte nicht mehr schlafen«, erwidert er.

»Wie spät ist es denn?«

»Halb vier.«

»Was? Echt?« Ich schlinge die Arme um mich, will mich wärmen, doch meine Zähne klappern.

»Los, unter die Bettdecke!«, befiehlt Vian stirnrunzelnd und schlägt sie zurück.

Das lasse ich mir nicht zweimal sagen. Ich kuschele mich in die Wärme seiner Decke und ziehe sie hoch bis ans Kinn. Ein kurzer Blick nach rechts verrät mir, dass die Schranktüren wieder geschlossen sind.

Vian setzt sich ans Fußende des Bettes. »Warum bist du auf?«, fragt er.

»Ich habe dich im Badezimmer gehört. Habe mir Sorgen gemacht.«

»Mir geht's gut«, erwidert er knapp.

Mein Blick schweift zum Wandschrank. »Sicher?«

»Nein«, flüstert er, und ich sehe ihm direkt in die Augen. »Aber das hören die Leute meistens nicht so gerne.«

»Ich schon«, werfe ich schnell ein. »Du kannst mit mir über alles reden.«

»Immer noch?« Sein Blick geht mir zu Herzen. Auf einmal sehe ich in ihm wieder den Jungen, mit dem ich aufgewachsen bin, den Jungen, der sich mir anvertraut hat. Und andersherum.

»Natürlich!« Meine Nase kribbelt. »Ich habe mich nicht verändert.«

»Jeder verändert sich«, sagt Vian matt.

»Im Kern bleiben wir dieselben.«

Er beißt sich auf die Unterlippe und senkt den Blick. »Vielleicht.«

*Siehst du, Vian …*

»Malst du noch?«, frage ich, ohne nachzudenken.

Er schüttelt den Kopf. »Seit Mums Tod nicht mehr.«

»Aber das konntest du so gut!«

»Damals war ich *zehn*!«

»Ja, aber selbst deine Mutter meinte, du wärst begabt.«

»Sie war meine Mutter. Sie musste das sagen.«

»Nein, das stimmt nicht!«, widerspreche ich. »Dad fand das auch. Ich habe immer noch deine Steine mit Schummel und Bummel – erinnerst du dich?«

»Ich habe nur gesehen, dass sie nicht mehr auf deiner Fensterbank liegen.«

Ich ziehe den Kopf ein. »Ich habe sie vor ein paar Jahren

weggeräumt. Alle meine Freundinnen haben ihre Zimmer umdekoriert, und da habe ich … keine Ahnung … sie kamen mir ein bisschen … kitschig vor.«

Vian grinst, als er bemerkt, wie ich mich winde. »Keine Sorge, verstehe ich. Schreibst du noch Geschichten?«

»Ja, aber nicht mehr über Schummel und Bummel.«

Er runzelt die Stirn. »Warum nicht?«

»Weil das unsere Geschichte war«, entgegne ich. »Sie hat mich zu sehr an dich erinnert.«

Vian greift nach meiner Hand und drückt sie.

»Deine Finger sind ja eiskalt!«, rufe ich und überspiele damit das mulmige Gefühl, seine Hand zu halten. »Komm zu mir ins Bett!«

Erst zögert er, dann folgt er meiner Aufforderung. Nebeneinander liegen wir da, die Köpfe auf dem Kissen, und sehen uns an. Wahrscheinlich haben wir als Kinder tausend Mal so im Bett gelegen, denke ich, während ich versuche, mich an diesen neuen »Van« zu gewöhnen. Hoffentlich kann er den Platz in meinem Herzen ausfüllen, der Vian gehörte.

»Wie ist dein Vater so?« Ich möchte gerne mehr über sein Leben in Australien wissen. Von den Postkarten und gelegentlichen Telefongesprächen erfahre ich zu wenig.

Vian holt tief Luft und überlegt. »Cool. Er ist deutlich jünger als dein Vater, wusstest du das?«

Ich schüttele den Kopf.

»Mum war erst zwanzig, als sie mich bekam. Dad war genauso alt wie sie. Mir war früher nicht klar, dass Mum und dein Vater fünfzehn Jahre auseinander waren.«

»Das wusste ich auch nicht.« Ehrlich gesagt, bin ich überrascht.

»Nach der Schule war sie ein Jahr in Australien, da haben sie sich kennengelernt«, fährt Vian fort. »Er wohnte damals an der Küste, fuhr Touristen mit einem Segelboot herum, und sie betreute die Gäste an Bord. Es war ein Urlaubsflirt. Erst als sie zurück nach England kam, merkte sie, dass sie schwanger war. Ihre Mutter überredete sie, mich alleine großzuziehen – keine Ahnung, warum –, aber nach Grandmas Tod wollte sie meinen Dad dann doch finden. Sie hatte keinen Kontakt mehr zu ihm, deshalb telefonierte sie alle Pubs in Port Lincoln ab. Da kommt Dad gebürtig her. Sie fragte überall nach, ob ihn einer kennt. Angeblich ist ihr der Name des Orts erst wieder eingefallen, als sie sich die Küstenstädte von Südaustralien auf einer Landkarte angesehen hat, um ihrem Gedächtnis auf die Sprünge zu helfen.«

»Wann war das?«, will ich wissen.

»Kurz bevor wir zu euch zogen.«

Begierig sauge ich diese Informationen auf, die alles in einen größeren Zusammenhang stellen, den ich früher wahrscheinlich nicht verstanden hätte.

»Habt ihr auch vorher schon in Cornwall gewohnt?«

»Nein, wir wohnten bei meiner Grandma in Somerset, aber Mum war als Kind öfter in Cornwall, deshalb hat sie nach Grandmas Tod den Sommer über ein Zimmer in einem Bed and Breakfast gemietet, damit sie malen konnte. Deinen Vater hat sie in den Gärten kennengelernt, wo er arbeitete.«

»Glendurgan Gardens«, erinnere ich Vian.

»Genau. Mum ging immer zum Malen hin, und ich fand es *stinklangweilig!*«, stöhnt er. »Dein Dad hat sich öfter mit uns unterhalten und versucht, mich zu beschäftigen. Er hat mir Schmetterlinge, Insekten und so gezeigt, während Mum arbeitete.«

»Zwischen den beiden wurde es sehr schnell ernst. Ich frage mich immer noch, wie das passiert ist«, sinniere ich. »Ich meine, ich hab meinen Vater echt lieb, aber er ist ja nun nicht gerade der große Frauenheld. Mum hat immer gesagt, er wäre ein Einzelgänger. Wie hat er deine Mutter rumbekommen? Sie war so jung und hübsch.«

Vian lächelt. »Ich glaube, er hat sie zum Lachen gebracht.«

Ich rümpfe die Nase. »Als lustig würde ich ihn auch nicht gerade beschreiben.«

»Ich weiß nicht, wie er es geschafft hat, aber sie hatte ihn sehr gern. Er behandelte sie gut – genauso wie mich – und er liebte sie, von ganzem Herzen. Ich kann mich nicht erinnern, dass Mum einen Freund oder so hatte, als wir bei Grandma wohnten. An die Zeit habe ich so gut wie gar keine Erinnerung, abgesehen davon, dass Grandma immer mit mir geschimpft hat«, erzählt Vian mit einem kläglichen Lächeln.

»Dad arbeitet immer noch in dem Park«, sage ich.

»Echt? Da würde ich gerne noch mal hin. Dieser Irrgarten da! Ich weiß noch, wie du dich aufgeregt hast, als wir zum ersten Mal da waren und ich schneller in der Mitte war als du!«

Ich breche in Lachen aus und halte mir schnell den Mund zu. »Genau!«, flüstere ich laut. »Ich war so sauer! Ich wollte auf jeden Fall schneller sein als du – ich bin öfter in diesem Labyrinth gewesen, als ich zählen kann, deshalb dachte ich, ich wäre der Profi, aber trotzdem warst du vor mir in der Mitte!«

Damals waren wir erst fünf Jahre alt.

Vian lacht. »Ich weiß auch nicht, wie oft ich da drin gewesen bin, bevor du in dem Sommer nach Cornwall kamst. Jeden Tag ist Mum mit mir in diesen Park gefahren, gefühlt wochenlang. Aus dem Irrgarten hätte ich blind rausgefunden.«

»Nach Weihnachten muss Dad wieder zur Arbeit«, erkläre ich. »Dann könnten wir mal mitfahren.«

»Ja, gute Idee!« Versonnen sieht Vian mich an. »Ich find's schade, dass du keine Geschichten mehr über Schummel und Bummel schreibst.«

»Das waren doch kindische kleine Erzählungen.«

»Nein! Sie waren gut.«

»So wie deine Bilder«, gebe ich spitz zurück.

Vian verdreht die Augen und schaut zur Decke. »Wo ist noch mal dieser Baum von Schummel und Bummel?«

»Ich weiß nicht, welchen du meinst.«

»Doch, der auf einer Klippe am Meer stand, von wo man die Flussmündung sehen konnte. So ein ganz alter, knorriger Baum, in den der Blitz gefahren war. Du meintest, er wäre das perfekte Zuhause für Schummel und Bummel. In deiner Geschichte war es dann so, als würde er am Fluss stehen, und du hast einen Holzapfelbaum daraus gemacht, damit die Spriggens einen Grund hatten, ihn zu überfallen.«

»Wie gut du dich daran erinnerst!«, staune ich.

Vian sieht mich an. »Da gab es einen Klippenweg – wir sind hochgestiegen und haben dort gepicknickt. Unsere Eltern wollten auf der Decke sitzen bleiben, aber wir sind losgezogen und haben die Gegend erkundet.«

»Am Rand der Klippe?«, frage ich entsetzt. Das würde Dad heute nicht mehr erlauben.

»Man kam nicht ganz an den Rand, weil alles mit Brombeerbüschen zugewachsen war«, erklärt Vian. »Ich habe mir die Arme zerkratzt, und du hast das Blut abgeleckt.«

»Ich?«

Er lacht über meinen angewiderten Gesichtsausdruck. »Ja. Du wolltest, dass es nicht mehr weh tut und dass es mir bessergeht. So was hast du oft gemacht.« Seine Augen leuchten. »Tust du immer noch«, fügt er mit einem Lächeln hinzu.

Mein Herz wird ganz groß und weit. Ich greife nach Vians Händen, nehme sie in meine und drücke sie fest. »Ich hab dich lieb«, flüstere ich.

»Ich hab dich auch lieb«, flüstert er zurück und legt einen

Arm um meine Schultern. Ich rücke an ihn heran und fühle, dass er sich ebenso sehr wie ich danach sehnt, die Nähe wieder zu spüren, die uns als Kinder verband.

Doch als ich die Hand auf seine Brust lege und merke, wie heftig sein Herz klopft, überkommt mich ein unwirkliches Gefühl. Auf einmal ist mir unbehaglich zumute.

Als ich mich zurückziehe, mich aufsetze und so tue, als müsse ich gähnen, hoffe ich, dass Vian mein Unbehagen nicht bemerkt. »Ich glaube, ich muss ins Bett. Denkst du, du kannst wieder einschlafen?« Ich versuche, mich normal zu geben.

Vian zuckt mit den Schultern. »Eher nicht. Gibst du mir bitte das Buch da? Wahrscheinlich lese ich noch ein bisschen.«

Ich greife nach dem Buch auf seinem Nachttisch. *»Der Glanz der Sonne«*, lese ich laut. Es ist von einem Bryce Courtenay.

»Hat mir meine Tante geschenkt, bevor ich geflogen bin. Sie dachte, es könnte mir gefallen.«

»Hab ganz vergessen, dass du eine Tante hast.«

»Sogar zwei.«

Ich schüttele den Kopf. »Ich kann nicht glauben, dass ich das nicht wusste.«

»Wir haben einiges nachzuholen«, sagt Vian.

Allerdings.

Ich weiß nicht, warum, aber am nächsten Morgen bin ich nervös bei der Vorstellung, Vian wiederzusehen. Dass wir uns einander öffnen konnten, hatte irgendwie mit der Dunkelheit und Stille der Nacht zu tun. Jetzt ist helllichter Tag, und in Anwesenheit meines Dads habe ich mich wieder in mein Schneckenhaus zurückgezogen. Vielleicht gilt für Vian dasselbe, denn er weicht meinem Blick aus, als wir uns zum Frühstücken in der Küche treffen.

»Was wollt ihr beide heute unternehmen?«, fragt Dad.

»Hast du Lust, diesen Klippenweg zu suchen?« Ich werfe Vian einen kurzen Blick zu, bevor ich mich an Dad wende. »Da, wo der Helford River ins Meer mündet«, erkläre ich. »Ich dachte, wir könnten spazieren gehen und dann vielleicht in einem Pub was essen.«

»Gute Idee!«, sagt Dad lächelnd.

In der Nacht schrecke ich wieder im Bett hoch. Schnell springe ich heraus, schleiche nach unten und spähe aus dem Flurfenster. Als ich sehe, dass Licht unter Vians Vorhängen hervordringt, bin ich fast berauscht vor Freude. Ich laufe hinüber und klopfe leise an seine Tür, und diesmal öffnet er mit einem breiten Grinsen – das Beste, was ich den ganzen Tag bei ihm gesehen habe.

»Schon wieder?«, fragt er.

»Konnte nicht schlafen«, lüge ich, dränge mich an ihm vorbei und klettere ins Bett.

Zu spät fällt mir auf, dass Vian nur Boxershorts und ein T-Shirt trägt, deshalb wende ich den Blick so lange ab, bis er an derselben Stelle wie in der vergangenen Nacht neben mir liegt.

»Wie sind denn deine besten Freunde so?«, frage ich und blinzele gegen die Müdigkeit an. Ich bin zwar früh ins Bett gegangen, aber trotzdem … Im Gegensatz zu Vian kann ich mich nicht mit Jetlag herausreden. Dad meinte, die Seeluft und der Spaziergang über die Klippen müssten mich geschlaucht haben.

Es dauerte nicht lange, bis wir den Weg wiederfanden, und

alles war genau so, wie Vian es beschrieben hatte. Meine Erinnerung kam sofort zurück, als ich den Baum von Schummel und Bummel erblickte.

»Was möchtest du wissen?«, fragt Vian.

»Wie viele Freunde hast du?«, fange ich an.

»Wir sind ungefähr zehn Leute in der Clique.«

»Mädchen oder Jungen?«

»Beides.«

»Wer ist dein bester Freund?«

Vian überlegt kurz. »Wahrscheinlich Dave, aber ich gehe auch oft mit Sebastian surfen.«

»Hast du Fotos von denen?«

»Ja, ich hab welche mitgebracht.«

»Zeigst du sie mir?«

Vian steigt aus dem Bett, geht zu seinem Koffer und kramt darin herum, bis er einen Umschlag mit Fotos findet. Er drückt das Kopfkissen an die Wand und rückt näher zu mir. Ich tue dasselbe und zucke zusammen, als sein nacktes Knie meins berührt.

Vian zeigt mir Bilder von Port Lincoln, wo sein Vater aufwuchs und wo sie jetzt in einem kleinen Haus mit Blechdach und Vorgarten wohnen, in dem nur vertrocknetes Unkraut wächst. Vians Vater hat einen schwarzen Bart und dunkelblaue Augen. Auf den meisten Fotos trägt er eine braune Häkelmütze. Ich erkenne ihn von damals, als er Vian abholte.

Die eine Tante gefällt mir besser als die andere. Ich gestehe Vian, dass seine Tante Pam im Vergleich zu der lachenden Tante Nora ein bisschen streng wirkt. Vian gibt zu, dass Tante Pam nicht besonders lustig ist. Die beiden Schwestern seines Vaters haben abwechselnd auf ihn aufgepasst, wenn sein Vater mit dem Boot draußen war. Seit seinem dreizehnten Lebensjahr darf er allein zu Hause bleiben – was ich unfassbar finde, wenn ich daran denke, wie streng mein Vater in solchen Dingen ist.

Vian hat sogar einen Großvater, auch wenn der eher ein Einsiedler zu sein scheint und er ihn nur alle Jubeljahre sieht.

»Das ist Herbert«, erklärt Vian, als er mir ein Bild von einem Krabbenboot mit Besatzung zeigt. »Er ist der Skipper, ihm gehört das Boot. Das ist Connor, unser zweiter Deckie. Ein Deckhelfer«, erklärt er, als ich ihn fragend ansehe. »Dad ist der Deckboss. Insgesamt sind wir zu viert.« Auf den nächsten beiden Bildern hält Vian einen großen Fisch in die Kamera. »Das ist ein Snapper«, sagt er. »Und das ein Flathead, ein Plattkopf.« Der erste ist rot, der zweite sieht ein bisschen wie ein Krokodil aus. »Manchmal holen wir Fische raus, die nicht so gut aussehen. Die behalten wir dann und essen sie zum Frühstück oder Abendessen. In den Müll kommt bei uns nichts.«

Ein Foto zeigt einen dunkelhaarigen Jungen, der auf einer sich einrollenden blauen Welle reitet. »Bist du das?«

»Ja.«

»Und das da?«, frage ich ängstlich, als ich dunkle Schatten im Wasser erkenne.

»Delfine.«

»Oh, *wow!*«, stoße ich aus. »Hast du auch schon mal einen Hai gesehen?« Noch immer betrachte ich das Bild. Vians nasses schwarzes Haar flattert im Wind, sein Surfbrett durchschneidet eine Welle.

»Ja, ein paar Bronzies.«

»Bronzies?«

»Bronzehaie. Die greifen nur selten an. Bisher habe ich nur einen weißen gesehen.« Vian grinst. »Ist erst ein paar Wochen her. Wir waren draußen surfen, und zurück zum Strand schwamm auf einmal so ein Riesenschatten an uns vorbei – wirklich riesengroß. Keine Ahnung, wie groß genau, aber der war echt gewaltig. Wahrscheinlich war er in der Nähe, als wir auf den Brettern standen.«

»Ich finde es ganz schön gefährlich, dass du da surfen gehst«, bricht es aus mir heraus. Klamme Finger der Angst umspannen meine Brust.

»Das ist kein Problem«, wiegelt Vian ab. »Wir haben die Haie immer im Hinterkopf. Man muss einfach aufpassen und hoffen, dass einem kein hungriger über den Weg schwimmt.«

Das nächste Foto zeigt eine Gruppe Jugendlicher, die an einem weißen Strand sitzen, hinter ihnen ein Streifen grüner Busch und blauer Himmel.

»Das ist am Sheringa Beach«, erklärt Vian. »Einer meiner Lieblingsstrände zum Surfen. Man muss fast zwei Stunden Richtung Elliston fahren, um dahin zu kommen, deshalb bleiben wir manchmal ein paar Tage da und zelten. Das ist Dave«, zeigt er mir. Dave sieht gut aus, er ist braungebrannt und hat lange hellbraune Haare. »Und das ist Sebastian.« Sebastian ist breiter gebaut und hat dunklere Haut, dazu ein warmes, offenes Lächeln. Die Mädchen sind alle groß, schlank und hübsch – jede einzelne von ihnen sieht aus, als könnte sie ohne weiteres in einer australischen Fernsehserie mitspielen.

»Surfen die Mädchen auch?«, frage ich.

»Einige.«

Ich spüre einen Stich der Eifersucht und bemühe mich, nicht zu lang auf das Bild zu starren.

»Surfst du noch?«, fragt Vian.

»Seit unserer ersten Stunde nicht mehr.«

Er schweigt. Wahrscheinlich denkt er daran, dass seine Mutter einen Tag danach starb. Mir wird klar, dass wir wieder am Ausgangspunkt angekommen sind.

»Wo hatten wir diese eine Stunde?«, fragt Vian.

»Am Poldhu Beach«, erwidere ich und lege die Fotos auf

den Nachttisch. »Da waren wir öfter mal mit den Bodyboards. Erinnerst du dich? Ist nicht weit von hier – wir könnten morgen vielleicht mal hinfahren.«

»Ja! Welche Freunde hast du denn so?«, fragt er. »Ist Ellie immer noch deine beste Freundin?«

»Ja.« Ich grinse. In meinen Briefen habe ich ihm von ihr erzählt.

Vian dreht sich auf die Seite und sieht mich an. »Sie wohnt oben im Dorf, oder?«

»Genau.« Mensch, ich bin aber gesprächig. »Langweile ich dich zu Tode?«

»Nein, mich interessiert dein Leben«, sagt Vian mit einem Lächeln.

»Macht dich das nicht traurig?«

»Manchmal schon.« Kummer huscht über seine Züge, er schluckt. »An welchem Strand haben wir denn die Sandburg gebaut?«

»Dad und ich meinen, das war in Kynance Cove«, sage ich leise, weil ich weiß, dass er von dem Gemälde seiner Mutter spricht. Es ist das einzige, das ihn und mich zeigt, abgesehen von ein paar Skizzen in den Notizbüchern. Alle anderen Bilder von uns wurden bei Ruths letzter Ausstellung verkauft.

»Bei Hochwasser ist der Strand komplett überflutet«, erinnere ich Vian, »aber wenn das Wasser abläuft, kann man einen weiteren Strandabschnitt erreichen, der ganz versteckt ist. Ist spannend. Da könnten wir auch mal hinfahren.«

Vian nickt und schluckt wieder.

Ich strecke den Arm aus und verhake meinen kleinen Finger mit seinem. Das haben wir früher immer gemacht. Wie auf Kommando erwidert Vian die Geste.

Mit jeder Minute, die wir miteinander verbringen, wird er mir vertrauter.

Ich weiß nicht, wie lange wir dort zusammen liegen, doch als das graue Licht der Dämmerung hinter den Vorhängen ins Zimmer schleicht, halte ich es für besser, in mein eigenes Bett zurückzukehren.

»Habe ich deine Mutter früher mal gesehen?«, fragt mich Vian in unser dritten gemeinsamen Nacht. Wir liegen wieder in seinem Bett, es ist fast fünf Uhr morgens. Ich stelle mir besser den Wecker, denn jeden Morgen schlafe ich länger.

»Glaube ich nicht«, erwidere ich. »Sie war nie mit mir in Cornwall.«

»Wie bist du denn immer hergekommen, wenn du Ferien hattest?«

»Das jeweilige Kindermädchen hat mich gebracht – ich hatte so einige.«

Vian zuckt zurück. »Echt seltsam.«

»Ja, ich nehme an, es war nicht einfach, für meine Mutter zu arbeiten.«

»Wohnt sie noch in Frankreich?«

»Nein, jetzt lebt sie in New York, mit ihrem neuen Mann Robert. Er ist Amerikaner, aber sie hat ihn in Frankreich kennengelernt. Mit ihrem Freund davor lief es irgendwie nicht richtig, da hat sie sich offenbar Hals über Kopf in Robert verliebt. Er ist Bootsmakler und war beruflich in Frankreich.«

»Was für Boote?«

»Frag mich nicht! Dicke, fette Teile, schätze ich.«

»Yachten?«

»Nehme ich an. Die beiden sind ziemlich viel unterwegs. Meistens in Kanada und Amerika, aber auch in Europa.«

Vians Gesichtsausdruck wird besorgt. »Wenn sie so weit

weg ist, ist es bestimmt ganz schön kompliziert für dich, sie zu sehen.«

»Ich bin eh lieber bei Dad.«

»Wie haben sich deine Eltern eigentlich kennengelernt?«, will Vian wissen. Er scheint zu merken, dass ich nicht länger über die Beziehung zu meiner Mutter sprechen will.

»Dad war eine Zeitlang als Landschaftsgärtner in London.«

»Dein Vater hat in London gearbeitet?« Vian ist überrascht. Das kann ich verstehen. Man kann sich meinen Dad nur schwer woanders als in Cornwall vorstellen.

»Nur gut ein Jahr lang. Eine gemeinsame Freundin hat sie miteinander bekannt gemacht, sie wurden ein Paar, und als Dads Mutter starb, zogen sie hierher. Ich glaube, meine Mutter fand es zuerst romantisch, in einem Cottage am Fluss zu wohnen, aber dann fehlte ihr doch das Großstadtleben. Ein Jahr nach meiner Geburt haben sie sich getrennt.«

»Wie sieht sie aus? Deine Mutter, meine ich.«

»Ungefähr so groß wie ich, blond, schlank, hübsch.«

»Also wie du.«

Ich lache. »Bin ich hübsch?«

»Ja, natürlich.«

Ich schnaube verächtlich und versuche, mir meine Befangenheit nicht anmerken zu lassen.

»Was hat sie für eine Augenfarbe?« Vian ignoriert, dass ich knallrot anlaufe.

»So ähnlich wie meine. Ein helles Braun, würde ich sagen.«

»Meine Mutter hat Augenfarben immer anders umschrieben.« Vian beugt sich leicht vor. »Sie hat gesagt, deine Augen hätten die Farbe von Honig. In der Sonne«, erinnert er sich. »Sie hatte recht«, fügt er nachdenklich hinzu. »Sie haben *genau* die Farbe von flüssigem Honig in der Sonne.«

»Wirklich?« Meine Stimme bebt. Ich bin es nicht gewohnt, so genau betrachtet zu werden. »Hast du die Augen von deinem Vater?«

»Aham. Alle meinen, ich sähe aus wie er.«

»Aber du hast das Lachen von deiner Mutter, und die Gesichtsform.« Ich fahre mit dem Finger an Vians Kinn entlang. Laut saugt er die Luft ein. Mein Blick fällt auf seine Lippen, wandert hoch zu seinen Augen, und plötzlich habe ich Schmetterlinge im Bauch. Vians Blick ist eindringlich, und der Reflex, wegzuschauen, wird übergroß, doch irgendwie schaffe ich es nicht. Mein Herz schlägt zum Zerspringen, und dann sieht Vian auf *meine* Lippen. Ich verliere die Nerven und wühle mich unter der Decke hervor.

Vian setzt sich kerzengerade auf und sieht mich entgeistert an. Er schüttelt mehrmals den Kopf, als müsse er zu Verstand kommen. »Gehst du zurück ins Bett?«, fragt er, und es klingt seltsam, als hätte er Wasser in der Brust.

»Ja«, erwidere ich. »Es wird bald hell.«

»Na gut. Bis gleich dann.«

»Nacht!« Ich haste zur Tür und ziehe sie hinter mir zu.

»Heute seid ihr aber müde«, bemerkt Dad am nächsten Morgen, als wir mit dem Auto zum Gefängnis von Bodmin fahren. Das Wetter ist so schlecht, dass wir beschlossen haben, den Ausflug an den Strand auf einen anderen Tag zu verschieben.

»Ja, ich habe nicht gut geschlafen«, erkläre ich. Beim Geräusch des prasselnden Regens und der hin und her schlagenden Scheibenwischer bin ich nur schwer zu verstehen.

Dad schaut zu Vian hinüber. »Und du hast immer noch Jetlag, Van?«

Ich runzele die Stirn wegen des neuen Namens.

»Ja, ein bisschen«, erwidert er.

Erneut fällt es mir schwer, ihm in die Augen zu sehen, deshalb starre ich lieber ein Loch in seinen Hinterkopf.

Am nächsten Morgen erwache ich um sechs Uhr, aber stehe nicht auf. Gestern herrschte eine seltsame Anspannung zwischen Vian und mir. Zum Glück war Dad dabei. Wären wir zu zweit gewesen, wäre es bestimmt unangenehm geworden.

Dad weiß nichts von unseren nächtlichen Treffen. Wahrscheinlich finde ich es schön, ein Geheimnis mit Vian zu teilen, so wie früher als Kinder. Aber ich frage mich schon, was Dad sagen würde, wenn er sehen würde, dass ich in den frühen Morgenstunden von nebenan komme.

Auf der anderen Seite des Flurs geht die Tür von Dads Schlafzimmer auf.

*Na, das war's dann*, denke ich erleichtert. Wenn Dad schon wach ist, kann ich nicht zu Vian rüber.

Plötzlich fällt es mir ein: Heute ist Weihnachten! Ich fange meinen Vater ab, bevor er die Treppe hinuntergeht.

»Frohe Weihnachten!«, sagt er, als wir uns in die Arme nehmen. »Ist schon ein paar Jahre her, dass du für den Weihnachtsmann so früh aufgestanden bist«, neckt er mich. »Ich dachte, ich wäre noch eine Weile mit Van allein.«

»Ist er denn schon wach?«, flüstere ich mit einem nervösen Flattern im Bauch.

»Glaube schon. Diese Woche war er jeden Morgen unten im Wohnzimmer und hat Scampi als Wärmflasche missbraucht.«

Nach unseren nächtlichen Gesprächen bin ich immer schlafen gegangen, deshalb habe ich nichts davon mitbekommen.

Ich ziehe mir schnell etwas über, dann wage ich mich nach

unten. Wie von Dad vorausgesagt, ist Vian bereits wach. Die beiden sitzen mit Teebechern am Küchentisch.

»Frohe Weihnachten!«, sage ich mit aufgesetzter Fröhlichkeit.

»Dir auch.« Vian steht auf, um mich in den Arm zu nehmen.

Beunruhigt merke ich, dass mein Gesicht heiß wird, deshalb befreie ich mich von ihm und gehe zum Schrank, um mir ebenfalls einen Becher zu holen.

»Ich mach dir einen Tee, Nelly. Setz dich!«, bietet mein Vater mir an.

»Nein, schon gut«, wiegele ich ab, froh, etwas zu tun zu haben.

Das Telefon klingelt. »Ist vielleicht mein Dad«, sagt Vian.

»Tja, meine Mutter ist es jedenfalls nicht – in New York ist es noch mitten in der Nacht.« Sie wird von mir erwarten, dass ich sie später anrufe.

Es ist wirklich Vians Vater, und es ist schwer, dem Gespräch im Flur nicht zu lauschen. Aber es beruhigt mich, dass Vian am Telefon mit seinem Vater auch so zurückhaltend wirkt. Also ist er nicht nur bei uns so.

»Ich würde sagen, wir nehmen den Tee mit ins Wohnzimmer und öffnen unsere Geschenke unter dem Tannenbaum«, schlägt Dad vor, als Vian zurückkommt.

»Ich muss meine eben holen«, sagt er.

Kaum hat er den Raum verlassen, frage ich Dad: »Glaubst du, er freut sich über seine Geschenke?« Ich mache mir Sorgen.

»Warum denn nicht?«

»Er malt nicht mehr. Hat er mir erzählt.«

»Dann hat er vielleicht einen Grund, wieder anzufangen«, gibt Dad zurück, überzeugt von unserer Entscheidung, die wir schon vor Vians Ankunft getroffen haben.

Die meisten Farben von Ruth waren zwar noch verwendbar, dennoch beschlossen wir, Vian neue Farben zu kaufen, damit er seine eigenen hätte. Jetzt habe ich das furchtbare Gefühl, dass wir die Situation falsch eingeschätzt haben.

Es wärmt mir das Herz, als ich zusehe, wie Vian die Geschenke seiner Verwandten aus Australien öffnet, denn es zeigt mir, dass es auf der anderen Seite der Welt Menschen gibt, denen er etwas bedeutet. Die eine Tante hat ihm einen dunkelblauen Pulli gestrickt, selbst mir hat sie einen Schal und Dad ein Paar Socken gestrickt.

»Sorry, das ist ein bisschen kindisch«, sagt Vian mit gehemmtem Lächeln, als ich sein Geschenk aufmache – ein Koalabär aus Plüsch.

»Nein, gar nicht. Total süß«, erwidere ich grinsend.

Schließlich ist nur noch ein Päckchen übrig, und mir ist leicht übel, als Vian es auspackt.

Mit angespannt hochgezogenen Schultern starrt er auf den Farbkasten in seinen Händen.

Mir ist sofort klar, dass wir es verbockt haben.

»Nell meinte, du malst eigentlich nicht mehr«, quatscht Dad drauflos, ohne jede Ahnung von dem Schmerz, den sein ehemaliger Ziehsohn gerade empfindet.

»Nein«, antwortet Vian knapp.

»Wir dachten, mit neuen Farben fängst du vielleicht wieder an.«

»Aber nur, wenn du magst«, werfe ich schnell ein und setze mich zu ihm aufs Sofa. »Sonst können wir es auch umtauschen und was anderes holen.«

»Ja, danke«, sagt Vian leise und schlägt das Papier wieder um den Kasten, bevor er ihn vor dem Tannenbaum auf den Boden legt.

Dad geht duschen, und sobald die Badezimmertür geschlossen wird, macht Vian Anstalten, aufzustehen. Ich lege die Hand auf seinen Arm, um ihn aufzuhalten, und er verharrt reglos.

»Es tut mir leid«, flüstere ich, während er zu Boden blickt. »Ich verstehe, dass wir einen Fehler gemacht haben.«

Er antwortet nicht.

Ich rücke näher an Vian heran, lehne das Knie gegen seinen Oberschenkel und versuche, ihn zu trösten. Jegliche Befangenheit ist verschwunden.

»Magst du es nicht, weil Malen dich an sie erinnert?«, frage ich leise.

»Nein, ich mag es nicht, weil es sie umgebracht hat.« Mit gequältem Gesicht sieht Vian mir in die Augen. »Und das war *meine* Schuld!«

»Was redest du da?«, frage ich entgeistert.

»Dieses Bild«, sagt er. »Das grüne an deiner Wand.« Vor Entsetzen an eine Erinnerung, die ich nicht mit ihm teile, hat er die Augen weit aufgerissen. »Ich hatte für das Bild ihr ganzes Coelinblau verbraucht. Sie hat geschimpft. Dann ist sie losgegangen, um was nachzukaufen, und da wurde sie von dem Auto überfahren.«

»Nein! Nein, so war das nicht! Vian …«

»Ich heiße VAN!«, schreit er mir ins Gesicht.

»Van, hör auf!« Ich bekomme es mit der Angst zu tun. »Das stimmt nicht! Sie wollte keine Farbe kaufen, sie wollte Milch holen!«

Er starrt mich an.

»Sie brauchte Milch fürs Abendessen!«

»Nein.« Er schüttelt den Kopf. »Sie wollte Farbe kaufen. Sie wollte unbedingt das Bild fertigmachen. Sie war sauer.«

»Sie war enttäuscht, weil ihr Termin bei dem Galeristen nicht gut gelaufen war!« Ich werde lauter. »Und sie war genervt, weil sie so lange im Stau gestanden hatte! Es hatte nichts damit zu tun, dass du das Coelinblau verbraucht hattest.« Meine Zunge stolpert über die Aussprache des Wortes.

Wieder schüttelt Vian den Kopf, ungläubig. Er meint genau zu wissen, was passiert ist, und vermutet, dass ich es nur leugne, um ihm zu helfen.

»Ich schwöre es«, sage ich. »Es war nicht deine Schuld.«

»Das musst du ja sagen!«

»Was ist denn los?« Dad steht in der Tür. Schnell bindet er seinen Bademantel zu. Die Haare an seinen Beinen kleben vom Duschen an seiner Haut.

Auf der Suche nach Unterstützung sehe ich meinen Vater flehend an. »Vian …«

»VAN!«, brüllt er.

Ich zucke zusammen, Tränen schießen mir in die Augen. Ich *muss* ihn von jetzt an Van nennen – auch in meinen Gedanken. »*Van* glaubt, es wäre seine Schuld, dass Ruth damals noch rausgegangen ist, an dem Tag, als sie …«

Dad ist erschüttert. »Nein, das stimmt nicht! Warum glaubst du das?«

»Er meint, weil das Coelinblau leer war«, erkläre ich. »Sie hätte Nachschub kaufen wollen.«

»Nein, sie wollte zu Steven und Linzie rüber, zu den Bauern, die weiter die Straße hoch wohnen. Wollte sich Milch borgen.« Dad kniet sich vor Van auf den Boden, der ihn hilflos ansieht. Tränen laufen über Vans Gesicht. Ich weiß, er würde gerne glauben, dass es nicht seine Schuld war, aber so leicht wird er nicht zu überzeugen sein.

»Es war ein Sonntag. Ein *Sonntag!*«, wiederholt Dad. »Da hatten gar keine Geschäfte auf. Blaue Farbe hätte sie an dem Tag nirgendwo bekommen. Sie konnte ja nicht mal *Milch* kaufen! Deswegen wollte sie zu den Nachbarn. Ich habe ihr angeboten, rüberzugehen, aber sie meinte, es täte ihr gut, ein bisschen frische Luft zu schnappen, nachdem sie zwei Stunden lang im Auto gesessen hatte. Wenn irgendjemand Schuld hat, dann ich, weil wir die ganze Milch aufgebraucht hatten. Glaub mir, ich habe mich mit Selbstvorwürfen gequält, aber sie hätte ja nicht unbedingt Makkaroni mit Käse machen müssen«, sagt Dad unter Tränen und legt die Hand auf Vans Knie. »Es waren genug andere Sachen zum Essen im Kühlschrank.«

Van schüttelt sich. »Ich dachte immer, es wäre meine Schuld gewesen«, sagt er mit gequälter Stimme.

»Nein. *Nein!*«, wiederholt Dad mit Nachdruck. »Der Einzige, der Schuld hat, ist der verfluchte Autofahrer!«

Van sackt in sich zusammen und gibt ein herzzerreißendes Geräusch von sich, das ganz tief aus seinem Innern kommt. Ich lege ihm die Arme um den Hals und drücke ihn fest an mich. Weinend vergräbt er sein Gesicht in meinem Pulli, sein ganzer Körper wird von Schluchzern erschüttert. Er nimmt mich ebenfalls in die Arme.

*Dieses Mal lassen wir ihn nicht mit seiner Trauer allein, Dad. Auf gar keinen Fall.*

Später am Vormittag besuchen wir den Friedhof und legen Blumen auf Ruths Grab – einen Strauß aus roten Rosen und Stechpalmenzweigen, den Dad gemacht hat. Ich hab meine hellblonden Haare zu einem Knoten hochgesteckt, wie Mum es mir in einem ihrer seltenen mütterlichen Momente gezeigt hat, und trage mein rotes Samtkleid – das festlichste Kleidungsstück in meinem Schrank.

Dad sieht schick aus in seinem grauen Anzug, doch als ich nach unten komme, kann ich den Blick kaum von Van abwenden. Er trägt ein leicht knittriges weißes Hemd – ein Typ wie er besitzt kein Bügeleisen –, das perfekt zu seiner langen, schlanken Figur passt. Der oberste Knopf ist auf, so dass man seine glatte gebräunte Brust sieht. Auf dem Weg nach draußen greift er zu seiner Jeansjacke.

Zu Mittag wollen wir im Pub von Drews Eltern essen. Als Dad den Vorschlag machte, war ich Feuer und Flamme, doch jetzt sorge ich mich um Van.

Seit Jahren schlägt er sich mit diesen Schuldgefühlen herum und glaubt, er sei irgendwie für den Tod seiner Mutter verantwortlich. Es macht mich fertig.

Auf dem Weg vom Parkplatz zum Pub weiche ich nicht von seiner Seite. Ich will in seiner Nähe sein. Er ist sehr still, aber er weiß hoffentlich, dass ich für ihn da bin.

Der Boatman ist ein alter Pub mit Reetdach direkt am Fluss. Als wir näherkommen, dringen Weihnachtslieder nach draußen. Die Lichterketten bringen Fröhlichkeit in den grauen Tag, ebenso das knisternde Feuer im Kamin drinnen.

Drews Mutter Theresa heißt uns willkommen. Sie reicht Van und mir Gläser mit Cranberrysaft und sprudelnder Limonade, Dad bekommt ein Glas Champagner.

»Eins darfst du«, sage ich, als er zögert – wenn er fährt, trinkt er keinen Tropfen.

»Na, wir bleiben ja mindestens zwei Stunden hier«, akzeptiert er schließlich, und wir stoßen an.

Hinter der Theke bedient Drews älterer Bruder Nick eine Gruppe von Frauen. Er ist ein bisschen größer und kräftiger als Drew. Mit seinen blonden Locken ist er immer von einer ganzen Traube von Verehrerinnen umgeben. Zum Glück arbeitet Drew in der Küche.

Da taucht er auch schon auf. Er trägt einen schwarzen Anzug und ein blütenweißes Hemd. Sein Haar hat er sich aus dem Gesicht gekämmt.

»Hey!« Sofort kommt er zu uns rüber.

Ich erwidere sein Lächeln und erinnere mich, wie er sich gefreut hat, als ich ihm erzählte, dass wir Weihnachten bei ihnen im Pub essen würden. »Erinnerst du dich an Van?«, frage ich. »Meinen Vater kennst du ja.«

Sie begrüßen sich gegenseitig, dann führt uns Drew ins Restaurant und nimmt unterwegs drei Speisekarten mit. Er weist uns einen tollen Tisch zu, direkt vor den bodenlangen Glastüren, von denen man bis zum Fluss hinuntersehen kann.

Drew zieht mir den Stuhl hervor. Ich setze mich und lächele zu ihm auf.

»Ich dachte, du arbeitest in der Küche.«

»Ja, aber heute ist eine von unseren Kellnerinnen krank, deshalb muss ich hier aushelfen«, erklärt er.

Ich werde von Van abgelenkt, der sich neben meinen Vater setzen will. »Komm doch zu mir!«, fordere ich ihn auf und klopfe auf den Stuhl zu meiner Rechten.

»Wir sind ganz unkomplizierte Gäste«, sagt Dad.

Van kommt meiner Bitte nach.

»Freut mich zu hören«, erwidert Drew. »Dann lasse ich euch mal in Ruhe die Speisekarte lesen.«

»Danke«, sage ich geistesabwesend und helfe Van, sich zurechtzufinden. Er nimmt die Speisekarte und studiert sie aufmerksam.

Wir bestellen, das Essen wird serviert.

Nachdem wir eine Weile gegessen haben, entschuldige ich mich und gehe zur Toilette. Auf dem Weg dahin fängt Drew mich ab.

»Und, alles in Ordnung?«, fragt er.

»Ja, total lecker!« Bei einem Putenbraten kann man allerdings auch nicht viel falsch machen.

Drew runzelt die Stirn und weist mit dem Kinn in Richtung unseres Tischs. »Wie geht es Vian?«

»Gut, wieso?«

»Er wirkt irgendwie bedrückt.«

»Nein, dem geht's gut.« Ich habe nicht vor zu erzählen, wie schwer die letzten Tage für ihn waren. »Und er heißt jetzt Van«, fällt mir ein.

Drew grinst süffisant. »Wie Van Morrison?«

Ich ärgere mich über seinen hämischen Ton. »Ich finde, es passt zu ihm.«

»Ja, auf jeden Fall! Klingt cool«, rudert Drew schnell zurück. »Hey, willst du immer noch mit ihm zum Surfen?«

Ich bin begeistert. »Ja! Weißt du schon, wann ihr los wollt?«

»Wahrscheinlich morgen. Ich frag mal meinen Bruder.«

Als ich zurück an unseren Tisch gehe, komme ich zu dem Schluss, dass »Van« wirklich gut zu ihm passt, weil er ein cooler Typ ist. Ich denke an das Bild vom wellenreitenden Jungen und seiner Clique, an die gebräunten Mädchen mit den langen Beinen. Ich kann mir gut vorstellen, dass *Van* mit ihnen abhängt, spüre, dass er dazugehört.

Hat er sich schon mal mit einem von den Mädchen verabredet? Ist er mit einer von ihnen zusammen?

Vor Eifersucht verkrampft sich alles in mir.

Ich kapiere es nicht. Sonst war er immer derjenige, der eifersüchtig und besitzergreifend war, nicht ich.

»Feiert ihr Silvester auch bei uns?«, fragt Drew später. Ich stehe im Thekenbereich und warte darauf, dass Van von der Toilette kommt. Dad unterhält sich mit Drews Vater Christopher.

»Nee, wir gehen zu der Party im Segelclub.«

Drew macht ein langes Gesicht. Ich lache laut. »Nein, klar sind wir hier.«

Viele von der Schule haben sich angemeldet, auch Ellie und

ihre Eltern, die angeboten haben, uns mitzunehmen. Dad will allerdings früh ins Bett und kommt nicht mit.

»Ts-ts«, macht Drew und stößt mich mit dem Ellenbogen an. Ich muss wieder lachen. In dem Moment kommt Van zurück, mürrischer als je zuvor.

»Ach ja, ich hab mit meinem Bruder gesprochen«, sagt Drew und schiebt sein Haar auf die Seite. »Übermorgen wollen wir nach Porthleven, also, wenn ihr Lust habt ...?«

»Au ja!« Ich frage Van: »Hast du Lust auf Surfen?«

»Ja!« Sein Gesicht leuchtet auf. »Weißt du, wo ich mir Sachen ausleihen kann?«, fragt er Drew.

»Mein Bruder hat einen Fünf-Dreier-Neo, den er dir geben kann, und ein Sieben-Zweier-Pintail, ein richtiges Big Wave Gun«, erwidert Drew. »Keine Sorge, wir lassen dich nicht auf einer Zwei-Meter-Fünfzig-Matratze raus.«

Ich habe null Ahnung, wovon sie reden, aber Van grinst.

»Porthleven ist richtig geil. Sozusagen der Heilige Gral des britischen Surfens«, erklärt Drew. »Die Wellen da sind echt der Hammer, super Barrels.«

»Hört sich geil an.«

Ich sehe zwischen ihnen hin und her und kann es nicht glauben, wie verändert Van plötzlich wirkt.

»Aber du hast Erfahrung, oder?«, fragt Drew. »Porthleven hat nämlich ein Reefbreak. Die Wellen brechen da echt heftig, da willst du keinen Wipeout riskieren.«

Ich höre die Warnung in seinem Ton. *Was hat das zu bedeuten? Ist das gefährlich?*

Ungerührt zuckt Van mit den Achseln. »Wo ich lebe, gibt es fast nur Reefbreaks.« Und weil ich alles tun würde, damit er weiter so grinst, ignoriere ich meine nagenden Sorgen.

*Feuchte Erde und von Schafen abgefressenes Gras ... schimmernde reife Brombeeren zwischen spitzen Dornen und fedrigen Farnwedeln ... Ich versuche, mit Vian Schritt zu halten, der über die großen Schlammpfützen auf dem gewundenen Weg springt. Bei jedem Hüpfer sehe ich den Horizont, wo der Himmel aufs Wasser trifft.*

*An einem steilen Hang, hoch über einer glitzernden Bucht, kommen wir zum Stehen. Schwer liegt der Duft von sonnenwarmem Gras und Kuhfladen in der Luft. Ich weiß nicht, wo unsere Eltern sind – irgendwo hinter dem Gebüsch. Von unten hört man, wie Wellen gegen die Felsen krachen. Diesen Hang werden wir nicht hinabrollen.*

*Vian zupft loses graues Moos von einem Baumstamm. Er hat einen Kratzer am Arm, aus dem winzige Blutstropfen quellen.*

*»Du hast dir weh getan.« Ich nehme seine Hand. »Brennt das?«*

*»Erst jetzt, wo du es gesagt hast«, brummt er.*

*Ich ziehe ihn zu mir heran und drücke den Mund auf die Wunde. Meine Zunge schmeckt das metallische Aroma seines Bluts.*

*»Was soll das?«, fragt er mit geweiteten Nasenflügeln.*

*»Ich lecke es ab, damit es besser wird«, antworte ich.*

*»Du hast gerade mein Blut getrunken.« Vian ist entsetzt. »Wie ein Vampir.«*

*Ich kichere über seinen Gesichtsausdruck. Dann fliegen die Jahre dahin, und mein Lachen erstirbt. Jetzt steht nicht mehr der zehnjährige Vian vor mir, sondern der fünfzehnjährige Van. Mit eindringlichem Blick sieht er mich an und kommt einen Schritt auf mich zu. Ich weiche zurück. Er tritt näher, ich stolpere, verliere den Halt und lande im weichen Gras. Van fällt auf die Knie und lässt sich nach vorne sinken. Er setzt seine Hände rechts und links von meinen Schultern auf. Seine Lippen kommen meinen immer näher. Mein Herz rast.*

Ich fahre hoch und schäme mich zu Tode.

Van kommt zu mir nach unten an den Fluss. Nach dem letzten Regenschauer schöpfe ich das Wasser aus Wombat.

»Hast du Lust, damit rauszufahren?«, fragt er, während ich den nächsten Eimer Wasser in den Fluss leere.

»Noch ganz schön früh«, murmele ich. »Und außerdem ist es kalt.«

»Ja, und?«

»Na gut«, gebe ich mich widerwillig geschlagen und puste mir eine Haarsträhne aus dem Gesicht. Ich habe mir heute kurzerhand einen Pferdeschwanz gemacht und trage meine alte 501. »Kannst du Dad nach einem Handtuch fragen, damit wir die Sitze trocken wischen können?«

Ich schaue ihm nach, wie er davongeht, und fühle mich ein wenig so, als wäre ich seekrank.

Knapp fünf Jahre lang war er wie ein Bruder für mich. Warum träume ich jetzt davon, ihn zu küssen?

»Darf ich rudern?«, fragt er, als er mit einem aufgeregten Scampi an der Leine zurückkommt.

Van wollte immer den Hund mitnehmen, wenn wir mit dem Boot fuhren, obwohl wir nie Lust darauf hatten, ihm anschließend die Pfoten sauberzumachen – Scampi springt nämlich von Bord, noch bevor man richtig festgemacht hat.

»Wenn du willst.«

Er wirft mir das Handtuch zu.

Ich wische erst mal die Sitze ab, dann drehe ich mich zu Scampi um und hebe ihn ins Boot. Van reicht mir die Ruder, ich stecke sie in die Dollen. Als er einsteigt, wackelt das Bötchen bedenklich. Unser Lachen bricht das Eis, dennoch bin ich nervös, als ich mich ins Heck setze und Van mir gegenüber. Seine langen Beine drücken gegen meine Knie. Scampi ist am anderen Ende, mit klickenden Krallen dreht er sich so lange auf der rutschigen Oberfläche im Kreis, bis er eine bequeme Lage gefunden hat.

Van drückt sich vom Ufer ab, dann beginnt er zu rudern. Langsam gleiten wir durchs Wasser.

»Ich war seit Ewigkeiten nicht mehr mit Wombat draußen«, gestehe ich. »Und es ist noch länger her, dass jemand anders für mich gerudert hat.«

»Wer denn?«, fragt Van.

»Ellie ein paarmal«, erwidere ich. »Im Sommer haben wir ein Picknick auf der anderen Seite gemacht. Alleine fahre ich nicht viel raus. Nur, wenn ich Ruhe und Frieden haben will.«

»Weil dein Dad ja so laut ist«, neckt er mich.

Ich grinse. »Du weißt, was ich meine. Hier draußen ist es so ruhig und einsam – aber angenehm, meine ich. Dann habe ich Zeit zum Nachdenken ... und zum Schreiben.«

»Also schreibst du doch noch.«

»Nur Gedichte – aber die würde ich nie jemandem zeigen.«

»Nicht mal mir?«

»Niemandem«, bekräftige ich.

*Ganz besonders nicht dir nach diesem Traum und meinen Gefühlen danach.*

»Um was geht's in deinen Gedichten?«

»Keine Ahnung.« Ich zucke mit den Achseln. »Dies und das.«

»Um Drew?«

Ich fahre zusammen und schüttele schnell den Kopf. »Nein! Natürlich nicht.«

»Warum ›natürlich nicht‹? Du magst ihn doch, oder?« Van sieht mich durchdringend an.

Ich ziehe eine Grimasse und schaue zur Seite, doch Van stößt mich mit dem Knie an, damit ich mich ihm wieder zuwende.

»Stimmt doch, oder?« Er gibt keine Ruhe.

Ich zucke mit den Schultern. »Weiß ich nicht.«

Van zieht die Ruder kräftiger durch.

»Hast du eine Freundin?«, frage ich.

Er schüttelt den Kopf. »Nein.«

»Schon mal eine gehabt?«

»Du denn? Einen Freund, meine ich?«, fragt er zurück.

»Nein.«

Er wirkt überrascht.

»Und?«, hake ich nach.

Van zuckt mit den Schultern. »Nur ganz kurz.«

Mein Magen zieht sich zusammen. »Eine von denen, die auf deinen Fotos waren?«

Er nickt. »Ja, Jenna.«

»Wie sieht sie aus?«

»Groß, mit langen braunen Haaren.«

Ich weiß genau, welches Mädchen er meint. Ein Schmerz, den ich nicht verstehe, raubt mir den Atem. Warum fühle ich mich betrogen?

»Wie lange wart ihr zusammen?«

»Ein paar Monate, mehr oder weniger. Wir hatten aber keinen Sex oder so.«

Ich laufe dunkelrot an, als er das beiläufig erwähnt. »Dass du mir nie was von ihr erzählt hast«, brumme ich, nachdem ich mich wieder gefangen habe.

»Du hast mir ja auch nie was von Drew erzählt«, gibt Van zurück und beißt die Kiefer aufeinander.

»Warum auch? Da war ja nichts, gar nichts! Ich habe noch nicht mal einen Jungen geküsst!«

»Nicht?« Van legt den Kopf schräg und grinst.

Meine brennenden Wangen verraten ihm alles, was er wissen will.

Immer noch feixend zeigt Van aufs Ufer, wo wir jeden Moment auflaufen. »Wollen wir aussteigen und einen Spaziergang machen?«

Ich drehe mich um und greife nach einem Ast.

Sobald das Boot den Boden berührt, springt Scampi hinaus. Er versinkt gute zehn Zentimeter im Schlamm.

Seufzend sehe ich zu, wie er nach oben kraxelt und sich schüttelt. Van fängt meinen Blick auf und lacht.

»Du machst ihn hinterher sauber!«, schimpfe ich.

»Ja, ja.« Lässig winkt Van ab.

Nach unserem Streit vor ein paar Wochen versprach Dad, mir mehr Raum und Freiheit zu lassen. Dennoch wundere ich mich, als er einverstanden ist, dass wir mit Drew und Nick nach Porthleven fahren.

»Pass auf Nell auf!«, mahnt er Van, als wir aufbrechen. »Falls die Jungs zu schnell fahren oder sonst irgendeinen Mist bauen, rufst du mich vom nächsten Telefon aus an. Ich komme und hole euch ab.«

Van verspricht, das zu tun. Er nimmt seine Verantwortung ernst. Ich beiße mir auf die Zunge.

»Das Geile an Cornwall ist«, erklärt Nick im Auto, »dass man über vierzig verschiedene Strände hat, die alle in andere Richtungen zeigen, so dass eigentlich immer irgendwo gute Wellen zum Surfen sind. Selbst bei starken Stürmen gibt es immer ein paar geschützte Spots.«

Ich sitze auf der Rückbank des Autos und bin ein bisschen nervös. Nicht nur, weil ich zwischen Drew und Van hocke, sondern auch weil ich noch nie zuvor mit vier Jungs unterwegs war – ist schon ein bisschen seltsam.

Nicks Freund Max auf dem Beifahrerplatz dreht sich zu Van um. »Drew sagt, du fährst *Competitions.*« Er spricht von Surf-Wettbewerben.

»Ja, manchmal«, erwidert Van cool. Er hat die Arme vor der Brust verschränkt, sein Bizeps drückt gegen meinen.

»Dann wollen wir mal sehen, was du so draufhast!«

Ich höre die Provokation in Max' Stimme. Mein Unbehagen wird größer, doch Van grinst nur und lehnt den Kopf gegen die Kopfstütze.

In diesem Wagen ist deutlich zu viel Testosteron. Wenn Ellie doch dabei wäre!

Schließlich halten wir am Straßenrand. Wir parken parallel zur Küste, ungefähr fünfzehn, zwanzig Meter über dem Wasser. Durch die Scheiben erahne ich das stählerne Blaugrau des Meeres.

Van reibt ein Loch in das beschlagene Fenster und späht hinaus.

»Wow!« Es klingt ehrfürchtig.

Nick beugt sich an Max vorbei, um aus dem Beifahrerfenster zu sehen. »Leck mich!«, stößt er aus.

Max wirft ihm einen kurzen Blick zu. Die beiden lachen mit aufgerissenen Augen. »Sollen wir besser nach Praa Sands fahren?«, schlägt Nick vor. »Da müsste es ein bisschen ruhiger sein.«

»Nee, nee.« Vans Hand liegt bereits auf dem Türgriff.

Nick und Max grinsen, zucken mit den Schultern und steigen aus.

»Warte …«, rufe ich, aber Van hat die Tür schon zugeschlagen. Ich rutsche zu seinem Fenster hinüber und gucke ebenfalls nach draußen. Was ich sehe, macht mir eine Heidenangst.

Als ich aus dem Wagen steige, prallt eine wirklich gewaltige Welle auf die Felsen. Kein Witz, ich kann die Erschütterung bis oben spüren.

»Nein.« Ich schüttele den Kopf und fange Drews besorgten Blick über das Wagendach hinweg auf. Von seinem sonst so frechen Grinsen ist nichts zu sehen. »Nein.« Ich will ums Auto herumgehen, doch hinten steht Van, von der Hüfte abwärts nackt. Abrupt bleibe ich stehen. Zum Glück ist sein Hoodie lang genug, um alles zu verdecken, dennoch erröte ich heftig, als ich mich abwende. »Mach das bitte nicht!«, flehe ich ihn an.

»Alles gut, Nell«, erwidert er flapsig und zieht den Reißverschluss des Neoprenanzugs zu, während Nick und Max das Brett abladen. Als die nächste Welle am Riff zerschellt, zucke ich wieder zusammen.

Rechts von uns steht eine Reihe kleiner Fischerhäuschen, links mehrere moderne Häuser. Über eine Grasfläche vor uns haben wir den perfekten Blick aufs Meer.

Weiter oben an der Straße erkenne ich mehrere Typen. Ich nehme an, dass sie aus dem Ort sind. Einige tragen Wetsuits, die meisten haben Jeans und Hoodies an. Einer guckt zu uns herüber, wendet sich seinen Freunden zu und sagt etwas, worauf alle in unsere Richtung sehen. Einige ziehen die Augenbrauen hoch.

»Bitte nicht!«, flüstere ich Van zu. »Das erwartet doch keiner von dir.«

Er lacht höhnisch und zieht die Stiefel an.

Ich will ihn nicht blamieren, aber das ist einfach irre. Solche Wellen sind tödlich!

Einer der Jungs aus dem Ort kommt rüber. »Willst du's probieren?«, fragt er.

»Yep.«

»Wirklich?« Nick lehnt Vans Brett grinsend gegen den Wagen.

»Die machen dich fertig«, feixt Max.

Am liebsten würde ich den beiden das Lachen aus dem Gesicht schlagen, doch Van grinst nur und wirkt nicht im Geringsten verunsichert, als er Wachs aus dem Kofferraum holt und das Brett damit einschmiert.

Ich gehe davon aus, dass Nick, Max und Drew keinerlei Absicht haben, mit ins Wasser zu gehen, aber ich darf mich eigentlich nicht aufregen, denn wenn ich irgendjemandem die Schuld geben muss, dann mir selbst.

Van wendet den Blick nicht vom Atlantik ab, er ist immens konzentriert. Der Himmel hängt tief, große graue Wellen kommen herein, brechen sich von rechts nach links und schlagen donnernd gegen die hundert Meter entfernte Felsküste. Ein paar Surfer sind im Wasser, warten auf der linken Seite, zum Channel hin. Sie wirken beeindruckt.

Mit gerunzelter Stirn schließt Van den Kofferraum und lässt den Blick über den Strand schweifen. Überlegt er es sich anders?

»Wie komme ich am besten rein?«, fragt er den Surfer, der zu uns rübergegangen ist.

*O Gott, nein, er wird doch nicht wirklich …*

Der Typ weist auf ein cremefarbenes Haus unten am Ufer. »Da, beim alten Rettungsbootshaus. Vom Felsen links in den Kanal springen, dann nach rechts rum in die Take-off-Zone paddeln.«

»Okay.«

Ehe ich mich versehe, marschiert Van davon, das Brett unter den Arm geklemmt.

Drew taucht neben mir auf, doch ich kann ihn nicht ansehen, und er spürt wohl, dass ich zu keiner tiefschürfenden Unterhaltung in der Lage bin. Von innen auf der Wange kauend, verfolge ich angespannt, wie Van ins Wasser springt und zu paddeln beginnt.

»Der paddelt an den anderen Surfern vorbei!«, ruft Max, als sei das etwas Unanständiges. »Hoffentlich weiß er, was er tut.«

»Die gehen eh nicht mit«, erwidert Nick.

Die Minuten verrinnen. Die anderen Typen, die weiter weg standen, haben sich mittlerweile zu uns gesellt. Ich versuche, ihre Sprüchen zu ignorieren, stehe einfach nur da und beobachte den einsamen Van draußen auf dem weiten Meer.

*Er wartet …*

Plötzlich wird es schwarz am Horizont.

»Da kommen ein paar Riesenteile«, ruft Nick.

Eine gewaltige dunkle Welle rollt auf Van zu. Mir wird schlecht.

»Und los geht's«, sagt Drew.

Als sie zu brechen beginnt, dreht sich Van Richtung Ufer und paddelt noch mal schnell.

»Er macht es!«, ruft Nick.

Trotz meines überreizten Zustands spüre ich die Anspannung der anderen um mich herum.

»Der wird in die Waschmaschine gerissen!« Max klingt ungewöhnlich besorgt, doch dann macht Van noch zwei kräftige Stöße und springt auf das Brett.

»Er steht!«, ruft Nick, als Van sein Board in die Welle sticht.
*Mein Herz hebt ab …*

Der obere Rand der Welle krümmt sich zu einem Tunnel. Van steht auf dem Brett und hält die Hand ins Wasser, um ein wenig zu bremsen. Dann ist er nicht mehr zu sehen …

Eins …

Zwei ...

»Der macht einen Wipeout«, sagt jemand.

Drei quälende Sekunden ...

Vier ...

»*Scheiße!*«

Fünf Sekunden, und Van wird von der Welle in den Kanal gespuckt. Es sieht aus, als würde er aus einem riesigen Feuerwehrschlauch geschossen. Und er steht noch!

Um mich herum jubeln alle wie irre. Ich schlage die Hände vors Gesicht und reiße mich zusammen, um nicht zu weinen. Nick klopft mir lachend auf den Rücken.

»Ich dachte, der ist hinüber«, ruft er. »Das war der fetteste Brecher, den ich je gesehen habe!«

Van wirft seine nassen Haare nach hinten und schaut zu uns herüber. Selbst von hoch oben sehe ich sein Grinsen.

Als wir nach Hause kommen, möchte ich allein sein. Die Stimmung auf der Rückfahrt war übermütig; die Jungs überboten sich gegenseitig mit Horrorgeschichten von Surfern, die sich die Knochen gebrochen oder Platzwunden zugezogen hatten, die genäht werden mussten. Ein Typ war einmal buchstäblich skalpiert worden.

Ich bin immer noch erschüttert, selbst jetzt, da ich im Bett liege. Diese Typen sind einfach nur krank, einer wie der andere.

Es klopft an meiner Tür.

»Ja?«

Sie öffnet sich einen Spalt, ich erblicke Van. Er betrachtet mich belustigt, ich sehe ihn mit zusammengekniffenen Augen an. Er duckt sich unter dem Rahmen hindurch und nickt mit dem Kinn in Richtung Bett. »Rück mal!«

»Wo ist Dad?«, frage ich misstrauisch.

»Liegt auf dem Sofa und schläft«, lautet die Antwort.

Ich mache Platz, und Van legt sich zu mir, sein Kopf auf meinem Kissen.

Er riecht noch immer nach Meer: kalt, wild und frei.

»Tut mir leid, dass ich dir Angst eingejagt habe«, flüstert er und verschränkt die Arme vor der Brust. Sein kleiner Finger hakt sich um meinen. Mein Herz zieht sich zusammen.

Er dreht mir den Kopf zu. Mir wird mulmig, doch als ich ihn ansehe, schaut er an mir vorbei zur Wand.

»Die Farbe von Weizen«, murmele ich, strecke die Hand aus und fahre mit dem Finger über seinen Namen, schwungvoll geschrieben in einer Farbe, die ich jetzt als Coelinblau erkenne: *Vian Stanley Stirling.* »Das ist mein Lieblingsgrün. Weißt du noch?«

Ich schaue ihn an. Er erwidert meinen Blick und nickt ernst. Dann dreht er sich komplett auf die Seite und stützt das Kinn in die Hand.

»Willst du irgendwann wieder malen?«, frage ich.

Zögernd hebt er die Schultern zu einem leichten Zucken.

»Wenn du nur eine Sache malen dürftest«, frage ich, »was wäre das?«

Er antwortet nicht, doch sein Blick bringt Schmetterlinge in meinem bereits kribbelnden Magen zum Flattern.

»Van?«, hake ich nach.

Seine Mundwinkel heben sich. »Jetzt nennst du mich doch Van. Endlich.«

»Ich finde, es passt zu dir«, gebe ich widerwillig zu. »Also, was würdest du dann malen?«

»Ich weiß, was ich gerne malen *würde*, aber ich will es nicht versuchen.«

»Was denn?«

»Deine Augen.«

Ich bekomme eine Gänsehaut am ganzen Körper.

»Und warum würdest du es nicht versuchen?« Fast bricht meine Stimme bei der Frage.

»Weil es mir niemals gelingen würde.«

Als sich unten etwas regt, schrecken wir beide zusammen. Langsam steigt Van aus dem Bett, reckt die Arme über den Kopf und geht zum Fenster, um hinauszuschauen. Ich setze mich auf, nervös wie selten zuvor.

Am nächsten Tag sind wir am Strand in Kynance Cove. Van schaut in die Sonne, die tief am klaren blauen Himmel steht. Es weht nur ein laues Lüftchen, dennoch ist es eisig kalt. Die Bucht vor uns ist nur bei Ebbe zu erreichen. Ein großer Fels, fast so groß wie die Klippen, steht allein links von uns. Das aquamarinblaue Wasser schlägt dagegen, es ist so klar, dass man bis auf den Grund schauen kann.

An den Abbruchkanten der Klippen sieht man verschiedenfarbige Gesteinsschichten: braun, orange, violett, silbern und anthrazit. Unten wirkt der Fels sandfarben, doch das ist eine optische Täuschung, erzeugt durch Millionen beiger Seepocken, die daran haften.

»Ich glaube, da haben wir damals die Sandburg gebaut«, durchbricht Vans Stimme unser Schweigen, das durch die Schreie der Möwen nur noch eindringlicher wirkt. »Ich erkenne die Bucht an ihrer Form.«

Wir sind allein; Dad ist mit Scampi oben im Café geblieben. Wir mussten warten, bis mehr Wasser abgeflossen war, um den Fels umrunden zu können, dennoch mussten wir Schuhe und Socken ausziehen und durch das eiskalte Wasser waten. Meine Füße sind immer noch taub, aber es hat sich gelohnt.

»Die Klippen haben so unterschiedliche Farben und Formen!«, staunt Van, als wir daran entlanggehen. »Diese da sehen aus wie aus einem Tetris-Spiel, ganz klobig und schwer, und die glänzend Schwarzen könnten aus geschmolzenem Wachs sein. Und guck dir die an! Die sind grün und rot!«, ruft er.

Sie ähneln einer Schlangenhaut, glatt poliert durch die jahrtausendelang dagegenschlagenden Wellen.

Ich muss über Vans Begeisterung lächeln. »Ich meine, der Stein heißt Serpentinit«, sage ich. »Meinst du, diese Bucht könnte dich inspirieren? Kannst du dir vorstellen, hier zu malen?«

Statt zu antworten, klettert Van auf einen Felsblock und hält mir die Hand hin. Ich recke mich und ergreife sie, um mich von ihm hochziehen zu lassen.

»Ich kann mir gut vorstellen, dass sie Mum inspiriert hat«, sagt er schließlich.

»Im Sommer ist es hier völlig anders.« Ich versuche, nicht auf die Muschelbänke zu treten, die sich wie glänzende blauschwarze Käfer büschelweise an die Oberfläche klammern. »Da bekommst du keinen Fuß auf die Erde.«

Jetzt sind unsere Fußabdrücke die einzigen im Sand.

Van legt die Hände ineinander und pustet hinein.

»Die sind ja ganz blau!«, rufe ich erschrocken. Er hat seine geliehenen Handschuhe zu Hause gelassen.

Ich ziehe meine aus und stecke sie ein, um Vans Hände in meine zu nehmen und sie heftig zu reiben. Er sieht mich an, ich erwidere sein Lächeln. Sein Gesicht leuchtet im Sonnenlicht, und mir fällt etwas auf: Seine Augen sind gar nicht dunkelblau. Darin funkeln grüne und goldene Splitter, wie ein Feuerwerk am Nachthimmel. Das ist mir noch nie aufgefallen. Allerdings habe ich auch noch nie so intensiv hineingeschaut.

»Warum hörst du auf?«, brummt Van.

Mir war nicht bewusst, dass ich innegehalten hatte.

»Besser?«, frage ich.

»Noch nicht richtig«, antwortet er und klappert demonstrativ mit den Zähnen.

»Sollen wir zurück zum Café?«

»Nein.« Grinsend legt er mir die Hände um die Taille. Kurz erstarre ich, dann finden seine eiskalten Finger meine nackte Haut. Ich schreie auf.

Van lacht schallend, ich reiße mich los. Schnell greift er nach mir, damit ich nicht vom Felsblock falle.

»Ho!« Er zieht mich zurück, ich taumele gegen ihn. »Sorry, das war knapp!«

Ich lache befangen. »Aber lustig.«

»Ja.« Er neigt den Kopf seitlich und pustet mir warmen Atem unter den Kragen.

»Was machst du da?«, frage ich argwöhnisch. Ich zittere am ganzen Leib.

»Ich wärme dich. Du bibberst.«

»Ich bibbere, weil du mir in den Nacken gepustet hast«, erkläre ich.

Van bläst mir aufs Neue unter den Pulli. Das Zittern greift auf meinen gesamten Körper über.

»Das kitzelt!« Ich verharre reglos, als er seine Hände erneut auf meine Hüften legt. »Wag es nicht, sie mir noch mal unter den Pullover zu schieben!«

»Mache ich nicht«, verspricht er. Obwohl ich jetzt einen Schritt zurücktreten könnte, bleibe ich stehen.

Wieder neigt Van den Kopf, diesmal berühren seine Lippen meinen Nacken. Alle meine Härchen richten sich auf. Was macht er da? Ich frage nicht. Ich bin wie erstarrt. Seine Lippen tasten sich meinen Nacken hinauf und streifen mein Ohr.

Mein Herz schlägt gegen den Brustkorb, will schier zerspringen. Van schmiegt seine Wange an meine. Trotz der Kälte ist seine Haut warm. Sucht er einfach nur Nähe? Ich verstehe gar nichts.

Ich fühle mich nicht wie seine Schwester. Ganz und gar nicht.

Er löst sich von mir und sieht mich an.

»Van?«, frage ich unsicher und rücke ab, doch er schließt erneut die Lücke zwischen uns. Seine Pupillen werden groß, das Schwarz lässt das Feuerwerk erlöschen.

Plötzlich bekomme ich einen elektrischen Schlag, meine Lippen kribbeln. Benommen begreife ich, dass Van mich küsst.

Entsetzt schnappe ich nach Luft. Seine Zunge schiebt sich durch meine geöffneten Lippen und tastet nach meiner.

»Was …«, bringe ich hervor, doch seine Zunge macht jeden Versuch zu sprechen zunichte. Ein Schauer läuft durch meinen Körper, vom Scheitel bis hinunter zu den Zehenspitzen.

Vans Lippen sind weich, seine Hände halten mich fest, zum Glück, denn mir ist ganz schwindelig, weil ich hektisch nach Luft schnappe. Dann löst er sich von mir. Gerade noch rechtzeitig kann ich erkennen, dass Panik über sein Gesicht huscht, während er an mir vorbeischaut.

Ich höre Scampi bellen.

Van setzt ein Grinsen auf und winkt, dann springt er mit einem dumpfen Geräusch vom Felsen in den Sand.

Ich werfe einen Blick über die Schulter und sehe, dass mein Vater in seiner grünen Hose und braunen Strickjacke über den Strand auf uns zutrottet.

»Brauchte nicht mal die Schuhe auszuziehen!«, ruft er lachend. Das Wasser hat sich noch deutlich weiter zurückgezogen. »Ist das nicht ein herrlicher Tag?«

Wenigstens kann ich mir bei einer Sache sicher sein: Er hat unseren Kuss nicht gesehen.

Als wir nach Hause kommen, sage ich meinem Vater, ich würde mich nicht gut fühlen, und gehe direkt ins Bett. Das ist nicht mal gelogen.

*Wenn er uns gesehen hätte* … Ich will mir nicht mal ansatzweise vorstellen, wie schockiert er gewesen wäre … wie enttäuscht … wie *angewidert* … Für meinen Vater ist Van wie ein Sohn, wie mein *Bruder*. Bei dem Gedanken wird mir schlecht, so sehr schäme ich mich. Es ist, als habe es nicht nur eine Explosion in Vans Augen, sondern auch in meinem Magen gegeben, als seien die Funken erloschen und hätten nur Schutt und Asche hinterlassen. Warum hat Van das getan? Ich kann ihn nicht mal ansehen, wie soll ich ihm dann diese Frage stellen?

Am nächsten Tag muss Dad wieder zur Arbeit, und wir haben zwei Optionen: ihn begleiten oder allein zu Hause bleiben.

»Ich würde gerne noch mal den Irrgarten sehen«, verkündet Van beim Frühstück.

Er tut, als sei nichts passiert. Vielleicht kann ich das auch.

Ich bin eher skeptisch.

Wir laufen über einen Weg aus feuchtem Kopfsteinpflaster. Über unseren Köpfen spannen sich fedrige Palmwedel. Van streift mit den Händen die Blätter eines immergrünen Busches, die hinter ihm nach oben schnellen und Regenwassertropfen auf seine Jacke spritzen.

Es wird nicht lange dauern, bis seine Hände wieder blau gefroren sind. Heute werde ich sie nicht wärmen.

»Wieso hast du schon wieder deine Handschuhe zu Hause gelassen?«, murre ich.

»Sie spricht! Endlich!«, ruft Van sarkastisch. »Ich dachte schon, wir würden den ganzen Tag herumlaufen, ohne eine Wort zu sagen.«

Ich seufze schwer und verschränke die Arme vor der Brust.

»Unter denen hier haben wir uns früher versteckt.« Van hockt sich unter das riesige Blatt einer Gunnera – nicht umsonst nennt man die gewaltige Pflanze auch Mammutblatt. »Du hast dir immer vorgestellt, dass die Elfen hier Feste feiern.« Grinsend erhebt er sich wieder.

Ich bin nicht in der Stimmung für diese albernen Anekdoten von früher. Wir gehen weiter. »Da ist der Irrgarten!« Ich zeige hinüber.

Die Form der Anlage erinnert an ein Gehirn; die Hecken ziehen sich in geschwungenen Kurven am Hang entlang.

»Die sind ja total niedrig!«, ruft Van.

Er spricht von den Kirschlorbeerhecken. »Früher konnten wir nicht mal drübergucken«, bemerke ich.

Van runzelt die Stirn, aber lacht. »Ja, stimmt. Ob ich mich immer noch darin zurechtfinde?«

Er läuft los, quer über den Rasen, statt wie vorgeschrieben den Weg zu nehmen.

Aber wir sind schon früher nicht auf den Wegen geblieben. Deshalb bekamen wir oft Ärger von Dad.

Als ich den Eingang zum Irrgarten erreiche, ist Van schon mitten drin. Die Hecken reichen ihm nur noch bis zur Brust. Ungewollt muss ich darüber grinsen, was er für eine Grimasse zieht, wenn er über matschige Stellen springt. Genau wie damals, als wir gemeinsam über den Küstenweg liefen und er sich den Arm an Brombeerranken zerkratzte.

Von diesem Tag habe ich letztens geträumt, aber wenn ich daran denke, wie dieser Traum weiterging, wird mir heiß und kalt. In meiner Phantasie hatte ich Van längst geküsst, bevor es im wahren Leben geschah.

Ein lauter Pfiff holt mich in die Gegenwart zurück. Van steht bereits an der Strohhütte in der Mitte, stolz auf seine Leistung. Ich beiße mir auf die Lippe und warte, dass er den Weg zu mir zurückfindet.

»Gibt's hier nicht auch einen Strand?«, ruft er im Näherkommen.

»Ja, unten.«

»Können wir hingehen?«

»Klar, wir haben ja den ganzen Tag Zeit.«

Mein Vater betreut die freiwilligen Mitarbeiter des Parks, er hat also zu tun. Wenn wir keine Lust mehr haben, über die Anlage zu laufen, können wir uns auch in die Hütte setzen, den Aufenthaltsraum für die Beschäftigten. Da gibt es jede Menge Bücher und Zeitschriften zum Lesen, außerdem Tee und Kaffee, und vor allem Kekse.

Der üppig grüne Landschaftsgarten liegt am Hang einer steilen Schlucht. Er wird von einem Wasserlauf durchflossen, der sich unten, kurz vorm Strand, zu einem Teich verbreitert.

Wir quetschen uns durch ein Holztor und kommen im kleinen Örtchen Durgan raus. Die steinernen Cottages hier haben Schieferdächer und rote Backsteinschornsteine. Im Sommer strotzen die Gärten nur so vor Blumen, jetzt herrscht Grün und Braun vor. Die einzigen Farbtupfer sind das Rot und das Blau der Boote, die kieloben am Weg liegen.

Wir kraxeln über die grauen Steine am Ufer und gelangen auf den feuchten Sand direkt am Wasser. Die Flussmündung ist weit links von uns, dahinter erstreckt sich der blaue Atlantik. Vor uns im Wasser liegen Segelboote an Ankerbojen. Grasgrüne Algen wurden angeschwemmt, zusammen mit der einen oder anderen Qualle. Van stößt mit dem Stiefel gegen eins der gallertartigen Tiere.

»An die Quallen kann ich mich noch erinnern«, sagt er. Die vor ihm ist durchsichtig und hat einen braunen Stern auf dem Rücken. »Wir sind immer runter ans Wasser gegangen und haben Steine hüpfen lassen.« Er bückt sich, hebt einen flachen Kieselstein auf und geht ans Ufer. Dann neigt er seinen langen, sehnigen Oberkörper zur Seite und lässt den Stein über die Wasseroberfläche ditschen.

»Warum hast du das getan?«

Mit zusammengezogenen Augenbrauen schaut er sich zu mir um. Es vergehen einige Sekunden, ehe er antwortet. »Ich wollte der Erste sein.«

Ich verziehe das Gesicht. »Warum denn das?«

Er nimmt den nächsten Stein. »Weil man das erste Mal angeblich nicht vergisst«, brummt er vor sich hin und schleudert den nächsten Stein übers Wasser. Er springt siebenmal auf, bevor er versinkt.

»Das hätte ich eh nie vergessen«, murmele ich. »Das Bild hat sich in meine Netzhaut gebrannt. Sobald ich die Augen schließe, sehe ich es vor mir.«

Seine Mundwinkel verziehen sich zu einem Grinsen.

»Ich verstehe trotzdem nicht, warum du es getan hast.«

»Weil ich es wollte«, erwidert er leise.

»Aber *warum* wolltest du es? Ich bin quasi deine *Schwester*!«, zische ich. Wieder schäme ich mich in Grund und Boden.

Van stutzt und schüttelt den Kopf. »Nein, bist du nicht«, widerspricht er.

»Was, wenn Dad uns gesehen hätte?«

»Hat er ja nicht.«

»Das wäre dir aber nicht recht gewesen, oder?«

Van sieht zur Seite und tritt in den Flusskies, dann bückt er sich und hebt den nächsten Stein auf. Ich merke, dass er sich unwohl fühlt.

»Wenn es wirklich okay wäre, dass du mich küsst, dann müsste dir doch egal sein, wer es sieht«, hake ich nach.

»Er ist dein *Vater*«, erwidert Van mit Nachdruck und schaut mir in die Augen. »Ich hätte mich auch nicht dabei wohlgefühlt, Jenna vor den Augen ihres Vaters zu küssen.«

»War sie die Erste?«, frage ich zögernd.

»Nein.« Eine kurze, knappe Antwort.

»Wie viele Mädchen hast du denn schon geküsst?«

»Gestern nicht mitgezählt? Drei.« Van überlegt, während ich reglos dastehe und mir unerklärlich elend zumute ist. »Die Erste war die ältere Schwester von meinem Kumpel. Kerry-Ann. Ich war dreizehn und sie fünfzehn.«

»Erspar mir die Details!«

»Gut.« Er hebt verwundert die Augenbrauen. »Du hast gefragt.«

»Wer war die Zweite?«

Van ist verwirrt. »Ich dachte, das willst du nicht wissen.«

»Sag es einfach!«

»Eine Engländerin, die in Australien Urlaub gemacht hat. Sie hieß Nicola.«

»Das will ich nicht wissen«, fauche ich.

»Hört sich an, als wärst du eifersüchtig.«

»Bin ich nicht!«, presse ich durch zusammengebissene Zähne hervor.

»Denn wenn ich für dich wirklich so was wie ein Bruder bin, dann ist es ein bisschen komisch, dass du eifersüchtig bist.«

»*Du* warst doch ständig eifersüchtig auf andere Kinder!«, rufe ich beschämt. »Zum Beispiel auf den armen Edward!«

»Auf wen?«

»Auf diesen Jungen, Edward! Der in dem Sommer hier war, als wir Webster gefunden haben!«

»Ach, der.« Van grinst und lässt den nächsten Stein übers Wasser hüpfen. »Das war was anderes. Da waren wir zehn Jahre. Ich wollte, dass du dich mit mir beschäftigst.«

Ich seufze. »Trotzdem verstehe ich nicht, warum du bei mir der Erste sein wolltest.«

Lange sieht er mich an, dann sagt er: »Es lief wohl darauf hinaus: Drew oder ich.«

Das heißt, er ist so besitzergreifend wie früher? Deshalb hat er mich geküsst? So reagiert er auf eine vermeintliche Bedrohung von außen? Ich weiß nicht, ob ich erleichtert oder enttäuscht sein soll.

»Sorg bitte dafür, dass es nicht noch mal passiert, ja?«, bringe ich leise hervor.

Er zuckt mit den Schultern. »Okay.«

Eindeutig enttäuscht.

Als wir am Abend nach Hause kommen, sind zwei Nachrichten auf dem Anrufbeantworter. Die erste ist von Ellie. Ich höre sie mir im Flur an und muss grinsen, als sie langatmig darüber klagt, dass sie sich zu Tode langweilt. Sie fleht uns an, am nächsten Tag etwas mit ihr zu unternehmen, weil sie es nicht aushalten könne, noch einen Tag länger auf Silvester zu warten. Ich kichere, als ihre Stimme mitten im Satz abbricht, weil sie den kompletten AB vollgequatscht hat.

»Hört sich an, als würdest du ihr fehlen«, bemerkt Van belustigt.

»Ja …« Ich habe ein schlechtes Gewissen, weil ich Ellie nichts erzählt habe, andererseits wusste sie vorher, dass Van und ich viel Zeit miteinander verbringen würden.

Als die nächste Nachricht ertönt, zucke ich überrascht zusammen.

»Hallo, hier ist Drew. Ich wollte Nell Bescheid sagen, dass mein Bruder und ich morgen zum Surfen nach Chapel Porth fahren. Vielleicht hast du Lust, mit Van mitzukommen.«

Van legt die Hände wie zum Gebet zusammen und sieht mich flehend an.

Meine Schultern sacken nach unten. Auf den Stress, ihm beim Surfen zuzuschauen, kann ich gut verzichten. »Mal sehen, ob Ellie mitkommt«, sage ich schließlich schicksalsergeben.

Wie sich herausstellt, haben so einige unserer Freunde Lust auf eine Fahrt an den Strand, so dass ich am nächsten Tag zwischen Van und Ellie hinten im Wagen ihres Bruders Graham sitze. Grahams Freundin fährt auch mit.

Obwohl ich meine neu gewonnene Freiheit liebe und es genieße, mit Gleichaltrigen unterwegs zu sein, ohne mich von Dad bringen und abholen lassen zu müssen, bin ich so nah bei Van nicht gerade entspannt. Er starrt schweigend aus dem Fenster, während Ellie wie ein Wasserfall quasselt, was sie alles in den Weihnachtsferien gemacht hat. Ich stelle ihr viele Fragen, damit sie nicht aufhört zu reden, gleichzeitig ist mir unwohl, weil ich weiß, wie viel ich ihr noch zu erzählen habe. Werde ich ihr beichten, dass Van mich geküsst hat?

Wir halten auf dem Parkplatz und stellen fest, dass Drew, Nick, Max, Brooke und Brad auch gerade angekommen sind.

Ellie und ich steigen aus, um Brooke zu begrüßen. Während sich die Jungs fertig machen, gehen wir ins Café. Der Laden hier ist berühmt für sein »Igel-Eis« – kornisches Vanilleeis, überzogen mit karamellisierten Haselnüssen –, aber heute bestellen wir lieber etwas Warmes zu trinken.

Das Café liegt etwas vom Wasser entfernt zwischen zwei großen grasbewachsenen Erhöhungen. Von dort aus gesehen, steigen die Klippen Richtung Meer immer höher in den Himmel, bis sie steil zum weißen Strand oder zum kristallklaren grünen Wasser hin abfallen, je nachdem, ob Ebbe oder Flut ist. Oben auf der rechten Seite steht die Ruine der alten Zinnmine Wheal Coates. Dort gehen Dad und ich manchmal mit Scampi spazieren.

Im Café ist eine Schlange an der Theke, und als wir endlich an der Reihe sind, sind die Jungs bereits fertig zum Surfen.

Nick und Van gehen vor uns durch den Sand. »Wir waren gestern auch hier, und da kamen total glasklare Wellen rein«, erzählt Nick. »Perfekte A-Frames, die sind gefallen wie die Dominosteine.«

»Fast hätten sie ihm das Surfbrett geschreddert.« Max ist noch immer begeistert.

Ellie stubst mich an und verdreht die Augen über den Surferjargon der Jungs, doch ich höre irgendwie gerne zu, wenn sie sich unterhalten. Ich sehe an Ellie vorbei zu Brooke, die Van voller Bewunderung anhimmelt. Ellie bemerkt es auch und stößt mich erneut an.

Brooke schaut zu uns herüber. »Was ist?«

Ellie weist auf Van und grinst.

Brooke zuckt mit den Schultern. »Dein Bruder ist echt heiß«, artikuliert sie lautlos.

Ich schüttele den Kopf. »Er ist nicht mein Bruder«, flüstere ich.

Unsere genaueren Verwandtschaftsverhältnisse sind ihr egal, und als sie Van surfen sieht, ist sie völlig hin und weg. Auch ich habe Mühe, den Blick von ihm abzuwenden. Selbst Ellie wirkt beeindruckt.

»Wow!«, macht sie, als Van kurzerhand die Richtung ändert und die Gischt aufspritzt. Immer schneller surft er auf einer Grünwasserwelle, schwebt kurz auf dem Wellenkamm, um dann wieder in die Welle zu stechen und weiterzugleiten.

Diesmal macht mir das Zusehen deutlich mehr Spaß. Nicht nur weil meine Freundinnen dabei sind, die Wellen wirken auch deutlich ungefährlicher als in Porthleven. Wir unterhalten uns über dies und das und verstummen zwischendurch, um gebannt zuzuschauen.

»Wer war das denn?«, frage ich staunend, als das Hinterteil eines Bretts aus dem Wasser kommt und der Surfer kurz rückwärtsfährt. »War das Brad?«

»Ich glaube, es war Nick«, erwidert Brooke. Die beiden haben dieselbe Haarfarbe.

Ich muss zugeben, die Jungs beeindrucken mich.

Plötzlich schießt Van über den Rand einer Welle, dreht sich einmal um die eigene Achse, landet und surft weiter.

»Du meine Güte!«, schreit Ellie. Ihr fällt die Kinnlade hinunter.

»Heilige Scheiße!«, ruft Brooke und springt auf.

Wow!

Das war umwerfend.

Als wir zur Silvesterparty in den Pub The Boatman kommen, ist Vans Dreihundertsechzig-Grad-Drehung das große Gesprächsthema. Zwar war nur die Hälfte unserer Freunde dabei, aber es hat sich bereits bei allen herumgesprochen.

»Ich habe noch nie mit eigenen Augen einen Air Reverse gesehen«, schwärmt Max.

»Würdest du gerne professionell surfen?«, fragt Brooke Van. Ihr Gesicht leuchtet vor Begeisterung.

Er zuckt mit den Achseln, ihre Aufmerksamkeit ist ihm peinlich; Brooke hängt förmlich an seinen Lippen.

Ich lasse die beiden lieber allein und gehe Ellie suchen. Sie ist auf der Terrasse unter den Lichterketten. Wir hocken uns zusammen auf eine Bank und gucken zum Fluss hinunter. Auch andere Freunde und Freundinnen von uns sind draußen, wir unterhalten uns.

Ungefähr zehn Minuten später kommt Van dazu. »Sie wollte wissen, wie es mit *Neighbours* weitergeht«, flüstert er mir ins Ohr. Die Nähe zu ihm lässt mich erstarren.

»Ich will auch wissen, was da als Nächstes passiert!« Ich sehe Van an. »In England ist Jason Donovan immer noch dabei!« In Australien ist die Serie achtzehn Monate weiter.

»Ich guck das nicht.« Van weist auf die Bank neben mir. »Hab ich dir doch erzählt.«

Ich mache ihm Platz, doch am Ende drückt er sich trotzdem eng an mich. Die Wärme seines Körpers geht mir unter die Haut, und ich muss zugeben, dass es angenehm ist. Auch wenn draußen so viele Leute stehen, ist mir ein bisschen kalt geworden.

»Brooke steht auf dich«, sage ich. Ellie hört nicht zu, weil sie sich gerade mit einer Klassenkameradin unterhält. »Weißt du, dass sie direkt da drüben wohnt?« Betont lässig zeige ich über den Fluss auf das kleine Cottage von Brookes Eltern. Es kommt mir vor, als sei es deutlich länger als drei Wochen her, dass ich dort auf dem Geburtstag ihres Bruders war.

»Ja, ich weiß. Sie hat mich eingeladen, später mit zu ihr zu gehen.«

»Ja?« Ich werfe ihm einen Seitenblick zu. »Dann bekommst du bald deinen fünften, was?«

»Was für einen fünften?« Ich sehe die Verwirrung in seinem Profil, dann dämmert es ihm langsam. *Seinen fünften Kuss.*

»Hab nicht vor, dahin zu gehen.« Aus den Augenwinkeln sieht er mich an. »Und du? Bekommst du bald deinen zweiten?« Er weist mit dem Kinn geradeaus. Ich folge seinem Blick auf Drew, der sich mit einem Tablett Kanapees an den Gästen vorbei schlängelt. Als er meinen Blick bemerkt, kommt er herüber und rettet mich davor, Vans Frage zu beantworten.

»Nehmt mir doch bitte ein paar davon ab!« Er hält uns das Tablett hin.

»Danke!« Van wählt einen kleinen Yorkshire Pudding und steht auf, um uns allein zu lassen.

*Wo will er hin?*

»So, jetzt mache ich erst mal eine Pause«, beschließt Drew und schiebt die leeren Gläser auf dem Tisch zur Seite, um Platz für sein Tablett zu schaffen. Er setzt sich auf den Platz, den Van gerade geräumt hat.

*Geht Van jetzt doch mit zu Brooke?*

Ich versuche, mich auf Drew zu konzentrieren. »Hast du die selbst gemacht?« Die Kanapees sind bestimmt superlecker, aber ich bin ein Nervenbündel. Für mich schmecken sie wie Pappe.

»Die nicht. Mein größter Beitrag zur Party heute ist die Musik«, erwidert Drew. »Das Beste, was die Achtziger zu bieten haben.«

Ist schon verrückt, dass morgen ein neues Jahrzehnt beginnt: 1990.

»Dieses Lied ist so toll!«, schwärme ich.

»Das ist ›Don’t You Forget About Me‹ von den Simple

Minds. Ist auf dem Soundtrack von *The Breakfast Club*, einer meiner Lieblingsfilme.«

»Von mir auch.«

»Du kochst aber schon gerne, oder?«

Drew zuckt mit den Schultern. »Es stört mich nicht, aber mein Lebenstraum ist es nicht.«

»Was willst du denn machen?«

»Keine Ahnung. Ich überlege, ob ich erst mal Philosophie studiere, vielleicht komme ich dann auf eine gute Idee. Und du?«

»Englisch, glaube ich.« Ich sehe mich über die Schulter um. *Steht Van an der Theke?*

»Nein, ich meine, was möchtest du gerne mal werden?«

»Ah! Vielleicht irgendwas in Richtung Journalismus – was mit Büchern oder Zeitschriften.« Ich weiß, das klingt vage, aber ich bin nicht bei der Sache. *Vielleicht ist er zum Klo gegangen …*

Ich nehme mir noch ein Kanapee und sehe mich dabei um, halte sowohl Ausschau nach Brooke als auch nach Van. Als ich keinen von beiden entdecke, wird mir komisch.

»Ich bring das hier mal besser zurück in die Küche.« Drew steht auf und nimmt das Tablett. »Bis später!«

Als er geht, habe ich ein schlechtes Gewissen. War ich unhöflich? Auf Brads Geburtstagsparty war ich noch so fasziniert von ihm. Und ich hatte Schmetterlinge im Bauch.

Wo sind die jetzt?

Wie zur Antwort ruft mir mein Kopf Vans Kuss in Erinnerung, und sofort zappelt und flattert es wie wild in meinem Bauch.

Ach, du meine Güte!

*Ist Drew jetzt wegen Van aus dem Rennen?*

Van kommt zurück und setzt sich wieder neben mich auf

die Bank. Kurioserweise flattern die Schmetterlinge noch wilder und vertreiben die Sorgen um ihn, die ich eben noch hatte.

»Ich dachte, du wärst mit zu Brooke gegangen.«

Van reicht mir einen alkoholfreien Cocktail. Ich bekomme kaum Luft.

»Nein.« Er runzelt die Stirn. »War an der Theke.« Er stößt mit mir an. »Kaum zu glauben, dass ich für einen englischen Winter auf einen australischen Sommer verzichte«, sagt er sarkastisch.

»Ich versuche mal, das nicht persönlich zu nehmen.« Ich trinke einen Schluck.

Van grinst und schaut zu den anderen hinüber.

»Jetzt mal im Ernst: Bist du froh, dass du hergekommen bist?«, will ich wissen.

Er zögert kurz, dann nickt er. »Aber ich habe ein bisschen Heimweh«, gibt er zu.

»Wirklich?« Das überrascht mich nicht nur, es tut mir weh.

Er zuckt mit den Schultern. »Meine Kumpel fehlen mir. Und Dad.«

Der Schmerz bohrt sich noch tiefer. Keine Ahnung, warum. Wahrscheinlich wünsche ich mir, dass wir ihm genug sind, doch warum sollte das so sein? Ich kann froh sein, dass wir nicht alles sind, was er hat. Und das bin ich auch. Warum fühle ich mich dann so verletzt?

Sein kleiner Finger hakt sich um meinen. Ich versuche, den Schmerz zu ignorieren, da drückt Van einen leichten Kuss auf meine Schulter. Ich erstarre und sehe mich um, um zu prüfen, ob es jemand mitbekommen hat.

»Entspann dich!«, sagt er leise.

»Meine Freunde sehen dich als meinen Bruder«, erwidere ich trüb und entziehe ihm den kleinen Finger.

»Mein Gott, Nell!«, murmelt er und streicht sich das Haar

aus dem Gesicht. Er dreht sich zu mir um und beugt sich vor. Das Haar fällt ihm wieder in die Stirn. »Ich bin *nicht dein Bruder*!« Die letzten drei Wörter betont er besonders. »Und willst du die Wahrheit wissen?« Seine Augen blitzen. »Es macht mich total fertig, dass du es so scheiße fandest, denn ich kann seitdem an nichts anderes mehr denken und will es unbedingt noch mal tun.«

Ich bin sprachlos. Dann überkommt mich plötzlich ein unstillbarer Drang, ihm nahe zu sein.

Van zieht sich ein Stück zurück, ich wende den Blick von seinen Lippen ab und sehe ihm in die Augen.

»Siehst du«, flüstert Van, als hätte er gerade die Antwort auf eine Frage bekommen, die er sich selbst gestellt hat.

»Nell, komm mit! Wir müssen zu diesem Lied tanzen!«, schreit mir Ellie zu.

Ich kann kaum einen klaren Gedanken fassen. Was will sie?

»Komm!«, drängt sie, als ich sie verständnislos anstarre. »Tanzen!« Entnervt wirft sie die Hände in die Luft, greift nach meinen Armen und zieht mich auf die Füße.

Sie schleppt mich nach drinnen, auf die Tanzfläche. Die Tische sind aus dem Essbereich geräumt worden, Discolichter hüpfen wie bunte Kreise über die Wände. Mit einiger Verspätung merke ich, dass »Kids in America« von Kim Wilde läuft – eins unserer Lieblingslieder –, doch ich bin zu benommen, um mich darüber zu freuen.

Den Rest des Abends halte ich mich von Van fern, weiß aber immer, wo er gerade ist. Er ist nie allein, meistens redet er mit den anderen Jungs übers Surfen.

Als es auf Mitternacht zugeht, bin ich inmitten meiner Freunde auf der Tanzfläche. Drew ist in der Nähe, Ellie und Brooke ebenfalls, Van hingegen steht auf der anderen Seite des Pubs bei Nick und Max.

»Zehn, neun, acht …«, zählen wir. »Sieben, sechs, fünf …« Van und ich sehen uns über den überfüllten Raum hinweg in die Augen. »Vier, drei, zwei, eins …« Alle brechen in Jubel aus, Ellie stürzt sich auf mich, gefolgt von Brooke, dann steht Drew vor mir und grinst mich mit seinen Grübchen an.

Sie haben keine Wirkung mehr auf mich. Er nimmt mein Gesicht in die Hände und beugt sich vor, um mich zu küssen, doch im letzten Moment wende ich mich ab, so dass seine Lippen auf meiner Wange landen. Als er mich loslässt, starre ich Van an.

»Willst du zuerst ins Bad?«, flüstere ich ihm zu, als wir nach Hause kommen. Ich streife die Schuhe im Flur ab und versuche, mich normal zu geben.

»Nein, geh du ruhig!«, erwidert er ebenfalls im Flüsterton, um Dad nicht zu stören.

Ich begebe mich direkt zur Badezimmertür, ziehe an der Schnur fürs Licht und mache schnell hinter mir zu. Dann schminke ich mich ab und putze mir so schnell wie möglich die Zähne, weil ich weiß, dass er draußen steht und wartet.

Mit klopfendem Herzen öffne ich die Tür, und tatsächlich, da ist er. Seine nachtblauen Augen versinken in meinen, der Moment wird länger und länger. Dann macht mein Herz einen Hüpfer und schlägt noch schneller. Van kommt einen Schritt auf mich zu, ich weiche ins Badezimmer zurück. Ohne den Blick abzuwenden, schließt er die Tür hinter sich und verriegelt sie. Seine Hand tastet nach der Lichtschnur. Es klickt, der Raum versinkt in Dunkelheit.

Verstärkt nehme ich das Geräusch unseres Atems wahr. Van rückt näher, unsere Hüften berühren sich, mein Rücken drückt gegen den kalten, harten Rand des Waschbeckens. Meine Augen passen sich so weit an, dass ich seinen Umriss erkenne. Als er den Kopf neigt, weiß ich, dass er mich küssen will, dennoch ist es ein Schock, seine Lippen auf meinen zu spüren.

Begierig erwidere ich den Kuss, meine Hände nesteln am Stoff seines Hemds, meine Knie sind wacklig. Van legt die Hände auf meine Wangen, und der Kuss wird inniger, unsere Zungen ringen miteinander. Mir ist ganz schwindelig. Wie aus dem Nichts erscheinen mir die entsetzten Gesichter von Ellie und Brooke. Keuchend drehe ich den Kopf zur Seite. Doch Van setzt nach, er drückt sich an mich, und der Sog ist einfach zu stark. Ich verdränge Ellie, Brooke, meinen Vater und alle anderen und drücke meine Lippen wieder auf seine.

Anderthalb Wochen später liege ich im Bett und versuche mit dem seltsamsten, verwirrendsten Durcheinander von Gefühlen klarzukommen, das ich je erlebt habe. Am nächsten Morgen wird Van zurück nach Australien fliegen, und die Vorstellung, dass er geht, erschüttert mich und macht mich abgrundtief traurig. Sobald Dad schläft, werde ich zu ihm schleichen.

In den letzten zehn Tagen hat sich unsere Beziehung mit atemberaubender Geschwindigkeit entwickelt. Wir schaffen es fast nicht, die Hände voneinander zu lassen, wenn Dad im Zimmer ist; bei jeder Gelegenheit tauschen wir verstohlene Küsse und streicheln uns – hinter Türen, unten auf dem Bootsanleger, selbst auf der Couch, wenn Dad im Badezimmer ist. Nur in den zwei Stunden, nachdem Dad zur Arbeit fährt und bevor Ellies Mutter mich abholt und zur Schule bringt, müssen wir uns nicht verstecken.

Zuerst blieben wir im Haus, kuschelten und knutschten im Wohnzimmer, in den letzten beiden Tagen gingen wir jedoch immer weiter, und sobald Dads Wagen die Auffahrt verließ, schlüpften wir ins Nebengebäude hinüber, wo wir uns noch viel näherkamen.

Gestern waren wir kurz davor, es zu tun. Heute Morgen war es schon wieder so weit, wir konnten uns nur noch mit Mühe und Not zusammenreißen. Wir haben keinerlei Verhütungsmittel, und es ist die Hölle, aber wir konnten keine Kondome im Dorfladen kaufen, ohne Angst zu haben, dass Dad es erfahren würde, und auch wenn Van ein paar Mal mit Nick und Max surfen war, fand er auf den Ausflügen keine Möglichkeit, irgendwo welche mitzunehmen.

Heute Abend haben wir schließlich entdeckt, dass auf den Herrentoiletten im Segelclub ein Kondomautomat steht ...

Und nun ist es so weit.

Ich bin immer davon ausgegangen, dass ich monatelang einen Freund haben würde, vielleicht ein Jahr lang, ehe ich mich dazu entschließen würde, es mit ihm zu tun. Ganz bestimmt habe ich nicht damit gerechnet, meine Jungfräulichkeit mit fünfzehn Jahren zu verlieren.

Aber ich wünsche mir so sehr, dass Van der Erste ist – in jeder Hinsicht –, und er will das auch.

Ich bin aufgeregt, ängstlich, traurig, weil er fliegt, fühle mich immer noch irgendwie schuldig und schäme mich. Offiziell mögen Van und ich nicht verwandt sein, aber wir haben fünf Jahre wie Bruder und Schwester zusammengelebt, und ich will nicht, dass die Leute über uns lästern. Dad wäre ganz bestimmt entsetzt darüber, wie sich unsere Gefühle entwickelt haben.

Es ist schwer für mich, dass ich diesen großen Schritt tun werde und es nicht mal meiner besten Freundin erzählen kann. Ellie fühlt sich sowieso schon zurückgesetzt, weil ich sie nicht ein einziges Mal eingeladen habe, nach der Schule Zeit mit uns zu verbringen.

Ich spitze die Ohren und lausche. Dad müsste inzwischen schlafen. Es ist nicht das erste Mal, dass wir dieses Risiko eingehen, aber jetzt ist es etwas anderes als am Anfang, als ich in Vans Bett lag und wir uns ohne Hintergedanken unterhielten.

Uns ist beiden sehr unwohl dabei, Dad zu hintergehen und ihn zu täuschen, aber heute Abend würden wir so gut wie alles tun, um den Schmerz von Vans bevorstehender Abreise zu betäuben.

Ich gleite aus dem Bett und schleiche über die Bodendielen. Gewissenhaft lasse ich die quietschenden Bretter aus. Kurz darauf bin ich im Flur, schlüpfe in meine Schuhe und husche durch die eiskalte Nachtluft nach nebenan. Leise klopfe ich an, und die Tür öffnet sich.

Als ich in Vans Augen sehe, verstärken sich all meine Gefühle. Er zieht mich ins Zimmer und drückt die Tür zu, dann schiebt er mich mit dem Rücken an die Wand. Der Stoff seiner Jeans fühlt sich rau an auf meinem weichen Schlafanzug. Als er unseren Kuss unterbricht und mich ansieht, sind seine Augen schwarz vor Verlangen.

Hinter ihm stehen seine gepackten Taschen. Tränen steigen mir in die Augen. Mit gequälter Miene lehnt er seine Stirn gegen meine. Ich blinzele die Tränen fort, will keine kostbare Zeit mit Weinen vergeuden.

Wir ziehen uns gegenseitig aus, gehen zum Bett, küssen und streicheln uns. Immer näher rückt der Moment, an dem es kein Zurück mehr gibt. Ich bin unglaublich nervös. Es ist, als würde etwas in mir zerspringen, wenn es nicht bald so weit ist.

»Bist du bereit?«, flüstert Van mit heißem Atem an meinem Ohr.

Ich nicke, er setzt sich auf. Die Bettdecke rutscht von seinem Rücken, ich liege unverhüllt vor ihm.

»Du bist so schön«, murmelt er und streicht über die Rundung meiner Taille.

Vor Kälte zitternd strecke ich die Hand aus, um ihn zu berühren. Meine Finger tasten die Konturen seiner Brust nach.

»Nein, du!«, erwidere ich. Er lächelt mich unglaublich liebevoll an, dann greift er nach dem Kondom auf dem Nachttisch.

Mit großen Augen verfolge ich, wie er es überzieht. Mein Bauch brodelt vor Aufregung.

Ich blinzele kurz, und plötzlich bin ich in einem Albtraum.

Die Tür fliegt auf, das Licht geht an, Dad steht mitten im Raum. Mehrmals schüttelt er den Kopf, als könne er seinen Augen nicht trauen.

Van schnellt herum, so dass ich völlig ungeschützt bin. Sofort bemerkt er seinen Fehler und versucht ihn wiedergutzumachen, indem er mich zudeckt. Dabei entblößt er sich selbst. Niemals, nie wieder möchte ich diesen Blick im Gesicht meines Vaters sehen.

*»Was ist denn hier los, verdammt nochmal?«*, poltert er los, und seine Augenbrauen schießen hoch. Van krümmt sich vor ihm zusammen. *»Was MACHST du da?«*

Das ist eine rhetorische Frage, denn es liegt klar auf der Hand, was wir gerade tun wollen.

*»Sie ist sozusagen deine SCHWESTER!«*, schreit Dad. Entsetzen und Empörung verzerren seine Gesichtszüge.

Ich spüre einen schmerzhaften Stich, als mir klarwird, dass er seine Wut in diesem Moment allein auf Van richtet.

Mit aufgerissenen Augen kommt Dad näher. Van greift hastig zu seinem Kapuzenpulli und zieht ihn über. »Ich habe dich *hergeholt*!«, schreit Dad Van an. »Ich habe dein *Ticket* bezahlt! Du warst – du *bist!* – wie ein *Sohn* für mich! Und dann machst du so was?« Er sieht sich im Zimmer um. »Mit *meiner Tochter* ... unter *meinem Dach* ... im Atelier deiner *Mutter?*«

Als ich sehe, wie Van zittert, will mein Herz zerspringen.

»Bitte, Dad!«, mische ich mich ein, weil ich weiß, dass der Schaden nie wiedergutzumachen ist, den mein Vater gerade anrichtet. Ich greife nach Vans Hand. »Es ist nicht seine Schuld!«

Dad sieht mich an, als könne er nicht glauben, dass ich tatsächlich hier bin, wendet den Blick jedoch schnell wieder ab.

»Zieh dir was an!«, faucht er in meine Richtung. Er hebt meinen Schlafanzug vom Boden auf und schleudert ihn aufs Bett. »Wie *kannst* du nur!« Er klingt so verletzt, dass ich in Tränen ausbreche, niedergedrückt von Reue und schlechtem Gewissen.

»Es tut mir leid!«, heule ich, während ich in das Oberteil schlüpfe. Van schüttelt seine Benommenheit ab und zieht seine Jeans über.

»Ihr zwei seid wie Bruder und Schwester!« Mein Vater kann mich nicht ansehen. Meine schlimmsten Befürchtungen sind wahr geworden.

»Aber wir *sind* nicht Bruder und Schwester!«, ruft Van erzürnt. »Ich *liebe* sie!« Er schüttelt den Kopf und zeigt auf mich. »Ich habe sie schon immer geliebt, aber was ich jetzt für sie empfinde, ist etwas anderes als damals mit zehn. Ich *liebe* sie aufrichtig!«

Dads Blick wandert zu mir. Ich nicke, und mein Herz zieht sich unerträglich zusammen.

»Wir lieben uns«, flüstere ich, damit er es versteht, damit er akzeptiert, was zwischen uns ist. »Ich liebe ihn wirklich.«

Lange starrt mein Vater mich an, dann schieben sich Entsetzen und Enttäuschung über seine verwirrten Züge.

»Geh in dein Bett!«, befiehlt er mir mit erstickter Stimme.

Dann wendet er sich an Van: »Wenn du nicht eh morgen abhauen würdest, würde ich dir sofort den nächsten Flug nach Hause buchen.«

Van lässt sich aufs Bett fallen und schlägt die Hände vors Gesicht, während Dad darauf wartet, dass ich den Raum verlasse.

Ich habe nicht gewusst, dass man so leiden kann. Natürlich haben wir drei vor fünf Jahren etwas viel Schlimmeres durchgemacht; dies ist ein anderer Schmerz. Diese Demütigung, diese unerträgliche Reue ... Ich weiß nicht, wie ich das jemals überwinden soll.

Zwei Wochen sind vergangen, seit Van zurückgeflogen ist, und ich weiß immer noch nicht, wie ich es schaffe, jeden Tag aufzustehen und zu funktionieren. Ellie glaubt, ich sei einfach nur traurig, weil mein »Bruder« nicht mehr da ist, und die Vorstellung, dass sie erfährt, was wirklich passiert ist, erfüllt mich mit Grauen. Jeden Tag, wenn ich von der Schule nach Hause komme, ziehe ich mich auf mein Zimmer zurück. Ich kann fast nichts essen, schlafe kaum und zu alledem bin ich todunglücklich – weil ich auch Van verloren habe.

»Nell.« Dad steht vor meiner Zimmertür.

Ich antworte nicht, er kommt trotzdem herein. Es ist Samstag, ich muss mich also nicht aus dem Bett schleppen. Habe es auch nicht vor.

»Wie wäre es, wenn wir mit Scampi einen Spaziergang am Strand machen?«, schlägt Dad zögernd vor.

Ich schüttele den Kopf.

»Nell, das kann so nicht weitergehen.«

Ich drehe mich zur Wand und drücke den Plüschkoala an meine Brust, den Van mir zu Weihnachten geschenkt hat.

Dad seufzt schwer. Das Ende meiner Matratze senkt sich ab, als er sich aufs Bett setzt.

»Es ist Zeit, weiterzumachen«, sagt er mit rauer Stimme. »Was passiert ist, ist passiert.«

Ich beginne lautlos zu schluchzen, bebe am ganzen Körper.

»*Nell!*«, murmelt Dad.

»Er fehlt mir so!«, weine ich.

Er sagt nichts dazu, doch nach einer Weile spüre ich seine Hand auf meiner Schulter. Vorsichtig, aber bestimmt dreht er mich zu sich um.

»Ich hab dich lieb, mein Schatz«, sagt er mit gefühlsbeladener Stimme und streicht mir das Haar aus dem Gesicht. In seinen Augen stehen Tränen.

Es ist, als würde er mich das erste Mal richtig ansehen, seit er uns zusammen überrascht hat.

»Es ist zu deinem Besten. Du bist zu jung, um so was zu machen. Du bist erst fünfzehn!«, sagt er flehend und drückt meine Schulter. »Das ist jetzt bestimmt schwer für dich zu glauben, aber eines Tages, vielleicht in fünf Jahren, wirst du zurücksehen und verstehen, warum es so gekommen ist.«

Ich habe ein Déjà-vu und muss an Van und mich denken, wie wir fünfjährig oben auf der Treppe hocken und lauschen. Damals sagte Ruth so etwas Ähnliches.

Nein. Ich werde es niemals verstehen, nicht in fünf Jahren, nicht in zwanzig, nicht wenn ich alt und grau bin.

Der einzige Junge, den ich je geliebt habe, ist auf der anderen Seite der Welt. Und nur Gott weiß, wann ich ihn wiedersehe.

# Zwanzig

Danke, dass du gefahren bist!« Ich beuge mich zu Joel hinüber und streiche mit den Fingern durch die kurzen braunen Haare an seinen Schläfen. Er gähnt und lächelt mich müde an.

»Ja, das zieht sich wirklich ganz schön hin.«

»Jetzt verstehst du bestimmt, warum ich nicht so oft herkomme.«

Mit dem Fingerknöchel reibt er sich das rechte Auge. »Meinst du, dein Vater ist noch wach?«

Joel ist erledigt. Ich glaube nicht, dass er noch fit genug ist, um meinen Vater kennenzulernen.

Ich schaue auf das weiß gestrichene Cottage vor uns und zucke mit den Achseln. Durch die Vorhänge im Wohnzimmer fällt Licht, aber es könnte auch sein, dass Dad die Lampe über Nacht angelassen hat.

»Sehen wir ja.« Ich öffne die Wagentür, steige in die kalte Nachtluft und recke die Arme über den Kopf, um mich nach der langen Autofahrt ein wenig zu lockern. Acht Stunden von Tür zu Tür – allerdings waren wir zur Hauptverkehrszeit unterwegs.

Wir wollen die Osterferien in Cornwall verbringen. Joel und ich sind beide an der Uni in Liverpool, studieren dort Medienwissenschaften. Anfangs war ich mir bei ihm nicht sicher. Er alberte in den Vorlesungen und Seminaren ständig herum und machte Sprüche. Ich fand ihn nicht wirklich witzig und ein bisschen großspurig, aber dann half er mir bei einer Hausarbeit, und ich stellte fest, dass er auch eine sympathische Seite hat. Eines Abends, bei einem Treffen der Studentenvereinigung, funkte es dann, und wir gingen anschließend zu ihm. Seit gut sieben Monaten sind wir jetzt zusammen. Joels Eltern wohnen in Stoke-on-Trent, nur ungefähr eine Stunde von der Uni entfernt, so dass ich sie schon mehrmals gesehen habe. Ich habe ein schlechtes Gewissen, weil Joel meinen Vater bisher noch nicht kennengelernt hat. Seit Weihnachten war ich nicht mehr in Cornwall, und damals war die Beziehung noch zu frisch, um meinen neuen Freund mitzubringen.

Eigentlich sollte ich über Weihnachten zu meiner Mutter nach New York fliegen, aber sie und ihr Mann Robert beschlossen kurzfristig, eine Kreuzfahrt zu machen. Mum verlangt immer nur dann von mir, sie zu besuchen, wenn es ihr in den Kram passt. Über Weihnachten lasse ich meinen Vater ohnehin nicht gerne allein, deshalb war ich erleichtert, als ich erfuhr, dass sie andere Pläne hatte.

»Du kannst deine Tasche da hinstellen«, sage ich zu Joel und setze meine ebenfalls vor der Tür des Nebengebäudes ab.

»Hat dein Vater wirklich nichts dagegen, wenn wir in einem Zimmer schlafen?«, fragt Joel.

»Nein. Er hat gesagt, es wäre okay.« Ehrlich gesagt, war es ein unangenehmes Gespräch, aber es wäre wirklich ein bisschen seltsam gewesen, wenn wir in getrennten Zimmern hätten schlafen müssen, wo wir seit ein paar Monaten praktisch zusammenleben.

Ich schließe die Haustür auf und gehe vor. Das Licht in Flur und Wohnzimmer ist an, aber der Fernseher läuft nicht, alles ist still. Ich schiebe den Kopf um die Ecke und schaue grinsend in den Raum. Mein Vater schläft tief und fest auf der Couch.

»Dad!«, zische ich.

Er rührt sich, öffnet schläfrig die Augen und erschrickt, als er mich sieht. »Nell!«, ruft er mit heiserer Stimme und hebt langsam die müden Knochen von den Kissen.

Lächelnd gehe ich auf ihn zu und helfe ihm hoch. Wir nehmen uns in die Arme. Joel wartet in der Tür.

»Dad, das ist Joel.«

Mein Vater geht auf meinen Freund zu und gibt ihm die Hand. »Hallo, Joel! Entschuldigung, dass ich nicht wacher bin zur Begrüßung.« Ist mein Vater seit unserer letzten Begegnung geschrumpft? Joel ist eins fünfundsiebzig, aber er wirkt ein ganzes Stück größer als Dad. »Wie viel Uhr ist es?«, fragt er mich.

»Elf.«

»Möchtet ihr einen Tee?« Dads Blick springt zwischen uns hin und her.

»Joel?«, frage ich.

Er nickt. »Ja, gerne.«

Ich habe das Gefühl, dass mein Freund lieber direkt ins Bett gehen würde, aber er ist höflich. Als wir Dad in die Küche folgen, drücke ich Joels Unterarm.

»Morgen früh führe ich dich herum«, sage ich.

»Dauert nicht lange«, wirft Dad ein.

»Nell hat mir erzählt, dass Sie schon Ihr Leben lang hier wohnen«, versucht Joel ein Gespräch zu beginnen, als wir uns an den Tisch setzen.

»Fünfundfünfzig Jahre«, bestätigt Dad.

»Er sagt immer, er verlässt das Haus hier nur mit den Füßen zuerst«, bemerke ich trocken.

»Kann ich gut verstehen«, sagt Joel lächelnd. »Ich habe Fotos von der Aussicht gesehen.«

Genau so was muss man zu meinem Vater sagen.

Es dauert nicht lange, da ziehen wir uns ins Nebengebäude

zurück. Dad sieht wirklich erschöpft aus – wir sind alle kaputt.

»Bis morgen früh!« Ich drücke einen Kuss auf die warme, kratzige Wange meines Vaters, er küsst mich auf die Stirn.

»Schön, dich wieder zu Hause zu haben, Schatz.«

Joel geht ins Bad, während ich die Schlüssel nehme und die Tür des Nebengebäudes aufschließe. Wenn ich es betrete, schlägt mein Herz immer ein bisschen schneller – fast so, als würde es dort spuken. Der Raum ist so voll gestopft mit Erinnerungen, dass sie mich überwältigen. Ich habe noch nie eine ganze Nacht dort drinnen verbracht; nur Freunde, die zu Besuch waren, haben hier geschlafen. Ich hoffe, es hilft, dass Joel bei mir ist.

Kaum hat er sich hingelegt, schläft er auch schon. Ich bin noch länger wach und schaue zu den Schränken hinüber.

In ihnen sind immer noch Ruths Bilder und Vans Malfarben, die wir ihm vor fünf Jahren geschenkt haben. Er nahm sie damals nicht mit, hinterließ stattdessen einen Brief für Dad auf dem Bett. Dad verriet mir, dass Van uns darin bat, die Bilder seiner Mutter für ihn aufzuheben, bis er in der Lage sei, sie zu holen, aber das war alles, was mein Vater mir über den Inhalt des Briefs erzählte. Monatelang habe ich immer wieder nach ihm gesucht, ihn aber nie gefunden.

Ich kneife die Augen zu und versuche, die Bilder der Vergangenheit zu verdrängen. Es tut immer noch weh, wenn ich daran denke. Zum Glück habe ich gelernt, ihnen so gut wie möglich aus dem Weg zu gehen.

Als ich am nächsten Morgen aufwache, steht Joel in Boxershorts am Fenster und späht am Vorhang vorbei nach draußen.

»Morgen!«, sage ich mit schwerer Zunge.

»Hallo!« Er lächelt mir über die Schulter zu.

»Geile Aussicht, was?«

»Unglaublich!« Er kommt zum Bett, kniet sich drauf und gibt mir einen Kuss auf den Mund. »Ich wollte kurz rüber zum Klo.« Joel geht zu dem Stuhl, auf den er in der Nacht seine Klamotten geworfen hat, und zieht sich an. »Ein Bad hier drin wäre nicht schlecht.«

»Da sagst du was!«

»Meinst du, dein Vater ist schon wach?«, fragt Joel, während er seine Jeans zuknöpft.

»Wahrscheinlich. Der steht beim ersten Sonnenstrahl auf.«

Joel wirkt verunsichert.

Ich lächele. »Soll ich mitkommen?«

Er nickt. Ich stehe auf und ziehe mich schnell an.

Als wir die Haustür öffnen, sitzt Dad mit seiner üblichen Tasse Tee am Küchentisch. Joel wünscht ihm einen guten Morgen, dann geht er duschen.

»Habt ihr heute irgendwas vor?«, fragt Dad, als ich mit ihm allein bin.

»Heute nicht – du kannst frei über uns verfügen. Nur heute Abend treffen wir uns mit Ellie und ein paar anderen auf ein, zwei Runden im Boatman. Stört es dich, wenn wir da hingehen?«

»Natürlich nicht. Du kennst mich ja, ich bin ganz froh, wenn ich früh ins Bett gehen kann.«

»Tut mir leid, dass du gestern so lange auf uns warten musstest.«

»Ich wollte dich noch sehen, bevor ich schlafen gehe«, erwidert er und drückt meine Hand.

»Kommt mir ewig vor, dass ich Weihnachten hier war.«

»Irgendwann fahre ich auch mal hoch nach Liverpool«, verspricht er.

»Nächstes Jahr haben wir hoffentlich mehr Platz.«

Im Moment lebe ich mit drei anderen Mädchen in einem Haus, meistens sind auch deren Freunde da, aber Joel und ich überlegen, im dritten Studienjahr zusammenzuziehen. Uns ein Haus mit einem anderen Pärchen zu teilen.

»Joel macht einen netten Eindruck.« Dad weist mit dem Kinn in Richtung Badezimmer.

»Ja, ist er auch.«

Er stockt, trinkt einen Schluck Tee, doch ich merke, dass er etwas sagen will.

»Alles in Ordnung?«, hake ich nach.

Er seufzt. »Vor ein paar Tagen hat sich Van bei mir gemeldet.«

Mein Herz macht einen Satz.

»Er ist hier, in England.«

Am liebsten würde ich den Stuhl kreischend über die Fliesen nach hinten schieben, um aus dem Zimmer zu fliehen, doch ich zwinge mich, sitzen zu bleiben.

»Er hat gefragt, ob er uns besuchen kann.«

Ich weiß, dass Dad Kontakt zu Van hält, wenn auch nur sporadisch – sie schicken sich Karten zu Weihnachten und zum Geburtstag, aber sprechen wahrscheinlich nur einmal im Jahr miteinander.

»Und, was hast du gesagt?« Meine Stimme klingt, als gehöre sie jemand anderem.

»Ich habe ihm gesagt, dass du mit deinem Freund hier bist …«

Mein Herz krampft sich zusammen.

»… und wir deswegen nicht so viel Platz haben«, beendet Dad den Satz.

»Er könnte in meinem Zimmer schlafen«, schlage ich ohne nachzudenken vor.

»Er ist nicht allein unterwegs.«

»Nein? Mit wem denn?«, frage ich. *Mit einer Freundin etwa?*

»Ich glaube, mit Dave, hat er gesagt.«

Dass ich jetzt erleichtert bin, bringt mich völlig durcheinander.

»Sie wollen ein paar Wochen in Cornwall surfen und dann rüber auf den Kontinent, deshalb haben sie sich ein Wohnmobil gemietet. Ich habe gesagt, ich würde dich fragen, aber ich denke, sie könnten bei uns in der Auffahrt stehen.«

Ich nicke, während sich in meinem Kopf alles dreht.

Dad legt die Hand auf meine und tätschelt sie, dann steht er auf, um die Spülmaschine einzuräumen. Ich helfe ihm.

Seit Van vor fünf Jahren unter diesen furchtbaren Umständen nach Australien zurückgereist ist, habe ich ihn nicht mehr gesehen. Dad verbot mir, in Australien anzurufen, doch irgendwann setzte ich mich darüber hinweg. Die Konsequenzen waren mir egal. Ich probierte es bestimmt ein Dutzend Mal, bis Van endlich ans Telefon ging. Er sagte, er sei mehrere Tage auf dem Meer gewesen. Seine Stimme klang wie die eines Fremden. Unser Gespräch wirkte gekünstelt und angespannt – es war noch viel schrecklicher als die gestelzten Unterhaltungen vor seinem Besuch. Mein Vater hatte mit Vans Dad gesprochen und dafür gesorgt, dass er heftigen Ärger bekam. Ich wusste, dass Van sich wegen dem, was passiert war, unendlich schämte. Die Folgen trafen ihn hart.

Ich schrieb ihm, unzählige Male. Doch es dauerte Monate, ehe ich eine Antwort bekam. Ich beschuldigte Dad sogar, mir Briefe vorzuenthalten. Ich wurde verbittert und paranoid. In dem Jahr war ich wirklich schwer zu ertragen.

Doch als Vans Brief schließlich kam, wäre es mir lieber gewesen, Dad hätte ihn abgefangen und versteckt, denn ich hatte eine ganz andere Antwort erwartet als die, die ich letztlich erhielt.

Van schrieb, es ginge ihm total schlecht wegen dem, was wir getan hätten, er mache sich die größten Vorwürfe, diese Grenze mit mir überschritten zu haben. Ich würde immer ein wichtiger Mensch für ihn bleiben, aber ich solle aufhören, ihm hinterherzutrauern, denn wir könnten nicht zusammen sein. Er gestand, er hätte schon vor Monaten die Schule geschmissen, aber sich so dafür geschämt, dass er es in den Weihnachtsferien nicht gesagt hätte. Er sei bei seinem Vater ins Geschäft eingestiegen und wolle jetzt nur noch glücklich sein, surfen und mit seinen Kumpels abhängen. Er meinte, wenn wir uns gegenseitig Zeit und Raum geben würden, um wieder zu uns zu finden, würde es uns irgendwann besser gehen. Er hoffe, wir könnten irgendwann wieder gute Freunde sein.

Das war im Großen und Ganzen der Inhalt. Ich zerriss den Brief und verbrannte die Schnipsel.

»Wer ist Van?«, fragt Joel, als ich ihm von dem bevorstehenden Besuch berichte.

»Als ich zwischen fünf und zehn war, war er eine Art Stiefbruder«, erkläre ich. Bisher ist es mir gelungen, das Thema zu meiden, das mir wahrscheinlich immer unangenehm sein wird. »Mein Vater und Vans Mutter waren ein Paar, wir haben zu viert zusammengewohnt.«

Ich erzähle Joel von Ruths Tod und von dem Umstand, dass Van danach zu seinem leiblichen Vater nach Australien musste.

»Mit fünfzehn war er noch mal hier, aber seitdem habe ich ihn nicht mehr gesehen.«

»Wie lange ist das her?«, will Joel wissen, und mir wird klar, dass ich noch nicht erwähnt habe, wie alt Van ist.

»Fünf Jahre. Unsere Geburtstage liegen nur zwei Tage auseinander.«

»Dann seid ihr ja fast Zwillinge!«

»Darüber haben unsere Eltern auch immer Witze gemacht. Wir haben zusammen Geburtstag gefeiert und so.«

»Hm, das hätte mir aber nicht gefallen.«

Joel hat einen älteren Bruder und eine jüngere Schwester. Sie kommen ganz gut miteinander aus, dennoch herrscht zwischen ihnen immer eine gewisse Konkurrenz. Besonders nah stehen sie sich nicht.

»Um ehrlich zu sein, war ich so glücklich, als ich aus London endlich nach Cornwall ziehen konnte, dass ich mit Begeisterung so gut wie alles geteilt hätte.«

»Und ihr habt in einem Zimmer geschlafen?«

»Yep.« Ich lächele. »In dem klitzekleinen Raum oben an der Treppe.«

»Hm.«

»Was anderes als euer Haus, was?«

Im Vergleich zu uns wohnen Joels Eltern in einer Villa.

»Trotzdem: Wahnsinn, hier groß zu werden!«, sagt er und biegt einen Zweig für mich zurück.

Wir sind im Wäldchen links von der Bootsterrasse, unten am Fluss. Das Cottage mag klein sein, aber es steht auf knapp einem Hektar Land. Ich führe Joel herum und steige auf einen toten Baumstamm, der quer über dem Weg liegt. Das verrottete Holz gibt unter meinen Füßen nach.

*Die Spriggens* ... Unwillkürlich erinnere ich mich an die hinterhältigen kleinen Kobolde, die ich mir damals ausgedacht hatte. Die hinter dem Stamm genau dieses Baums hervorsprangen und Schummel und Bummel so sehr erschreckten, dass die beiden den Hang hinunterpurzelten und ins Wasser fielen.

Ich will Joel die Geschichte erzählen, besinne mich aber eines Besseren und halte den Mund.

»NELL!« Von der anderen Seite des Pubs kommt Ellie auf mich zugestürzt.

Seit Weihnachten habe ich sie nicht mehr gesehen. Sie geht in Newcastle zur Uni und hat da oben einen Freund, deshalb haben wir uns gegenseitig nur noch selten besucht, anders als im ersten Jahr, als wir uns alle zwei Monate getroffen haben.

Joel und Ellie nehmen sich in die Arme. Sie haben sich im Oktober kennengelernt, als sie für meinen Geburtstag übers Wochenende nach Liverpool kam. Da war ich noch nicht lange mit Joel zusammen.

»Brooke!«, kreische ich an Ellie vorbei unserer Freundin zu, die gerade den Pub betritt. Ihr Bruder Brad steht direkt hinter ihr.

»Ich habe dich gerufen, aber du hast mich nicht gehört«, tadelt mich Brooke, als wir uns begrüßen.

Brooke studiert in Glasgow und ist damit noch weiter weg als Ellie.

»Aah, alle wieder vereint!«, spottet Nick hinter der Theke. Er hat immer noch die langen hellblonden Locken, für die Ellie früher getötet hätte. Ihre ersehnte Dauerwelle hielt damals nur ein paar Wochen. Jetzt trägt sie die kastanienbraunen Haare glatt. Sie reichen ihr bis auf die Schulter, meine sind noch länger. Auch wenn man das heute nicht sieht – ich habe sie zu einem Zopf geflochten.

Ich gehe mit Joel zur Theke. »Wo ist Drew?«, frage ich Nick, nachdem ich ihm meinem Freund vorgestellt habe.

»Bei seiner Freundin oben im Norden. Osterurlaub«, antwortet Nick mit übertriebenem nordenglischen Akzent. Drews Freundin Charli kommt aus Yorkshire.

»Ach, schade! Ich habe ihn schon ewig nicht mehr gesehen.«

Nachdem Drew über meine Abfuhr auf der Silvesterparty hinweggekommen war, wurden er und ich schließlich Freunde. Nach dem Abend wusste er, dass ich kein Interesse an ihm hatte, und kurz darauf war er mit einem Mädchen von einer anderen Schule zusammen. Sie gingen ungefähr ein Jahr miteinander, aber er ist nie lange allein.

Anders als sein Bruder, der überzeugter Single ist.

»Rat mal, wer über Ostern zu uns kommt!«, sage ich, während Nick sich um unsere Getränke kümmert. Ich wundere mich, wie beiläufig der Satz klingt, wenn ich bedenke, wie aufgewühlt ich eigentlich bin.

»Wer denn?«

»Van!«

»Oh, cool. Will er hier surfen?«

»Ja, glaub schon. Er reist mit einem Freund im Wohnmobil durch Europa.«

»In einem Wohnmobil? Hört sich gut an. Sag ihm, dass er mich auf jeden Fall anrufen soll! Nimmt er immer noch an Wettkämpfen teil?«

Ich zucke mit den Schultern. »Keine Ahnung.«

Ich will nicht zugeben, dass ich keinen Kontakt mehr zu Van habe. Das letzte Mal habe ich von ihm gehört, als er mir eine Karte zum achtzehnten Geburtstag schickte. Das ist über zwei Jahre her, und es war ein seltsames Gefühl. Zu Weihnachten bekommen wir auch immer Karten von ihm, aber die sind ebenfalls an Dad adressiert und zählen deshalb nicht.

Wir bleiben nicht so lange im Pub, da Joel fährt und nichts

trinken kann, aber wir verabreden uns mit den anderen, in den nächsten Tagen ans Meer zu fahren. Alle sind gute zwei Wochen lang da, genug Zeit also, uns gegenseitig auf den neuesten Stand zu bringen.

»Surfen wollte ich immer schon mal lernen«, sagt Joel auf dem Heimweg.

»Kannst du ja machen. Nimm doch ein paar Stunden, solange wir hier sind! Am Poldhu Beach ist eine wirklich gute Surfschule, das ist nicht weit von uns.«

»Bin ich nicht ein bisschen alt dafür? Und ist das Wasser nicht eiskalt?«

»Schon, aber du hast ja einen Neoprenanzug an, und zu alt ist man nie! Da vorne rechts ab.«

Joel setzt den Blinker. »Vielleicht mache ich das wirklich.«

Als er am Hof von Steven und Linzie vorbeifährt, spüre ich, wie ich verkrampfe. Hinter der Kurve wurde Ruth überfahren.

»Sei vorsichtig hier!«, mahne ich. »Die Straße ist schmal.«

»Alles gut«, sagt er belustigt. In mir zieht sich vor Angst alles zusammen. Ein Auto schnellt um die Kurve auf uns zu, Joel muss ausweichen. »Leck mich!«, ruft er. »Der war komplett auf meiner Straßenseite!«

»Hab ich doch gesagt«, stoße ich durch zusammengebissene Zähne hervor. Mit weißen Knöcheln umklammere ich die Armlehnen.

»Ist ja gut, Nell. Mir war nicht klar, dass die Leute hier fahren wie die Verrückten.«

Ich verkneife mir die Bemerkung, dass die Urlauber am schlimmsten sind.

Weil ich so nervös bin, bemerke ich erst im letzten Moment das Fahrzeug in unserer Einfahrt.

»Ist der etwa schon da?«, fragt Joel stirnrunzelnd, als er auf das Grundstück fährt. Er späht durch die Windschutzscheibe. »Bisschen klein, was?«

Mein Körper ist zum Zerreißen gespannt.

Von wegen Wohnmobil. Es ist ein VW Syncro aus den Achtzigern, ähnlich einem alten VW Bulli, nur moderner und ohne die unterteilte Heckscheibe. Die untere Hälfte ist schwarz, die obere beige. Auf dem Dach sind zwei Surfbretter befestigt. »Wie können zwei Kerle monatelang zusammen in so einem Teil leben?« Joel sieht mich fragend an. »Sind die schwul? Wäre mir natürlich egal«, fügt er beiläufig hinzu, als er aus dem Wagen steigt.

Ich bin froh, dass er nicht wirklich eine Antwort von mir erwartet, denn ich kann nicht sprechen. Es fällt mir schon schwer zu atmen. Es ist, als hätte sich ein Zitteraal in meine Eingeweide geschlängelt und würde sich um meine Organe winden.

Aus dem Camper ist kein Mucks zu hören. Entweder schlafen sie schon oder sie sind im Cottage. Da es erst zehn Uhr ist, vermute ich Letzteres.

Mit zitternder Hand hole ich den Schlüssel aus der Handtasche und schließe auf. Tiefe Stimmen dringen aus der Küche.

»Da sind sie ja!«, ruft Dad, während ich einen Fuß vor den anderen setze.

Am Rande meines Bewusstseins nehme ich wahr, dass drei Personen am Tisch sitzen, doch mein Blick wird wie magisch von Van angezogen. Lässig hockt er am Kopfende, ein Bein über dem anderen, der Fußknöchel auf dem Knie des anderen Beins. Eine leere Bierflasche steht vor ihm, eine zweite hält er in der Hand. Die Ellenbogen hat er auf den Tisch gestützt. Seine Haare sind etwas länger als früher, reichen bis unters Kinn. Sie fallen ihm in die Stirn wie ein dunkler Vorhang, doch ich sehe deutlich, dass seine Augen meine suchen. Seine Mundwinkel ziehen sich ganz langsam nach oben.

Ich fühle mich, als sei mein Herz von einer Welle mitgerissen worden und vor seinen Füßen gestrandet.

Joel legt die Hände auf meine Schultern und schiebt mich fröhlich in die Küche. Dave springt auf und gibt ihm die Hand, Van faltet seinen langen schlanken Oberkörper auseinander und erhebt sich träge, um Joel ebenfalls zu begrüßen. Betäubt sehe ich zu, wie er einen Schritt auf meinen Freund zu macht. Er wirkt noch größer als beim letzten Mal, auch breiter, als würde er seine Statur jetzt erst richtig ausfüllen. Zu einer zerrissenen Jeans trägt er ein verwaschenes schwarzes T-Shirt mit einem Aufdruck, der teilweise schon wieder abgegangen ist. Er sieht unfassbar gut aus.

Dave kommt zu mir und reißt mich aus meiner Benommenheit. »Echt schön, dich kennenzulernen«, sagt er mit seinem angenehmen Aussie-Akzent und nimmt mich in die Arme. Ich will ihn anlächeln, aber bin zu aufgewühlt. Dave ist ebenfalls groß und stark gebräunt. Er hat hellbraune Haare, die von der Sonne so stark gebleicht wurden, dass sie fast blond sind.

»War es schön im Pub?«, fragt Dad munter. Ich nehme an, er versucht, die Stimmung nicht kippen zu lassen. Er muss wissen, wie schwer diese Situation für mich ist.

Ich bin dankbar, als Joel für mich antwortet: »Ja, ist ein toller Laden, nicht? Direkt am Fluss«, erklärt er Van und Dave.

»Hey, wollt ihr ein Bier?«, fragt Dave und weist auf einen mit Eis gefüllten Eimer voller Flaschen.

»Ihr seid gut vorbereitet!«, lobt Joel.

»Ja, ich weiß«, wirft Dad ein. »Ich bin ein schlechter Gastgeber.«

»So ein Blödsinn«, sagt Dave. »Wir wollten bloß keine Umstände machen. Sind schon dankbar, dass wir in Ihrer Einfahrt stehen dürfen.«

»Ja, ich nehme ein Bier«, geht Joel auf Daves Angebot ein. »Ich bin gefahren, deshalb habe ich noch nichts getrunken.«

»Nell, du?«, fragt Dave.

»Klar.« Meine Stimme bricht, ich nicke. *Bitte den ganzen Eimer!*

»Mensch, bist du groß!«, stößt Joel lachend aus und schaut zu Van auf. Dave ist fast genauso lang. »Wie passt ihr zwei nur in das kleine Ding da draußen?«

Lässig legt Dave den Arm um Vans Schultern. »Mit Hängen und Würgen«, erwidert er locker. »Wir müssen uns ein Zelt zulegen, stimmt's?« Er schüttelt seinen Freund.

»Ja, müssen wir«, antwortet Van langsam. Er klingt müde oder betrunken, ich weiß es nicht genau.

Wieder sucht sein Blick meinen.

Mir fällt auf, dass wir uns nicht mal begrüßt haben. Wir haben uns nicht umarmt, nicht die Hand gegeben, wir haben uns nicht mal berührt. Und ich habe das Gefühl, dass wir es auch nicht tun werden. Er ist nur einen Meter von mir entfernt, aber könnte genauso gut noch am anderen Ende der Welt sein.

Ein eiskaltes Bier landet in meiner Hand. Ich führe es sofort an den Mund und trinke.

»Los, setzt euch!«, lädt Dad uns ein.

Ich gehe um den Tisch herum und ziehe den Stuhl neben Dave hervor, gegenüber von Dad. Zwischen mir und Van lasse ich Platz für Joel.

Über den Tisch hinweg sieht mein Vater mich an – sein Blick ist voller Sorge. Ich trinke noch einen Schluck Bier und kann kaum zuhören, als Joel die beiden Gäste fragt, was sie bisher auf ihrer Reise erlebt haben. Smalltalk kann er super.

Meistens antwortet Dave, Van sagt nur sehr wenig, es sei denn, er wird direkt angesprochen.

»Eben im Pub haben wir auch ein paar Surfer getroffen, nicht, Nell?«, sagt Joel. »Nick und …«

»Max«, ergänze ich in Vans Richtung. »Erinnerst du dich?«

Er nickt. »Natürlich.«

»Sie haben gesagt, sie würden sich gerne mal mit dir treffen, solange du hier bist.«

»Ja, das wäre cool.«

Jedes Mal, wenn ich seine Stimme höre, läuft mir ein Schauer über den Rücken.

»Ich habe überlegt, ob ich auch mal ein paar Stunden nehmen soll«, wirft Joel ein, als ich mich lächelnd zu ihm umdrehe. »Ich kann nicht surfen. Hab's noch nie probiert, aber ich fände es cool. Surfen Sie auch, Mr. Forrester?«, fragt er meinen Vater.

»Sag doch bitte Geoff«, gibt Dad zurück. »Nein, ich kann nicht surfen. Mich findet man im Garten, nicht im Meer.«

»Dad arbeitet in Trelissick Gardens, ungefähr eine halbe Stunde von hier. Das ist eine Anlage des National Trust.«

»Ich dachte, du arbeitest in Glendurgan!«, wirft Van stirnrunzelnd ein.

»Nicht mehr«, erwidert Dad.

»Er hat sich für die Stelle des Leiters beworben, und wenn er sie bekommt, ist er für Trelissick *und* Glendurgan zuständig«, erkläre ich stolz.

Mein Vater windet sich leicht befangen, aber erwidert mein Lächeln.

»Ich würde gerne ein paar Objekte des National Trust besichtigen, solange wir hier sind«, sagt Joel.

Seine Eltern haben ihm zu Weihnachten eine Mitgliedschaft in der Institution für Denkmalspflege und Naturschutz geschenkt.

»In diesem Teil von England gibt es sehr viele.« Ich lächele Joel an, und er schiebt mir eine verirrte Locke hinters Ohr. Ich schüttele den Kopf, um sie wieder zu befreien. Joel lacht leise.

Standhaft vermeide ich es, Van anzusehen, doch als ich mich wieder Dad zuwende, streift mein Blick seinen. Es fühlt sich an wie ein Schlag in die Magengrube.

Als ich mich davon erholt habe, tue ich so, als müsste ich gähnen. »Zeit fürs Bett.«

»Yep, hört sich gut an«, pflichtet Joel mir bei und leert sein Bier.

»Willst du zuerst ins Bad?«, frage ich.

»Nein, mach ruhig!«

Ich schiebe den Stuhl nach hinten und gehe um den Tisch herum, um Dad einen Kuss auf die Wange zu geben.

»Schlaf gut, Schätzchen«, sagt er liebevoll und tätschelt meine Hand.

Ich verabschiede mich in die Runde und verschwinde im Bad. Mit klopfendem Herzen schließe ich die Tür hinter mir, nehme die Zahnbürste und putze mir die Zähne mit der Inbrunst einer Verrückten. Die aufgeschäumte blutige Zahnpasta spucke ich ins Waschbecken, wo sie sich mit meinen Tränen vermischt. Ich richte mich auf und sehe in den Spiegel.

*Die Farbe von flüssigem Honig in der Sonne …*

*Wir* sind nicht *Bruder und Schwester.*

*Ich liebe sie aufrichtig.*

Und, nicht zu vergessen: *Ich mache mir die größten Vorwürfe, diese Grenze mit dir überschritten zu haben, ich hoffe, wir können irgendwann wieder gute Freunde sein*, erinnere ich mich verbittert.

Langsam atme ich ein und aus.

Ich liebe Joel, sage ich mir. Ich habe mein eigenes Leben. Ich bin jetzt zwanzig, kein dummes junges Mädchen mehr, das alles glaubt, was ein hübscher Junge erzählt. Ich bin erwachsen. Ich habe eine *erwachsene* Beziehung.

Sofort ist mir etwas leichter zumute. Ich verlasse das Bad und steuere direkt auf das Nebengebäude zu, ohne noch einen Blick in die Küche zu werfen.

Kurz darauf klopft es an meiner Tür.

Ich öffne sie einen Spaltbreit und fahre zusammen, als ich Van auf der Schwelle erblicke.

»Wir wollen jetzt auch ins Bett«, sagt er. »Aber ich würde gerne irgendwann noch in die Schränke gucken.« Er weist mit dem Kinn darauf. »Nicht jetzt natürlich, aber vielleicht morgen.«

»Klar.« Ich muss mich räuspern. »Ja, klar«, wiederhole ich noch mal deutlicher.

»Danke.« Er lächelt schwach, seine Augen sind dunkel und undurchdringlich. Ich will den Blick von ihm losreißen, schaffe es aber nicht. Meine Finger am Türrahmen sind taub.

Joel muss noch im Badezimmer sein. Kann der sich nicht beeilen?

*Kann er nicht etwas langsamer machen?*

»Ist komisch hier, ohne Scampi«, sagt Van unvermittelt.

Ich nicke und schaffe es endlich, mich von seinem Blick zu lösen. »Er ist vor ungefähr drei Jahren gestorben.«

»Was hatte er?«

»Leukämie.« Ich schlucke, aber Van schweigt, und ich fühle mich genötigt, ihm mehr zu erzählen, weil ich glaube, dass er es erwartet. Schließlich war Scampi auch sein Hund. »Er hatte stark abgenommen, aber wir dachten, das läge am Alter. Der Tierarzt meinte, es wäre am gnädigsten, ihn einzuschläfern. Dad und ich waren dabei.« Wir hielten seinen flauschigen Körper in den Armen und rissen uns so lange zusammen, bis er weg war. Es ging alles so schnell.

»Tut mir leid«, sagt Van leise, als mir Tränen in die Augen schießen. Es tut immer noch weh.

»Danke.« Endlich sehe ich ihn an und bin seltsam dankbar dafür, dass er nicht dabei war und es nicht miterleben musste.

Die Haustür hinter ihm geht auf, Joel kommt heraus. Van macht ein paar Schritte nach hinten und zwingt sich, meinen Freund anzugrinsen. »Bis morgen dann!«

»Schlaf gut«, erwidert Joel. Ich sage nichts.

»Ich glaube nicht, dass ich so gut schlafe wie ihr«, entgegnet Van trocken. Schmunzelnd schiebt sich Joel an mir vorbei ins Nebengebäude.

»Was wollte er?«, flüstert er, als er die Tür schließt.

»Die Bilder von seiner Mutter sind noch im Schrank«, erkläre ich. »Er hat gefragt, ob er sie sich morgen ansehen kann.«

»Ah! Die würden mich auch interessieren.«

Die Vorstellung, dass Joel dabei ist, wenn Van diese Schränke öffnet, gefällt mir gar nicht.

Er zieht sich bis auf die Boxershorts aus. Ich brauche Ewigkeiten, nur um die Knöpfe meiner Jeans zu öffnen. Als ich endlich in den kurzen rosa-weißen Schlafanzug schlüpfe, den seine Eltern mir zu Weihnachten geschenkt haben, hat Joel es sich schon im Bett gemütlich gemacht. Ich steige zu ihm, er legt sich wie ein Löffelchen hinter mich und zieht mich an sich. Ich bin stocksteif. Seine Hand wandert an meiner Taille hinauf, mit dem Daumen streift er die Rundung meiner Brust. Er küsst mich in den Nacken.

»Tut mir leid«, presse ich hervor. »Bin zu müde.«

»Echt?« Seine Überraschung mischt sich mit Enttäuschung. Wir schlafen eigentlich jeden Abend miteinander, aber das letzte Mal ist drei Tage her.

»Morgen«, verspreche ich, und Joel lässt mich los und dreht sich um.

Ich liege im Dunkeln und schaue zu den Schränken hinüber. Plötzlich erfasst mich eine unerklärliche Wut. Angetrieben von Verbitterung rollt sie über mich hinweg.

Es kann nicht sein, dass mich die Sache mit ihm so beschäftigt. Er war es, der es vor fünf Jahren so weit hat kommen lassen. Also soll er sich jetzt auch damit herumschlagen.

Ich drehe mich zu Joel um und schlinge den Arm um seine Taille. Schnell ist er wieder wach.

Als ich am nächsten Morgen in die Küche komme, kniet Dave mit verwirrtem Gesichtsausdruck vor der Waschmaschine.

»Brauchst du Hilfe?«, frage ich.

»Ja, bitte«, erwidert er dankbar.

Er rückt zur Seite, ich stelle die Maschine an und greife dann zum Wasserkocher. »Tee?«

»Ja, gerne.«

»Und, wie lange wollt ihr hier in der Gegend bleiben?«, frage ich.

»Keine Ahnung. Auf jeden Fall wollen wir eure Gastfreundschaft nicht überstrapazieren.«

»Das ist doch kein Problem, immerhin steht ihr draußen in der Auffahrt.«

Dave zuckt mit den Achseln und grinst mich an. Er hat ein offenes, freundliches Gesicht und wirkt auf mich auf Anhieb sympathisch. Am Vorabend war ich zu abgelenkt, um das zu bemerken.

»Ist Van schon auf?«, frage ich betont beiläufig. Ich zögere, hole dann aber vier Becher aus dem Schrank.

»Er ist mit deinem Vater unten am Bootsanleger.«

»Ah, okay.« Ich greife zum fünften Becher. Joel kommt in die Küche.

»Hast du die Telefonnummer von dieser Surfschule, von der du gesprochen hast?«, fragt er mich.

»Willst du es versuchen? Stunden nehmen?«

»Ich dachte, wir sind lange genug hier.«

»Ich kann dir auch ein paar Tipps geben, falls du dir das Geld sparen willst«, bietet sich Dave an.

»Nein, schon gut«, entgegnet Joel. »Es ist bestimmt lustiger in der Gruppe, wenn die anderen es auch nicht können. Nell zum Beispiel.«

Ich werfe ihm einen Blick zu. »Was?«

Langsam geht er auf mich zu, ein spitzbübisches Grinsen im Gesicht. »Wir nehmen den Unterricht zusammen.«

»Was? Nein, ganz bestimmt nicht.« Ich schüttele den Kopf.

»O doch! Tust du.« Joel bleibt vor mir stehen und streicht mir das Haar hinter die Ohren. Ich habe den Zopf über Nacht nicht aufgemacht und das Haar erst vor zehn Minuten gebürstet. Es ist voller Knoten.

Van kommt in die Küche, dicht gefolgt von Dad.

»Guten Morgen!«, grüßt Joel fröhlich.

Ich erstarre, trenne mich aber nicht von ihm.

»Morgen!«, erwidert Dad. »Ah, schön, Nell, ich wollte auch Wasser aufsetzen.«

Joel lächelt mich an und greift mir unters Kinn.

»Vergiss es!« Ich schüttele den Kopf und mache ein trotziges Gesicht.

»Und ob!« Er nickt entschlossen.

»Nein.« Aus dem Augenwinkel sehe ich, dass Van uns beobachtet.

»Um was geht's?«, fragt Dad.

»Nell und Joel wollen surfen lernen«, erklärt Dave belustigt. »Ich habe angeboten, ihnen ein paar Tipps zu geben, aber die brauchen sie nicht.«

»Ich wusste gar nicht, dass du surfen lernen willst, Nell«, sagt Van. Seine tiefe, dunkle Stimme lässt mich innerlich erbeben.

»Will ich auch nicht«, entgegne ich ausdruckslos.

Wie kann er sich so lässig geben, während ich fast sterbe?

Wie aus dem Nichts kehrt die Wut von letzter Nacht zurück und trifft mich mit voller Wucht.

Ein paar Sekunden lang bin ich diesem Zorn hilflos ausgeliefert. Dann drehe ich mich lächelnd zu meinem Freund um. »Aber wenn du das gerne möchtest, mache ich natürlich mit.«

»Jawoll!« Lächerlich übertrieben reckt Joel die Faust in die Höhe. Wir müssen beide lachen.

Mein Zorn wird davongespült, doch er sammelt sich tief in meiner Seele, ein stiller roter See.

»Ich geh mal nach der Nummer suchen.« Mit zum Himmel verdrehten Augen verlasse ich die Küche und lächele Joel im Gehen über die Schulter zu.

Kurze Zeit später brechen Van und Dave auf. Ich bin deutlich entspannter, als nur noch Dad, Joel und ich im Haus sind. Wir fahren zum Mittagessen in einen Pub einige Dörfer weiter und verbringen einen wunderschönen Tag miteinander, gehen in der Nähe von Poldhu an den Klippen entlang und melden uns schließlich vor Ort persönlich für den Kurs an.

Am Abend setzen wir uns vor den Fernseher und gucken einen Film. Als Joel aufsteht und zur Toilette geht, schaue ich auf die Uhr: »Ist schon ein bisschen unhöflich, oder?«, bemerke ich. »Was wäre, wenn wir Abendessen gemacht hätten und auf die beiden warten würden?«

»Wieso, sie sind doch heute den ganzen Tag unterwegs«, antwortet Dad.

»Ach, ja?«

»Ja. Hat Van erzählt, als ich heute Morgen mit ihm draußen war.« Er überlegt. »Er will dir nicht zu sehr auf die Pelle rücken.« Dad senkt die Stimme zu einem Flüstern, damit Joel nichts hört. »Er hat mich gefragt, ob es besser wäre, wenn sie gleich wieder fahren, also nicht über Ostern bleiben.«

Ich bin erschüttert.

»Ich habe gesagt, ich würde dich fragen«, fährt Dad fort und schielt zu mir hinüber. Sein Blick ist voller Mitgefühl. Ich ertrage es nicht, ihn anzusehen.

»Das ist doch albern!«, fauche ich, ebenfalls leise. »Er braucht nicht zu verschwinden. Ich komme schon klar. Ist nur ein bisschen komisch, mehr nicht. Aber ich gewöhne mich dran. Wahrscheinlich ist es sogar gut für mich.«

Die Toilettenspülung rauscht.

»Es ist schon Jahre her«, fahre ich fort. »Jetzt bin ich mit Joel zusammen, das macht es deutlich leichter.«

»Das habe ich auch gedacht«, flüstert Dad zurück und lässt den Film weiterlaufen, weil Joel von der Toilette zurückkommt.

Bis zu den Osterfeiertagen muss Dad arbeiten, deshalb verlässt er früh am nächsten Morgen das Haus. Joel und ich lassen es langsam angehen. Unsere erste Surfstunde ist um zehn Uhr; wegen der Ausrüstung müssen wir eine halbe Stunde vorher da sein.

Ich stehe gerade im Bad und flechte meine Haare, damit sie mir nicht im Weg sind, da erblicke ich plötzlich Van im Spiegel. Ich erstarre.

»Du hast lange Haare bekommen«, sagt er.

»Haare wachsen nun mal«, erwidere ich lakonisch, nachdem ich mich gefangen habe.

Kurzes Schweigen.

»Wäre es in Ordnung, wenn wir heute mit euch zum Poldhu Beach fahren?«, fragt er.

»Machst du Witze?« Stirnrunzelnd sehe ich ihn im Spiegel an. »Das ist doch viel zu langweilig für dich.«

»Ihr seid ja im Weißwasser vorne am Strand.« Er lehnt sich in den Türrahmen und verschränkt die Arme. »Wir würden rauspaddeln. Draußen müssten ein paar nette Brecher sein.«

»Könnt ihr nicht woanders hin?« Ich hoffe, es ist niemand in der Nähe, der hört, wie unhöflich ich bin. Ich weiß nicht, wie ich sonst mit dem ständigen Auf und Ab meiner Gefühle klarkommen soll.

»Oh, guck mal, wie gerne er mitkommen würde!« Wie aus dem Nichts erscheint der grinsende Dave.

*Verdammt.*

»Er hat dich fünf Jahre nicht gesehen«, fügt er hinzu und wuschelt in Vans Haaren.

Schmunzelnd schlägt Van seine Hand fort.

Mein Mut sinkt. Ich drehe mich um und sehe Dave herausfordernd an. »Na gut. Solange sich keiner über uns lustig macht.«

Ich weise mit dem Kinn auf die Tür, und beide treten zur Seite, um mir Platz zu machen. Dave findet das Ganze lustig, aber ich habe das Gefühl, dass Van das entschieden anders sieht.

Joel springt sofort auf die Idee an, zusammen zu fahren. Ich sitze mit ihm hinten im Camper, Dave und Van vorne. Aus den Boxen dröhnt Oasis.

»Ich kann echt nicht glauben, dass du mich dahin schleppst«, raune ich ihm zu.

»Das macht bestimmt Spaß«, entgegnet er und drückt meine Hand.

Macht es auch, nachdem ich mich erst mal in den klammen, sandigen Neoprenanzug gezwängt habe.

Wir wärmen uns am Strand auf und machen dort die ersten Übungen, danach geht es ins Wasser. Tatsächlich gelingt es mir beim dritten Versuch, auf dem Brett stehen zu bleiben, und noch ehe die Stunde vorbei ist, fahre ich fast ganz bis ans Ufer.

Joel reckt die Hände in die Luft, klatscht und jubelt. Wahrscheinlich ist es mein Vorteil, dass ich so klein bin. Ich weiß noch, dass Van mit fünf Jahren schon bei seinem zweiten oder dritten Versuch bis an den Strand surfte.

»Ich hab dich auf dem Brett gesehen«, sagt Van später beiläufig zu mir. Wir sind im Café, sitzen an einem Tisch in den Dünen inmitten großer Büschel Strandhafer. Joel und Dave sind drinnen, um etwas zu bestellen. »Nicht schlecht!«

»Danke«, brumme ich und klopfe mit den Fingern auf den Tisch.

Van seufzt leise. »Bekommen wir das hin?«

»Keine Ahnung. Ja?« Ich bin wirklich unmöglich zu ihm.

Eine Zeitlang schweigt er. »Ist es besser, wenn Dave und ich verschwinden?«

Unwillig schüttele ich den Kopf, sage aber nichts.

»Mir fällt das auch nicht gerade leicht, weißt du?«, erwidert Van mit eindringlicher Stimme, doch ich will nicht zuhören.

»Red keinen Blödsinn!«, fahre ich ihn an und grabe die Zehen in den weichen Sand unter meinen Füßen.

Tiefe Traurigkeit legt sich auf Vans Gesichtszüge. Nach

einer Weile streckt er den Arm aus und hakt seinen kleinen Finger um meinen.

Ich reiße meine Hand weg, als hätte ich mich verbrannt.

Am Rand meines Blickfelds sehe ich, dass Joel und Dave zurückkommen. Ich setze ein künstliches Lächeln auf.

Zum Glück steht bei den beiden der Mund selten still, denn so fällt es nicht weiter auf, dass Van und ich kaum ein Wort sagen. Als wir wieder in den VW steigen, schlägt Van Dave vor, nach Porthleven zu fahren.

»Jetzt?«, entgegnet Dave.

»Ja, ich will noch weiter. Du auch? Vorher setzen wir die beiden zu Hause ab.«

»Danke«, schaltet sich Joel ein. »Ich möchte gerne duschen.«

Den Rest des Nachmittags kann ich das Gefühl nicht abschütteln, dass ich Van niemals wiedersehen werde. Als der Camper um halb fünf in die Auffahrt rollt, könnte ich vor Erleichterung weinen. Das ist meine letzte Chance, es wiedergutzumachen, und die werde ich nutzen.

»Heute übernehmen wir das Abendessen!«, ruft Dave, der mit Einkaufstüten vom Supermarkt um die Ecke kommt. Van folgt ihm mit noch mehr Tüten.

»Wir dachten, wir grillen heute mal«, erklärt Dave.

»Hey, super Idee!«, sage ich begeistert. Joel und ich sitzen am Terrassentisch vor dem Nebengebäude. »Was soll ich tun?«

»Nichts. Bleib da sitzen und entspann dich! Aber du, Joel …« Dave zeigt auf meinen Freund, »kannst vier Bier aus dem Kühlschrank holen.«

Grinsend steht Joel auf. Ich lächele Van freundlich zu, doch seine Gesichtszüge sind verhärtet. Er schiebt das Kinn vor und weist auf das ehemalige Atelier. »Kann ich jetzt mal in die Schränke gucken?«

»Klar.« Ich springe auf und führe ihn hin. Als ich den Schlüssel vom Haken neben der Tür nehme und die Schränke öffne, schlägt mein Puls unangenehm schnell. Ich klappe die Türen auf und trete zurück. Vor uns steht das Bild mit der Sandburg.

»Morgen früh bist du uns los«, sagt Van mit gepresster Stimme.

»Nein, nicht!«, platzt es aus mir heraus. »Ich will nicht, dass ihr fahrt.«

»Ich ertrage das nicht, Nell«, flüstert er. Als er meinen Namen ausspricht, zieht sich mein Herz zusammen.

»Das geht schon«, sage ich. »Fahrt nicht, bitte!«

Er starrt vor sich hin, ich trete einen Schritt näher an ihn heran und erhasche eine Prise Meer – kalt, wild und frei.

Joel erscheint in der Tür. »Alles in Ordnung hier?«, fragt er extra laut. Wir fahren zusammen.

»Alles gut«, entgegne ich scharf. »Kannst du uns kurz allein lassen?«

Er zögert.

»Wir kommen sofort wieder raus.« Mein Ton ist bestimmend.

Joel verschwindet mit steifen Schritten.

Mit zusammengezogenen Brauen sieht Van mich an.

»Du musst nicht abhauen«, beteuere ich inbrünstig. »Ich will, dass du bleibst. Ich strenge mich noch mehr an. Vielleicht können wir einfach gute Freunde sein, so wie du geschrieben hast. Vielleicht können wir das Ganze hinter uns lassen. Ich versuche es, ja?«

Van nickt langsam. »Okay.«

Ein paar Tage später klingelt abends das Telefon im Flur. Ich gehe dran und höre Van am anderen Ende. Er war mit Nick und Max surfen, jetzt seien alle im Boatman.

»Brooke und Brad sind auch da«, erzählt er. Seinem lockeren, entspannten Ton entnehme ich, dass er schon etwas mehr getrunken hat. »Brooke ruft Ellie an, damit sie runterkommt. Wollt ihr nicht auch kommen? Nick hat versprochen, dass er uns nach der Sperrstunde einschließt«, flüstert er laut vernehmlich.

In den letzten Tagen war es deutlich entspannter zwischen uns. Dave dazuhaben, ist ein Segen. Er ist so locker, so nett und lustig, dass ich mich sogar auf unsere gemeinsamen Abende freue.

»Das muss ich erst mit Dad und Joel besprechen.«

»Joel kann fahren, und dann lasst ihr das Auto hier stehen«, schlägt Van vor. »Zurück nach Hause nehmen wir uns ein Taxi und holen den Wagen morgen wieder ab.« Dave und Van waren heute mit Nick und Max unterwegs, deshalb steht der Camper noch in unserer Auffahrt.

»Ich guck mal, was sie sagen.«

Kaum habe ich aufgelegt, klingelt das Telefon erneut. Ellie ist dran, sie bietet an, uns zu fahren. »Ich kann eh nichts trinken, weil ich morgen früh zu meinen Großeltern muss«, erklärt sie.

Ich sage zu, ohne Rücksprache mit Dad oder Joel zu halten. Meinem Freund werde ich es schon beibringen und Dad stört es nicht – er freut sich über jeden Vorwand, um früh ins Bett zu gehen.

Schnell mache ich mich fertig: Sandalen mit Keilabsätzen, Jeans und einen weichen schwarzen Pulli, der mir von der Schulter rutscht, so dass man meinen pinkfarbenen BH-Träger sieht. Nach unserer Surfstunde hatte ich mir die Haare gewaschen, aber mir nicht die Mühe mit dem Föhnen gemacht. In weichen Wellen fallen sie mir auf den Rücken. Nachdem ich mir Parfüm auf die Handgelenke gesprüht habe, bin ich fertig.

Als wir ankommen, sitzen alle draußen an einem Picknicktisch. Die Sonne ist untergegangen, die Außenbeleuchtung spiegelt sich glitzernd im schwarzen Fluss. Van sitzt rittlings auf der Bank, ganz cool in seiner zerrissenen Jeans und dem blau-schwarz karierten Hemd. Brooke wirft den Kopf in den Nacken und lacht über etwas, das Dave gesagt hat. Van guckt kurz in unsere Richtung, sein Blick bleibt an meinem Gesicht hängen.

»Nell! Wow, siehst du heute heiß aus!«, ruft Nick lachend und springt auf.

Joel stutzt verwundert.

»Nick, du kennst doch noch meinen *Freund* Joel«, sage ich mit Nachdruck, als Nick mir einen Arm um die Schulter legt und einen Kuss auf die Wange drückt. Er ist offensichtlich betrunken.

»Alles gut, Kumpel«, sagt er grinsend zu Joel und hält ihm die andere Hand hin.

Joel schlägt stirnrunzelnd ein.

»Sieht aus, als hättet ihr einiges aufzuholen!« Nick lässt mich los und lacht mich schelmisch an. »Ich gehe zur Theke. Was nehmt ihr?«

»Arbeitest du heute?«, frage ich überrascht.

»Um Gottes willen, nein, hab zu viel getrunken, aber ich kann euch trotzdem was zu trinken holen. Oder was ihr sonst so braucht«, fügt er hinzu und grinst Joel an.

»Hör einfach nicht hin«, sage ich zu meinem Freund, als

wir uns gesetzt haben. »Nick flirtet mit allen, aber er weiß genau, dass er sich an mir die Zähne ausbeißt.«

»An mir auch«, wirft Ellie ein.

Brooke läuft rot an. Ellie und ich merken es und müssen lachen.

»Seid leise!«, brummt sie. »Das war nur ein Mal.«

»Öfter ist es bei ihm nie«, wirft Max feixend ein.

Es ist bekannt, dass Nick unfähig ist, längere Beziehungen zu führen – mittlerweile reicht es bei ihm nur noch für Urlaubsbekanntschaften, auch weil er alle Mädchen aus dem Ort bereits durch hat.

Als Nick mit einem Tablett voller Schnapsgläser zurückkommt, sind wir bereits beim nächsten Gesprächsthema. »Die sind für euch!«, sagt er mit Nachdruck und stellt vier Schnapsgläser vor Joel und mich.

Zwei weitere landen vor Ellie. »Nichts da!«, verkündet sie entschieden. »Ich muss fahren.«

»Stell dich nicht so an!«, sagt Nick. »Nimm ein Taxi nach Hause.«

»Nee. Geht nicht. Keine Chance.« Sie schiebt die Gläser von sich.

»Na gut. In dem Fall ...« Die Gläser wandern zu Joel und mir weiter.

»Soll das ein Witz sein?«, frage ich. »Dann bin ich am Ende!«

»Super!« Nick reibt sich schadenfroh die Hände. »Ich hab dich noch nie richtig dicht erlebt.«

Die übrigen Schnapsgläser verteilt er auf die anderen am Tisch, eins nimmt er selbst. Alle außer Ellie folgen seinem Beispiel und stoßen an. Es klirrt und klingt. Ohne zu zögern, kippt Van seinen Schnaps hinunter und fährt sich mit der Hand über den Mund. Das leere Glas stellt er auf den Tisch.

Ich trinke langsamer, verziehe das Gesicht und schüttele mich.

»Nächstes!«, fordert Nick und schaut schmunzelnd auf die Reihe von Gläsern vor Joel und mir.

Schulterzuckend nimmt Joel die Herausforderung an und vernichtet das zweite Glas. Ich spüre Vans dunklen Blick auf mir, als ich nach meinem Schnaps greife.

Was soll's? Ich bin nur selten betrunken. Der zweite geht besser runter. Als die Wärme sich in meinem Bauch ausbreitet, wird mir ein bisschen schwindelig.

Grinsend genehmigt sich Joel den dritten. Stöhnend mache ich mit, kippe den Schnaps nun ebenfalls auf ex hinunter.

»So, jetzt haben wir aufgeholt«, sage ich mit aufgesetztem Lächeln zu Nick.

»Nicht schlecht.« Er holt ein zweites Tablett hinter sich hervor und gibt mir den Cider, den ich eigentlich bestellt hatte.

Brooke stößt mich an. »Van sieht ja noch besser aus als damals mit fünfzehn.«

»Er sitzt da!«, lache ich und weise auf ihn. Er hat genau gehört, was sie gesagt hat.

Van grinst, und ich bin plötzlich froh, dass Brooke einen Freund an der Uni hat.

»Und, was machst du so, Van?«, fragt Ellie. »Fährst du immer noch mit dem Krabbenkutter raus?«

Ich hatte ihr von seiner Arbeit erzählt, als er das letzte Mal hier war – sie fand es total spannend.

»Nein, jetzt gehe ich auf Thunfischfang«, erwidert er.

»Wie sieht das aus?«

»Der hockt zwei Monate am Stück auf einem Schiff und guckt in seiner Kabine Filme«, wirft Dave grinsend ein. »Und das Schiff fährt so langsam.« Dave hebt die Hand und bewegt sie im Schneckentempo von links nach rechts. »Es zieht einen riesigen Käfig – eigentlich ein Netz – mit Tausenden von lebenden Thunfischen von weit draußen auf dem Meer bis nach Port Lincoln. Jeden Tag muss Van runtertauchen und die toten Fische rausholen. Den Rest der Zeit hängt er rum, liest oder macht Videospiele.«

»Oder ich koche«, wirft Van ein. »Ich koche viel.«

»Ja, ja.« Dave winkt ab.

»Gibt es da auch Haie?«, fragt Ellie neugierig.

»Ja, oft. Meistens Bronzehaie«, antwortet Van.

»Die beißen mit ihren rasiermesserscharfen Zähnen das Netz durch und verirren sich darin«, erklärt Dave. »Dann muss Van ihnen helfen, wieder rauszufinden.«

»Wie machst du das?« Brooke reißt die Augen auf.

»Ich packe sie an den Kiemen und …«

»Du fasst die an?« Brooke schluckt. Sie ist fassungslos.

Van zuckt mit den Schultern. »Eigentlich sind sie ganz friedlich. Wenn sie in dem Netz sind, wollen sie einfach nur raus. Aber nicht alle sind ungefährlich. Wenn sie kehrtmachen und auf einen zuschießen, muss man ihnen den Fuß entgegenstrecken. Dann schwimmen sie normalerweise vorbei.«

»Hast du auch schon mal einen Weißen Hai gesehen?«, fragt Nick gebannt.

»Ja«, erwidert Van. »Es ist noch gar nicht lange her, da ist mir einer verdammt nah gekommen.«

Alle am Tisch beugen sich vor und lauschen gespannt.

»Draußen auf dem offenen Meer ist das Wasser glasklar«, erklärt Van. »Aber je näher man nach Port Lincoln kommt, desto schlechter ist die Sicht. Manchmal sieht man nur ein, zwei Meter weit. Ein paar Wochen, bevor ich hergekommen bin, war ich ganz unten auf dem Käfigboden. Da tauchte plötzlich im trüben Wasser unter mir ein Weißer Hai auf. Er hatte das Maul weit aufgerissen, wollte zubeißen. Ich hab mir vor Angst fast in die Hose gemacht – der hätte das Netz durchgebissen. Ich bin schnell weggeschwommen.«

»O mein Gott!«, rufen Brooke und Ellie gleichzeitig.

Mir wird ganz schlecht im Magen. »*Van!*«

»Ist ja nichts passiert«, sagt er mit einem verstohlenen Lächeln, nimmt sein Bier und trinkt einen großen Schluck. Aber sein Blick sucht meinen und hält ihn. Mehrere quälende Momente lang können wir die Augen nicht voneinander lösen.

»Erzähl mal das mit dem Orca«, fordert Dave ihn auf.

»Ah, das war einer der geilsten Momente in meinem Leben.« Ehrfürchtig schüttelt Van den Kopf, dann fängt er wieder meinen Blick auf. »Unter dem Netz schwamm eine ganze Schule, in knapp dreißig Metern Tiefe.« Ich habe das Gefühl, dass er mit mir allein spricht. »Ich war mit meinem Kollegen unten, wir haben die toten Fische durch ein Loch im Netz rausgeworfen. Da kam plötzlich ein Riesen-Orca heran und hat mir ganz, ganz vorsichtig den Fisch aus der Hand genommen. Er hat leicht mit der Schwanzflosse geschlagen und stieg senkrecht nach oben. Sein Junges folgte ihm an die Oberfläche und spielte da mit dem toten Fisch. Aber wie der Wal mir den Fisch aus den Händen genommen hat ... *Mann* ... Der war so vorsichtig. Er wollte mir nichts tun. Wie ein riesengroßes Schoßhündchen.«

Ich bin völlig gefesselt von der Geschichte.

Joel neben mir räuspert sich. Ich brauche einen Moment, bis mir klarwird, dass es das typische Räuspern ist, das man von sich gibt, wenn jemand Blödsinn erzählt. Mit offenem Mund starre ich ihn an. Er grinst. Ich kann nicht fassen, wie unhöflich er ist. Ich bin angewidert von ihm.

»War nur ein Witz«, murmelt er und verdreht die Augen.

Aufgewühlt wende ich mich Van zu.

Ehe wir uns versehen, ist Sperrstunde, doch da Nick versprochen hat, uns im Pub einzuschließen, ziehen alle nach drinnen um. Ich nehme so viele leere Gläser mit, wie ich tragen kann, und bringe sie in die Küche.

»Wo soll ich die hinstellen?«, frage ich Nick von der Tür aus.

Er räumt gerade ein paar Gläser in die Spülmaschine.

»Ah, danke, Nell! Du kannst gerne bei uns anfangen!«

Ich lache und bleibe, um ihm zu helfen.

»Wie lange bist du schon mit Joel zusammen?«, fragt Nick beiläufig und schiebt sich die goldenen Locken aus den Augen.

»Seit sieben Monaten«, antworte ich.

»Macht einen netten Eindruck.«

Ich weiß nicht, ob er das ernst meint.

»Er ist auch nett«, antworte ich. Nick grinst mich an, seine flaschengrünen Augen funkeln.

»Komm, wir bringen noch ein paar Getränke unter die Leute.« Auf dem Weg nach draußen zieht er an meinem BH-Träger und lässt ihn zurückschnellen.

Als wir wiederkommen, sieht Joel uns stirnrunzelnd entgegen. Nick kichert wie ein Lausbub. Ich verdrehe nur die Augen.

»Was ist?«, reagiere ich auf die Frage – oder Anschuldigung, ich weiß es nicht genau – in Joels Gesicht. »Ich habe die leeren Gläser abgeräumt. Du musst dir *wirklich* keine Sorgen wegen Nick machen. Den würde ich nicht mal mit der Kneifzange anfassen.«

Joel zieht mich in seine Arme und legt den Kopf schräg, um einen leidenschaftlichen Kuss auf meinen Hals zu drücken. Kichernd winde ich mich, weil es kitzelt. Er schmunzelt und versucht es erneut. Als ich hochschaue, bemerke ich Vans verschwommenen Blick. Sein Kiefer zuckt. *Wie viel hat er schon getrunken?*

Ich versuche, mich von Joel zu lösen, doch er klebt an mir wie eine Klette. Ich bin zu betrunken, um mich dagegen zu wehren, deshalb ziehe ich mir als letzten Befreiungsversuch einen Barhocker heran. Endlich lässt er mich los, und ich kann mich setzen.

»Ich bin weg, Süße«, sagt Ellie zu mir. »Willst du mitkommen?«

»Nein, alles gut.«

»Wirklich?« Sie sieht besorgt aus.

»Ja, klar.« *Lalle ich vielleicht?*

Van beugt sich über den Tresen und verrenkt sich so, dass sein Hemd hochrutscht und ich die glatte honiggoldene Haut seiner Taille sehen kann. Sofort verspüre ich das überwältigende Verlangen, ihn dort zu küssen. Meine Sehnsucht, ihn zu berühren, tut regelrecht weh. Abgesehen von Poldhu, wo er seinen kleinen Finger um meinen hakte, hatten wir keinerlei Hautkontakt.

Ellie klopft Van auf den Rücken. Er schaut sich über die Schulter nach ihr um. »Pass auf sie auf!«, sagt sie mahnend.

»Tu ich doch immer«, erwidert er und nimmt von Nick ein Glas mit Leitungswasser entgegen. Offensichtlich hat Van es bestellt.

»Bin ich eigentlich Luft für euch?«, fragt Joel leicht entrüstet, als ich ein Drittel des Wassers trinke.

»Er ist praktisch ihr Bruder«, fertigt Ellie meinen Freund mit einem Grinsen ab. »Unter Geschwistern macht man das so.«

Ich verschlucke mich fast am Wasser. Kaum hat meine Freundin den Pub verlassen, rutsche ich vom Barhocker und steuere schnurstracks auf die Toilette zu.

»Alles in Ordnung?«, höre ich Joels Stimme vor der Kabine.

Es ist nicht die Stimme, die mein Herz sich erhofft hat, dennoch bin ich ihm dankbar.

»Du bist doch nicht am Kotzen, oder?«

»Nein!«, rufe ich.

»Gut. Nick hat uns ein Taxi bestellt. So viel zum Thema Einschließen.«

»Joel, kannst du mich kurz allein lassen? Ich muss pinkeln.«

»Ah, ja.«

Es wird still. Ich hole tief Luft und atme langsam aus, um die Übelkeit zu verdrängen, die, wie ich vermute, nur sehr wenig mit der Menge an Alkohol zu tun hat, die ich getrunken habe.

Ich bin erleichtert, dass Van auf der Rückfahrt im Taxi vorne sitzt. Joel schläft schon, bevor wir ankommen. Dave hilft ihm in unser Zimmer und lädt ihn voll bekleidet auf dem Bett ab.

»Schaffst du das allein?«, fragt er besorgt.

»Alles gut«, antworte ich und ziehe an Joels Stiefeln. Er ist total platt.

»Dann lass ich dich mal in Ruhe«, sagt Dave schmunzelnd.

»Danke!«

Keine Ahnung, wo Van ist – wahrscheinlich schon im Bett.

Nachdem ich Joel versorgt habe, gehe ich ins Bad. Auf dem Rückweg erscheint draußen plötzlich eine dunkle Gestalt und schiebt mich um das Cottage herum nach hinten.

»Was soll das?«, stoße ich aus, als Van mich mit dem Rücken gegen die kalte Mauer drückt.

Bei seiner Berührung erbebt und zittert meine Haut.

Seine Hände umfassen meine Handgelenke, brennend, sengend. Er schließt die Lücke zwischen uns, seine Hüften pressen mich an die Wand.

Erschrocken atme ich ein, er drückt seine Lippen auf meine. Ich entwinde ihm die Hände und lege sie um seine Taille. Trotz meines betrunkenen Zustands fällt mir auf, dass er mehr Muskeln hat als mit fünfzehn. Van küsst meinen Hals, zieht meinen Pulli zur Seite und legt mein Schlüsselbein frei. Mein Kopf dreht sich, alles dreht sich, meine Hände wandern unter sein Hemd, streicheln die Haut, nach der ich mich im Pub so gesehnt habe. Seine Finger tasten nach den Knöpfen meiner Jeans und …

*Was macht er da? Wollen wir es hier etwa treiben, vor dem Haus?*

Heftig schubse ich ihn von mir. Van stolpert rückwärts. Er wirkt benommen.

»Was soll das?«, zische ich. »Mein Freund ist da drin!« Ungläubig zeige ich auf das Nebengebäude.

»Tut mir leid«, flüstert er zerknirscht.

»Mach das nicht noch mal!«, warne ich ihn. Als ich zu meinem Zimmer gehe, springen mir heiße Tränen in die Augen. Mein Kopf dreht sich.

Erst als ich am nächsten Morgen mit pochenden Kopfschmerzen zu mir komme, begreife ich das volle Ausmaß dessen, was passiert ist. Joel schnarcht leise neben mir. Ich schäme mich so sehr, dass ich ihn kaum ansehen kann.

Ich kann nicht glauben, dass ich Van gestern Abend geküsst habe. Sicher, er hat angefangen, aber ich habe den Kuss erwidert.

Ich verstehe das nicht. Wenn Van so sehr bedauert, was vor fünf Jahren zwischen uns geschehen ist, warum macht er jetzt so was mit mir? Ist er wieder nur eifersüchtig?

Er erscheint nicht zum Frühstück, Dave schon, der arg mitgenommen aussieht. Joel ist sofort ins Bad geschossen, um sich zu übergeben. Ehrlich gesagt, wundere ich mich, dass mir nicht speiübel ist. Ich bin froh, dass Dad nicht sieht, wie fertig wir alle sind. Heute ist sein letzter Arbeitstag vor den Osterferien.

»Alles okay mit Van?«, frage ich Dave schließlich, als ich meine Neugier nicht mehr zähmen kann.

»Denke schon«, antwortet er. »Er hat die Nacht in deinem Zimmer geschlafen.«

»In meinem?«

»In deinem alten. Oben. Dein Dad hat es ihm vor ein paar Tagen angeboten.«

»Oh.«

Der Drang, nach ihm zu sehen, ist einfach zu groß. Ich lasse Dave allein am Küchentisch zurück, gehe nach oben und klopfe an meine Schlafzimmertür. Als ich nichts höre, schiebe ich sie auf.

Im Zimmer hängt der Geruch abgestandenen Alkohols. Van liegt in dem Bett, das vor ein paar Jahren das alte Etagenbett ablöste, den Kopf zur Wand gedreht. Die Bettdecke hat sich zwischen seinen Beinen verfangen, ich schaue auf seinen nackten muskulösen Rücken.

Mein Blick wandert zum Nachttisch, wo ein zusammengerolltes Blatt liegt, das mir bekannt vorkommt. Es ist sein Bild, das Bild mit der Farbe von Weizen. Ich habe es schon vor Jahren abgenommen, zusammen mit seinen Postkarten, und es aufgerollt irgendwo hinten in einer Schublade versteckt, damit es mich nicht mehr an ihn erinnert.

Er hat es gefunden.

»Van«, sage ich.

Er rührt sich. Ich wiederhole seinen Namen, und er dreht

sich mit blutunterlaufenen Augen um. Lange sehen wir uns an.

Er spricht als Erster. »Wir hauen ab«, flüstert er.

Mein Herz will vor Kummer zerspringen, dennoch nicke ich, denn ich weiß, dass es das Beste ist.

Als er noch am selben Tag seine Ankündigung wahrmacht, bin ich unendlich traurig, doch gleichzeitig tröstet es mich ein wenig, dass er die Gemälde seiner Mutter zurücklässt.

Zumindest weiß ich, dass er wiederkommen wird.

# Fünfundzwanzig

Ich würde sagen, das fällt unter sexuelle Belästigung am Arbeitsplatz, Nicholas Castor«, ermahne ich Nick, als er im Vorbeigehen nach mir greift.

»Du machst mich fertig, Bella Nella«, flüstert er mir ins Ohr.

»Und der Spitzname ist wirklich *scheiße*«, sage ich über die Schulter und befreie meine Taille von seinen Händen. »Du bist genauso wenig italienisch wie ich.«

»Aber er passt zu dir«, erwidert Nick frech grinsend. Mit funkelnden grünen Augen hakt er den Zeigefinger in eine Gürtelschlaufe meiner Jeans, so dass ich stehen bleiben muss.

Das ist meine eigene Schuld. Ich hätte nicht mit ihm schlafen sollen.

Ich dachte, ich bringe es einfach hinter mich, dann würde er mich in Ruhe lassen, doch zu meiner Verwunderung hatte es die gegenteilige Wirkung.

Weiß Gott, was er daran denkwürdig fand – ich war so betrunken, dass ich mich kaum noch erinnern kann.

»Du hast Gäste!« Ich weise auf zwei attraktive junge Frauen, die gerade hereingekommen sind.

Mit einem Seufzer lässt er mich los.

Seit fünfzehn Monaten arbeite ich jetzt im Boatman, und es kommt mir noch immer unwirklich vor. Nachdem ich mein Studium mit einer 2,1 abgeschlossen hatte, zog ich nach London und suchte mir dort einen Job in einer Bar, damit ich tagsüber unbezahlte Praktika bei Zeitschriften machen konnte. Ich hoffte, dass ich auf diese Weise Kontakte knüpfen könnte, die irgendwann zu einem Stellenangebot führen würden, doch bevor es so weit war, erkrankte mein Vater an Krebs. Meine Welt brach zusammen. Ich legte alle meine Pläne auf Eis und zog zurück zu ihm nach Hause, um mich um ihn zu kümmern. Es waren zwei unglaublich schwere Jahre, aber jetzt ist er auf dem Weg der Besserung, und dafür bin ich unendlich dankbar.

Irgendwann in naher Zukunft werde ich meinen Hintern in Bewegung setzen und wieder nach London ziehen, aber noch ist es nicht so weit. Ich kann es mir momentan nicht vorstellen, Dad allein zu lassen. Er ist immer noch so schwach. Außerdem herrscht im Pub eine angenehme Arbeitsatmosphäre; Nicks Eltern Christopher und Theresa sind total nett und unkompliziert. Nick nicht ganz so. Er hat inzwischen die Rolle des Geschäftsführers übernommen und gibt gerne den strengen Vorgesetzten.

»He, Nell!«, ruft er weiter hinten an der Theke und steckt die Hand in die Tasche. »Kannst du kurz nach oben gehen und die Indie-Kassette holen, die neben meiner Anlage liegt?« Er wirft mir die Schlüssel zu.

Ich fange sie auf. »Kannst du das nicht selbst?«, frage ich stirnrunzelnd.

»Bin beschäftigt.« Er knallt die Kasse zu und sieht mich nachdrücklich an.

»Dad kommt jede Minute«, werfe ich ein.

Ich habe heute Geburtstag, wir wollen essen gehen.

»Dann beeil dich mal besser!«, gibt er zurück.

Schnaubend komme ich hinter der Theke hervor – genau das habe ich gemeint: Er scheucht seine Angestellten gerne herum.

Nick und Drew sind in dem Cottage auf der anderen Straßenseite aufgewachsen, jetzt wohnt Nick allerdings in dem Apartment über dem Pub. Es ist eine richtige Junggesellenbude – Gott weiß, wie viele Weiber er schon mit nach oben geschleppt hat. Und unfassbar, dass ich jetzt eine davon bin.

Keine Ahnung, wie es so weit kommen konnte. Am letzten Samstag bin ich nach der Sperrstunde noch geblieben und habe ein bisschen was getrunken. Wahrscheinlich hatte ich Langeweile, war einsam und hatte Lust, und Nick baggert mich ja schon seit Ewigkeiten an. Ich gebe zu, dass ich seine Aufmerksamkeit genossen habe. Außerdem ist es ja nicht so, dass ich in ihn verknallt wäre, deshalb wusste ich, dass ich damit umgehen kann, wenn er kurz darauf die Nächste am Start hat – was so sicher ist wie das Amen in der Kirche. Trotzdem wundere ich mich ein bisschen über mich selbst.

Als ich die Treppe zum Apartment hochsteige, habe ich ein Flashback. Genau hier haben wir uns geküsst. Ich lag längs auf den Stufen, Nick war sofort auf mir, zog mir die Jeans aus, dann den Slip, und dann hat er ... *Ach du Scheiße*. Mit brennendem Gesicht haste ich nach oben und schließe auf.

In seiner Wohnung wird die Erinnerung noch stärker. Die Tür zu Nicks Schlafzimmer steht offen, und als ich einen kurzen Blick auf sein ungemachtes Doppelbett werfe, überwältigt mich das Bild, wie er auf mir liegt und mir tief in die Augen sieht, sein Gesicht umrahmt von diesen herrlichen goldenen Locken.

Sein Körper ist durchtrainiert – so richtig. Sehnig, muskulös und sexy – ein Surfer-Body wie aus dem Bilderbuch.

Und dann ... es ging dermaßen ab! Ich habe ihm mit den Fingernägeln den Rücken aufgerissen, als ich kam.

Ich bin nämlich so richtig gekommen. Zweimal. Einmal auf der Treppe und ... nein, stimmt gar nicht: insgesamt waren es dreimal.

Ich drücke die Hände auf meine heißen Wangen, um sie etwas abzukühlen.

Nick Castor ist gut im Bett.

*Na, er hat ja auch genug Übung*, denke ich sarkastisch. Wo ist jetzt das verfluchte Mixtape?

Nachdem ich es gefunden habe, schließe ich wieder ab und gehe nach unten, schlage die Kassette gedankenverloren gegen meine Handfläche. Irgendwas stimmt hier nicht. Stirnrunzelnd stecke ich den Kopf um die Ecke und erschrecke mich fast zu Tode. Alle Mitarbeiter von Küche, Theke und Restaurant stehen mitten im Raum, dazu ein paar Stammgäste und mein Vater. Gemeinsam setzen sie zu einem fröhlichen »Happy Birthday« an, dann kommt Nick mit einer riesigen Schokoladen-Geburtstagstorte voller Kerzen aus der Küche.

Ich strahle übers ganze Gesicht, als er vor mir stehen bleibt. Seine Augen glänzen im Kerzenschein. Alle klatschen und jubeln. Ich puste die Kerzen aus, dann nimmt Nick die Torte zur Seite, beugt sich vor und küsst mich – mitten auf den Mund.

Ich bin es ja gewöhnt, dass er körperliche Nähe sucht, aber als er sich von mir löst, kann ich ihm kaum in die Augen sehen.

Nicks Mutter Theresa unterbricht den besonderen Moment zwischen uns.

»Herzlichen Glückwunsch, liebe Nell«, sagt sie und nimmt mich in den Arm.

»Danke.« Ich bin total gerührt.

»Das war Nicks Idee.« Liebevoll schaut sie zu ihrem Sohn hinüber, der die Torte auf einem Tisch abgestellt hat und die Kerzen herauszieht. Dad kommt herbei, und Theresa begrüßt auch ihn warmherzig. »So, ich weiß ja, dass ihr beide zum Essen wollt, aber habt ihr vorher vielleicht noch Platz für ein kleines Stückchen Kuchen?«

»Das schaffen wir wohl, Nell, nicht wahr?«, sagt Dad lächelnd.

»Na, klar.«

Aimee, eine der Kellnerinnen, taucht mit einem Stapel Teller auf, und Tristan, der Koch, kommt mit einem Messer aus der Küche. Er gibt es Nick, der es an mich weiterreicht.

»Wünsch dir was!«, sagt er grinsend.

Ich nehme das Messer und schneide die Torte an. Kurz schließe ich die Augen und bitte stumm darum, dass Dads Krebs niemals wiederkommt.

Als ich sie aufschlage, lächelt Nick mich immer noch an.

Dad und ich nehmen die Fähre zum Pub auf der anderen Seite des Flusses. Es ist eher ein Taxiboot, denn es hat nur für wenige Passagiere Platz. Aber die Überfahrt ist schön, und wenn die Sonne untergeht, so wie jetzt, ist es einfach herrlich. Ist ein etwas seltsames Gefühl, von einem Pub zum nächsten zu fahren – vor allem, wenn der zweite eigentlich Konkurrenz ist –, aber in beiden gibt es hervorragendes Essen, und ein bisschen Abwechslung ist auch mal schön.

Draußen auf der Terrasse ist es kalt, deshalb gehen wir sofort rein zu dem für uns reservierten Tisch am Fenster. Dad bestellt eine Flasche Champagner.

»Ist schon was Besonderes, wenn die eigene Tochter fünfundzwanzig wird«, sagt er.

Ich lache, er grinst mich an.

»Wie war dein Tag?«, frage ich.

»Wie war deiner?«

»Ich habe zuerst gefragt.«

Er zuckt mit den Schultern. »Ich habe es endlich geschafft, den Holzapfelbaum für dich zu pflanzen.«

»Oh, danke, Dad! Hoffentlich war das nicht zu anstrengend!«

»Ich bin fit wie ein Turnschuh.«

Nach seiner Krankheit war Dad nicht mehr arbeiten, und ich weiß, dass ihm der Park fehlt. Manchmal fahren wir nach Glendurgan oder Trelissick und bleiben etwas länger, damit er seine alten Freunde und Kollegen wiedersieht. Außerdem hat er damit begonnen, Gartenmessen zu besuchen – im Juli waren wir zusammen in London auf der riesigen Schau im Hampton Court Palace und kamen mit einem Korb voller bunter Begonien zurück. Der Garten unseres Cottages war nie schöner.

Dad wartet, bis die Kellnerin uns den Champagner eingeschenkt hat, dann überreicht er mir einen Umschlag. »Noch ein Geburtstagsgeschenk«, erklärt er. »Ach, und es ist auch ein verfrühtes Weihnachtsgeschenk für mich«, fügt er geheimnisvoll hinzu.

Gespannt öffne ich den Umschlag und ziehe mehrere Blätter heraus. Ich drehe sie um und erstarre, als ich das rote Logo von QANTAS oben in der Ecke erkenne. Flugtickets. Nach Australien.

»Was ist das?« Ich bin mir nicht sicher, ob ich das richtig verstehe.

»Ich war noch nie in Australien«, sagt er. »Aber ich wollte immer hin. Wenn ich in den letzten beiden Jahren eins gelernt habe, dann, dass das Leben sehr kurz ist. Ich möchte so was gerne machen, solange ich noch fit genug bin, um Spaß daran zu haben, und es gibt niemanden, mit dem ich lieber fliegen würde als mit meiner geliebten Tochter.« Mit glänzenden Augen legt er die Hand auf meine. Sofort schnürt sich mir die Kehle zu.

Ich betrachte die Tickets und entdecke das Datum. »Ist das der 1. November?«, frage ich entsetzt. »Also in vierzehn Tagen?«

»Ja. Ich weiß, dass du dir dafür freinehmen musst, aber ich habe schon mit Christopher und Theresa gesprochen. Sie haben gesagt, es wäre kein Problem. Sie freuen sich für dich.«

*Ob Nick das auch schon weiß …*

»Ich zahle alles«, sagt Dad mit Nachdruck, obwohl ich protestierend den Kopf schüttele. »Nein, Nelly, davon will ich nichts hören«, unterbricht er mich, als ich Einspruch erheben will. »Ich lade *dich* ein. Ich habe das alles im Voraus geplant. Van hat mir geholfen. Wir fliegen nach Sydney, verbringen dort ein paar Tage …«

Er erzählt weiter, doch ich höre nur das Wort *Van.*

»… besuchen Uluru mit Van …«

»Wie bitte?«, unterbreche ich ihn. »Was hast du gerade gesagt?«

»Ich habe gesagt, wir besuchen Van am Uluru. Du weißt schon: Ayers Rock. Da arbeitet er inzwischen. Dann kommt er mit uns nach Adelaide und weiter nach Port Lincoln, wo wir für ein paar Tage bei seinem Vater bleiben. Ist bestimmt nett, John etwas besser kennenzulernen«, sagt Dad. »Als er vor fünfzehn Jahren herkam, war ich nicht ganz auf der Höhe.«

Das war das letzte – und einzige – Mal, dass wir Vans Vater gesehen haben. Er kam nach Ruths Tod her, um Van mitzunehmen.

»Und, was meinst du?«, fragt Dad. »Bist du dabei?«

Offensichtlich freut er sich schon lange auf diese Reise.

Ich lege die Hände auf seine Schultern. »Machst du Witze, Dad? Natürlich komme ich mit. Ich kann's gar nicht erwarten!« Ich beuge mich vor und umarme ihn in der Hoffnung, dass die Ruhe und Fröhlichkeit, die er ausstrahlt, ein bisschen auf mich abfärben.

»Was macht Van denn inzwischen so?«, fragt Nick am nächsten Tag bei der Arbeit. Wie sich herausstellte, wusste er schon vorher von der Reise. Es ist ihm schwergefallen, mir nichts zu verraten.

»Er arbeitet in einer Ferienanlage in der Nähe des Uluru. Er ist zwar nur Barkeeper …«

»*Nur* Barkeeper?«, unterbricht Nick mich. »Stimmt was nicht, wenn man *nur* Barkeeper ist?« Er macht eine ausholende Handbewegung, die die Theke einschließt. Ich sitze auf einem Barhocker davor. Es ist noch zu früh für die Mittagsgäste, deshalb haben wir Zeit, uns zu unterhalten.

»Du weißt, wie ich das meine. Außerdem bist du nicht *nur* Barkeeper. Du bist quasi der Geschäftsführer hier.«

»Ich verrate meinen Eltern nicht, was du gerade gesagt hast.«

Meine Augenbrauen schießen hoch. »Bitte nicht!«

Nick grinst und stellt die Kaffeemaschine an. »Willst du einen?«

»Ja, bitte!«

»Also, Van …«, gibt er mir das Stichwort.

»Er ist *Barkeeper* – ohne *nur*«, berichte ich. »Seine Freundin Sam arbeitet mit den Aborigines-Künstlern im Kulturzentrum von Uluru. Sie ist selbst Künstlerin.«

Van und ich schreiben uns hin und wieder. Vor zwei Tagen habe ich ihm eine Mail geschickt, um ihm zum Geburtstag zu gratulieren.

Nick stellt einen Caffè Latte vor mich, mein Lieblingskaffee.

Ich bedanke mich. »Es war Sams Idee, dahin zu ziehen«, sage ich achselzuckend. »Ich habe das Gefühl, dass Van hin und weg von ihr ist. Ich glaube, für sie würde er alles tun.«

Es klingt vielleicht gleichgültig, aber nur weil ich mir angewöhnt habe, den brennenden Schmerz in meinem Innern zu ignorieren. Ich habe eingesehen, dass er wahrscheinlich nie verschwinden wird. Der Gedanke an Van wird wohl immer mit einem schmerzhaften Stich verbunden sein, aber damit kann ich inzwischen umgehen.

Es war Dads Krankheit, die ihn und mich einander wieder näherbrachte. Ich habe ihn angerufen, um ihm zu erzählen, dass mein Vater Krebs hat. Ich glaube, das rückte alles in ein neues Licht. Wir haben nie darüber gesprochen, was passiert ist – weder über die Geschehnisse mit fünfzehn, noch über die mit zwanzig –, aber offenbar hatten wir beide den Entschluss getroffen, die Vergangenheit hinter uns zu lassen und nach vorne zu schauen. Wie Dad sagte, das Leben ist zu kurz. Es wurde Zeit, dass wir versuchten, gute Freunde zu sein, so wie wir es uns mal vorgenommen hatten. Seitdem kommen wir ganz gut klar.

»Hast du Lust, heute mit mir ins Kino zu gehen und *Fight Club* zu gucken?«, fragt Nick beiläufig. Es ist Freitagabend, und wie durch ein Wunder muss keiner von uns arbeiten.

»Mit Brad Pitt?« Ich grinse. »Und wie! Moment … Ist das eine Verabredung?«, frage ich argwöhnisch.

»Würde das was ändern?«

»Ich denke, du verabredest dich nicht mit Frauen, Nicholas Castor!«

Er greift sich ans Herz und wendet sich kopfschüttelnd ab. »Es ist einfach diese Art, wie du meinen Namen aussprichst«, haucht er melodramatisch.

Ungewollt muss ich lachen. Er grinst mir zu, beugt sich über die Theke und setzt die Ellenbogen auf. »Und, kommst du mit?«

»Nur wegen Brad Pitt«, entgegne ich. »Nicht wegen dir.«

Ich rufe Dad an, damit er Bescheid weiß, dass er mich nicht

abzuholen braucht. Da er nicht mehr arbeitet, hat er sich sozusagen hauptberuflich zu meinem Chauffeur ernannt – wir haben nur ein Auto, das wir uns teilen müssen, und er kutschiert mich offenbar gerne durch die Gegend. Ich fühle mich sowieso schon etwas komisch, weil ich mit fünfundzwanzig noch bei meinem Vater wohne, und wenn er mich herumfährt, komme ich mir noch unmündiger vor. Aber hey, es macht ihn glücklich.

»Sag mal, mit wie vielen Mädchen hattest du eigentlich schon was?«, frage ich Nick, als wir gemütlich im Kino sitzen.

»Was?« Er hustet ein Popcorn aus.

»Du hast mich schon verstanden.«

»Mit wie vielen Mädchen ich geschlafen habe?«, fragt er ungläubig.

»Ja! Interessiert mich nur, ansonsten ist es mir egal.« Ich werfe ihm einen Seitenblick zu und muss kichern, als ich sehe, wie unwohl ihm bei der Frage ist. »Wirst du etwa rot?« Ich muss lachen. »Das ist ja niedlich! Los, sag mal ungefähr! Wie viele waren es? Fünfzig, sechzig oder eher hundert?«

»Jetzt hör mal!«, empört er sich. »Wofür hältst du mich eigentlich?«

Ich bin verdutzt. »Wie? Nicht so viele?«

»Nicht mal annähernd!«, ruft er.

»Aber du schleppst doch dauernd welche ab!«

»Ich habe seit *Wochen* keine mehr abgeschleppt. Seit *Monaten*!«

»Nein?« Ich bin überrascht.

»Nein! Mannomann«, brummt er.

Es wird dunkel im Kinosaal, ein Raunen geht durchs Publikum.

Neugierig geworden, beuge ich mich zu Nick hinüber. »Und was ist mit den ganzen Mädels, die hier Urlaub machen?«, flüstere ich.

Er runzelt die Stirn. »Was soll mit denen sein?«

»Jeden Sommer hattest du eine andere Freundin. Deine Beziehungen haben nie länger als zwei, drei Wochen gehalten, je nachdem, wie lange die Mädels hier waren. Drew hat mir erzählt …«

»Drew?« Nick schnaubt verächtlich. »Dieser unverschämte Kerl! Was hat er erzählt?«

»Von deinen Urlaubsflirts. Und dass du eine Phobie hast, dich fest zu binden, sobald aus einer Beziehung was werden könnte.«

»Der wollte mich nur bei dir schlechtreden!«

»Was?« Verständnislos sehe ihn an. »Warum?«

»Weil er total heiß auf dich war. Musst du doch gemerkt haben.«

»Ja, irgendwie schon.« Ich zucke mit den Schultern. »Aber das war schon lange vorbei, bevor er was mit Deborah hatte.«

»Stimmt.« Er nickt in Erinnerung an Drews letzte langjährige Freundin. Er ist immer noch mit Charli zusammen, seiner Kommilitonin.

»Was lief da eigentlich zwischen dir und Drew?«, fragt Nick. »Zwischendurch hatte ich das Gefühl, dass du ihn auch magst.«

»Ich mochte ihn auch«, erwidere ich vorsichtig.

»Er dachte, er hätte es mit dir verbockt, als du und Van mit uns surfen gefahren seid. Als du so Angst hattest, dass Van was passieren könnte. Drew dachte, du würdest ihm die Schuld daran geben.«

Ich schüttele den Kopf. »Nein, daran lag es nicht.«

»Genau genommen«, fährt Nick grinsend fort, »war das

der Tag, als er auf die Idee kam, dass du in *mich* verknallt sein könntest. Danach hat er mir verboten, dich anzubaggern.«

»Echt?« Ich kichere. »Witzig. Hast du ihm schon erzählt, dass du mich inzwischen in deine Höhle geschleppt hast?«

Nick bricht in Lachen aus. Die Kinobesucher vor uns drehen sich vorwurfsvoll um.

»'tschuldigung«, flüstere ich.

»Ist doch noch der Vorfilm«, meckert Nick, antwortet mir aber mit leiserer Stimme. »Nein, habe ich nicht. Er kommt erst Weihnachten wieder. Vielleicht erzähle ich es ihm dann.«

»Warum? Wird ja nicht noch mal vorkommen«, spöttele ich.

Das ist der letzte Satz zwischen uns, dann fängt der Film an.

Am nächsten Tag hat Nick frei – er fährt mit Max surfen –, und ich stelle fest, dass mir seine Neckereien fehlen. Als er mich nach dem Kino nach Hause brachte, war er sehr ruhig – seltsam still. Nicht so schlimm wie Dad oder Van, aber für Nick war es schon ungewöhnlich.

Nachdem der Mittagstisch durch ist, kommt Theresa zu mir, um sich mit mir zu unterhalten. Bis zum Abendessen haben wir noch etwas Zeit.

»Und, wie war der Film?«, fragt sie lächelnd.

Sie ist wirklich lieb, meine Chefin. Ich mochte sie schon immer. Wir sind ungefähr gleich groß – ihre Söhne überragen uns beide –, aber Theresa ist sehr kurvig und hat lange dunkle Haare, die sie meistens offen trägt. Sie ist bezaubernd und voller Wärme, herzlich und nicht zu sehr von sich eingenommen. Und sie hat dieselbe Augenfarbe wie ihre Söhne: flaschengrün.

»Super«, beantworte ich ihre Frage. »Echt spannend. Aber wenn Brad Pitt seinen nackten Oberkörper zeigt, ist alles andere eigentlich auch egal.«

»Hat er Nick auch gefallen?«

»Glaub schon. Wenn auch aus anderen Gründen als mir.«

Sie sieht mich abschätzend an. Ich wüsste gerne, was sie denkt.

»Es geht mich ja nichts an«, beginnt sie, und eine leise Stimme in meinem Kopf macht *o-oh*. »Aber du weißt schon, dass der Junge völlig vernarrt in dich ist, oder?«

Fassungslos starre ich sie an.

»So habe ich ihn noch nie erlebt«, verrät sie, offensichtlich hin und her gerissen, ob sie weitersprechen soll oder nicht. »Wenn du nicht arbeitest, ist er ein völlig anderer Mensch.«

»In welcher Hinsicht?«, frage ich misstrauisch.

»Wie ein Bär mit Kopfschmerzen.«

»Soll das heißen, er ist noch mieser drauf, wenn ich *nicht* arbeite?«, sage ich entsetzt. *Du lieber Gott!* Die armen Mitarbeiter.

»Ach, Schätzchen ...« Theresa lächelt mich nachsichtig an. »Er macht dir bloß das Leben schwer, weil er deine Aufmerksamkeit sucht. Vielleicht ist das mit dem Bären der falsche Vergleich. Mucksmäuschenstill müsste ich vielleicht sagen.« Sie zuckt entschuldigend mit den Schultern. »Ich weiß, ich bin seine Mutter und sollte mich da raushalten, aber ich kenne dich schon so lange, Nell, und ich hab dich unwahrscheinlich gern. Du bist wirklich ein liebes Mädchen. Nick würde mich umbringen, wenn er wüsste, dass ich gerade mit dir über ihn spreche, aber ich hoffe einfach, dass du ihn nicht so schnell abschreibst. Sicher hat er im Laufe der Jahre einiges an Blödsinn gemacht, aber wenn du mal drüber nachdenken könntest, ihm vielleicht eine Chance zu geben, wirst du vielleicht positiv überrascht sein, glaube ich.«

Als sie das Geheimnis ihres Sohns preisgegeben hat, weiß ich nicht, was ich sagen soll.

Theresa klopft mir auf die Schulter und lässt mich allein, um darüber nachzudenken. Und das tue ich.

»Was ist passiert?«, höre ich später am Nachmittag Theresas aufgeregte Stimme.

Ich schaue zu ihr hinüber und sehe, dass Nick auf Max gestützt hereingehumpelt kommt.

»In Porthleven aufs Riff gefallen«, brummt Nick kläglich, als ich hinter der Theke hervoreile. »So was Bescheuertes! Hab nicht aufgepasst.«

Sein rechter Fuß ist geschwollen, sein Gesicht ganz blass, die Haare sind noch feucht vom Wasser.

»Kannst du ihm nach oben helfen, Max?«, frage ich. »Ich gehe zu Tristan und frage ihn, ob er Erbsen im Tiefkühler hat.«

Als ich in Nicks Apartment komme, liegt er auf dem Sofa, sein Fuß auf dem Couchtisch vor ihm.

»Alles gut, Max, du kannst gehen«, sagt Nick.

»Ich komme zu spät zur Arbeit«, erklärt mir Max entschuldigend. Er ist bei der Feuerwehr.

Als Max fort ist, nehme ich ein Kissen vom Sofa und lege es mit einer Packung Tiefkühlerbsen unter Nicks Fuß. Eine zweite Packung drücke ich auf seinen Knöchel.

Mit schmerzverzerrtem Gesicht bedankt er sich bei mir.

»Soll ich dir irgendwas bringen?«, frage ich mitfühlend. »Willst du einen Tee?«

»Ja, das wäre schön.«

Ich gehe in seine Küche. Sie ist sauber und ordentlich, abgesehen von einem Becher und einer schmutzigen Schale mit Cornflakesresten in der Spüle. Durch ein kleines Fenster sieht man über die Reetdächer der benachbarten Cottages zum

Fluss in der Ferne. Die Aussicht vom Wohnzimmer ist sogar noch schöner: über die vertäuten Segelboote im Wasser aufs andere Ufer des Flusses.

»Hast du was gegessen?«, rufe ich.

»Nein, aber mach dir keine Mühe!«

»Ach, das dauert nur zwei Minuten.« Ich schaue in den Kühlschrank und hole Käse, Schinken, Butter und eingelegte Gurken heraus. Schnell zaubere ich ihm einen belegten Toast und bringe ihn zusammen mit dem Tee ins Wohnzimmer.

Nick hat die Augen geschlossen, öffnet sie aber, als er meine Schritte hört. »Danke, Nell«, murmelt er, als ich ihm zwei Schmerztabletten gebe, die ich in der Küchenschublade gefunden habe.

»Soll ich noch irgendwas für dich tun?«, frage ich besorgt.

»Könntest du Jack anrufen und ihn fragen, ob er heute Abend und morgen für mich einspringen würde?«

»Das kann ich übernehmen«, erwidere ich. »Ich brauche Taschengeld für Australien.«

»Wirklich? Du bist doch schon den ganzen Tag hier.«

»Klar, kein Problem. Sonst noch was?«

»Würdest du vielleicht später noch mal hochkommen?«

»Klar. Versteht sich von selbst.«

Ich schaue mehrmals nach ihm, und als ich nach Feierabend hochgehe, liegt Nick tief schlafend auf dem Sofa. Er erwacht und schlägt die Augen auf. »Hey.«

»Soll ich dir ins Bett helfen?«

Er grinst mich anzüglich an.

»Freut mich, dass du deinen Humor nicht verloren hast!«, sage ich.

»Vorher muss ich aber aufs Klo.« Nick streckt die Hand

nach mir aus, ich helfe ihm auf die Füße. Zusammen humpeln wir zum Badezimmer. Nick hält an, zieht scharf die Luft ein und zuckt zusammen. Er legt die Hand auf seine Seite. Erschrocken sehe ich ihn an und hebe das T-Shirt hoch: Sein Brustkorb ist grün und blau!

»Mensch, Nick! Was ist das?«

Er ignoriert mich und humpelt weiter.

»Du musst zum Arzt!«

»Schon gut. Ich muss mich nur ein, zwei Tage schonen.«

»Ihr bescheuerten Surfer!«, brumme ich. »Warum geht ihr immer solche Risiken ein?«

»Weil wir alle Adrenalinjunkies sind.«

»Ja, ich weiß. Das macht süchtig.« Verzweifelt schüttele ich den Kopf und bleibe vor der Badezimmertür stehen. Als Nick wieder herauskommt, helfe ich ihm ins Bett. Ob er sich selbst die Jeans ausziehen kann?

Er merkt, dass ich zögere. »Das geht schon, Nell. Fahr nach Hause. Du musst total kaputt sein.«

»Ja, gut.« Ich bin noch unentschlossen. »Ist das wirklich okay, wenn du heute Nacht allein schläfst?«

»Wieso, willst du hier übernachten?«

Überrascht zieht er die Augenbrauen hoch, als ich nicht umgehend verneine.

»Soll ich? Ich könnte die Couch nehmen. Morgen früh bin ich ja eh wieder hier.«

»Meinst du das ernst?«

Unsicher zucke ich mit den Schultern. Lange sieht er mir in die Augen, dann weist er mit dem Kopf auf die leere Seite des Bettes. »Du kannst hier liegen.«

Ich kneife die Augen zusammen.

»Ich verspreche dir, dass ich dich nicht anfasse«, sagt er. »Es sei denn, du willst es«, fügt er mit neckischem Grinsen hinzu.

Ich verdrehe die Augen und schicke Dad eine SMS, dass ich nicht nach Hause komme.

Als ich aufwache, fällt Sonnenlicht durch das kleine Schlafzimmerfenster unter der Traufe. Nick schlummert neben mir. Einen Moment betrachte ich ihn, registriere seine geschwungenen Wimpern. Sie sind dunkler als seine Haare – brauner, nicht so golden. Die Bartstoppeln an Kinn und Wangen sind dunkelblond, und ich habe den seltsamen Drang, mit den Fingerspitzen darüber zu streichen. Er sieht wirklich verdammt gut aus.

Dafür, dass ich nicht zu Hause war, habe ich erstaunlich gut geschlafen. Nach der Doppelschicht war ich wohl richtig kaputt.

Mein Handy auf dem Nachttisch summt, eine Nachricht von Dad: *Sei vorsichtig!*

Ich schmunzele.

»Was ist denn so lustig?«, murmelt Nick neben mir.

Ich schiele zu ihm hinüber. »Dad. Er schreibt, ich soll mich vor großen bösen Männern in Acht nehmen.«

»Gehöre *ich* zu der Kategorie?« Er klingt überrascht. Seine Zunge ist schwer vom Schlaf.

»Ja, in die Kategorie hast du für ihn schon immer gehört. Dein Ruf eilt dir voraus, Nicholas Castor.«

Ich grinse, er nicht.

»Gut, ich hab's mir anders überlegt. Ich mag es doch nicht, wenn du meinen Namen so aussprichst.« Schmollend schaut er zur Decke.

»Ist doch nicht böse gemeint.« Hoffentlich habe ich ihn nicht verletzt. »Bevor ich kurz zum Duschen nach Hause fahre, mache ich dir noch Frühstück.« Ich schwinge die Beine aus dem Bett. »Nicht, dass noch einer von den Kollegen glaubt, wir hätten was miteinander.«

»Gott bewahre!«, erwidert er trocken.

Als ich ein paar Tage später etwas früher als sonst zur Arbeit komme, sitzt Nick an einem Tisch am Fenster, inmitten von Papierbergen. Er starrt nach draußen, hat mich noch nicht bemerkt. Sein Gesichtsausdruck erstaunt mich. Er wirkt unendlich traurig.

»Morgen!«, grüße ich betont fröhlich, um ihn aufzuheitern.

Er schaut zu mir herüber, seine Mundwinkel heben sich, doch die Traurigkeit bleibt in seinem Blick.

»Alles in Ordnung?«, frage ich.

»Yep.« Nick senkt den Blick auf seine Unterlagen. »Muss einiges erledigen.«

»Brauchst du irgendwas?«

»Nein, alles gut, danke«, erwidert er bedrückt.

Mit gerunzelter Stirn überlasse ich ihn seiner Arbeit.

Am Freitagabend kommt Max mit seiner Freundin Dawn zum Essen in den Pub. Wir haben wahnsinnig viel zu tun. Aber die beiden setzen sich anschließend in den Thekenbereich, und als es etwas ruhiger geworden ist, gehe ich hinüber und begrüße sie.

Ich mag Dawn. Sie hat ein Herz aus Gold und die dreckigste Lache, die ich kenne. Dawn arbeitet im Pub auf der anderen Flussseite, und Nick beschuldigt sie jedes Mal, bei ihm zu spionieren, wenn sie vorbeikommt. Ist natürlich nur Spaß – in Wirklichkeit mag er sie total gern. Max und Dawn sind nun schon ungefähr ein Jahr lang zusammen, und Nick ist überzeugt, dass sie die Richtige für seinen Freund ist.

»Ist alles in Ordnung mit Nick?«, frage ich Max, als Dawn zur Toilette geht.

»Wieso fragst du?« Max ist kleiner und untersetzter als Nick und sieht eher unauffällig aus, aber wenn er grinst, strahlt er über das ganze Gesicht. Jetzt grinst er allerdings nicht.

»Er war die ganze Woche irgendwie bedrückt«, erkläre ich. »Und das lag nicht nur an seiner Verletzung.«

Max druckst unbehaglich herum.

»Was ist?«, frage ich. »Er ist doch nicht ernsthaft krank oder so?«

»Nein.« Max winkt ab, dann sieht er sich um und entdeckt Nick auf der anderen Seite des Raums, wo er leere Gläser einsammelt. Er verschwindet in Richtung Küche, und Max dreht sich zu mir zurück.

»Er hat mir von eurem Gespräch im Kino erzählt«, verrät er.

»Welches?« Ich weiß nicht, was er meint.

»Das Gespräch über die ganzen Mädels, mit denen er deiner Meinung nach geschlafen hat.«

»Ach, das.« Ich lache verächtlich.

»Du weißt schon, dass er meistens nur mit denen rummacht, oder?«

»Ist mir egal.«

»Ich würde sagen, man kann die Frauen, mit denen er wirklich geschlafen hat, an zwei Händen abzählen«, fährt Max fort.

»Das sind immer noch ziemlich viele.«

»Ich denke, das ist dir egal?«

»Was ist zum Beispiel mit Brooke?«, werfe ich ein. »Mit der hatte er was.«

»Nein«, widerspricht Max. »Sie haben nur geknutscht.«

»Ich bin mir ziemlich sicher, dass sie gesagt hat, sie hätten miteinander geschlafen. Warum erzählst du mir das überhaupt?«

»Weil er bis über beide Ohren in dich verliebt ist, Nell! So habe ich ihn noch nie erlebt! Psst, er kommt zurück!«

»Habt ihr Lust, gleich noch auf ein Glas zu mir hochzukommen?«, fragt Nick Max, während ich die Information erst mal verdauen muss.

»Ja, klar.«

Nick sieht mich an. »Nell?«

»Hm ... na gut.«

*Wirklich? Was soll das?*

Sein Lächeln ist das ehrlichste, was ich in der ganzen Woche gesehen habe.

Ungefähr eine Stunde später sitze ich neben Nick auf der Couch, die Füße untergeschlagen. Max erzählt Geschichten von der Feuerwehr, wir lachen über die Anekdote eines jungen Kollegen. Die Stimmung ist fröhlich und entspannt. Im Hintergrund läuft Blur.

Trotzdem bin ich seltsam nervös. Nick hat seinen Arm hinter mir auf der Rückenlehne, geistesabwesend spielt sein Finger schon länger mit einer Locke von mir.

»So!«, sagt Dawn und schlägt Max auf den Oberschenkel. »Du bringst mich jetzt besser nach Hause, sonst klappe ich noch hier zusammen.«

Müde rappeln sie sich auf. Das ist eigentlich auch für mich das Stichwort zu gehen, doch ich zögere. Max kommt zu mir und bückt sich, um mir einen Kuss zu geben, ich stehe auf, um Dawn in den Arm zu nehmen.

Nick muss mit ihnen nach unten gehen, um sie aus dem Pub

zu lassen. Als er nach ein paar Minuten zurückkehrt, scheint er sich darüber zu wundern, dass ich auf der Couch sitze.

»Möchtest du noch was trinken?«, fragt er.

»Hab noch.« Ich halte meine Flasche Cider hoch.

Er setzt sich wieder neben mich, und zwar so, dass er mich ansieht. Ohne nachzudenken, greift seine Hand in meine Haare, und wieder wickelt er sich eine Locke um den Finger. Ich lehne mich in die Berührung, und wir sehen uns lange in die Augen.

Mein Herz überschlägt sich.

Dann beugt er sich langsam vor und hält inne. Ich lasse ihn nicht länger warten. Unsere Lippen treffen sich in der Mitte.

Der Sand hat die leuchtend orangerote Farbe der aufgehenden Sonne, die Wüste ist mit dunklem Gestrüpp betupft, das aussieht, als hätte ein Riese Pfeffer darüber gestreut. In der Ferne verschwimmt der Horizont im Hitzedunst. Plötzlich sehen wir ihn, den Fels, und alle Passagiere auf unserer Seite des Flugzeugs fangen aufgeregt an zu raunen.

Von oben sieht Uluru ganz anders aus, als ich ihn mir vorgestellt habe. Von den Fotos hatte ich den Eindruck, der Fels sei schmal und lang, aber er ist ein gedrungener Sandsteinklotz.

Tatsächlich ist er alles andere als flach: An seiner höchsten Stelle erreicht er dreihundertachtundvierzig Meter über der ihn umgebenden Landschaft – das ist höher als der Eiffelturm.

Van holt uns an dem kleinen Flughafen ab. Fast fünf Jahre lang – vielleicht sogar zehn – habe ich versucht, mein Herz abzuhärten, wenn es um ihn geht. Doch bei seinem Anblick zieht es sich sofort wieder zusammen.

Was mir als Erstes auffällt, sind seine Haare: Sie sind kurz geschnitten. Das macht ihn irgendwie erwachsener. Van trägt ein gelbes T-Shirt und eine dunkelgraue kurze Hose. Er hat die Arme verschränkt, der Bizeps wölbt sich vor. Lächelnd tritt er auf uns zu und nimmt zuerst Dad in die Arme. Die beiden drücken sich, und Vans Gesicht ist voller Gefühl, als er sich von Dad löst und mir zuwendet.

Ich habe schon Befürchtungen, dass wir wieder so befangen sind wie letztes Mal und uns nicht berühren, doch da presst er mich schon an seine jetzt noch breitere Brust, und bevor ich einen klaren Gedanken fassen kann, ist es wieder vorbei.

»Ich freue mich so, euch zu sehen.« Wehmütig lächelt er uns an.

»Wir freuen uns auch«, erwidert Dad, legt die Arme auf Vans Schultern und schüttelt ihn liebevoll.

Van fährt einen Jeep, was wirklich gut zu ihm passt. Wenn er das Lenkrad fest umklammert, um uns über eine holprige unbefestigte Piste zu steuern, spannen sich die Muskeln an seinen gebräunten Armen an. Er will alles über unsere bisherige Reise wissen, doch am meisten interessiert ihn, ob Dad auf dem Weg der Besserung ist.

»Mir ging's noch nie besser«, erwidert Dad.

Van und ich tauschen einen Blick im Rückspiegel.

Er wohnt mit Sam in der Mitarbeiterunterkunft, die ein paar Minuten von der Anlage entfernt ist, bringt uns aber erst zu unserem Hotel, damit wir einchecken und uns frischmachen können. Später wollen wir uns den Sonnenuntergang am Uluru ansehen – dort werden wir Sam treffen, die direkt von der Arbeit hinkommt. Van hat am Abend Schicht, da werden wir uns mit Sicherheit etwas länger an der Bar aufhalten. Zumindest den schlimmsten Jetlag haben wir überwunden – ich war noch nie so neben der Spur wie in den letzten Tagen, und mein armer Vater stand völlig neben sich. Dementsprechend haben wir nicht so viel von Sydney gesehen, aber zum Glück verbringen wir vor dem Heimflug noch ein paar Tage dort.

Ich will mich für den Abend mit Absicht nicht besonders schick machen, letzten Endes kann ich jedoch nicht anders. Schließlich werde ich Sam kennenlernen, die erste Freundin von Van, die ich persönlich treffen werde. Ich weiß nicht, wie sie aussieht, rechne aber damit, dass sie umwerfend ist: Groß, schlank und braungebrannt stelle ich sie mir vor, wie die Mädchen auf den Fotos, die er mir mit fünfzehn zeigte. Ich habe das Gefühl, eine Kriegsbemalung auflegen zu müssen, die mir Mut verleiht, deshalb gebe ich mir mit meinem Make-up mehr Mühe als sonst. Ich tupfe goldbraunen Lidschatten auf die Augen und ziehe einen Kajalstrich über die Wimpern. Nach schwarzer Wimperntusche, aprikotfarbenem Rouge und durchsichtigem Lipgloss bin ich fertig.

Die Hitze des Tages lässt nach, ich nehme eine weiße Strickjacke mit, die ich über mein dunkelblaues Trägerkleid ziehen kann. Mein noch feuchtes Haar habe ich zu einem lockeren Knoten hochgesteckt.

Das alles trägt jedoch nicht zur Beruhigung meiner Nerven bei.

Dad und Van sitzen auf zwei Plastikstühlen vor Dads Zimmer, als ich herauskomme. Van mustert mich vom Scheitel bis zur Sohle, dann sieht er mir in die Augen.

»Fertig?«, fragt er mit einem angedeuteten Lächeln.

Der Sonnenuntergang am Uluru dauert eine halbe Stunde. Er taucht nicht nur den Felsen, sondern die gesamte Wüste rundherum in ein umwerfendes orangerotes Licht.

»Da kommt Sam«, sagt Van und weist mit dem Kinn auf einen dunkelblauen Honda, der auf den Parkplatz fährt. Ich habe ein Glas Sekt getrunken – Van hatte eine gekühlte Flasche mitgebracht –, das hat für ein angenehm warmes Kribbeln gesorgt, aber jetzt ist mir plötzlich übel.

Ich spüre eine Hand auf meinem Arm und drehe mich abrupt zu Dad um, der mich voller Verständnis ansieht. Ich mache einen Schritt von ihm weg und setze ein Lächeln auf, als Vans Freundin aus dem Auto steigt.

»Hi!«, ruft sie und kommt breit grinsend auf uns zu.

Im ersten Moment bin ich baff, dann fange ich mich. »Hi!«, rufe ich zurück.

Sie ist völlig anders, als ich sie mir vorgestellt habe. Groß ist sie schon, aber alles andere als dünn. Sie hat lange, schwere kastanienbraune Dreadlocks, die ihr bis auf den Rücken reichen. Ihre Haut ist sonnengebräunt, ihre Nase und Augenbraue sind gepierct. Dazu hat sie unzählige Ringe in den Ohren. Mit ausgestreckter Hand kommt Sam auf uns zu. Als ich sie per Handschlag begrüßen will, zieht sie ihre Hand lachend zurück.

»Ha, verarscht! Komm her!« Sie nimmt mich in ihre starken Arme und geht dann zu Dad.

Bevor ich herkam, wusste ich nicht, was schlimmer sein würde: sie zu mögen oder nicht. Jetzt glaube ich, ich mag sie tatsächlich.

»Meine Fresse, bist du hübsch!«, ruft Sam und mustert mich eingehend. »O Mann, ich muss mich mal vernünftig ausdrücken. Tut mir leid.« Sie sieht Dad reumütig an, der sie unbeeindruckt anlächelt.

Auch Van verzieht keine Miene. Ich habe das Gefühl, dass er an die grobe Ausdrucksweise seiner Freundin gewöhnt ist.

Sam hat etwas Wildes, Ungezähmtes. Mir fällt ein, dass ich

Van früher auch so wahrgenommen habe, doch im Vergleich zu Sam wirkt er fast konservativ.

Solche Gedanken gehen mir abends durch den Kopf, als wir in der Bar sitzen und Van beim Arbeiten zusehen. Sam ist nach Hause gefahren, um sich »hinzuhauen«; Dad und ich haben uns an die Theke gesetzt und leisten Van Gesellschaft. Während er Bestellungen entgegennimmt, unterhalten Dad und ich uns, den Rest der Zeit beobachte ich ihn unauffällig. Van ist unglaublich aufmerksam gegenüber den Gästen, hundertprozentig konzentriert auf ihre Bestellungen und dann überraschend schnell und effizient in der Ausführung. Ich habe ihn noch nie zuvor beim Arbeiten gesehen, es ist irgendwie seltsam.

Es dauert nicht lange, da will Dad ins Bett.

»Soll ich dich zu deinem Zimmer bringen?«, biete ich ihm an.

»So alt und tatterig bin ich auch nicht. Ich finde mich schon zurecht.« Er beugt sich vor und gibt mir einen Kuss auf die Stirn, dann verabschiedet er sich von Van.

Als ich mich umdrehe, sehe ich gerade noch, dass Van mir Weißwein nachschenkt.

»Danke.«

Er schaut Dad hinterher. »Geht es ihm wirklich gut?«

»Glaub schon. Er ist nur müde. Ist noch nicht wieder ganz auf dem Damm.«

Van presst die Lippen zu einem dünnen Strich zusammen, sein Blick folgt Dad nach draußen. Dann holt er einen Lappen hinter dem Tresen hervor und fängt an, Weingläser zu polieren. Im Moment will niemand was von ihm.

»Sam macht einen netten Eindruck«, sage ich beiläufig.

Van sieht mich mit erhobenen Augenbrauen leicht belustigt an.

»Was ist? Das meine ich ernst!«, rufe ich. »Wieso? Ist sie nicht nett?«, necke ich ihn.

»Das wäre nicht das erste Wort, das mir zu ihr einfallen würde«, entgegnet Van feixend.

Ich bin gespannt. »Welches denn?«

Er zuckt mit den Schultern. »Keine Ahnung. Wahrscheinlich: kompliziert.« Grinsend greift er zum nächsten Glas. »Unsere Beziehung ist ganz schön turbulent, vorsichtig ausgedrückt. Und bei dir? Gibt es jemanden, der dir was bedeutet?«

»Ja, ich bin quasi mit jemandem zusammen.«

Er sieht mich an und nickt ermutigend, damit ich weiterspreche.

»Du kennst ihn: Nick.« Ich trinke einen Schluck Wein.

»Nick?«, wiederholt Van entsetzt und hält mit dem Polieren inne. »Nick aus dem Boatman? Der Surfer?«

»Ja. Nicholas Castor.«

»Willst du mich verarschen?«

»Nein.«

Er ist baff.

Ich kann es ihm nicht übelnehmen. Dad war anfangs auch skeptisch, aber so langsam gewöhnt er sich an die Vorstellung.

»Und, wie läuft es?«, fragt Van stirnrunzelnd.

»Bis jetzt nicht schlecht.«

»Ist es was Ernstes?«

»Frag mich später noch mal.« Ich zucke mit den Schultern, dann habe ich das verspätete Gefühl, dass ich Nick – und wahrscheinlich auch mir – nicht gerecht werde. »Keine Ahnung. Seine Mutter und Max meinen, es wäre die große Liebe. Sie haben mir gesagt, ich sollte es doch mal mit ihm versuchen, weil sie es nicht mehr ertragen haben, wie fertig er war.« Ich gebe mich betont locker und hoffe, dass es nicht eingebildet klingt.

An der anderen Seite der Theke wartet eine Frau, die Van

noch nicht bemerkt hat, weil er so von dem abgelenkt ist, was ich erzählt habe. Ich weise ihn mit einem Blick auf sie hin.

Van erwacht aus seiner Benommenheit, wirft sich den Lappen über die Schulter und geht zu ihr hinüber. Sie bestellt sechs Cocktails für ihren Tisch, und er macht sich daran, die Getränke zu mixen. Währenddessen hole ich mein Handy heraus, um auf die Nachricht zu antworten, die Ellie mir geschickt hat. Sie wohnt immer noch in Newcastle, wo sie und ihr Freund Liam zur Uni gegangen sind. Wir haben regelmäßig Kontakt über E-Mail und SMS – jetzt will sie wissen, wie es in Australien so läuft.

Ich tippe gerade eine Antwort an sie, als ich eine andere Nachricht bekomme. Sie ist von Nick. Bevor ich seinen Text lese, beende ich meine Antwort an Ellie.

Nick schreibt nur: *»Fehlst mir.«*

O-oh. Ich texte zurück: *»Wirst du etwa sentimental, Nicholas Castor?«*

Er antwortet: *»Wer weiß? Was machst du gerade?«*

*»Ich sitze in der Hotelbar und halte Van von der Arbeit ab.«*

*»Grüß ihn von mir.«*

*»Mach ich.«*

*»Nell?«*

*»Ja? Du weißt schon, dass jede Nachricht etwas kostet, nicht? Schreib was, das sich lohnt ...«*, necke ich ihn.

Ich warte auf seine Antwort, aber es kommt nichts. Stirnrunzelnd lege ich das Handy zur Seite und sehe hoch. Van steht vor mir. Mit ausdruckslosem Gesicht poliert er das nächste Glas. Er weist auf das Telefon. »Nick?«

»Ja. Ich soll dich von ihm grüßen.«

Wieder summt das Handy. Ich nehme es in die Hand. Beim Lesen der Nachricht mache ich große Augen.

*»Ich spüre gerade total die Liebe zu dir. Wollte dir das schon persönlich sagen, bevor du geflogen bist, aber wollte dir keine Angst einjagen. Kannst du vielleicht gerade sprechen?«*

»Was will er?«, fragt Van, jetzt doch neugierig geworden.

Ich überhöre ihn, versuche mich zu konzentrieren und tippe die Antwort. Nick hat mich tatsächlich etwas überrumpelt, und die Anwesenheit von Van macht es nicht gerade besser.

*»Im Moment geht es nicht, vielleicht später?«*

*»Ich hab dir doch keine Angst gemacht, oder? Shit.«*

*»Nein, hast du nicht.«* Das ist eine Notlüge, aber ich will ihn nicht verletzen. Ich mache mir schon etwas aus Nick. Genau genommen sogar ziemlich viel. Natürlich habe ich so meine Zweifel, ob er sich wirklich ändern wird. Aber ich bin einfach gerne mit ihm zusammen, er bringt mich zum Lachen und ist dummerweise verdammt gut im Bett. Das sind drei triftige Gründe, um einen Versuch zu wagen.

*»Van steht neben mir«*, füge ich hinzu.

*»Frag ihn, warum er nicht auf dem Brett steht!«*

Ich zeige Van die Antwort, und er grinst. »Sag ihm, dass ich mal meinen Kopf untersuchen lassen muss.«

Ich setze einen Kuss unter meine Antwort und verspreche Nick, dass ich ihn später anrufen werde. Weiß Gott, wie viel das Gespräch kosten wird.

»Nicholas Castor also, hm?«, sagt Van trocken und verschränkt die Arme vor der Brust. Sein Bizeps spannt den weißen Stoff des langärmeligen Arbeitshemds. »Wer hätte das gedacht?«

»Sind schon seltsamere Dinge geschehen«, entgegne ich lächelnd.

Ehe wir uns versehen, ist Sperrstunde. Ich sammle meine Sachen zusammen und warte draußen am Swimmingpool, während Van die Bar dichtmacht und sich bei seinem Chef verabschiedet.

»Ich würde dir gerne etwas zeigen. Kommst du mit?«, fragt er, als er am Pool auftaucht.

»Okay.« Ich nicke. »Klar.«

Sein Jeep steht an einem Ort namens Yulara, wo die siebenhundertfünfzig Mitarbeiter des Resorts wohnen. Während wir dorthin laufen, erzählt Van, wie das Leben in der Unterkunft, die er sich mit Sam und zwei anderen Mädchen teilt, so aussieht. Jeder hat ein Zimmer mit Einzelbett, gemeinsam nutzen sie das kleine Bad und eine Küche, so dass die Situation dort manchmal etwas angespannt sein kann, besonders zwischen Sam und einer der Mitbewohnerinnen. Die Angestellten dürfen sich nicht im Touristenbereich aufhalten, haben aber eigene Swimmingpools und einen Club, wo ein großer Teil ihres Lohns in Alkohol umgesetzt wird. Es hört sich nicht so an, als könnte man in Yulara in der Freizeit besonders viel machen, abgesehen von Billardspielen und Trinken, aber Vans Kollegen sind jung und gut drauf, und er hat sich schon mit einigen angefreundet.

Nach ungefähr zwanzig Minuten im Jeep biegen wir von der Straße auf eine Huckelpiste. Fünf Minuten später stellt Van den Motor aus und springt aus dem Wagen. »Komm!«, ruft er und holt etwas vom Rücksitz.

Ich steige aus dem Auto in die pechschwarze Dunkelheit. »Van?«

»Hier oben.«

Ist er auf dem Dach? Er klopft seitlich ans Fahrzeug, damit ich mich zurechtfinde, und ich orientiere mich an dem Geräusch auf dem Blech. So gelange ich zu einer Art Leiter hinten am Jeep. Als ich auf die erste Sprosse steige, legt sich eine warme, starke Hand um meinen Arm und zieht mich hoch.

Van hat Kissen und Decken mit aufs Dach genommen. Wir brauchen einen Moment, um es uns bequem zu machen, aber dann …

»Schau nach oben!«, sagt er.

Ich lege den Kopf in den Nacken, und Milliarden von Sternen funkeln mir zu. Es ist der gewaltigste, hellste Nachthimmel, den ich je gesehen habe.

»Wow!«, flüstere ich ehrfürchtig.

Wir liegen so dicht nebeneinander, dass sich unsere Arme berühren. »Ist dir warm genug?«, fragt Van.

»Ja, alles gut.« Ich brauche keine Decke. Er ist wie eine Heizung, so viel Wärme strahlt sein Körper ab.

»Nachdem ich hier ein paar Tage gewohnt habe, ist mir aufgefallen, wie lebendig die Wüste ist, obwohl sie auf den ersten Blick so ausgestorben wirkt«, erklärt Van. »Das merkt man bei euch auf der Anlage nicht, weil da ständig die Wege gefegt werden und so, aber da, wo wir wohnen, ist immer Sand auf dem Boden.«

»Siehst du viele Spinnen?«

»O ja. Hauptsächlich Riesenkrabbenspinnen.«

Ich erschaudere und rücke noch näher an ihn heran.

Van schmunzelt. »Die sind echt groß, aber harmlos. Abgesehen davon, dass man einen Herzinfarkt kriegt. Das Beste, was ich gesehen habe, war ein Dornteufel.«

»Was ist das?«

»Eine kleine Echsenart. Die haben Stacheln am ganzen Körper und trinken mit den Füßen.«

»Was? Wie geht das denn?«

»Wie ich gelesen habe, stellen sie sich in Pfützen, und das Wasser wird durch Kapillarkräfte über Rillen in der Haut zum Maul transportiert. Einmal hab ich so'n kleines Kerlchen auf dem Heimweg von der Arbeit entdeckt. Das guckte mich so an, richtig neugierig, ein echtes Original. Wenn man keine Erlaubnis bräuchte, um einen Dornteufel zu halten, hätte ich ihn wohl mitgenommen.«

Ich lächele. »Und, arbeitest du gerne hier?«

»Ja, ist in Ordnung. Mal was anderes als Thunfisch. Das habe ich ja jahrelang gemacht. Wurde ein bisschen langweilig.«

»Ich weiß noch, wie du uns davon erzählt hast, als wir damals zusammen im Pub waren. An dem Abend war ich so sauer auf Joel.«

»Ja, er war ein bisschen gemein.«

Ich schnaube belustigt.

»Kurz darauf habt ihr euch getrennt, oder?«

Ich erstarre in Erinnerung an meine Schuldgefühle, die einer der Gründe dafür waren, weshalb ich Schluss gemacht hatte. Wenn man jemanden wirklich mag, küsst man keinen anderen. »Ja.«

»Tut mir leid.«

*Was? Weil du der Grund für die Schuldgefühle warst?* Doch ich halte den Mund.

Lange Zeit schweigen wir beide.

»Wie geht es deiner Mutter so?«, zerreißt Vans Stimme die Stille.

»Hm«, mache ich kurz angebunden. »Hab sie schon länger nicht gesehen.«

»Echt nicht?«, fragt Van erstaunt.

»Wir haben uns gestritten, als Dad krank war«, erkläre ich.

»Oh, das wusste ich nicht.« Er klingt betroffen.

»Ist ja nicht so, als hätten wir uns vorher besonders gut verstanden, aber sie hat mich null unterstützt. Sie hätte ja mal anrufen und fragen können, wie es Dad so geht oder wie ich zurechtkomme, aber es kam nichts. Immer muss *ich* mich melden. Irgendwann habe ich einfach damit aufgehört. Ich kann ihren Egoismus einfach nicht mehr ertragen. Momentan haben wir kaum was miteinander zu tun. Ich habe kein Bedürfnis, sie in New York zu besuchen, und sie hat mit Sicherheit keine Lust, herzufliegen, um mich zu sehen.«

»Das ist scheiße«, sagt Van.

»Ist halt so.«

»Ist sie noch mit diesem Typen zusammen, diesem Yachtmakler?«

»Ja, Robert. Sie sind noch verheiratet, zum Glück. So weiß ich zumindest, dass sie gut versorgt ist.«

Je länger wir in den Himmel schauen, desto mehr Sterne sehen wir. Er wirkt fast milchig-weiß. Unzählige kleine Galaxien prangen am tintenschwarzen Firmament.

»Willst du eigentlich Kinder?«, fragt Van plötzlich.

»Ähm, ja. Ich meine, irgendwann auf jeden Fall, mit dem richtigen Mann. Ich wollte immer eine große Familie haben. Bis du dazukamst, war ich ein bisschen einsam, deshalb hätte ich lieber kein Einzelkind, wenn es irgendwie geht. Und du?«

»Auch, ja.«

Bevor ich herausfinden kann, warum er das wissen will, stellt er mir schon die nächste Frage. »Hat dein Vater noch mal eine andere Freundin gehabt?«

»Nein. Nach deiner Mutter gab es keine andere Frau mehr. Irgendwann wollte ich ihn mal überreden, öfter vor die Tür zu gehen, aber er wollte nichts davon hören. Sie war seine große Liebe, ist durch nichts zu ersetzen. Schon irgendwie tragisch.«

»Wie sagt man noch mal?«, fragt Van. »Besser zu lieben und zu verlieren, als nie geliebt zu haben?«

»Genau.«

Ich denke über den Satz nach. Wäre Dad ein durchschnittliches, unaufgeregtes Leben lieber gewesen als die fünf wunderbaren Jahre mit Ruth, trotz des schmerzhaften Verlusts?

Mit Sicherheit nicht.

Selbst wenn es nur ein Jahr gewesen wäre, hätte er es genommen. Wahrscheinlich hätte er sich sogar mit einem Monat zufriedengegeben.

Manchmal überlege ich, ob ich noch in London wäre und bei einer Zeitschrift arbeiten würde, wenn Ruth nicht gestorben wäre, wenn sie mit meinem Vater zusammen geblieben wäre, wenn ich mir keine Sorgen um seine Gesundheit machen müsste. Ob ich meine Träume verwirklichen würde?

Hätten Van und ich uns auch zueinander hingezogen gefühlt, wenn wir von unserem fünften Lebensjahr an zusammen aufgewachsen wären?

Mit solchen Gedankenspielen kann man sich echt fertig machen.

Ich hole tief Luft. »Dad hat mal zu mir gesagt: ›In fünf Jahren schaust du vielleicht zurück und verstehst, warum alles so kommen musste.‹«

»Wann war das?«

»Unwichtig. Ich erzähle das nur, weil es mich an deine Mutter erinnert hat. Die hat nämlich mal was Ähnliches gesagt.«

Keine Ahnung, ob Van das noch weiß oder ob ich ihm die Geschichte erzählen soll. Als er schweigt, spreche ich weiter.

»Damals waren wir fünf Jahre alt. Wir standen oben auf der Treppe und haben gelauscht. Deine Mutter erzählte meinem Vater, wie viel Angst sie gehabt hatte, als sie merkte, dass sie mit dir schwanger war. Sie musste nämlich zurück zu ihrer Mutter und bei ihr wohnen. Sie meinte, damals hätte sie gedacht, ihr Leben sei vorbei.« Van spannt die Muskeln an. Automatisch greife ich nach seinem kleinen Finger und hake meinen schützend darum, so wie früher. Mit erstickter Stimme fahre ich fort: »Aber dann sagte sie, wenn sie gewusst hätte, wie es in fünf Jahren aussehen würde, hätte sie sich niemals so große Sorgen gemacht. Sie war so glücklich mit Dad und uns. Sie hat dich bis zu den Sternen und zurück geliebt.«

Vans Griff um meinen Finger wird fester.

»Du solltest deine Mum mal wieder anrufen«, flüstert er. »Auch wenn sie scheiße ist, du hast nur die eine.«

Am nächsten Tag hat Van frei, deshalb macht er mit uns eine Tour zum Uluru. Als wir beim Hinflug aus dem Flugzeug stiegen, war die Hitze ein kleiner Schock für uns; das ist heute nicht anders, als wir Vans klimatisierten Jeep verlassen.

Ich will ehrlich sein: Einen großen Felsen mitten im Nirgendwo zu besichtigen, finde ich nicht gerade super spannend, doch am Vorabend hat mich der Anblick dieses Kolosses im Licht der Abendsonne völlig in seinen Bann gezogen. Noch überraschender ist, wie atemberaubend der Fels aus der Nähe ist. Man bekommt kein Gefühl für seine Größe und Form, wenn man direkt davor steht – er ist einfach nur gewaltig.

Uluru ist den Pitjantjatjara Anangu heilig, den Ureinwohnern dieser Gegend; bei ihnen gilt es als respektlos, auf ihm herumzuklettern. Das heißt jedoch noch lange nicht, dass sich die Besucher daran halten – unglaublicherweise ist es bisher nicht verboten. Der Anblick unzähliger Touristen, die mit ihren schmutzigen Tretern auf dem Heiligtum herumkraxeln, widert mich an. Ein stark übergewichtiger Mann zieht sich praktisch auf den Knien am Seil hinauf, unglaublicherweise klettern auch Kinder oben herum. Dabei ist die Besteigung nicht ungefährlich; seit den Fünfzigerjahren sind schon Dutzende von Menschen dabei gestorben.

»Sind die einfach nur dämlich oder auch noch ungehobelt und respektlos?«, stoße ich leise aus.

Van schiebt das Kinn vor. »Ja, mich stört das auch. Sprich bloß Sam nicht darauf an, die hört gar nicht mehr auf zu schimpfen.«

Wir nehmen einen Weg im Schatten überraschend vieler Bäume. Die Gegend rundherum wirkt trocken und karg, doch hier ist das Gras mehr grün als gelb.

»Du müsstest den Uluru mal bei Regen sehen«, sagt Van. »Dann strömt das Wasser in vielen kleinen Flüsschen herunter.«

Dad steht vor einer Höhle und betrachtet die Zeichnungen von Aborigines-Künstlern.

»Aus der Nähe ist der Stein so schön«, murmele ich und versuche, alles in mich aufzunehmen. »Der Sandstein glitzert richtig in der Sonne.« Kleine Platten sind abgeplatzt, unter ihnen kommen grauschwarz gesprenkelte Stellen zum Vorschein, die sich deutlich vom Orangerot absetzen. »Er kommt mir fast vor wie ein lebendiges Wesen, das seine Schuppen abwirft«, sage ich.

Van starrt mich lange an, dann fragt er: »Schreibst du noch?«

Ich schüttele den Kopf und ziehe eine Grimasse. »In letzter Zeit war mir nicht so danach.«

Ich versuche, seinen enttäuschten Blick zu ignorieren, und sehe mich stattdessen über die Schulter nach meinem Vater um. Wir gehen extra langsam, doch er scheint es nicht eilig zu haben, uns einzuholen.

»Und, hast du Nick gestern Abend noch erwischt?«, fragt Van.

»Nein.« Erst als Van mich gestern beim Hotel absetzte, war mir wieder eingefallen, dass ich Nick versprochen hatte, ihn anzurufen. »Er war schon zum Arbeiten nach unten gegangen.

Hab ihm eine Nachricht draufgesprochen. Der Handyempfang im Pub ist total übel.«

»Ich kann es nicht fassen, dass du im Boatman arbeitest.« Vans Stimme klingt so rau wie der Sand, über den wir gehen.

»Warum?« Sofort will ich mich verteidigen. »Was stimmt damit nicht?«

»Eigentlich nichts. Vergiss es!«, sagt er, bevor ich seine Bemerkung hinterfragen kann. »Ich weiß ja, wie hart die letzte Zeit für dich war. Tut mir leid, dass ich dir nicht helfen konnte.«

»Schon gut. Er ist schließlich mein Vater.«

»Er bedeutet mir auch sehr viel.«

»Das weiß ich.«

Schweigend gehen wir weiter.

»Diese Höhle finde ich super«, sagt Van und bleibt stehen. »Sie erinnert mich an eine Welle.«

Sie ist groß – dreimal so hoch wie Van – und schwingt sich in einem gewaltigen Bogen über unsere Köpfe. Wir gehen hinein. Ich kann mir vorstellen, wie Van an ihr hinabsurft und dann im Tunnel verschwindet.

»Ich kann's echt nicht erwarten, wieder surfen zu gehen«, sagt er.

»Ist ja nicht mehr lange. Sam kommt nicht mit, oder?«, versichere ich mich noch mal.

»Nee, sie wollte sich nicht extra freinehmen. Ende Januar machen wir ein paar Tage Urlaub und fahren nach Hause.«

»Weihnachten nicht?«

»Nein. Da ist hier Hochsaison.«

Ich nicke und lächele Dad entgegen, der hinter uns auftaucht.

Am Ende gehen wir ins Kulturzentrum, wo Sam arbeitet. Besonders interessant finde ich die Ausführungen zu den *Tjukurpa*, den traditionellen Regeln zum Zusammenleben der Anangu, und ich liebe die Traumzeit-Geschichten, die erzählen, wie der Uluru entstanden ist.

Als wir das Gebäude betreten, wo Kunst und Kunsthandwerk der Anangu verkauft werden, bedient Sam gerade eine Kundin. Zwei Anangu-Frauen sitzen auf dem Boden und malen. Ich bleibe in der Nähe stehen und sehe gefesselt zu, wie sie winzige Punkte auf eine Leinwand tupfen, aus denen ein buntes Bild entsteht. Sie sind völlig in ihre Arbeit und ihr Gespräch vertieft und nehmen mich kaum wahr.

»Wie war der Fels?«, fragt Sam, als ich zu ihr gehe, um sie zu begrüßen.

»Unglaublich! Viel schöner, als ich dachte.«

»Bist du draufgestiegen?« Bei ihrem abschätzigen Blick bin ich heilfroh, ihre Frage mit nein beantworten zu können.

»Und du bist auch Künstlerin?« Ich schaue wieder zu den Aborigines-Frauen hinüber.

»Nur nebenbei«, erwidert Sam.

»Hast du auch versucht, Van wieder zum Malen zu bringen?«

Sie runzelt die Stirn. »Ich dachte, seine Mutter hat gemalt, nicht er.«

»Doch, er auch. Als Kind war er wirklich gut.«

Sie sieht mich seltsam an, dann kommt sie hinter der Verkaufstheke hervor und geht auf die andere Seite des Ladens, wo Van gerade mit Dad redet. »Hey!«, ruft sie und schlägt ihm auf den Arm.

Er wirbelt herum. »Was?«, fährt er sie an.

»Warum hast du mir nicht erzählt, dass du malen kannst?« Es klingt vorwurfsvoll, und ich weiß nicht, ob sie es ernst meint oder nur Spaß macht.

Sein Blick huscht zu mir herüber, dann sieht er seine Freundin stirnrunzelnd an. »Ich kann nicht malen.« Verärgert schaut er zu mir herüber. »Damals war ich *zehn*, Nell! Das war doch nichts Ernstes!«

»Doch, du warst gut!«, höre ich Dads Stimme. »Du hast sogar einen Wettbewerb gewonnen.«

Van verdreht die Augen und wendet sich ab. Kurze Zeit später legt er Dad die Hand auf die Schulter und redet weiter, als sei er nie unterbrochen worden.

Achselzuckend kommt Sam zu mir zurück und grinst völlig unbeeindruckt.

Ich fühle mich bloßgestellt.

Am Abend landen Dad und ich wieder in der Bar, wo Van arbeitet. Sam hatte keinen Bock. Ehrlich gesagt, erleichtert mich das ein wenig. Ich gebe es ungerne zu, aber ich bin froh, dass sie nicht mit uns nach Adelaide und Port Lincoln kommt. In ihrer Gegenwart fühle ich mich alles andere als entspannt.

Der Zwischenfall im Kulturzentrum ärgert mich immer noch, deshalb schließe ich mich widerwillig an, als Dad davon spricht, ins Bett zu gehen. Als ich mich entschuldige und vom Barhocker rutsche, wirkt Van überrascht.

»Ich habe Nick noch nicht erreicht«, sage ich zur Erklärung.

»Und, was hältst du von der Sache mit den beiden?«, fragt Van meinen Vater. Obwohl er mir freundlich zunickt, nehme ich eine gewisse Schärfe in seinem Ton wahr.

»Ach, Nick ist schon in Ordnung«, erwidert Dad. »Er bringt Nell zum Lachen, mehr kann man als Vater nicht erwarten. Ich würde sagen: Bis nichts Gegenteiliges bewiesen wird, gilt die Unschuldsvermutung«, scherzt er und stößt mich neckend an.

»Morgen fahre ich mit euch nach Kata Tjuta«, verkündet Van. »Die finde ich eigentlich noch schöner als den Uluru.«

Wir haben die Berggruppe schon vom Auto aus gesehen; es ist eine Ansammlung gerundeter Erhebungen. Die höchste ist etwa zweihundert Meter höher als der Uluru.

»Meinst du, du bist fit genug für eine kleine Wanderung?«, fragt Van Dad.

»Klar! Aber ich setze mich auch gerne eine Weile in den Schatten, wenn ihr zwei etwas weiter laufen wollt.«

»Ich nehme einen Rucksack und viel Wasser mit«, verspricht Van.

Früh am nächsten Morgen wache ich erfrischt auf und kann es kaum erwarten, aufzubrechen. Meine Laune wird deutlich gedämpft, als ich sehe, dass Van Sam mitgebracht hat.

Ich ärgere mich über mich selbst. *Sie ist seine Freundin*, schimpft die Stimme in meinem Kopf. Sam ist ein wichtiger Teil seines Lebens, und ich muss mich bemühen, sie besser kennenzulernen. Ich beschließe, den ganzen Tag nicht von ihrer Seite zu weichen.

Am Ende einer langen, ermüdenden Wanderung nimmt Sam Dad und mich in die Arme. Van arbeitet am Abend in der Hotelbar. Morgen früh fliegen wir zusammen nach Adelaide, deshalb müssen Sam und ich uns jetzt verabschieden.

»Es war so schön, Vans andere Familie kennenzulernen«, sprudelt es aus ihr heraus. »Vielleicht schaffen wir es irgendwann, nach England zu kommen. Er hat erzählt, es ist wunderschön da, wo ihr wohnt.«

»Das wäre toll«, sage ich und lächele so herzlich, wie es gerade geht.

Abends bei der Arbeit wirkt Van bedrückter als sonst. Als Dad zur Toilette geht, fragt Van mich, ob ich später noch mal mit ihm ins Outback fahre.

Die ganze Zeit habe ich meine Sehnsucht unterdrückt, mit ihm allein zu sein, jetzt frisst sie mich fast auf. Als Antwort nicke ich.

Wieder halten wir mitten im Nichts und klettern auf das Dach seines Jeeps. Dort liegen wir eine Weile schweigend, und nur die Sterne sind unsere Zeugen.

»Hast du mal irgendwem von uns erzählt?«, fragt Van.

»Nein!« Sofort bekomme ich ein nervöses Flattern im Magen. »Du?«

»Dave hat es erraten. Nach dem letzten Mal.«

»Echt?! Wie hat er reagiert?«

»Nicht groß. Ich hab nichts weiter dazu gesagt.«

»Hast du es Sam erzählt?«

»Gott, nein!«

Meine Gedanken rasen, wir schweigen.

»Wann ziehst du zurück nach London?«, fragt Van irgendwann.

»Keine Ahnung«, erwidere ich. »Ich bin noch nicht bereit, Dad wieder allein zu lassen.«

»Schieb's nicht zu lange hinaus.«

Im Dunkeln runzele ich die Stirn. »Was soll das heißen?« Wieder fühle ich mich in die Defensive gedrängt. »Mir gefällt's im Boatman.« Ich weiß, was sein Problem ist. »Du arbeitest auch hinter der Theke ...«

»Ja! Aber von dir habe ich mehr erwartet. Du hattest große Pläne. Hoffnungen. Träume.«

»Und du? Was ist mit deinen Hoffnungen und Träumen?«

»Ich habe keine.«

»Schwachsinn!« Genervt setze ich mich auf.

Auch Van kommt hoch. »Nell, ich bin mit fünfzehn von der Schule abgegangen. Das hier ist mein Leben. Aus mir wird nie ein Karrieretyp. Aber du … Warum schreibst du nicht mehr?«, will er wissen.

»Warum malst du nicht mehr?«, gifte ich zurück.

»Du bist doch nicht zur Uni gegangen, um jetzt als Kellnerin zu arbeiten«, sagt er verärgert.

»Und du bist offenbar doch heimlich zur Uni gegangen, um zu lernen, wie man ein richtiges Arschloch wird!«

»Ah. Da ist sie wieder«, bemerkt er. »Und ich dachte schon, du wärst hinter deinem beschissenen Gesäusel verschwunden!«

»Leck mich, Van! Ich hab nur versucht, nett zu deiner *Freundin* zu sein«, fauche ich und stehe auf, um nach unten zu klettern. »Bring mich zurück ins Hotel!« Ich steige in den Jeep und schlage die Tür zu. Kurz darauf setzt sich Van hinters Steuer.

Wir fahren schweigend, die Stimmung ist kurz vorm Explodieren. Am Hotel biegt Van auf den Parkplatz und stellt den Motor ab, aber wenn ich geglaubt habe, er wolle sich entschuldigen, habe ich mich geschnitten.

»Du wirfst dein Leben weg«, stellt er fest.

»Was? Ich werfe gar nichts weg!«, zische ich. »Ich bin *glücklich*! Ich habe Spaß!«

»Mit *Nick*? *Nick*, Nell? Jetzt mal ehrlich!« Van betätigt die Innenbeleuchtung und funkelt mich böse an. »Was soll der Scheiß? Den würde ich nicht mit der Kneifzange anfassen … Deine Worte!«

Er muss mitbekommen haben, was ich damals zu Joel sagte.

Van ist noch nicht fertig. »Der Kerl hat alles gebumst, was nicht bei drei auf den Bäumen ist! Warum hast du nicht einen Funken Respekt im Leib?«

Ein Klatschen schallt durch das Fahrzeug. Erst als ich merke, dass meine Handfläche brennt, wird mir bewusst, dass ich Van geschlagen habe.

Entsetzt starre ich ihn an. Er ist noch überraschter als ich. Auf seiner Wange bildet sich ein roter Abdruck.

»Es tut mir leid!« Tränen des Entsetzens springen mir in die Augen.

»Schon gut«, brummt er und wendet den Blick ab. »Hab ich verdient.«

Ich lege die Hände vor den Mund und ringe um Fassung. Noch nie zuvor habe ich jemanden geschlagen.

»Verdammt!«, ruft Van und drischt mit den Händen aufs Lenkrad. Mit kummervoll aufgerissenen Augen starrt er durch die Windschutzscheibe.

»Es tut mir leid«, flüstere ich erneut.

Er schüttelt den Kopf. »Nein, *mir* tut es leid. Bitte, Nell, steig einfach aus.« Seine Stimme klingt gepresst. »Wir sehen uns morgen.«

Das Flugzeug nach Adelaide ist so voll, dass wir keine Plätze nebeneinander bekommen. Dad sitzt auf der anderen Seite des Gangs, Van schläft in der Reihe hinter mir. Als wir uns im Hotel getroffen haben, um den Bus zum Flughafen zu nehmen, sah er furchtbar aus. Seine Augen waren rot geschwollen, seine Haut wirkte irgendwie teigig und klebrig und er stank nach abgestandenem Alkohol.

»Hab gestern mit ein paar Kollegen noch einen gehoben«, brummte er meinem Vater zu.

Wir sehen uns kaum an. Ich bin froh, dass ich nicht neben ihm sitze.

Ich schaue aus dem Fenster. Die Sonne steht tief am Himmel und spiegelt sich im Ozean, ein goldener Lichtball, der auf den Wellen funkelt. Die Ebbe dümpelt um Sandbänke, die Gezeitentümpel gleichen Wolken. Das Sonnenlicht fällt in die Fenster der Häuser ganz weit unten und erinnert mich an Sterne.

Hinter mir regt sich etwas. Ich schiele seitlich an meinem Sitz nach hinten und blicke direkt in Vans Augen, ein Feuerwerk am Nachthimmel.

»Woran denkst du?«, fragt er leise.

Ich weise auf den Blick aus dem Fenster. »Das sieht aus, als wären der Himmel und die Sterne unter uns.«

Mehrere Sekunden vergehen, ehe ich mich wieder zu Van umdrehe.

»Sam ist schwanger«, sagt er mit monotoner Stimme.

Alles in mir verdorrt.

Seine Augen füllen sich mit Tränen. »Ich habe ihr einen Heiratsantrag gemacht.«

Mein Herz fällt in sich zusammen, bricht ein, wird kleiner und kleiner, bis es nur noch ein winziges hartes Origamiherz ist. Einst so zerbrechlich, ist es jetzt hart wie Stein und nicht mehr zu zerstören.

Ohne mein Zutun wird dieses Kapitel im Buch meines Lebens zugeschlagen.

Und ein neues beginnt.

# Dreißig

Und, freust du dich schon darauf, ein bisschen mit Grandad im Garten zu arbeiten?« Ich lächele Luke im Rückspiegel an, als ich in die Einfahrt fahre.

»Ja!« Er nickt eifrig und löst den Sicherheitsgurt.

*Er ist so unglaublich süß …*

»Dad?« Ich betrete das Cottage durch die Haustür. Gehorsam lässt sich Luke auf den Fliesenboden fallen und zerrt sich seine dunkelblauen Crocs von den Füßen. »Dad?«, rufe ich erneut. Er ist weder in der Küche noch im Wohnzimmer, er war auch nicht im Nebengebäude, als wir daran vorbeigegangen sind – ich habe durchs Fenster gespäht.

»Vielleicht ist er schon im Garten«, murmele ich, eher zu mir als zu meinem Sohn. Ich weiß, dass er hier irgendwo sein muss, denn sein Auto steht vor dem Haus. Es ist nur seltsam, dass er nicht nach vorne gekommen ist, als wir ausgestiegen sind. Er muss uns doch gehört haben.

Mit einem seltsamen Gefühl in der Magengrube schiebe ich die Füße in meine Flipflops. »Schätzchen, wo sind deine Legos? Hol dir die mal. Mummy kommt sofort wieder.«

Ich eile nach draußen auf die Terrasse, und als ich um die Ecke biege und zu den Blumenbeeten gehe, entdecke ich Dad. Er liegt auf der Bank unten am Wasser. Sein Körper wird von der großen rosafarbenen Hortensie verdeckt, die gerade vor Blüten explodiert.

»Da bist du ja!«, rufe ich.

Er antwortet nicht.

*Schläft er?*

Mit laut klopfendem Herzen laufe ich den steilen Hang hinab. Ich rutsche aus und verliere den Halt, so eilig habe ich es, zu meinem Vater zu gelangen. Er krümmt sich zusammen. Sein Gesicht ist grau, seine Augen sind geschlossen.

»*Nein, nein, nein ... Dad!*«, rufe ich und lege die Hände auf seine Arme.

Er rührt sich und murmelt etwas.

»Oh, Gott seid Dank! Dad!«, rufe ich. »Ist alles in Ordnung? Hast du geschlafen?«

Seine Lider flattern, er versucht, etwas zu sagen.

»Dad?«

»Ruf einen Krankenwagen«, wiederholt er.

Angst krallt sich um mein Herz und zerdrückt es.

Denn ich weiß: Der Krebs ist zurück.

Nick kommt, kurz nachdem der Krankenwagen fort ist. Er nimmt mich in die Arme, und ich breche in Tränen aus, die ich bis jetzt irgendwie zurückhalten konnte. Luke guckt im Wohnzimmer Zeichentrickfilme.

»Ach, Nell«, flüstert Nick. Er legt mir die Hände auf die Wangen und drückt mir einen Kuss auf die Stirn. »Es tut mir so leid«, sagt er mit erstickter Stimme. »Ich hole Luke und nehme ihn mit. Willst du ins Krankenhaus?« Er sieht mir in die Augen.

Ich nicke und wische immer neue Tränen fort.

Wieder nimmt Nick mein Gesicht in die Hände und küsst mich auf die Stirn. Er drückt meine Hand und lässt sie dann los.

Meine Brust zieht sich zusammen, als Nick mit Luke auf

dem Arm nach draußen kommt. Er ist jetzt fast fünf und muss nicht mehr von seinem Daddy getragen werden, aber in solchen Momenten wollen Eltern ihre Kinder nah bei sich haben.

»Schuhe anziehen, Kumpel!« Nick stellt unseren Sohn auf die Füße.

»Aber ich wollte mit Grandad im Garten arbeiten!«, sagt Luke mit gerunzelter Stirn.

Nick zerzaust seine hellblonden Locken. »Wir fahren jetzt zusammen ans Meer.«

»Yippieh!«

»Wirklich?«, frage ich Nick. »Ich dachte, du müsstest arbeiten.«

»Ich kann später anfangen. Mum hat angeboten, Luke heute Nachmittag zu nehmen.«

»Danke«, bringe ich heraus.

»Kommst du klar?«, fragt er besorgt. »Soll ich dich vielleicht ins Krankenhaus fahren?«

»Nein, ist besser, wenn ich das Auto dahabe. Ich schaffe das schon.«

»Gut. Gib Mummy einen dicken Kuss!«, sagt Nick fröhlich, als ich mir schnell die Augen trockne und lächele. Er nimmt Luke wieder auf den Arm und tut so, als würde er ihn in meine Richtung fallen lassen. Der Kleine kichert und drückt einen feuchten Kuss auf meine Wange, bevor Nick ihn mit Schwung mitnimmt. Als sie durch das Tor verschwinden, kitzelt er unseren Sohn unter den Armen.

Lächelnd lausche ich seinem wilden Lachen, doch kaum fällt das Tor hinter ihnen zu, breche ich zusammen.

Weil ich ein paar Sachen für Dad zusammensuchen muss, gehe ich ins Nebengebäude. Wir haben dort irgendwann doch ein Bad eingebaut, nachdem Dad sein Schlafzimmer dorthin verlegt hatte. Er hatte Probleme mit der Treppe, und es war sinnvoll, dass ich im Zimmer neben Luke schlief. Seit unserer Trennung wohne ich bei Dad.

Nick und ich hatten drei unglaubliche gemeinsame Jahre.

Ich meine nicht, dass die Jahre selbst unglaublich waren.

Nein, es war unglaublich, dass es überhaupt drei Jahre gehalten hat.

Es hat sich herausgestellt, dass wir deutlich besser miteinander auskommen, wenn wir Freunde sind und kein Paar.

Wir haben unser Bestes gegeben, auch wenn die Schwangerschaft ein Riesenschock für uns beide war. Es passierte kurz nach meiner Rückkehr aus Australien; ein geplatztes Kondom, das ich nicht ernst genug nahm, um am nächsten Tag zum Arzt zu gehen und mir die Pille danach zu holen.

Irgendwann habe ich mal überlegt, dass so was auch Van und mir mit fünfzehn hätte passieren können. Wenn Dad uns nicht gestört hätte, wären wir dann noch vor unserem sechzehnten Geburtstag Eltern geworden? Eine schwindelerregende Vorstellung …

Egal … Nick bat mich, ihn zu heiraten, und alle freuten sich – seine Mutter war regelrecht aus dem Häuschen! Ausnahmslos alle waren der Meinung, dass ich die Frau sei, die Nicholas Castor endlich gezähmt hatte.

Wir heirateten also und hatten anschließend einen tollen Empfang im Pub. Alle unsere Freunde kamen. Theresa und Christopher schmückten den Laden wunderschön, dreimal so viele Lichter wie sonst, dazu überall rosa-weiße Laternen und Pompons.

Selbst meine Mutter und Robert erschienen zur Feier. Ich hatte auf Vans Rat gehört und sie angerufen.

Als das Kind kam, war es natürlich nicht einfach, trotzdem fand ich, dass wir uns ganz gut schlugen. Dann bekam ich eines Tages mit, wie Nick mit einer hübschen neuen Kellnerin flirtete. Sie wurde sofort von seiner Mutter entlassen, doch von da an ließ es sich nicht mehr aufhalten.

Ich wollte Nick nicht irgendwann hassen, doch unsere Ehe bewegte sich in die Richtung. Wir stritten uns ständig, führten unzählige Gespräche und vergossen viele Tränen. Schließlich kamen wir zu dem Schluss, es sei das Beste für Luke, wenn wir uns freundschaftlich trennten und all unsere Mühe darin investierten, gute Eltern zu sein.

Luke zu haben, bedeutete einmal mehr für mich, meine eigenen Bedürfnisse hintanzustellen. Ich bin nicht wieder nach London gezogen und weiß, dass ich es jetzt auch nicht mehr schaffe. Nick und Luke haben eine tolle Beziehung zueinander, und ich würde meinem Sohn niemals seinen Vater nehmen. Also habe ich mich in Cornwall häuslich niedergelassen, und da werde ich auch bleiben. Ich arbeite immer noch im Boatman, das geht ganz gut mit meinen Schichten und der Kinderbetreuung. Theresa und Christopher unterstützen uns sehr – sie sind beide im Vorruhestand und die besten Ex-Schwiegereltern, die man sich wünschen kann. Eigentlich habe ich Glück gehabt.

Manchmal, wenn mir klarwird, dass ich mir eine glamouröse Karriere in der Verlagswelt habe entgehen lassen, spüre ich einen Stich, aber Luke macht mich glücklicher, als es jeder Job je könnte.

Als ich Dads Kulturtasche aus dem Badezimmer hole, klingelt das Telefon.

»Hallo«, melde ich mich schniefend.

»Nell?« Es ist Van.

»Wieso weißt du schon Bescheid?«

»Was? Ich wollte mit deinem Dad sprechen. Was ist denn passiert?«

»Er liegt im Krankenhaus. Ich glaube, der Krebs ist zurück.«

»O nein, Nell ...«

»Ich dachte, er wäre tot! Ich habe ein ganz, ganz schlechtes Gefühl. Ich glaube, das war's jetzt.« Vor lauter Weinen bekomme ich kaum etwas heraus. »Er hat mir nichts davon erzählt, dass es ihm nicht gutgeht. Das hat er den Sanitätern gesagt, habe ich gehört. Er wollte wohl nicht, dass ich mir Sorgen mache, aber er wusste es, Van, er wusste es!«

Schweigend hört er mir zu, und am Ende sagt er mit rauer Stimme: »Ich red mal mit Sam. Diesmal will ich dabei sein.«

»Warte erst ab, bis wir mehr wissen«, bringe ich hervor, dann lege ich auf und rolle mich auf dem Bett meines Vaters zusammen. Ein paar Minuten lang lasse ich meinen Tränen freien Lauf, dann reiße ich mich zusammen und packe den Rest von Dads Sachen ein.

Vier Tage später kommt Van nach England. Ich hole ihn vom Flughafen ab. Momentan pendele ich zwischen Krankenhaus und Cottage hin und her. Dads Prostatakrebs ist auf die Leber und die Knochen übergesprungen; er wuchert im ganzen Körper. Man kann nichts mehr tun; es geht nur noch um Schmerzlinderung. Vielleicht hat er nur noch wenige Wochen, keiner weiß es. Er wird nicht mehr gesund werden.

Als ich in der Ankunftshalle stehe und darauf warte, dass Van erscheint, habe ich ein Déjà-vu. Ich erinnere mich, wie er genau durch diese Türen trat, als wir fünfzehn Jahre alt waren. Damals kam er mir so fremd vor – wie ein Alien. Ich konnte mich nur schwer damit abfinden, dass er sich in fünf Jahren so stark verändert hatte.

Jetzt ist es über fünfeinhalb Jahre her, dass wir uns das letzte Mal gesehen haben, und in der Zeit haben wir große Umbrüche erlebt. Wir sind beide Eltern geworden. Van hat eine kleine Tochter, Libby, die vier Monate vor Luke geboren wurde. Er schickt uns immer mal wieder Fotos. Sie hat blaue Augen, kastanienbraune Haare und ein freches Grinsen. Die Kleine ist total süß, er ist völlig vernarrt in sie.

Als Van mir damals im Flugzeug die Neuigkeit mitteilte, erzählte er nicht, dass Sam schon im dritten Monat war. Den Heiratsantrag hatte er ihr nur wenige Tage vor unserer Ankunft in Australien gemacht.

Sam hatte gesagt, dass sie darüber nachdenken würde, wenn er mit uns in Port Lincoln sei, doch am Ende lehnte sie ab. Die beiden trennten sich, noch bevor das Kind auf die Welt kam – vor allem Sam wollte das so. Van war am Boden zerstört. Jetzt ist die Situation bei ihnen ähnlich wie bei Nick und mir, auch wenn ich das Gefühl habe, drüben läuft es ein bisschen holpriger.

Was Libby betrifft, bestimmt Sam fast alles. Sie beschloss, nach Port Lincoln zu ziehen, um in der Nähe ihrer Eltern zu sein, also folgte Van ihr dorthin. Wo auch immer Libby gelandet wäre, er hätte dafür gesorgt, dass er ein wichtiger Teil ihres Lebens bleibt, und in Port Lincoln hatte er immerhin Verwandte und Freunde – das Meer vor der Haustür nicht zu vergessen. Deshalb nehme ich an, dass er glücklich ist. Meine letzte Information war, dass er mit einer Cherie zusammen ist, aber ich weiß nicht, ob das was Ernstes ist.

In dem Moment öffnen sich die Türen, und Van kommt heraus. Während sein Blick über die Menge schweift und mich sucht, spüre ich, wie mein Puls schneller wird. Vans Haare sind länger als beim letzten Mal, aber immer noch relativ kurz. Seine dunklen Stoppeln kann man fast schon als Bart bezeichnen. Als ich hinter der Absperrung hervorkomme und auf ihn zugehe, finden seine Augen meine und werden dunkel.

Er setzt seine Reisetasche ab, nimmt mich in die Arme und drückt mich fest an seine breite Brust. Bei unserer letzten Begegnung war er noch ein junger Kerl, jetzt fühlt er sich an wie ein Mann. Mein Herz erkennt ihn nicht. Wie wild schlägt es gegen meinen Brustkorb.

Oder vielleicht erkennt es ihn doch. Nämlich viel zu gut.

Ich entwinde mich ihm, bevor ich die Fassung verliere, und drehe mich zur Seite, damit er meine Tränen nicht sieht.

Ich frage nicht, wie der Flug war – für solche Themen haben wir später genug Zeit. Im Moment muss ich es irgendwie zum Auto schaffen, ohne völlig zusammenzubrechen.

Auf der Fahrt nach Hause berichte ich das Neueste aus dem Krankenhaus. Van will sofort hin.

Als wir dort ankommen, schläft Dad. Leise setzen wir uns an sein Bett. Als er wach wird, schaut er sich sofort nach Van um – ich habe Dad gesagt, dass sein Ziehsohn kommt.

»Van«, sagt er und greift nach dessen Hand. Vans Augen füllen sich mit Tränen. Er nimmt Dads Hand in seine und beugt sich vor. Ich verlasse das Zimmer, damit sie ein bisschen allein sind.

Als wir zum Cottage kommen, ist Van erledigt – er hat im Flugzeug kaum geschlafen.

»Ich habe das Nebengebäude für dich vorbereitet«, erkläre ich ihm. »Hoffentlich ist das in Ordnung.«

Ich befürchte, dass er sich in Dads Schlafzimmer, inmitten von Dads Sachen, nicht wohlfühlt, aber ich habe alles so gut es ging zur Seite geräumt.

»Ich glaube, ich dusche erst mal«, sagt Van.

»Immerhin haben wir jetzt ein Bad eingebaut. Komm in die Küche, wenn du fertig bist. Ich mache das Essen warm.«

Nach einer Viertelstunde taucht er wieder auf. Seine Haare sind nass, der Bartschatten ist immer noch da.

»Ist das dein neuer Look?«, frage ich und streiche ihm kühn mit den Fingern über die Wange.

»Yeah.« Er zuckt mit den Schultern und lächelt schwach.

»Was willst du trinken?«, frage ich. »Wir haben Bier, Wein, Cider, Alkoholfreies ... Ich mache mir auf jeden Fall eine Flasche Rotwein auf. Ich muss was trinken.«

»Kann ich verstehen. Ich nehme auch einen Rotwein. Wo ist die Flasche? Ich kümmere mich drum.«

Ich suche eine der besseren Flaschen im Weinregal in der Vorratskammer aus und reiche sie Van. Er weiß noch, wo bei uns Korkenzieher und Weingläser sind.

»Das riecht gut«, bemerkt er und weist mit dem Kinn auf den Backofen, während er kurzen Prozess mit dem Korken macht. Manchmal vergesse ich, dass er als Barkeeper gearbeitet hat. Als er zurück nach Port Lincoln zog, ist er wieder in den Thunfischfang eingestiegen, obwohl er vorher erzählt hatte, es sei ihm langweilig geworden.

»Das ist eine Rindfleischpastete. Hat Nick aus dem Pub vorbeigebracht«, verrate ich. »Ich musste sie nur noch warm machen.«

»Nett von ihm.«

»Ja. Wenn ich ihn brauche, ist er da.«

Van weiß offenbar nicht, was er darauf sagen soll. Ich nehme das Glas, das er mir hinhält, setze mich an den Tisch und drücke die Hand gegen die Stirn. Heftige Kopfschmerzen kündigen sich an. Der Wein wird wahrscheinlich nicht sehr hilfreich sein, aber scheiß drauf. Was sein muss, muss sein.

»Wie geht es Sam?«, frage ich. »Hat sie sich damit abgefunden, dass du hierhergeflogen bist?«

»Ja, war in Ordnung. Am Anfang hat sie einen kleinen Aufstand gemacht, weil sie nicht wusste, wie sie das mit der Kinderbetreuung hinkriegen soll, aber Libby geht ja zur Schule, und Sams Mutter ist auch noch da.«

Wir haben August. Luke hat Sommerferien, in Australien müssen sie damit noch bis Weihnachten warten.

»Was macht Sam so?«

»Dies und das. Sie malt noch. Wandgemälde und so. Aber in erster Linie ist sie Mama.«

Sam hat noch ein zweites Kind von einem anderen Typen bekommen – ebenfalls eine Tochter, Brittney, zwei Jahre. Mit Brittneys Vater ist sie aber auch nicht zusammen.

»Und was ist mit dir?«, frage ich. »War es in Ordnung, dass du dir freigenommen hast?«

»Ja. Die Ernte war vorbei, von daher hatte ich jetzt eh Pause.«

»Was du jetzt tust, ist das was anderes als früher? Als du die vollen Netze mit Thunfisch aus dem offenen Meer reingeschleppt hast?«

»Das gehört alles zum selben Kreislauf. Wenn die Fische reingeholt werden, bleiben sie vier Monate in großen Käfigen, in denen sie gemästet werden. Danach werden sie rausgeholt.«

Ich weiß nicht, was genau das alles beinhaltet, doch Van schneidet ein anderes Thema an, ehe ich nachhaken kann.

»Wann kommt Luke?«

»Ich hole ihn morgen Nachmittag bei Nick ab.« Ich greife nach dem Rotweinglas. »Mensch, dass ich deine Tochter immer noch nicht kennengelernt habe!«

»Ja, war gerade nicht der beste Zeitpunkt, um sie mit nach England zu nehmen.« Vans Stimme ist ausdruckslos, dann verzieht er plötzlich das Gesicht, schlägt die Hände davor und beugt sich vornüber.

Ich stelle das Glas ab und gehe zu ihm, um ihm eine Hand auf den Rücken zu legen. Er verschluckt ein Schluchzen.

»'tschuldigung«, stößt er aus, reckt sich und reibt sich heftig über die Augen.

Ich habe einen dicken Kloß im Hals, aber es gelingt mir, mich zusammenzureißen.

»Mir ist bloß gerade klargeworden, dass Geoff meine Tochter nicht mehr kennenlernen wird«, bringt Van hervor.

Stimmt. Jetzt ist es auch um mich geschehen.

Als wir endlich so weit sind und die Pastete aus dem Ofen holen, ist die Kruste angebrannt. Aber ich denke, das stört uns nicht. Wir bekommen ohnehin nicht viel hinunter.

Anschließend machen wir es uns mit unseren Weingläsern auf der Wohnzimmercouch gemütlich.

»Wie schaffst du das, immer noch wach zu sein?«, frage ich und wische mir unter den Augen entlang, um ein paar Tränen aufzufangen. Ich kann nicht aufhören zu weinen. Van ist zum Glück nicht noch mal zusammengebrochen. Ich konnte es noch nie ertragen, wenn es ihm nicht gutgeht.

»Ich glaube, selbst wenn ich es versuchen würde, könnte ich nicht schlafen. Aber wenn ich noch zwei hiervon trinke, sollte das kein Problem mehr sein.« Er hebt sein Glas.

»Meinetwegen kannst du auch hier schlafen, bloß ist das Sofa zu klein für dich. Da hast du schon mit fünfzehn nicht mehr drauf gepasst. Ich weiß noch, dass Dad sagte, er hätte dich immer hier unten gefunden, mit Scampi als Wärmflasche.«

»Die verrückte alte Töle fehlt mir«, sagt Van wehmütig.

»Libby will unbedingt einen Hund, aber das funktioniert nicht mit meinem Job.«

»Wie ist sie so drauf?«, will ich wissen.

Ein Lächeln erhellt sein Gesicht. »Sie ist unglaublich! So süß und lustig. Sie hat sich Sorgen um mich gemacht, als Sam ihr erzählt hat, dass mein ›zweiter Dad‹ krank ist.« Als Van mein fragendes Gesicht sieht, erklärt er: »Sam hat Libby mal erklärt, dass ich auch noch eine Familie – und einen zweiten Dad – in England hätte. Seitdem ist das für Libby mein zweiter Dad, und das war so niedlich, dass wir nichts dazu gesagt haben.«

»Süß«, sage ich.

»Ja, sie ist echt irre.«

Seine Stimme ist voller Liebe.

»Wie läuft es mit Sam?«

Van wirft mir einen zynischen Blick zu. »Wie immer. Sie ist unberechenbar. Momentan hat sie wieder einen Neuen am Start. Mal abwarten, was draus wird – wahrscheinlich nichts. Aber sie ist eine gute Mutter. Der Rest interessiert mich nicht.«

»Und was ist mit dir? Bist du noch mit Cherie zusammen?« Der Wein hilft mir, diese Frage zu stellen.

Van runzelt die Stirn. »Mit der ist schon seit Ewigkeiten Schluss. Momentan habe ich niemanden. Du?«

Ich schüttele den Kopf. »Ist nicht so leicht, im Pub jemanden kennenzulernen. Was schon lustig ist, wenn man bedenkt, wie viele Männer da vorbeikommen. Aber meistens sind Nick und seine Eltern dabei, und das käme mir irgendwie komisch vor.«

Gleichzeitig trinken wir einen Schluck. Keine Ahnung, ob es Van aufgefallen ist, aber zum ersten Mal, seit wir fünfzehn waren, sind wir gleichzeitig solo.

Ich bin jedoch nicht in der emotionalen Verfassung, um länger darüber nachzudenken. Kurz darauf gehe ich nach oben ins Bett.

Dank Van und zweifellos dank des Weins hat mich die Angst um Dad in der Nacht nicht aufgefressen. Doch beim Aufwachen trifft mich die Erkenntnis von neuem wie ein Schlag, dass ich kurz davor bin, meinen Vater zu verlieren. Als ich nach unten ins Bad will und Van mit einem Becher Tee am Küchentisch sitzen sehe, wo Dad sonst immer hockt, bleibe ich stehen und breche wieder zusammen. Van schaut sich über die Schulter nach mir um.

»Hey«, sagt er, springt auf und schiebt den Stuhl so schnell nach hinten, dass es durchdringend kreischt.

Ich halte mir die Ohren zu und muss ungewollt lachen, dann liege ich in Vans Armen, und mein Kummer überschwemmt alles andere.

»Schschscht«, murmelt er mir ins Haar, während ich seine Taille umklammere und wieder merke, wie wild das Herz in meiner Brust schlägt.

Ich versuche, mich von Van zu lösen, doch er zieht mich noch enger an sich, bis ich nachgebe und mich ein bisschen länger von ihm trösten lasse. Als ich mich irgendwann von ihm freimache, um ins Badezimmer zu gehen, scheint Van nur ungern nachzugeben.

Mit frisch gewaschenem, fleckigem Gesicht komme ich aus dem Bad. Van hat mir eine Tasse Tee gemacht.

»Wann willst du ins Krankenhaus?«, fragt er.

»Sobald wir fertig sind«, entgegne ich. »Am Nachmittag muss ich zurück sein, um Luke abzuholen.«

Dad geht es ungefähr genauso wie am Tag zuvor – er ist müde, hat aber nicht zu große Schmerzen. Er freut sich, uns zu sehen, auch wenn das Sprechen ihn anzustrengen scheint. Van zeigt ihm Bilder von Libby, um die Zeit zu vertreiben, und nach einer Weile nickt Dad wieder ein. Schweigend bleiben wir neben ihm sitzen, bis der Arzt hereinkommt und uns den Vorschlag macht, Dad in ein Hospiz zu verlegen. Es fällt mir sehr schwer, mir das vorzustellen.

Als wir aufbrechen, wird Dad wieder wach.

»Ich muss los und Luke abholen, Dad, ja? Soll ich ihn heute Abend mitbringen, damit er dich sehen kann?«

»Nein, Schätzchen, bitte nicht«, erwidert er. »Ich will nicht, dass er mich so in Erinnerung behält.«

Wie soll ich mich zusammenreißen und nicht weinen, wenn er so etwas sagt?

»Ach, Nelly, es ist gut. Noch bin ich ja nicht weg.«

»Ich kann auch hier bleiben«, bietet Van an.

»Nein, ich muss mich ausruhen«, beharrt Dad. »Wir sehen uns morgen Nachmittag. Aber Luke soll nicht mitkommen«, wiederholt er.

Auf dem Weg zum Auto kann ich nicht aufhören zu weinen.

»Soll ich fahren?«, schlägt Van vor.

»Ja? Geht das?« Ich hatte ihn vor seinem Urlaub in meiner Versicherung eintragen lassen.

»Na, klar. Gib einfach Nicks Adresse ins Navi ein, dann kannst du dich entspannen.«

Die Fahrt nach Helford dauert über eine Stunde, doch Van lenkt mich mit Geschichten über sein Leben in Australien ab. Immer wieder bin ich fasziniert von seiner Arbeit. Ich erfahre, dass er jeden Fisch mit der Hand fängt. Manche wiegen bis zu achtzig Kilo und sind fast zwei Meter lang. Während der Ernte bewegt er *sechshundert Thunfische am Tag*! Er legt sie auf ein

Förderband, das sie zu einem Schiff transportiert, das sie wiederum nach Japan bringt. Kein Wunder, dass er so fit ist!

Nebenher arbeitet er noch auf einer Austernfarm in Coffin Bay, wo die Austern, die wir später im Restaurant bekommen, aus winzigen Larven gezüchtet werden. Jeden Tag fährt er zwanzig Minuten mit dem Boot raus zu den Leinen und Pfählen, an die die Körbe gehakt sind. Er kontrolliert die Muscheln, sortiert sie nach Größe und bringt die mit zurück, die groß genug sind, um verkauft zu werden.

Ich habe die Orte vor Augen, von denen er spricht – die Pubs und Strände –, weil ich dort gewesen bin, und ich bin froh, dass ich die Möglichkeit hatte, Vans Heimat zusammen mit Dad zu besichtigen, auch wenn ich zu der Zeit nicht ganz auf dem Damm war. Als ich erwähne, wie schön es ist, dass mein Vater John intensiver kennenlernen konnte – was er sich immer gewünscht hatte –, haben wir beide wieder Probleme, die Fassung zu bewahren.

Danach schweigen wir eine Weile, und ich denke darüber nach, wie ungewöhnlich es für Van ist, im Auto so viel zu reden. Ich bin ihm unglaublich dankbar dafür, dass er versucht, mich abzulenken.

Als wir nach Helford kommen, lotse ich ihn zum Haus von Nicks Eltern, nicht zum Parkplatz. Es ist Ebbe, so dass die Straße unten passierbar ist. Dennoch spritzt Wasser aus dem Nebenfluss seitlich am Wagen hoch, als wir hindurchfahren.

»Hier ist gut«, sagte ich. Van hält in einer Parkbucht und stellt den Motor ab. »Kommst du mit?«, frage ich.

»Soll ich?«

»Nick freut sich bestimmt, dich zu sehen.«

Zögernd löst Van seinen Gurt.

Ich habe die ganze Zeit nicht groß auf das Wetter geachtet, aber es ist ein wunderschöner Sommertag. Rote Fuchsien prangen in den Hecken entlang der Straße, so dass es aussieht, als würden die Hecken selbst in Blüte stehen.

Theresa und Christopher wohnen gegenüber vom Pub in einem reetgedeckten Cottage wie aus dem Bilderbuch. Der Duft der Rosen aus ihrem Garten vermischt sich mit dem Geruch der Gezeitentümpel. Als wir das Tor im weißen Lattenzaun öffnen, entdecke ich Theresa am Küchenfenster. Sie winkt mir zu und ist noch vor uns an der Haustür.

»Hallo, Schätzchen!« Sie nimmt mich tröstend in die Arme, dann begrüßt sie Van. »Ist lange her, seit du damals auf der Silvesterparty bei uns warst«, sagt sie.

»Fünfzehn Jahre, meine ich«, erwidert er.

»Mummy!« Luke stürmt in den Flur und wirft sich mit dem ganzen Gewicht seines kleinen Körpers gegen mich.

»*Uff!*«, rufe ich lachend und hebe ihn schwungvoll hoch. Er vergräbt das Gesicht an meinem Hals, und ich drücke ihn mehrere Sekunden fest an mich, bevor ich ihn zu Van umdrehe. »Das ist mein alter Freund Van«, stelle ich vor.

»Hallo!«, sagt Van fröhlich.

Luke erwidert sein Lächeln.

Wir lehnen die von Theresa angebotene Tasse Tee ab und gehen zum Pub hinüber. Ich habe das Gefühl, dass Van anfangs zurückhaltend ist, doch Nick nimmt ihm schnell die Befangenheit.

»Hey, Alter!«, ruft er, kommt hinter der Theke hervor und greift nach Vans Hand, um sie voller Herzlichkeit zu schütteln. »Schön, dich zu sehen! Tut mir leid, dass die Umstände so furchtbar sind«, fügt er hinzu.

Während sie sich unterhalten, gesellt sich Aimee zu uns, eine unserer am längsten beschäftigten Kellnerinnen und gleichzeitig eine Freundin von mir. Sie begrüßt uns. »Alles in Ordnung, Süße?«, fragt sie.

Ich nicke und drücke ihren Arm. »Wie sieht es hier aus? Tut mir leid, dass ich in den letzten Tagen keine große Hilfe war.«

»Alles gut«, versichert sie. »Für den Rest der Sommerferien haben wir zwei Studentinnen eingestellt. Sind noch nicht die schnellsten, aber das wird schon. Nimm dir so viel Zeit, wie du brauchst. Und geh mal zu Tristan«, drängt sie. »Er hat euch ein paar Fresspakete fertiggemacht.«

Als ich beladen mit zwei großen Tüten voll köstlichster Gerichte zum Aufwärmen aus der Küche komme, unterhalten sich Nick und Van übers Surfen.

»Und, was meinst du, hast du mal Lust, einen Tag mit uns rauszukommen?«, fragt Nick.

»Ich weiß nicht.« Van wirft mir einen kurzen Blick zu.

»Mach doch!«, ermutige ich ihn. »Du kannst eine Pause gebrauchen. Wir können uns doch bei Dad abwechseln – ich fahre morgens hin, du nachmittags.«

»Das würde gehen«, stimmt er zu.

»Übermorgen?«, fragt Nick.

Wieder sieht Van mich fragend an.

Ich nicke.

»Wird ein bisschen voller sein als letztes Mal«, sagt Nick grinsend.

Das ist eine unglaubliche Untertreibung – zu dieser Jahreszeit sind die Strände in Cornwall rappelvoll.

»Wo ich herkomme, gelten acht bis zehn Leute im Wasser als viel«, erwidert Van.

Nick lacht. »Na, auf solche Zahlen kommen wir vielleicht nicht, aber ich kenne auch ein paar ruhigere Ecken.«

Nick legt mir den Arm um die Schultern und drückt mir einen Kuss auf die Stirn. »Alles gut?«, fragt er leise.

Ich nicke und kämpfe mit den Tränen. »Sag besser nichts, sonst geht es wieder los.«

»Ich dachte, ich fahre später mal beim Krankenhaus vorbei.«

»Echt?«, sage ich dankbar. »Ich hatte schon ein schlechtes Gewissen, weil ich es erst wieder schaffe, wenn ich Luke morgen Nachmittag abgegeben habe.«

»Kein Problem.« Er gibt mir noch einen Kuss. »Hab dich lieb. Geh nach Hause, ruh dich aus. Bis morgen!«

Er drückt mich ein letztes Mal, dann verabschiedet er sich von unserem Sohn.

»Ihr kommt ja echt gut miteinander klar«, sagt Van, als wir wieder im Auto sitzen. Ich habe angeboten, den letzten Rest nach Hause zu fahren.

»Ja, doch. Am Anfang war es schwer, aber wir haben uns zusammengerauft.«

Ich spreche im Flüsterton und schiele im Rückspiegel zu Luke nach hinten.

»Können wir mit dem Ruderboot fahren, Mummy?«, fragt er, kaum dass wir zu Hause angekommen sind.

»Ach, Schätzchen, Mummy ist nicht so danach.«

Sein Gesicht verzieht sich vor Enttäuschung.

»Ach, los!«, sagt Van. »Es tut uns bestimmt gut, ein bisschen rauszukommen.«

»Überredet«, seufze ich.

Zuerst müssen wir Wombat saubermachen. Immerhin lenkt mich die schlichte Arbeit von den Gedanken an Dad ab. Dann steigen wir ein. Ich setze mich nach hinten und versuche, mein Gewicht und Luke so auszubalancieren, dass wir keine Schlagseite bekommen. Van rudert. Luke beugt sich mit seinem Netz über die Kante und versucht, alles zu fangen, was er interessant findet. Höchstwahrscheinlich wird kein Fisch dabei sein.

»Sollen wir an der anderen Seite festmachen?«, fragt Van und dreht das Boot in die entsprechende Richtung.

»Ja!«, jubelt Luke.

Damit ist die Entscheidung gefallen.

In diesem Jahr steht auf den Feldern Weizen, der noch geerntet werden muss. Während wir den Hügel hinaufsteigen, erinnere ich mich daran, wie ich einmal mit Ruth hier war und sie gemalt hat. Damals hatte der Weizen ein cremiges Gelb und wiegte sich im Wind, genauso wie jetzt. Ruth riss eine Ähre ab, um mir zu zeigen, wie sehr die Farbe meinen Haaren glich. Van und Dad waren unten am Wasser und bauten eine Hütte.

Ich erzähle Van die Geschichte. »Das war kurz nachdem wir uns kennengelernt hatten«, bemerkt er.

Ich fahre mit den Fingern durch den Schopf meines Sohns. »Luke ist sogar noch blonder als ich in dem Alter. Er kommt nach seinem Vater, mit den Locken und so.«

»Aber er hat deine Augen«, bemerkt Van.

»Flüssiger Honig in der Sonne«, sage ich lächelnd. »Wenn es um Farben ging, hatte deine Mutter eine unglaubliche Begabung, sie zu beschreiben, oder? Weißt du noch, wie wichtig es ihr war, dass ich mir ein Lieblingsgrün aussuche?«

Van nickt, seine Mundwinkel heben sich. »Was ist denn deine Lieblingsfarbe?«, sagt er zu Luke und hockt sich hin, um mit dem Kleinen auf Augenhöhe zu sein.

»Gelb«, erwidert Luke feierlich.

»Aah! Gelb ist eine tolle Farbe«, lobt Van. »Die Farbe der Sonne.« Er sieht zu mir hoch. »Wo sind Mums Bilder denn inzwischen?«

»Immer noch in den Schränken im Nebengebäude. Hast du da gut geschlafen?«

Van schüttelt den Kopf und steht auf. »Ich bin einfach im Wohnzimmer geblieben und hab mich auf den Boden gelegt. Kam mir irgendwie nicht richtig vor, im Zimmer deines Vaters zu schlafen.«

»Tut mir leid. Dir muss ja alles weh tun.«

»Schon gut. Ich hab mich auf die Kissen gelegt. Hab schon schlechter geschlafen. Sei mal wochenlang mit dem Schiff auf dem Meer!« Er zerzaust Lukes Haare. »Hast du Lust, eine Hütte zu bauen, Kumpel?«

»Ja!«, ruft Luke.

»Los, wer schneller unten ist!«

Ich lache, als die beiden loslaufen. Van tut so, als würde er meinen quietschenden Sohn fangen.

Als Luke im Bett liegt und das Abendessen im Ofen ist, sitzen wir mit einem kalten Bier draußen auf der Terrasse.

»Der Kurze ist klasse, Nell. Hast du gut gemacht«, sagt Van.

»Er ist der Beste. Ich kann es kaum glauben, dass er bald schon in die zweite Klasse kommt.« Luke war drei Wochen zu früh und ist deshalb der Jüngste in seiner Klasse. Als er letztes Jahr eingeschult wurde, war ich total fertig.

»Er hat nächste Woche Geburtstag, oder?«

»Ja, Mittwoch. Mir ist nicht gerade nach Feiern zumute, ehrlich gesagt, aber irgendwas müssen wir machen.«

»Sag mir Bescheid, wenn ich irgendwie helfen kann.«

»Ja, danke. Hast du Sehnsucht nach Libby?«, frage ich.

»O ja, ganz schlimm.« Van schaut auf die Uhr. »Ist es okay, wenn ich sie später vom Festnetz aus anrufe? Ich gebe dir hinterher das Geld für die Rechnung.«

»Sei nicht albern! Klar kannst du das.«

»Wenn ich wochenlang mit dem Schiff unterwegs bin, ist vor lauter Arbeit nicht viel Zeit, an sie zu denken, aber hier, mit ihm« – Van weist nach oben, in den ersten Stock – »ist es härter.«

»Kann ich verstehen.«

Van setzt die Flasche an, sein Adamsapfel hüpft beim Trinken. Aus dem Augenwinkel beobachtet er mich, dann dreht er sich zu mir und schwingt ein Bein über die Bank, um rittlings darauf zu sitzen.

»Wie kommst du inzwischen mit deiner Mutter klar?«, fragt er.

Ich zucke mit den Schultern und greife nach meinem Pferdeschwanz, um ihn festzuziehen. »Besser als letztes Mal, als wir über sie gesprochen haben, damals in Australien. Sie war mit Robert bei meiner Hochzeit.«

»Tut mir leid, dass ich es nicht geschafft habe zu kommen.«

»Nein, tut es nicht.«

»Okay, erwischt!«, gibt er feixend zu und trinkt noch einen großen Schluck Bier.

Ich kichere und schüttele vorwurfsvoll den Kopf, dann greife ich nach meiner eigenen Bierflasche. »Aber ich glaube, du hattest recht, was Nick angeht.«

Vans Gesicht wird ernst.

»Warum warst du heute so nervös, als wir zum Pub gegangen sind?«, will ich unvermittelt wissen.

Die Frage scheint ihm unangenehm zu sein. Ich bin mir unsicher, ob er noch antwortet, dann redet er doch. »Als ich Nick das letzte Mal gesehen habe, war er ein ganz normaler Typ. Jetzt ist er der Mann, den du geheiratet hast. Damit ist er auf einer völlig anderen Ebene.«

*Eine Ebene, die er nicht erreicht hat.*

Ich verstehe.

»Tut mir leid, dass es nicht gehalten hat mit euch«, sagt Van leise.

»Ich bereue es nicht«, erwidere ich.

»Wieso solltest du auch?« Erneut weist er nach oben in den

ersten Stock. »Deine Mutter ist also tatsächlich zu deiner Hochzeit gekommen?«, kehrt er zu dem anderen Thema zurück.

»Yep. Sie war zum ersten Mal wieder in Cornwall, seit sie mit Dad hier gelebt hat. War auch nicht gerade angetan von meiner Männerwahl«, sage ich sarkastisch.

»Siehst du sie öfter?«

»Nein, nicht regelmäßig. Aber sie schickt immer supertolle Weihnachts- und Geburtstagsgeschenke für Luke. Ach, ich muss sie anrufen. Ich hab ihr das von Dad noch gar nicht erzählt.« Nach ihrer mangelnden Unterstützung beim letzten Mal hatte ich nicht viel Lust auf das Gespräch.

Van streicht mir mit dem Daumen über die Wange. Es ist eine beiläufige, liebevolle Geste, doch ich halte die Luft an. Er zieht die Hand zurück und leert sein Bier, dann weist er auf das Nebengebäude. »Kann ich vielleicht in die Schränke gucken?«

Ich nicke. Es ist erstaunlich, wie stark es dort immer noch nach Farbe riecht, selbst nach so vielen Jahren.

»Als du mit zwanzig hier warst, dachte ich, du würdest sie mitnehmen«, sage ich, als er das Bild von uns mit der Sandburg in Kynance Cove herauszieht.

Van schüttelt den Kopf. »Damals wusste ich nicht, wo ich die Bilder hätte lassen sollen. Ich dachte, hier wären sie besser aufgehoben. Aber diesmal nehme ich sie mit.«

Ich habe das Gefühl, einen Tritt in den Bauch zu bekommen. Wenn die Bilder nicht mehr hier sind und Dad auch nicht, warum sollte Van dann jemals wiederkommen?

»Hey, alles gut?«, fragt er, als er meinen Gesichtsausdruck bemerkt.

Ich schüttele den Kopf und drücke mir die Handballen auf die Augen.

»Normalerweise bin ich derjenige, der die Fassung verliert, nicht du«, sagt er liebevoll und nimmt mich in die Arme.

Ich habe einen riesengroßen Kloß im Hals, aber reiße mich zusammen, um nicht zu schluchzen. Mein Atem wird immer schneller. Je länger wir uns umarmen, desto nervöser werde ich. Vielleicht spürt Van die veränderte Stimmung, denn er legt die Hände auf meine Arme und schiebt mich von sich.

»Ich gucke mal nach dem Abendessen«, sage ich zittrig und verlasse den Raum.

Später am Abend geht Van in den Flur, um Libby anzurufen. Ich stelle den Fernseher laut, um nicht zu lauschen, aber es ist unmöglich zu überhören, wie entspannt und fröhlich er klingt – völlig anders als der Junge, der kaum ein Wort herausbekam, wenn er mit uns oder seinem Vater in Australien telefonierte. Durch den Türspalt sehe ich, dass er auf dem Boden sitzt, die langen Beine von sich gestreckt und an den Knöcheln überschlagen.

»Hab dich lieb. In ein paar Tagen ruf ich wieder an, okay? Sei ein braves Mädchen, ja?«

Mir wird innerlich ganz warm, als ich zuhöre, wie er sich verabschiedet.

»Wie geht's ihr?«, frage ich, als Van zurückkommt.

»Gut. Sie ist gerade erst aufgestanden.« In Australien ist es Samstagmorgen.

Er setzt sich neben mich, und ich lasse den Fernseher weiter laufen. Eine Weile hocken wir einfach da und starren gedankenverloren auf den Bildschirm.

Doch vom Fernsehprogramm bekomme ich kaum etwas mit. Viel zu sehr beschäftigt mich etwas anderes. Der Teil meines Herzens, der Van gehört, wurde sehr lange unterdrückt, doch jetzt spüre ich, wie er sich entfaltet und öffnet, um Van wieder hereinzulassen. Das macht mir furchtbare Angst – ich will nicht noch einmal verletzt werden.

Und wie kann ich überhaupt an so etwas denken, während mein Vater im Sterben liegt?

Erneut verabschiede ich mich früh und gehe ins Bett.

Als ich am nächsten Morgen erwache, fällt das Sonnenlicht durch die Lücken in meinen Vorhängen. Ich schaue nach der Zeit: acht Uhr dreißig! Vor Schreck springe ich fast aus dem Bett. So lange schläft Luke nie! Ich bin so ausgeruht wie seit Jahren nicht mehr, aber dann fällt mir Dad wieder ein, und ich werde unendlich traurig.

Niedergeschlagen ziehe ich mir meinen Morgenmantel über und gehe nach meinem Sohn schauen. Zu meiner Überraschung ist sein Bett leer, doch ich höre Geräusche von unten.

Lukes hohe Stimme vermischt sich mit Vans tiefem Brummen. Ich begebe mich in die Küche. Der Anblick, der sich mir bietet, überrascht mich und erfüllt mich mit Freude.

Die beiden sitzen am Tisch und malen mit dem Kasten, den wir Van vor Jahren zu Weihnachten geschenkt haben. Jeder hat ein Blatt im DIN-A3-Format vor sich liegen.

»Guck mal mein Bild!«, ruft Luke, anstatt mir einen guten Morgen zu wünschen, als er mich in der Tür erblickt.

»Das ist ja superschön!« Ich gehe zu ihm und lege die Hand auf seinen Rücken.

»Das ist ein Blumengarten«, erklärt er mir ernst. »Den male ich für Grandad.«

»Da wird er sich aber freuen.« Ich fange Vans Blick auf, und mein Herz öffnet sich noch ein bisschen weiter. »Guten Morgen!«

»Morgen«, antwortet er. »Ich habe gehört, wie er aufgewacht ist, und dachte, du könntest den Schlaf gebrauchen.«

»Danke!«, flüstere ich. »Und was machst *du* da?« Bedeutungsschwer weise ich auf sein Bild.

»Ach, nichts Besonderes«, erwidert Van befangen und tupft leuchtendes Orange auf einen Sonnenuntergang.

»Das ist schön.«

Er reicht mir sein Handy. »Auf dem Schiff erlebt man die unglaublichsten Sonnenuntergänge.«

Ich betrachte das Foto genauer, das er abmalt. Unten ist das Deck des Boots zu sehen, dann ein aufgewühlter grauer Ozean und oben ein vor Farben explodierender Himmel.

»Ich wusste gar nicht, dass du wieder malst.« Ich stutze. »Wann hast du angefangen?«

»Gerade«, entgegnet er und beugt sich zu Luke vor, um dessen Bild zu begutachten. »Sieht toll aus, Kumpel. Die Farbe finde ich gut, die du da gemischt hast.«

Es ist ein trübes Orange-Grün-Braun. Van sieht auf und grinst mich an, während ich die Nase rümpfe.

»Hast du wieder im Wohnzimmer geschlafen?«, frage ich.

Er nickt. »Ich war aber schon wach, als ich Luke gehört habe.«

»Hast du was gegessen?«

»Ja, vor 'ner Stunde oder so hatten wir Cornflakes. Soll ich dir was holen?«

»Nein, alles gut, danke. Mach weiter!«

*O Gott, ich sitze in der Tinte ...*

»Und, magst du Van?«, frage ich Luke im Auto, als ich ihn zu seinem Vater bringe.

»Ja.« Er nickt überzeugt.

»Findest du, dass er sich anhört wie Tom aus *Feuerwehrmann Sam*?«

Das ist eine von Lukes Lieblingssendungen – Tom ist Bergretter im Hubschrauber und kommt aus Australien.

»Ähm …« Er zieht eine Grimasse und zuckt mit den Schultern. »Bringst du Grandad mein Bild mit?«

»Natürlich.«

»Wann kann ich wieder mit ihm in den Garten?«

Es dauert ein bisschen, ehe ich antworten kann. »Grandad ist sehr krank, mein Schatz. Ich glaube nicht, dass er noch die Kraft hat, um im Garten zu arbeiten. Aber wir beide können auch ein paar Blumen pflanzen, oder?«

Als Luke nicht antwortet, schaue ich in den Rückspiegel. Gedankenverloren blickt mein Sohn aus dem Fenster.

»Ist das in Ordnung, Luke?«

»Grandad fehlt mir«, antwortet er. »Wann kann ich ihn sehen?«

Ich atme tief durch. »Das weiß ich nicht genau, Süßer. Grandad ist sehr krank. Ich glaube nicht, dass er aus dem Krankenhaus kommt.«

»Kann ich mitgehen und ihn besuchen?«, fragt Luke hoffnungsvoll.

*O Gott …*

»Im Moment ist er nicht ganz er selbst.« Nein. Wie soll ein Kind das verstehen? Ich zerbreche mir den Kopf, wie ich es Luke erklären kann. »Denk mal an Grandad und stell ihn dir vor!«

Luke zieht die Augenbrauen zusammen.

»Was siehst du, in deinem Kopf?«, frage ich. »Wie sieht Grandad aus, was macht er?«

»Er ist im Garten«, antwortet Luke.

»Genau.« Tränen springen mir in die Augen. Ich setze den

Blinker und halte am Straßenrand. Bei so einem Gespräch kann ich nicht fahren. Ich drehe mich im Sitz um und schaue meinen Sohn an. »Wie sieht Grandad aus?«

»Er hat schlechte Laune«, brummt Luke, und ich muss lachen. »Und ganz schmutzige Hände!«

»Sagt er, dass ihm die Knie weh tun?«, frage ich.

»Ja!«

»Siehst du, *so* sollst du ihn in Erinnerung behalten!«

Luke zu Hause zu haben, hat geholfen, jetzt bin ich mit Van allein. Schweigend sitzen wir im Auto und fahren zum Krankenhaus. Ich habe versucht, ihm von meinem Gespräch mit Luke zu berichten, aber musste so heftig weinen, dass Van sich wieder hinters Lenkrad setzte. Ich weiß nicht, was ich ohne ihn tun würde.

Dads Augen glänzen vor Tränen, als er Lukes Bild sieht. Ich richte ihm aus, dass sein Enkel ihn gerne sehen würde. Da verliert er die Fassung.

»Nicht so«, murmelt er. »Nicht so.«

Um ihn aufzumuntern, erzähle ich ihm, wie ich am Morgen nach unten kam und Van beim Malen entdeckte.

Dad tastet nach Vans Hand und ergreift sie. »Gut!«, sagt er. »Kannst du mir dein Bild zeigen?«

Van windet sich beschämt. »Es ist noch nicht fertig. Ich bringe es dir morgen mit, wenn du möchtest.«

»Jetzt müssen wir sie nur wieder ans Schreiben bekommen«, sagt Dad zu Van und greift mit der anderen Hand nach meiner. »Schummel und Bummel!«

»Ach, Dad«, sage ich traurig. »Wirklich?«

»*Ja*, wirklich! Luke würde diese Geschichten lieben! Du musst sie für ihn aufschreiben, nicht für dich.«

»Ja, stimmt«, wirft Van ein.

»Okay, vielleicht mache ich das, aber nur wenn du mir versprichst, die Bilder dazu zu malen«, erwidere ich vielsagend und sehe schnell zur Seite.

»Genau!«, ruft Dad, und aus Vans Zucken schließe ich, dass er dessen Hand ebenso fest drückt wie meine.

»Klingt nach einem Plan«, meint Van.

Ein Schauder läuft mir über den Rücken, als ich ihm wieder in die Augen sehe. Ich unterbreche den Blickkontakt als Erste und wende mich Dad zu, doch bei seinem Gesichtsausdruck fühle ich mich auch nicht wohler.

An dem Abend überrollt mich die Erkenntnis: Wir werden Dad bald verlieren, und ich bin überhaupt nicht darauf vorbereitet.

»Wenn ich es dir doch irgendwie leichter machen könnte«, murmelt Van. Wir sitzen zusammen auf der Couch. Ich bin untröstlich.

Es fühlt sich an, als sei die Traurigkeit ein Wesen tief in mir, das sich in meinem Magen festgefressen hat.

»Was kann ich tun?« Tränen glänzen in Vans Augen.

»Halt mich fest«, antworte ich in der Überzeugung, dass Dad mir diesen Trost jetzt gönnt, egal, was er früher von unserer Beziehung gehalten hat.

Van nimmt mich in die Arme und zieht mich an sich, aber ich brauche noch mehr Nähe. Das scheint auch er zu spüren. Er hebt mich auf seinen Schoß, und so halten wir uns eng umschlungen. Irgendwie passt es einfach.

Ich weiß nicht, wie lange wir so verharren, aber als meine Tränen irgendwann versiegen, macht keiner von uns Anstalten, aufzustehen.

Mein Herz hat sich vollständig geöffnet, es fühlt sich so zerbrechlich an wie Glas. Es ist, als sei drumherum ein Garten kunterbunter Blüten entstanden, die ebenso zart und leicht sind und in der Brise beben.

Ich liebe ihn. Ich habe ihn immer geliebt und werde ihn immer lieben. Ich bin in ihn verliebt. Mein Vater liegt im Sterben, und noch immer spüre ich die Schuldgefühle und die Scham, die wir vor fünfzehn Jahren empfanden. Noch immer stehen sie zwischen uns.

Im selben Augenblick ziehen wir uns beide zurück und sehen einander in die Augen. Van streicht mir mit dem Daumen über die Wange. Ich tue dasselbe, eine zärtliche Geste voller Liebe. Da weiß ich ohne jeden Zweifel, dass auch er mich immer noch liebt. Er ist in mich verliebt.

Und mein Vater liegt im Sterben, er liegt im Sterben, er liegt im Krankenhaus und stirbt, und wir können nichts dagegen tun.

»Ich liebe dich«, sage ich leise, fast erstickt.

»Ich liebe dich auch«, antwortet Van.

Er nimmt mein Gesicht in die Hände, mein Magen dreht sich, als Tausende von Schmetterlingen losfliegen und sich unsere Lippen zum zartesten, süßesten Kuss treffen. Wir bewegen uns kaum, drücken reglos die Lippen aufeinander. Die Sekunden vergehen. Dann lehnt Van die Stirn gegen meine, und wir verharren längere Zeit so. Tränen rinnen uns über die Wangen, so verloren sind wir in den Schuldgefühlen und der Reue aus der Vergangenheit.

Am nächsten Morgen ist Van mit Nick zum Surfen verabredet, doch er sagt ab.

»Ich kann dich in dem Zustand nicht allein lassen«, flüstert er, als er mich in der Küche in den Armen hält.

Ich widerspreche nicht.

Er fährt uns morgens ins Krankenhaus, und ich drehe mich auf meinem Sitz so, dass ich ihn ansehen kann. In mir wirbelt ein Durcheinander aus Liebe und abgrundtiefem Kummer.

Als wir ankommen, schläft Dad. Wir setzen uns jeweils auf eine Bettkante und warten, dass er aufwacht. Immer wieder ziehen sich unsere Blicke magisch an. Es ist wirklich seltsam, jemanden so intensiv ansehen zu können, ununterbrochen, minutenlang. Ich weiß nicht, wie lange wir so verharren, bis Dads Stimme uns plötzlich zusammenfahren lässt.

»Nell …«

Sofort bin ich bei ihm. »Dad!« Ich springe auf. »Wie geht es dir?«

Er hebt die Hand, und ich will sie nehmen, sehe dann aber, dass sein Finger zwischen Van und mir hin und her wackelt. »Ihr …«, sagt er. »Ihr beiden …«

Ich bekomme einen Kloß im Hals.

*Nein, Dad, bitte sag es nicht … Das ertrage ich nicht …*

»Ich …« Man sieht ihm die Anstrengung an. Jedes Wort erschöpft ihn.

»Schon gut, Dad.« Ich will auf jeden Fall verhindern, dass er es ausspricht. Wenn er verlangt, dass wir uns voneinander fernhalten – wenn er das zu seinem letzten Wunsch macht, dann ist das mein Ende.

Er umklammert meine Hand kraftvoller als am Tag zuvor. Dann nimmt er auch Vans Hand.

»Ich …«, beginnt er erneut. »'tschuldigung.« Er führt unsere Hände auf seinem Schoß zusammen.

Ich sacke auf den Stuhl.

»Entschuldigung«, wiederholt Dad. »Ihr beide … zusammen …«

Er schließt die Augen, und seine Hände erschlaffen. Die Anstrengung ist zu viel für ihn.

Ich versuche, mein Schluchzen zu unterdrücken, doch es gelingt mir nicht. Durch den Schleier meiner Tränen sehe ich, dass Vans gesamter Körper bebt. Er weint ebenfalls.

»Wir müssen ihn mit nach Hause nehmen.« Van drückt meine Hand so fest, dass es weh tut. »Er möchte bestimmt gerne heim.«

Ich weiß, dass Van recht hat, und so bringen wir Dad ein paar Tage später zurück ins Cottage. Er ist überwältigt, als er sieht, dass wir sein Bett so gestellt haben, dass er im Liegen aus dem Fenster schauen kann.

Er wollte uns nicht zur Last fallen, deshalb hat er nicht darum gebeten, aber natürlich wollte er seine letzten Tage hier verbringen, an dem Ort, wo er aufwuchs und sein ganzes Leben verbrachte.

Vom Krankenhaus aus wurde eine Hospizpflege organisiert; eine wunderbare Frau namens Kerrie hilft uns, alles für meinen Vater vorzubereiten, und zeigt uns, was wir tun müssen, um es ihm angenehm zu machen.

Niemand weiß, wie lange Dad noch hat, vielleicht sind es nur wenige Tage. Er schläft viel und ist benommen, wenn er wach ist. Sein Atem geht flach, er hat den Appetit verloren und weigert sich, zu essen und zu trinken. Kerrie versichert uns, dass das alles in den letzten Tagen vor dem Tod normal sei, und bringt uns bei, wie wir seinen Mund mit einem Schwamm befeuchten und seine Hände massieren können, die durch den schwächer werdenden Kreislauf ständig kalt sind.

Immer wieder fragt Luke, ob er Grandad sehen dürfe. Am nächsten Tag ist sein fünfter Geburtstag.

»Was meinst du, Dad?«, frage ich, als er einen lichten Moment hat.

Er wollte nicht, dass Luke ihn im Krankenhaus besucht, das weiß ich, aber zu Hause, in seinem eigenen Bett, wirkt Dad halbwegs normal.

»Er könnte ja nur ganz kurz zu dir kommen. Ich dachte, wir singen ›Happy Birthday‹ für ihn und lassen ihn die Kerzen auspusten, dann will Nick mit ihm für den Rest des Tages nach Flambards.« Das ist ein Freizeitpark bei uns in der Nähe.

Dad nickt. »In Ordnung.«

Während Dad am nächsten Morgen noch schläft, befestigen Van und ich klammheimlich Luftballons an den Gardinenstangen in seinem Zimmer. Irgendwann wacht Dad auf. Er freut sich.

»Holt doch auch die Bilder raus!«, schlägt er vor.

»Mums Bilder?«, fragt Van.

Dad nickt. »Und eure. Macht das Zimmer ein bisschen fröhlicher.«

Gehorsam holen wir die Bilder aus den Schränken und lehnen sie gegen die Wände. Ich klebe Vans Sonnenuntergang neben Lukes Bild, das er vor ein paar Tagen gemalt hat. Nachdem ich meine Mutter angerufen und sie auf den neusten Stand gebracht hatte, ließ sie gestern einen riesengroßen Strauß Blumen liefern, so dass es im Zimmer jetzt herrlich duftet. Tatsächlich war sie sehr traurig, als sie hörte, was los ist – ich weiß nicht, ob sie es beim letzten Mal richtig begriffen hatte, aber schließlich erholte Dad sich ja, deshalb war ihr vielleicht nicht klar, wie hart das alles für mich war.

Lange ruhen Dads Augen auf dem Bild mit der Sandburg, dann döst er wieder ein.

Als Nick und Luke kommen, ist unser Kleiner zurückhaltender als sonst. Ich weiß nicht, ob Nick ihn gemahnt hat, vorsichtig zu sein, denn er klettert sehr zögerlich auf Dads Bett und gibt ihm einen zaghaften Kuss auf die Wange.

»Hallo, Lukey!«, sagt Dad überraschend fröhlich und nimmt die Hand seines Enkels. »Herzlichen Glückwunsch zum Geburtstag!«

»Ich habe dir eine Karte gemalt«, sagt Luke und zeigt seinem Großvater das bunte Motiv auf der Vorderseite. »Das bist du, und das bin ich.«

Während er das Bild erklärt, fallen Dad mehrfach die Augen zu, aber er lächelt die ganze Zeit.

»Wunderschön«, lobt er liebevoll.

Ich gehe in die Küche, um den Kuchen zu holen, und brauche ein bisschen, um die Kerzen anzuzünden. Wir bringen Luke ein Ständchen, dann schläft Dad wieder ein.

Mitten in der Nacht wacht er auf. Ich sitze an seinem Bett, halte Nachtwache, seine Hand in meiner.

»Ruth«, sagt er.

»Nein, Dad, ich bin's, Nell.« Meine Augen füllen sich mit Tränen.

»Nelly«, sagt er. »Wo ist Vian?«

»Van schläft. Soll ich ihn holen? Er schläft im Wohnzimmer auf dem Boden«, fühle ich mich gezwungen zu erklären.

Vor Schmerz verzieht er das Gesicht. »Nelly, es tut mir leid«, sagt er. »Du ... Van ... das ist gut.« Jedes Wort bereitet ihm Probleme.

»Bitte, Dad, mach dir keine Sorgen«, flehe ich.

»Ich liebe dich, Nelly. Bin so stolz auf dich.«

»Ich liebe dich auch, Dad. Und das weiß ich.«

Er klopft neben sich aufs Bett.

»Was ist, Dad?«

Er hört nicht auf zu klopfen. Ich habe so einen großen Kloß im Hals, dass ich kaum sprechen kann.

»Scampi«, murmelt er.

Ich wende das Gesicht ab und weine mir die Seele aus dem Leib. Mein Körper wird von stummen Schluchzern erschüttert.

Als ich mich zu ihm umdrehe, ist er wieder weg.

Er wacht nicht mehr auf, und am nächsten Tag verlieren wir ihn für immer.

Es scheint, als würden alle, die mein Vater je gekannt hat, zu seiner Beerdigung kommen. Die Kirche ist vollbesetzt mit seinen alten Freunden und Kollegen von den National-Trust-Anlagen, wo er gearbeitet hat. Steven und Linzie, die Bauern von nebenan, Freunde und Bekannte oben aus dem Dorf sind dabei, dazu die Eltern von Ellie und meinen anderen Freundinnen – selbst Ellie und Brooke haben die weite Reise von Newcastle beziehungsweise London auf sich genommen.

Doch die größte Überraschung ist meine Mutter. Sie sitzt neben mir in der ersten Reihe, Van auf meiner anderen Seite. Nick, Theresa und Christopher haben Luke bei sich auf der anderen Seite des Ganges, so dass ich mir keine Sorgen machen muss, vor meinem Sohn die Fassung zu verlieren.

Als ein ehemaliger Kollege von Dad aufsteht und erzählt, wie sehr er im Park geliebt und respektiert wurde und wie stolz er nicht nur auf mich, sondern auch auf Van war, der für ihn wie ein Sohn war, bin ich zu Tränen gerührt.

Mum greift nach meiner Hand und drückt sie. Ihre Finger sind kalt, ihre Berührung ist ungewohnt. Lieber würde ich Vans Hand halten, doch ich reiße mich zusammen. Es ist, als würde sie mich, ihre Tochter, in diesem Moment brauchen.

Bald wird ihre Hand in meiner wärmer.

Die Castors organisieren den Leichenschmaus im Boatman und versichern mir, ich bräuchte mich um nichts zu kümmern.

Ich bin ihnen unendlich dankbar. Keine Ahnung, wie es andere Menschen schaffen, das alles zu regeln, wenn sie in Trauer ertrinken.

Ich habe so viel geweint, dass ich mich irgendwann leer fühlte. Ständig kommen Leute zu mir und wollen über Dad sprechen, doch ich wünsche mir nur noch, zu Hause mit Van auf dem Sofa zu liegen. Luke ist eine gute Ablenkung, Mum auch. Immer wieder staunen die Leute, wie viel Ähnlichkeit wir miteinander haben – einige sagten das schon vor ein paar Jahren bei meiner Hochzeit. Wir sind beide schlank und ungefähr gleich groß, allerdings trägt Mum hohe Absätze. Seltsames Gefühl, dass ich inzwischen sogar ein bisschen größer bin als sie. Mum sieht sehr schick aus in ihrem dunkelblauen Kostüm; die immer noch goldblonden Haare hat sie zu einem komplizierten Knoten hochgesteckt.

Luke ist traurig wegen seines Großvaters, aber er versteht den Verlust noch nicht richtig, deshalb ist er ziemlich aufgekratzt. Theresa kümmert sich den Großteil des Nachmittags um ihn. Mir fällt auf, dass Mum öfter zu den beiden hinüberschaut.

»Soll ich ihn mal holen?«, frage ich, als wir einen Augenblick für uns haben. Van spricht gerade mit Nick und Ellie; ich würde so gerne zu ihnen gehen. Doch Mum wird gleich abgeholt und zurück zum Flughafenhotel gebracht – sie fliegt ganz früh am nächsten Morgen, ich werde sie also wieder längere Zeit nicht sehen.

Sie reißt den Blick von meiner Schwiegermutter und ihrem Enkel los. »Ich glaube, er mag mich nicht.«

»Natürlich mag er dich, Mum!«, versichere ich ihr. »Er kennt dich nur nicht sehr gut. Aber das kann ja noch werden.«

»Warum kommt ihr uns nicht öfter besuchen?« Es klingt vorwurfsvoll, so dass ich mich sofort wieder über sie aufrege.

»Warum besuchst du *uns* nicht öfter?«, gebe ich zurück.

»Ich habe mich hier nie besonders willkommen gefühlt«, erwidert sie.

»*Was?*«

»Du und dein Dad – ihr steht euch so nahe.«

Meine Nase beginnt zu kribbeln. Ich nestele nach einem Taschentuch in der Tasche meines schwarzen Etuikleids. Mum starrt betreten zu Boden.

»Tut mir leid«, sagt sie leise. »Du und dein Dad, ihr *standet* euch so nah. Ich kam mir immer wie das dritte Rad am Wagen vor.«

»Du warst nicht das dritte Rad«, murmele ich und putze mir die Nase. »Aber es stimmt, wir standen uns nah.«

»Ich würde dich gerne öfter sehen – und Luke natürlich auch«, sagt sie.

»Du bist uns immer willkommen, und wir werden versuchen, dich auch mal zu besuchen. Ist eine Geldfrage. Wir haben es nicht so dicke.«

»Da kann ich euch unter die Arme greifen.«

»Wir schaffen das schon. Aber danke.«

»Das wäre das mindeste, was ich tun könnte«, beharrt sie.

»Danke, Mum.«

Kurz darauf kommt das Taxi, und ich hole Luke, damit wir uns von ihr verabschieden können.

»Nimm Grandma in die Arme!«, sage ich und kippe Luke in ihre Richtung.

Er schlingt die Ärmchen um ihren Hals. Sie lächelt und schließt die Augen.

»Hast du dich bei Grandma für den tollen Feuerwehrwagen von Playmobil bedankt, den sie dir geschickt hat?«

»Danke«, sagt Luke gehorsam.

»Danke, Mum, er bekommt immer tolle Geschenke von dir«, füge ich hinzu.

»Dann will ich mal dafür sorgen, dass es so bleibt«, verspricht sie lächelnd und zwickt meinem erfreuten Sohn neckisch in die Nase.

»Und wir kommen dich bald mal besuchen«, verspreche ich.

»Gut, mein Schatz.« Sie umarmt mich mit Luke auf dem Arm ungelenk und gibt mir einen Kuss auf die Wange, dann wendet sie sich ab und steigt ins Taxi. Ich bleibe stehen und sehe ihr nach, bis der Wagen verschwunden ist. Es versetzt mir einen seltsamen Stich. Hoffentlich dauert es nicht allzu lange, bis wir uns wiedersehen – sie ist jetzt das einzige Elternteil, das ich noch habe.

Luke eng an mich gedrückt, gehe ich zurück in den Pub und steuere direkt auf Van, Nick und meine Freundinnen zu.

»Alles gut?«, fragt Nick, legt einen Arm um mich und drückt mir einen Kuss auf die Schläfe.

Ich nicke und spüre Vans Augen auf uns. Er trägt einen Anzug – dafür ist er extra nach Falmouth gefahren. Ich habe ihn noch nie so schick gesehen; immer wieder wandert mein Blick zu ihm hinüber.

»Wann fliegst du zurück?«, höre ich Brooke fragen.

»Weiß ich noch nicht«, erwidert Van. »Ich habe mein Ticket schon einmal umgebucht, aber ich bleibe noch ein bisschen länger.«

Mein Herz zieht sich zusammen. Ich weiß, wie sehr er Libby vermisst. Er muss furchtbar hin- und hergerissen sein; denn er will mir auch beistehen. Und ich wünsche mir selbstsüchtig, dass er so lange wie möglich hier ist.

Luke windet sich aus meinen Armen und läuft zu Theresa hinüber.

Automatisch mache ich zwei Schritte auf Van zu, dann

bleibe ich unvermittelt stehen. Ohne nachzudenken, wollte ich die Arme um seine Taille schlingen, damit er mich festhält, so wie zu Hause. Benommen sehe ich ihn an, er zieht verwirrt die Stirn in Falten. Dann merke ich, dass mich all meine Freundinnen und Freunde anstarren. Ich mache auf dem Absatz kehrt und verschwinde.

Sofort bereue ich es – so habe ich noch viel mehr Aufmerksamkeit auf mich gelenkt. Es war ein unbedachter Moment. Einer von Dads ehemaligen Kollegen winkt mich zu sich herüber, aber ich kann nicht, ich kann mir keine Geschichte mehr anhören. Stattdessen haste ich die Treppe hoch zu Nicks Apartment – das eine Zeitlang auch meins war –, und schließe mir mit dem Schlüssel auf, den ich noch habe.

Als Nick nach einer Weile zu mir kommt, liege ich in Tränen aufgelöst auf dem Bett.

»Hey«, sagt er liebevoll. Er legt sich neben mich und nimmt mich in die Arme. Ich weine mir die Augen aus. Mein Herz tut so weh. Es sehnt sich nach Van. »Was war das denn eben?«, fragt Nick. »Warum bist du weggelaufen? Du hast Van angeguckt und bist abgehauen.«

*O Gott, alle haben es mitbekommen …*

Ich heule noch heftiger.

»Nell …«, murmelt Nick und streicht mir beruhigend über die Haare. »Es ist gut. Alles wird wieder gut. Es tut mir so leid, Süße, aber es wird wieder gut.«

»Ich bin in Van verliebt.«

Der Satz ist heraus, bevor ich mir auf die Zunge beißen kann. Ich löse mich von Nick und sehe ihn erschrocken an.

Er legt den Kopf schräg, seine Gedanken überschlagen sich. »Soll das heißen …« Er verstummt, sieht mich nachdenklich an. »Du bist in ihn verliebt«, wiederholt er meine Worte.

»Seit ich fünfzehn bin«, flüstere ich.

Nick schluckt.

Mein Blick fleht ihn an zu verstehen.

»Weiß er es?«, fragt er schließlich.

Ich erzähle ihm die ganze Geschichte, rede mir alles von der Seele. Und Nick hört zu, nimmt jedes Wort in sich auf, ohne mir auch nur einmal das Gefühl zu geben, er würde sich eine Meinung bilden. Doch selbst wenn ich mich von ihm verurteilt fühlte, könnte ich nicht aufhören zu reden.

»Jetzt leuchtet mir alles ein«, sagt er dann. »Deshalb wolltest du nichts von Drew.«

Unfreiwillig muss ich lachen, auch wenn ich alles andere als fröhlich bin.

»Mensch, Nell«, brummt Nick und reibt sich übers Gesicht. Er wirkt sehr ernst.

»Findest du das abartig?«

Er ist empört. »Warum?«, ruft er. »Ihr seid doch keine Geschwister, verdammt nochmal! Als ihr zusammengelebt habt, wart ihr noch *Kinder*. Ich finde es unfassbar, dass du das alles seit Jahren mit dir herumträgst!«

»Aber Dad …«, wende ich ein.

Nick unterbricht mich: »Dein Vater hat getan, was jeder normale Vater einer Jugendlichen tun würde: verhindern, dass seine Tochter von einem Typen gebumst wird!«, platzt es aus ihm heraus. »Gott hab ihn selig, aber er hätte dir schon viel früher sagen sollen, dass es in Ordnung ist, wenn ihr ineinander verliebt seid!«

»Als Van das letzte Mal hier war, war ich mit Joel zusammen«, versuche ich zu erklären, um meinen verstorbenen Vater zu verteidigen. »Und als wir nach Australien geflogen sind, hatte ich gerade was mit dir angefangen, und Van war mit Sam zusammen.«

Nick seufzt schwer. »Ja, okay, vielleicht hat er ja gedacht, es würde sich nicht lohnen, die Vergangenheit wieder hervorzuzerren. Hast du wirklich niemals jemandem davon erzählt?« Er wirft mir einen Seitenblick zu. »Nicht mal Ellie?«

Ich schüttele den Kopf.

»Dann erzähl es ihr jetzt«, sagt er bestimmt. »Sie wird genauso reagieren wie ich. Mensch, Nell, raus damit! Schluss mit den Schuldgefühlen! Du hast dich lange genug gequält.«

Ich muss noch mal weinen.

Als wir endlich wieder nach unten kommen, sind die meisten Gäste gegangen. Ellie sieht mich besorgt an und hält mir die Hand entgegen.

»Alles in Ordnung, Süße?«, fragt sie.

Ich nicke, und mein Blick huscht zu Van. Sein Gesichtsausdruck ist undurchdringlich. »Wird schon«, sage ich zu Ellie. »Wann fährst du zurück nach Newcastle?«

»Übermorgen. Soll ich morgen früh auf eine Tasse Tee vorbeikommen?«

Bevor ich antworten kann, schlägt Nick Van auf die Brust. »Morgen früh, surfen! Das machen wir, Alter! So lange leistet Ellie Nell Gesellschaft.«

Ich lächele erst Nick, dann Ellie an. »Ja, das wäre gut.«

Van nickt ebenfalls zu Nicks Vorschlag.

Ich würde Luke gerne mit nach Hause nehmen, aber Nick redet es mir aus.

»Du solltest mit Van sprechen«, flüstert er mir ins Ohr, als ich ihn und unseren Sohn zum Abschied umarme.

Van fährt, aber keiner von uns sagt ein Wort. Zu Hause setzen wir uns auf die Couch. Verzweiflung und Nervosität ringen in meinem Inneren.

»Du warst ganz schön lange mit Nick oben.«

*Was hat er gedacht, das wir da tun?*

»Ich habe ihm alles erzählt«, flüstere ich. »Er hat es verstanden.«

Van ist erschüttert. Er beugt sich langsam vor und schlägt die Hände vors Gesicht. Er weiß nicht, was er sagen soll.

Dad hat dafür gesorgt, dass wir uns als Jugendliche so unserer Gefühle füreinander schämten, dass es uns verständlicherweise schwerfällt, die Schuldgefühle jetzt abzuschütteln, selbst nach seiner Entschuldigung im Krankenhaus. Wir haben unsere Emotionen jahrelang verdrängt; ich fühle mich nach dem Geständnis bei Nick zwar besser, aber Van hatte diese Möglichkeit nicht.

»Van.« Ich lege die Hand auf seinen Rücken. »Ich brauche dich.«

»Was soll ich tun?«, fragt er leise mit gequälter Stimme.

»Kannst du mich heute Nacht im Arm halten?«, traue ich mich zu fragen.

Er will mich umarmen, doch ich schüttele den Kopf.

»Nicht hier. Oben.«

Er zögert, dann nickt er.

Als ich aus dem Badezimmer komme, sehe ich ihn nirgends. Ich gehe nach oben und schlüpfe schnell in meinen Schlafanzug, dann steige ich unter die Decke.

Es dauert noch mal zehn Minuten, bis ich Vans Schritte auf der Treppe höre. Ich wusste nicht, ob er wirklich kommen würde.

Er steht in der Tür, wirkt unsicher. Dann tritt er herein und geht um das Bett herum auf die andere Seite, zieht seinen Anzug und die Krawatte aus, knöpft das Hemd auf und legt alle Kleidungsstücke auf einen Stuhl. Dabei hält er mir den Rücken zugewandt. Schließlich zieht er sich ein T-Shirt über den Kopf, dreht sich zu mir um und klettert unter die Decke.

Kurz sieht er mir in die Augen, dann öffnet er die Arme. Ich schmiege mich an ihn, er drückt mich an sich. Er ist so warm und fest, dass ich mich sofort getröstet fühle. Ich atme tief ein und merke, dass er dasselbe tut. Allmählich entspannt sich sein Körper unter meinen Händen. Ich lege die Hand auf seinen Kiefer, mein Daumen fährt über seine Bartstoppeln, immer wieder, bis ich zu müde bin. Ich schlafe als Erste ein.

In den frühen Morgenstunden komme ich zu mir. Van hat immer noch die Arme um mich geschlungen, und während ich dort liege und an die Geschehnisse des Vortags denke, erscheint mir alles völlig unwirklich. Wir haben Dad begraben, und es tut unglaublich weh, aber im Moment habe ich nicht das Gefühl, weinen zu müssen. Ich kann kaum glauben, dass ich Nick alles erzählt habe und er es verstanden hat. Er hat es tatsächlich verstanden. Ich bin so unglaublich erleichtert.

Vans Finger auf meinem Arm bewegen sich, und als ich ein wenig nach hinten ausweiche, um ihn anzusehen, dreht er sich zu mir auf die Seite. Er schläft noch, aber seine Hand tastet herum, als würde sie nach meiner suchen. Ich fasse nach ihr, und er wird ruhig. Kurz darauf öffnet er die Augen. Erst blinzelt er, dann blickt er klarer. Wir sehen uns an.

Ich weiß nicht, wie viele Sekunden vergehen – zwanzig, dreißig, vierzig –, dann bewegen wir uns gleichzeitig. Unsere Lippen pressen sich aufeinander, unsere Beine umschlingen sich, unsere Arme legen sich um die Taille des anderen und ziehen ihn heran. Unser Kuss, zuerst zärtlich, wird leidenschaftlicher. Ich bin wie ausgehungert.

Van dreht mich auf den Rücken und hält meine Handgelenke über meinem Kopf fest. Doch meine Beine haken sich um seinen Körper und ziehen ihn an mich.

*Er will das ebenso sehr wie ich …*

Wir küssen uns keuchend, er drückt sich gegen mich. Dann lässt er meine Hände los. Sofort greife ich nach seinem T-Shirt und ziehe es ihm über den Kopf. Er wiederum befreit mich von meinem Schlafanzugoberteil, als Nächstes klemme ich die Daumen hinter das Bündchen seiner Boxershorts.

»Ich habe nichts dabei«, stößt Van aus und drückt seine Stirn gegen meine. »Ich kann nicht zwei Kinder an entgegengesetzten Enden der Welt haben.«

Es ist eine schmerzhafte, eindringliche Erinnerung daran, dass er bald fort sein wird. Jetzt tut es bereits furchtbar weh, und danach wird der Schmerz mit Sicherheit noch viel schlimmer. Aber wie sollen wir jetzt aufhören? Unser halbes Leben lang steuern wir schon auf diesen Moment zu.

»Ich nehme die Pille«, flüstere ich.

Er küsst mich erneut.

Als wir beide nackt sind, verschränkt er seine Finger mit meinen. Am Vorabend habe ich die Vorhänge nicht zugezogen, und flussabwärts geht die Sonne auf. Im grauen Morgenlicht versinken seine nachtdunklen Augen in meinen. Dann sind wir eins, und unsere Körper kommen endlich – *endlich* – zusammen.

Es ist so schön, dass ich Blitze sehe.

Van ist bereits mit Nick losgefahren, als Ellie kommt. Alles erscheint mir immer noch so unwirklich – der Verlust von Dad, die Nacht mit Van, mein Entschluss, meiner ältesten Freundin das Geheimnis zu verraten, das ich schon so lange mit mir herumschleppe. Ich höre mich reden, frage sie nach ihrer Arbeit und ihrem Liebesleben, erkundige mich, was sie so treibt. Ich glaube, Ellie wundert sich ein bisschen über mich. Wahrscheinlich macht sie sich Sorgen, dass ich den Tod meines Vaters nicht wahrhaben will, denn heute bin ich nicht mehr die verlorene Frau mit dem leeren Blick, die ich gestern im Pub war.

»Ist alles in Ordnung?«, fragt sie schließlich.

Ich versuche, tief durchzuatmen, kann aber keine Luft holen. »Ich muss dir etwas sagen«, presse ich hervor.

Ihr Gesichtsausdruck ist eine Mischung aus Frage und Besorgnis. Sie wartet.

Ich schlucke, mein Gesicht prickelt unangenehm. »Van«, beginne ich. »Van und ich. Wir lieben uns.«

Als ich ihr endlich alles erzählt habe, seufzt sie. »Kann nicht sagen, dass mich das wundert.« Bei ihrer Bemerkung bekomme ich rote Wangen. »Nein, ich meine nicht, dass ich etwas gemerkt hätte«, stellt sie schnell richtig. »Ich fasse es nicht, wie gut du das versteckt hast. Ich wollte sagen, es wundert mich nicht, weil er wirklich total heiß ist. Ich fand ihn immer toll. Das hätte ich dir auch gesagt, wenn Brooke nicht die ganze Zeit herumposaunt hätte, dass sie was von ihm will. Sorry«, sagt Ellie reumütig, obwohl ich lache. »Weiß gar nicht, warum ich das jetzt gebeichtet habe. Verdammt, Nell!«, ruft sie aus. »Es gibt keinen Grund, dich zu schämen. Null! Ich glaube auch nicht, dass dein Vater die Sache mit euch beiden abartig fand. Ich denke, er fühlte sich hintergangen, mehr nicht. Du und er, ihr standet euch so nahe, und dann hattest du so ein großes Geheimnis und hast ihm nichts davon erzählt. Ich habe Van immer als deinen besten Freund gesehen – viel eher als deinen Bruder. Um ehrlich zu sein, war ich früher ein bisschen neidisch auf die Verbindung zwischen euch. Ab jetzt solltest du ganz offen damit umgehen. Erzähl allen, wie es ist. Dir muss nichts peinlich sein. Ihr seid zwei Erwachsene, die als Kinder eine Zeitlang im selben Haus gelebt haben. Du tust nichts Verbotenes. Und so, wie es klingt, wollte dein Vater auch, dass du mit Van glücklich bist.«

»Und was ist, wenn er zurück nach Australien geht?«, frage ich und greife zu einem Taschentuch.

Ellie wird ernst. »Keine Ahnung. Aber ihr findet schon eine Lösung.«

*Nur wie?*

Als Nick und Van zurückkehren, ist Ellie bereits gegangen. Nick kommt nicht mit ins Haus, und ich bin ihm dankbar dafür. Ich sehe ihn später noch, wenn ich Luke abhole. Den Rest der Woche bleibt der Kleine bei mir.

Nervös zappelnd warte ich im Flur und höre, wie Nick und Van sich verabschieden, dann fällt das Tor ins Schloss. Van schließt auf und tritt herein. Als er mich sieht, hält er inne.

Mit dunklen Augen geht er auf mich zu. Ich bleibe stehen, hebe die Arme und fahre ihm mit den Fingern durch die Haare. Sie sind feucht und kalt, er riecht nach Meer. Mit seinen starken Armen hebt er mich hoch und trägt mich nach oben ins Schlafzimmer. Wir haben eine Menge nachzuholen.

Tage später fahren wir nach Kynance Cove, damit Van seinen letzten Sonnenuntergang sehen kann. Luke ist wieder bei Nick, weil ich Van ganz früh am nächsten Morgen zum Flughafen bringe. Diesmal nimmt er die Bilder seiner Mutter mit, aber er hat mir versprochen, dass er zu mir zurückkommen wird.

Wir wissen nicht, wann das sein wird oder ob ich diejenige bin, die ihn beim nächsten Mal besucht. Was das Finanzielle angeht, schlagen wir uns beide mehr schlecht als recht durch, aber wir werden irgendwie eine Möglichkeit finden, uns zu sehen, und wir haben uns vorgenommen, so viel wie möglich miteinander zu sprechen. Gott sei Dank gibt es Skype – so können wir uns wenigstens sehen. Aber wir machen uns nichts vor: Es wird hart, das wissen wir.

Van vermisst Libby ganz furchtbar, was noch dadurch verschlimmert wird, dass Luke in den letzten Tagen bei uns war. Unsere gemeinsame Zeit war unglaublich intensiv; der Verlust von Dad ist immer noch so frisch, aber wir haben es auch geschafft, Momente purer Freude zu erleben.

Wir parken oben auf der Klippe und klettern den steilen unbefestigten Weg zum Strand hinunter. Immer wieder müssen wir Entgegenkommenden Platz machen. Es ist Flut, die Leute gehen nach Hause. Wir müssen uns beeilen, wenn wir nicht vom Wasser abgeschnitten werden wollen.

Es gibt Schlimmeres, als stundenlang an einem verlassenen Strand festzusitzen, aber ich bin nicht so egoistisch, dass ich Van seinen Flug verpassen lasse, auch wenn die Vorstellung verlockend ist. Uns bleibt höchstens eine halbe Stunde, deshalb schlage ich vor, dass er den Timer an seiner Uhr stellt, falls wir die Zeit aus den Augen verlieren.

Unten in der Bucht angekommen, sind immer noch ein paar Nachzügler da, doch die versuchen wir, so gut es geht, zu ignorieren. Wir steigen auf den Felsen, wo wir uns zum ersten Mal geküsst haben. Van lächelt mich mit bittersüßem Gesichtsausdruck an.

Ich erzähle ihm, was mir damals an seinen Augen aufgefallen ist, vor so vielen Jahren: dass die grünen und goldenen Flecken in seiner dunkelblauen Iris mich an ein Feuerwerk im Nachthimmel erinnern.

Zuerst ist er belustigt, dann wird er ernst. »Ich fand es schon immer schön, wie du die Dinge siehst. Du bist eine geborene Schriftstellerin.«

Ich wende den Blick ab, erfüllt von Bedauern.

»Es ist noch nicht zu spät«, beschwört er mich. »Ich weiß, dass du denkst, London und ein Job bei einer Zeitschrift seien für dich verloren, aber deine Kindergeschichten müssen unbedingt aufgeschrieben werden.«

Ich sehe ihn demonstrativ an.

»Ja, ja, ich mache die Illustrationen«, sagt er genervt und muss grinsen, als ich vor Freude in die Hände klatsche. »Ich weiß aber nicht, ob sie gut genug werden, deshalb musst du mir versprechen – versprich es mir, Nell! –, dass du dich nicht verpflichtet fühlst, sie zu nehmen, wenn sie dir nicht gefallen. Aber ich packe den Farbkasten ein und schaue, was geht.«

Ich stelle mich auf die Zehenspitzen, schlinge die Arme um seinen Hals und drücke meine Lippen auf seine. Er löst sich von mir.

»Das mit dem Boatman …«

Ich seufze. Mein Glücksgefühl verflüchtigt sich. »Das ist kein Problem«, unterbreche ich ihn. Ich meine die Arbeit, die Arbeitszeit, Lukes Betreuung – alles.

Van schüttelt den Kopf. »Das reicht mir nicht als Begründung. Kannst du dich nicht in Cornwall nach einer Stelle im Verlagswesen umsehen? So was muss es hier doch geben!«

»Ach, komm, Van!«, entgegne ich genervt und mache einen Schritt nach hinten. Er hat wirklich keine Ahnung. »Wie soll ich das hinkriegen? Ich bin dreißig Jahre alt und habe keinerlei Berufserfahrung. Kannst du dir vorstellen, wie schwer es ist, mit diesen Voraussetzungen einen Job zu ergattern? Und wie wenige solcher Stellen es hier überhaupt gibt? Oder wie begehrt die sind? Es ist ja auch nicht so, dass ich mich von unten hocharbeiten oder mit einem Praktikum anfangen könnte. Ich muss Geld verdienen! Ich kann nicht umsonst arbeiten, und selbst wenn ich Abendschichten im Boatman übernehmen würde, was würde aus Luke werden? Ich bin seine Mutter, das steht an erster Stelle. Es geht wirklich nicht«, stelle ich mit Nachdruck fest.

Van seufzt und lässt den Kopf hängen. Dann hat er eine Idee. »Was ist mit einer Buchhandlung?«, fragt er. »Die gestern in Falmouth hatte ein Schild im Schaufenster, dass sie jemanden suchen. Da würdest du jeden Tag mit Büchern arbeiten, die dich inspirieren könnten. Das wäre doch ein Schritt in die richtige Richtung, oder? Und man weiß ja nie, falls – nein, *wenn* – du deine Geschichten über Schummel und Bummel aufschreibst, hättest du dadurch vielleicht schon ein paar Kontakte und bekämst die Möglichkeit, die Bücher dort zu verkaufen. Ist nur ein Vorschlag, aber könnte man doch mal drüber nachdenken, oder?«

Ich lege den Kopf schräg, dann nicke ich und lächele. »In Ordnung. Ich gehe demnächst mal bei der Buchhandlung vorbei.«

»Morgen!«, fordert er.

»Da bringe ich dich zum Flughafen!«

»Auf dem Rückweg.«

Meine Nase beginnt zu kribbeln, ich schüttele den Kopf. »Da bin ich fertig.«

»Ach, Nell«, murmelt er. »Und genau aus dem Grund solltest du da vorbeigehen. Das lenkt dich ab. Versprich es!«

Ich will ihm einen Kuss geben, doch er entzieht sich mir.

»Versprich es!«

Unter Tränen nicke ich. »Versprochen.«

Als sich unsere Lippen treffen, meldet sich der Timer in seiner Uhr. Wir lösen uns voneinander, ich schluchze auf.

Oben auf der Klippe setzen wir uns, um uns den Sonnenuntergang anzusehen. Es ist einer der schönsten, die ich je erlebt habe, und ich weiß, dass ich diesen Moment mit Van niemals vergessen werde. Wir verharren im feuchten Gras, bis der Himmel erst grau und dann schwarz wird, anschließend fahren wir zurück nach Hause, um uns ein letztes Mal zu lieben.

Ich habe mich noch nicht überwinden können, über unsere Zukunft nachzudenken, abgesehen davon, dass wir so viel wie möglich miteinander telefonieren werden, doch in der Stille der Nacht wird mir kalt vor Angst. Wie sollen wir das hinbekommen? Van kann nicht ohne Libby leben, ich nicht ohne Luke. Niemals würde ich meinen Sohn seinem Vater entziehen – ich könnte nicht mal nach London gehen, von Australien ganz zu schweigen –, und es ist völlig unvorstellbar, dass Sam Libby mit ihrem Vater nach England lässt. Van würde Libby ihrer Mutter auch nicht nehmen wollen, selbst wenn er es könnte. Seinen eigenen Vater hat er erst mit zehn Jahren richtig kennengelernt, und wir wissen ja, wie schwer das war. Van wird alles dafür tun, Libby diesen Schmerz zu ersparen.

Ich liebe einen Mann, der an seine Tochter und an ein Land auf der anderen Seite der Welt gebunden ist. Das lässt sich einfach nicht leugnen.

Ich spüre, wie mir unser Happy End entgleitet.

Es ist niederschmetternd.

# Fünfunddreißig

Bleib stehen!«

»Mein Gott, hast du mir einen Schreck eingejagt!«, rufe ich, als Ed Allister, mein Chef, mich auf dem Bürgersteig zur Seite zieht, um den Passanten Platz zu machen. »Was ist denn?«

Er grinst mit seinen fröhlichen braunen Augen. »Nichts. Ich will bloß dabei sein und es sehen.«

»Was?«

Er weist hinüber zu Dragonheart, seiner Buchhandlung, wo ich seit fünf Jahren arbeite. Verwirrt runzele ich die Stirn, dann reiße ich die Augen vor freudiger Erwartung weit auf.

»Sind sie da?«, stoße ich aus und laufe los, noch bevor er antworten kann. Ich schlage die Hände vor den Mund und starre auf die neue Schaufensterdeko, für die Ed schon früh aufgestanden sein muss. Er zückt sein Handy und macht Fotos von meinem überraschten Gesicht. Dann kann ich mich nicht mehr beherrschen und breche vor Freude in schallendes Gelächter aus.

Ich kann es nicht glauben! Da sind sie, im Schaufenster, ein ganzer Stapel! Mehrere Cover zeigen nach außen: kleine Bücher mit cremefarbenem Einband, auf dem Schummel und Bummel im Holzapfelbaum sitzen. Ihre braunen Gesichtchen wirken äußerst schelmisch, und ihre spitzen Ohren sind fast größer als ihre Mützen. Ich vollführe ein Tänzchen auf der Stelle, drehe mich um und werfe die Arme um meinen Chef.

»Ich bin so stolz auf dich!«, flüstert er mir ins Ohr, bevor er sich von mir löst.

»Danke!«, raune ich, überwältigt vor Rührung. »Schade, dass Van nicht hier ist, um das zu sehen.«

»Der kommt ja bald«, erwidert Ed und klopft mir auf den Rücken, als wir die Buchhandlung betreten.

Ich arbeite in einem Kinderbuchladen in Falmouth. Es ist genau der, den Van vor fünf Jahren erwähnte und bei dem ich vorbeigehen sollte, um nach einer Stelle zu fragen. Das Unglaubliche ist – und ich finde es *wirklich* unfassbar –, dass ich meinen Chef Ed schon kannte.

Ich war schon mehrmals mit Luke in dem Geschäft gewesen, deshalb dachte ich beim Bewerbungsgespräch, Ed käme mir dadurch bekannt vor. Doch je länger wir uns unterhielten, desto mehr sah ich ihm an, dass es auch in ihm arbeitete.

»Ich habe irgendwie das Gefühl, dass wir uns schon mal begegnet sind«, sagte er schließlich und kratzte sich am Kopf, so dass seine dunkelbraunen Haare noch mehr abstanden als zuvor.

»Ich auch!«, rief ich verzückt, weil er dasselbe spürte. »Ich arbeite im Boatman. Waren Sie da vielleicht schon mal?«

»Ist das ein Pub?«, fragte er.

»Ja, in Helford, direkt am Fluss.«

Er dachte nach. »Ich kenne den Pub, von dem Sie sprechen, aber da bin ich seit Jahren nicht gewesen. Bin erst vor ein paar Monaten aus London hergezogen.«

»Ach, ja? Wo in London haben Sie denn gewohnt?«

»In Chiswick.«

»Ist ja ein Ding! Da bin ich aufgewachsen! Also, die ersten sieben Jahre. Als meine Mutter dann ins Ausland ging, bin ich zu meinem Dad gekommen. Was hat Sie nach Cornwall geführt?«

Ich weiß noch, dass es sehr angenehm war, mit ihm zu reden. Es fühlte sich überhaupt nicht wie ein Vorstellungsgespräch an; eher als würde ich mit einem alten Bekannten plaudern.

»Als Kind habe ich immer mit meiner Familie hier Urlaub gemacht«, erklärte Ed. »Mit Mitte zwanzig bin ich noch ein paarmal hergekommen und habe mich so richtig mit dem Cornwallvirus infiziert. Dann wollten meine Frau und ich raus aus London, und so haben wir beschlossen, hier ein Haus zu kaufen.« Amüsiert sah er sich um.

»Bastian!«, flüsterte ich, als ich begriff. »Der Junge aus der *Unendlichen Geschichte*!«

Fragend sah er mich an.

»Du bist Edward!«, rief ich. »Ich bin Nell! Weißt du nicht mehr? Du hast mit deinen Eltern Urlaub in einem Cottage oben in Mawgan gemacht. Ihr habt bei uns den Schlüssel abgeholt. Wir hatten gerade ein Entenküken gerettet!«

Sein Ausdruck in dem Moment – unschlagbar. Eds ganzes Gesicht leuchtete auf, in seinen Wangen erschienen Grübchen, die ihn unglaublich niedlich aussehen ließen, selbst in seinem Alter. Ich meinte mich zu erinnern, dass Ed mehr oder weniger so alt war wie ich. »Na, klar weiß ich das noch!«, rief er. »Das ist ja nicht zu glauben! Nell! Ich habe noch jahrelang an euch gedacht!« Plötzlich fiel ihm etwas ein, und er sah mich teilnahmsvoll an. »Deine Mutter …«

Ich schüttelte den Kopf. »Sie war nicht meine Mutter. Sie war die Lebensgefährtin meines Vaters, aber, ja …« Ich nickte und senkte den Kopf. »Das war eine tragische Geschichte.«

Noch am selben Tag bot er mir die Stelle an.

»Ich hoffe, du kannst heute Abend ein bisschen feiern«, sagt Ed am Ende unseres Arbeitstages.

»Würde ich ja gerne. Aber Nick ist mit Luke zelten gefahren, deshalb bin ich heute Nelly allein zu Haus.« Ich kann nicht mal mit Van sprechen, weil es in Australien mitten in der Nacht ist.

»Wir könnten zusammen was essen gehen!«, schlägt Ed vor.

»Ja, wirklich?«

»Klar! Komm, heute ist Samstag! Wir stoßen auf das Buch an!«

»Okay.« Ich grinse. Das lasse ich mir nicht zweimal sagen.

Ed wohnt in Falmouth, schlägt aber vor, irgendwo bei mir in der Gegend etwas trinken zu gehen, damit ich vorher mein Auto zu Hause abstellen kann und nicht mehr fahren muss. Wir parken in Helford und nehmen die kleine Fähre rüber zum Pub auf der anderen Seite des Flusses. Es ist ein wunderschöner Sommerabend, die untere Terrasse wird von Sonnenschein überflutet. Ed geht rein, um Getränke für uns zu holen, und kehrt mit einem Glas Prosecco für mich und einem Bier für sich zurück.

»Auf Schummel und Bummel!«, sagt er, und obwohl seine Augen hinter einer dunklen Sonnenbrille verborgen sind, weiß ich, dass seine Augen funkeln. »Und auf dich und Van natürlich!«, fügt er grinsend hinzu. »Auf das erste von ganz vielen Büchern, die noch kommen! Prost!«

»Danke«, sage ich mit tief empfundener Dankbarkeit, als er mit mir anstößt. »Wenn du nicht gewesen wärst …«

Ed winkt ab und nimmt einen Schluck von seinem Bier. »Das hättet ihr zwei auch so geschafft.«

Eds Vater und sein jüngerer Bruder – mit dem seine Mutter damals schwanger war, als wir uns kennenlernten –, besitzen einen kleinen Verlag in London. Durch sie hat Ed Kontakte in der Branche und konnte Van und mir helfen, unsere Geschichten in einigen Verlagshäusern vorzustellen. Drei interessierten sich für uns, doch am Ende beschlossen wir, bei Eds Familie zu bleiben. Sein Vater Simon und sein Bruder Jamie begeisterten sich genauso für das Buch wie Ed selbst, deshalb fühlte es sich richtig an.

Als wir vor neun Monaten die Buchverträge angeboten bekamen, konnte ich es kaum glauben! Ich erinnere mich noch genau an Vans Gesichtsausdruck, als ich es ihm über FaceTime erzählte – er war total von den Socken. Er drückte sogar einen Kuss auf den Bildschirm! Was hätte ich dafür gegeben, es ihm persönlich zu sagen, aber es ging nun mal nicht anders.

Die letzten fünf Jahre waren hart, und es gab Phasen, die waren nur schwer durchzustehen. Am Anfang war es besonders schwierig. Ich hatte gerade meinen Vater verloren, und kurz darauf flog Van zurück. Wenn er nicht auf See war, sprachen wir jeden Tag miteinander – manchmal sogar zweimal täglich –, und das half mir, auch wenn ich eigentlich nur in seinen Armen liegen wollte. Es dauerte lange, bis es tatsächlich so weit war. Gute acht Monate nach Dads Tod konnte ich nach Australien fliegen. Van und ich verbrachten drei Wochen zusammen. Anfangs war ich befangen, Libby kennenzulernen – was, wenn sie mich nicht mochte? Doch sie ist eine süße kleine Maus, und wir hatten viel Spaß miteinander.

Gleichzeitig vermisste ich in dieser Zeit Luke unglaublich. Ich konnte es mir nicht leisten, zwei Flugtickets zu kaufen, deshalb musste er zu Hause bleiben. Ein Jahr später besuchte Van mich in Cornwall, doch auch er musste ohne Libby kommen. Das lag nicht nur am Geld; Sam wollte nicht, dass ihre Tochter wochenlang im Ausland war. Sie weigerte sich schlichtweg, sie mitfliegen zu lassen.

Seitdem sehen Van und ich uns ungefähr ein Mal im Jahr, aber das reicht hinten und vorne nicht – es ist einfach zu wenig. Jetzt ist es wieder zwölf Monate her, dass wir das letzte Mal zusammen waren, aber in ein paar Tagen kommt er her – endlich mit Libby! Sam hat nachgegeben, was ich immer noch kaum glauben kann. Libby wurde einen ganzen Monat von der Schule befreit. In England sind Sommerferien, wir werden uns eine schöne Zeit machen. Ich kann mich vor Aufregung kaum zusammenreißen.

»Was hast du morgen vor?«, frage ich Ed und wische den Sand von der hölzernen Tischfläche. Auf der anderen Straßenseite, nur fünf Meter entfernt, ist schon der Strand. Ich bin gerne hier, weil ich in der Sonne sitzen und mich entspannen kann, während Luke am Wasser spielt, Steine hineinwirft oder mit Freunden herumtollt.

»Ich wollte mit dem Boot raus.« Die Buchhandlung ist sonntags geschlossen.

Vor ein paar Monaten hat sich Ed ein kleines Segelboot gekauft, aber ich bin noch nicht damit gefahren.

»Komm doch mit!«, sagt er. »Oder hast du schon was anderes vor?«

»Leider ja«, erwidere ich kleinlaut. »Ich muss ein Etagenbett zusammenbauen.«

»Ein Etagenbett?«

»Ja, für Libby und Luke. Sie sollen in dem Zimmer schlafen, das Van und ich uns als Kinder geteilt haben. Dummerweise habe ich als Jugendliche das alte Etagenbett gegen ein normales Bett eingetauscht.«

Inzwischen erzähle ich ganz offen von meiner Beziehung zu Van. Vor fünf Jahren habe ich mir Ellies Ratschlag zu Herzen genommen und verheimliche nichts mehr. Wenn überhaupt, finden die Leute die Vorstellung irgendwie romantisch, dass ich mich in meinen besten Freund aus Kindertagen verliebt habe.

Meine Mutter war die Einzige, die die Stirn gerunzelt hat, aber das hat nichts zu sagen. Sie ist nun mal ein Snob und denkt, ich hätte etwas Besseres verdient. In der Hinsicht hatte sie ja schon bei Nick eine eindeutige Meinung.

Im Moment kommen wir ganz gut miteinander klar, wahrscheinlich besser als je zuvor. Wir telefonieren alle paar Wochen miteinander, und auch Luke redet gerne mit seiner Großmutter in Amerika.

»Schaffst du das denn, ein Etagenbett ganz allein aufzubauen?«, fragt Ed besorgt.

Ich zucke mit den Achseln. »Muss ja. Notfalls bitte ich den armen Nick um Hilfe, auch wenn er diese Woche schon genug um die Ohren hat.«

Nick und Stefanie, mit der er seit drei Jahren zusammen ist, wollen am Freitag heiraten. Ich mag Stefanie gern, und Luke ist auch ganz vernarrt in sie. Nick selbst himmelt seine Freundin an – und ich habe keinerlei Hinweis darauf bemerkt, dass er einer anderen hinterherguckt. Es freut mich, dass er offenbar endlich zur Ruhe kommt.

Nick wollte ein bisschen Zeit mit Luke allein verbringen, bevor er mit Stefanie in die Flitterwochen aufbricht, daher das Zeltwochenende. Als Van letztes Mal hier war, hatten Nick und Stefanie Luke zwei Wochen lang mit nach Italien genommen, womit alle gut klarkamen. Aber diesmal können Van und ich unsere Zeit endlich zu viert mit Luke und Libby verbringen.

»Lass Nick in Ruhe«, sagt Ed stirnrunzelnd. »Ich kann dir auch helfen, wenn du willst.«

»Nein!« Ich winke ab. »Du kannst doch nicht noch mal hierher fahren!«

»Dann machen wir es heute Abend. Nach dem Essen!«

»Wirklich?« Ich bin nicht überzeugt.

»Warum nicht?«

»Dann trinke ich aber jetzt keinen Alkohol mehr.«

Ed und ich kamen von Anfang an gut miteinander aus. Wir sind eher Freunde als Kollegen, auch wenn wir erst im letzten halben Jahr angefangen haben, privat was zusammen zu unternehmen. Der Hauptgrund dafür ist, dass Eds Frau eine dumme Ziege war. Also, sie ist immer noch eine dumme Ziege, aber er ist nicht mehr mit ihr zusammen. Sie haben sich letztes Jahr getrennt, nachdem er sie mit einem anderen im Bett erwischt hat. Ich glaube, er hatte so was vermutet – mindestens einmal war sie schon fremdgegangen, in London – trotzdem war es ein Schock für ihn, sie auf frischer Tat zu ertappen.

Tasha hatte nicht aus London wegziehen wollen – mehrmals hatte sie sich bei mir beschwert, wie sehr sie sich hier langweilen würde. Ich fand es immer schwer zu glauben, dass so ein netter Kerl wie Ed mit einer so anstrengenden Meckerziege verheiratet ist, aber Ed behauptet, sie sei früher anders gewesen.

Erst später erfuhr ich, dass sie sich nur gezwungenermaßen auf den Neustart in Cornwall eingelassen hatte. Nachdem die Ehefrau ihres Chefs herausgefunden hatte, dass Tasha eine Affäre mit ihrem Mann hatte, gestand Tasha es schnell Ed. Er erklärte sich bereit, seiner Frau noch eine Chance zu geben, und so zogen sie nach Falmouth, doch die letzten Jahre waren ein Krampf für die beiden. Als ich ihn im Dezember völlig aufgelöst im Lager des Ladens überraschte, erzählte Ed mir alles. Ich hatte immer schon gerne für ihn gearbeitet, doch danach wurden wir richtige Freunde.

Ich mag Ed unheimlich gerne. Er ist so ein lieber, netter Mann, dass mich die Vorstellung, wie Tasha ihn betrügt, auf die Palme bringt. Wenn er so weit ist, wird er keine Probleme haben, jemand Neues zu finden.

»Hoffentlich hält sich das Wetter.« Ich recke das Gesicht in die Sonne.

Ich höre Papier rascheln und werfe Ede einen Blick zu. Er hat die Speisekarte in die Hand genommen. »Die Vorhersage für die nächsten fünf Tage ist gut«, murmelt er.

»Und wie ist die Vorhersage für den nächsten Monat?«, frage ich grinsend.

Er beäugt mich über den Rand seiner Sonnenbrille hinweg. »Wüsste ich auch gerne.« Er schiebt die Brille hoch und studiert die angebotenen Speisen. Ich muss gar nicht überlegen; ich weiß schon, was ich nehme.

Ed kratzt sich am Arm. Er ist im Moment stark gebräunt, weil er so oft segeln geht. Die hellbraunen Härchen auf seinen schlanken Unterarmen schimmern blond. So gut hat er noch nie ausgesehen, seit ich ihn kenne. Nach der Trennung hatte er abgenommen – auch wenn er vorher nicht dick war –, jetzt wirkt er fit und gesund und … ja, der Kellnerin ist es auch aufgefallen.

Ed bedankt sich geistesabwesend, als sie die leeren Gläser abräumt, die unsere Vorgänger auf dem Tisch stehen gelassen haben. »Ist es in Ordnung, wenn Sie an der Theke bestellen?«, fragt sie ihn mit einem flirtenden Lächeln.

»Natürlich«, antwortet er und sieht zu mir hinüber, als sie gegangen ist. »Weißt du schon, was du isst?«

»Was meinst du, wann wirst du dich wieder mit Frauen verabreden?« Ich beuge mich zu ihm und muss über seinen verdutzten Gesichtsausdruck lachen.

»Wo kommt diese Frage denn plötzlich her?«

»Ich finde nur, dass du momentan echt gut aussiehst. Wenn du wolltest, würdest du schnell jemanden finden.«

»Oh, danke«, erwidert er sarkastisch.

Ich lächele. »Und? Wann willst du wieder mit jemandem ausgehen?«

»Die Frage ist nicht, wann. Wenn ich die Richtige treffe ...« Er verstummt und runzelt die Stirn. »Außerdem bin ich noch nicht geschieden.«

»Tasha auch nicht, aber das stört sie nicht weiter.«

Er schnaubt verächtlich vor sich hin. »Tja, so ist sie nun mal.«

Tasha spaziert bereits mit einem neuen Mann durch Falmouth – und es ist nicht mal der, mit dem sie Ed betrogen hat!

Ich fände es gut, wenn sie wieder nach London ziehen würde. Sie hat sich so lange über Cornwall beschwert, und jetzt hockt sie immer noch hier und reibt Salz in Eds Wunden. Als er die Scheidung einreichte, war sie völlig überrumpelt – wahrscheinlich dachte sie, es wäre ein Leichtes, ihn um den kleinen Finger wickeln, so dass er ihr noch eine Chance gibt.

Ich beuge mich zu ihm vor. »Die Kellnerin guckt dich dauernd an.«

Ed erstarrt, zieht die Schultern hoch. »Wirklich?«, raunt er zurück.

»Ja!« Ich grinse ihn an. »Sie sieht gut aus.«

»Ja? Habe ich nicht gemerkt.«

»Dann guck doch mal hin!«

»Ist es hier draußen in Ordnung für dich, oder sollen wir zum Essen reingehen?«

Ich lache. »Du lenkst ab! Bleiben wir noch ein bisschen hier.«

»Weißt du schon, was du willst?«, fragt er erneut.

»Fish und Chips. Ich bestelle.« Ich bücke mich, um meine Tasche unter dem Tisch hervorzuholen.

»Nein, ich übernehme das Essen«, sagt Ed bestimmt und ist schon aufgestanden. »Wir wollen doch feiern.«

»Du hast schon die erste Runde bezahlt.«

»Pst! Noch einen Prosecco?«

Ich weiß, wann ich mich geschlagen geben muss. »Ja, bitte.« Ich strahle ihn an. Belustigt geht er los.

Ich stelle meine Handtasche vor mir auf den Tisch und hole mein Exemplar von *Schummel & Bummel, die Kobolde vom Fluss* heraus. Es ist ein völlig surreales Gefühl – ich kann immer noch nicht glauben, dass ich dieses Buch geschrieben habe und Van es illustriert hat. Fünf lange Jahre hat es gedauert, aber wir haben es geschafft – es ist endlich da! –, und es sind weitere Bücher in Vorbereitung. Wir hatten einen Vertrag über drei Titel unterschrieben und haben sie sofort alle abgeliefert, jetzt sitzen wir bereits an den nächsten dreien. Hoffentlich gibt es einen Markt dafür, auch wenn wir es nicht des Geldes wegen tun. Egal, der Vorschuss war nicht hoch.

Ich schlage das Buch bei der Widmung auf:

*Für unsere frechen kleinen Kobolde, Luke und Libby*

Wenn sie älter sind, werden sie uns wahrscheinlich dafür steinigen, dass wir sie als Kobolde bezeichnet haben. Ich muss grinsen.

Die Kinder waren eine unglaubliche Unterstützung. Ich habe die Geschichten geschrieben und sie Luke vorgelesen, und nachdem ich seine Änderungsvorschläge eingearbeitet hatte, schickte ich sie Van, der die Texte wiederum Libby zeigte.

Lukes Begeisterung hat mich enorm angespornt. Der tollste Augenblick war jedoch, als ich ihm Vans allerersten Bild zeigte. Darauf saßen Schummel und Bummel dicht beieinander auf einem Ast des Holzapfelbaums, der glitzernde Fluss im Hintergrund. Das Bild haben wir dann auch für das Cover unseres ersten Buchs ausgewählt.

Van hatte monatelang an diesem Motiv gearbeitet – eine Mischung aus Bleistiftzeichnung und Aquarelltechnik. Solange er damit beschäftigt war, durfte ich es nicht sehen, auch nicht seine verworfenen Skizzen. Er zweifelte sehr daran, dass es ihm gelingen würde, doch als er mir das fertige Bild schließlich über FaceTime zeigte, war ich überwältigt. Unglaublich angespannt wartete er auf meine Reaktion. Das Original ist deutlich größer, aber als er mir eine verkleinerte Version per E-Mail schickte, bekam ich ein gutes Gefühl dafür, wie es als Illustration im Buch funktionieren würde.

Für Luke war es wie ein Wunder, als die Figuren plötzlich zum Leben erwachten.

Ed kommt zurück, nimmt seine Sonnenbrille ab und legt sie vor sich auf den Tisch. Die Sonne ist hinter den Häusern verschwunden, so dass wir jetzt leider im Schatten sitzen. Vielleicht gehen wir doch besser rein.

Ich lasse mein Buch in der Tasche verschwinden, stelle sie wieder auf den sandigen Boden und lächele Ed zu.

»Prost!«, sagt er und stößt mit mir an.

»Danke«, sage ich erneut aus tiefstem Herzen. Ed hat mich nicht nur mit den richtigen Leuten bekannt gemacht, er hat die Geschichten auch gelesen und mir geholfen, sie für das Einreichen bei den Verlagen fertig zu machen. Als ich ihn lobte, was für ein guter Lektor er sei, erzählte er, dass er im Laufe der Jahre immer wieder mit seinem Vater und Bruder zusammengearbeitet habe. Er hätte weiter im Verlag bleiben können, aber es hätten dann dort zu viele Leute mitgemischt. Und da Ed nicht wollte, dass die familiären Bindungen darunter leiden mussten – besonders nicht die zu seinem jüngeren Bruder –, machte er sich mit der Buchhandlung selbständig.

»Gern geschehen«, sagt er und erwidert meinen ernsten Blick. Dann schüttelt er den Kopf. »Ich finde es immer noch unglaublich, dass du mir schon vor so vielen Jahren von Schummel und Bummel erzählt hast.«

Kurz nachdem ich bei Dragonheart angefangen hatte, gestand ich ihm, in der Freizeit Kindergeschichten zu verfassen. Als er nachhakte, verriet ich beschämt, wovon die Geschichten handelten. Da leuchtete sein Gesicht auf. Er erinnerte sich noch daran, wie wir beide zusammen auf dem Rasen vor dem Cottage saßen und ich ihm von den Kobolden erzählte, während Van im Atelier war und malte. Mit einem Lachen fiel mir wieder ein, dass Van an jenem Tag so richtige miese Laune gehabt hatte. Seitdem habe ich den Verdacht, dass Ed wahrscheinlich nur deshalb in die Bücher investiert hat, weil er die Geschichten als Kind gehört hat.

»Vor fünfundzwanzig Jahren«, sage ich. »Hat lange genug gedauert.«

»Besser spät als nie.«

Die Kellnerin kommt wieder vorbei, um den Tisch abzuräumen. Ich werfe Ed einen nachdrücklichen Blick zu, als sie sein Bierglas nimmt.

»Danke.« Mit zusammengekniffenen Augen sieht er mich an. »Was ist?«, fragt er, als sie wieder verschwindet.

»Du hast sie nicht mal angeguckt!«

»Sie interessiert mich nicht«, wiegelt er ab.

Plötzlich kommt mir eine Idee. »Ich hab's!«, rufe ich. »Meine Freundin Brooke! Die *musst* du kennenlernen! Sie ist gerade nach Cornwall zurückgezogen!«

Ed schüttelt den Kopf.

»Doch, ernsthaft!«, setze ich nach. »Sie ist Single! Hat sich vor ein paar Monaten von ihrem Freund getrennt.«

»Nell, bitte!« Ed runzelt die Stirn und trinkt einen Schluck Bier.

»Ach, komm, Ed!«, setze ich nach. »Sie ist umwerfend.

Ehrlich, ich glaube wirklich, sie könnte was für dich sein. Wir könnten ja zusammen grillen, wenn Van da ist.«

Mit einem lauten Klirren stellt er sein Glas ab.

»Na gut, dann eben nicht«, rudere ich zurück.

Ed seufzt. »Wenn du mich zum Grillen einlädst, dann komme ich natürlich. Aber versuch bitte nicht, mich zu verkuppeln, ja?«

»Okay.« Ich zucke mit den Schultern.

Wenn Brooke da ist, ist das auch nicht nötig.

»Na, versuchen wir es noch?«, fragt Ed, als er hinter meinem Auto in der Auffahrt parkt.

»Willst du dir das wirklich antun?«, frage ich zaghaft. »Du hast schon den ganzen Tag mit mir verbracht. Willst du jetzt echt noch ein Bett mit mir aufbauen? Du weißt doch, wie viele Freundschaften dabei kaputtgehen!«

Er grinst und löst als Antwort den Sicherheitsgurt.

Am Vorabend habe ich das Einzelbett auseinandergebaut und es zusammen mit den anderen Möbeln aus Lukes Zimmer geräumt. Jetzt haben wir das Etagenbett ausgepackt. Bretter in verschiedenen Größen und Stärken liegen auf dem Boden oder lehnen an den Wänden.

Ed bückt sich und nimmt die Bauanleitung in die Hand. »Ah! Wir brauchen also das und das da.«

Da ich gerade nach meinem Glas Prosecco greife, bekomme ich nicht mit, was er meint. »Ähm, 'tschuldigung, was für Teile?«

»Mit einem Bier würde das hier mehr Spaß machen«, sagt Ed, als ich wieder einen Schluck trinke.

»Du kannst doch im Nebengebäude übernachten! Es ist alles hergerichtet. Los, komm!«, dränge ich, als Ed nicht sofort ablehnt. »Ich habe noch eine unbenutzte Zahnbürste. Hole ich dir.«

Ich springe auf, rechne fast damit, dass er mich aufhält, und bin froh, dass er es nicht tut.

Als ich zurückkomme, reiche ich ihm ein Bier. »Die Schlüssel und die Zahnbürste liegen auf der Fensterbank im Flur. Du kannst dich heimlich verdrücken, falls es dir zu viel wird.«

»Bist du dir sicher?« Nur zögernd nimmt Ed die Flasche entgegen.

»Ja, klar! Warum nicht?«

»Danke.«

»Nein, ich danke *dir*!« Ich ziehe eine Grimasse. »Du bist mir wirklich eine große Hilfe.«

»Warte erst mal ab. Prost!«

»Ich versuche hier gerade, ein Kinderbett aufzubauen, obwohl ich total besoffen bin. Unglaublich!«

Ed schmunzelt. »Wir sind fast fertig.«

»Ist das sehr verantwortungslos von uns?«

Er will antworten, doch ich lasse ihn nicht zu Wort kommen. »Sag besser nichts!«

»Ich denke, dass wir die Bauanleitung genau befolgt haben.« Er umklammert das Geländer des Bettes und rüttelt kräftig daran. »Ist stabil, würde ich sagen.«

»Vielleicht schlafe ich heute Nacht hier, um es zu testen«, sage ich.

»Du passt da wenigstens rein«, erwidert er grinsend.

»Ja, ich weiß, ich bin eine halbe Portion.«

Ed selbst ist keine eins achtzig groß.

»Ich steige da hoch!«, verkünde ich entschlossen und ziehe mich an der Leiter empor.

»Vorsichtig!«

»Ooh, wie schön!« Ich lasse mich auf den Bauch fallen. »Hier liegt man total gut! Komm mal her!«

Ed schüttelt den Kopf.

»Na, los!« Ich greife nach seinem Arm und wundere mich ein wenig über den muskulösen Bizeps unter meinen Fingern.

»Das übersteigt mit Sicherheit das zulässige Gesamtgewicht!« Er befreit sich aus meinem Griff.

Ich drehe mich auf die Seite, stütze den Kopf in die Hand und grinse ihn an.

»Vielen Dank, Ed!«, sage ich mit warmer Stimme.

»Schon in Ordnung.«

Er hat Sägemehl an der Nase. »Warte mal, du hast da was ...« Ich wedele mit der Hand, damit er zu mir kommt. Als ich den Staub wegwische, zieht er die Augenbrauen zusammen.

»Du auch«, murmelt er und streicht mir mit dem Daumen über die Wange. Wir sehen uns in die Augen, und ein nervöses Flattern macht sich in meinem Magen breit. In dem Moment vibriert mein Handy auf der Fensterbank. Ich zucke zusammen.

»Gibst du mir mal eben mein Handy?«, frage ich mit zittrigen Gliedern.

»Van«, liest Ed vom Display ab, als er mir das Telefon reicht.

»Hallo!«, rufe ich zur Begrüßung.

»Hey«, sagt Van liebevoll. Sein Gesicht erfüllt das Display.

»Warte!«, rufe ich Ed nach, der das Zimmer verlassen will. »Van, Ed ist hier. Sag mal hallo!« Ich drehe das Handy. Ed winkt verschämt in die Kamera.

»Er hat mir geholfen, das Etagenbett aufzubauen«, erkläre ich fröhlich. »Guck!« Ich zeige Van, wo ich sitze. Ed wartet in der Tür.

»Schön geworden«, sagt Van.

Ich drehe die Kamera wieder zu mir und kichere.

»Bist du betrunken?«, fragt Van, zu Recht.

»Yep. Wir haben gefeiert. Oh! Wo ist meine Handtasche?« Ich sehe mich um, kann sie aber nicht finden.

»Die ist unten. Ich hole sie«, bietet Ed an und verlässt das Zimmer.

»Danke!«, rufe ich ihm nach und setze mich so, dass ich mich an die Wand lehnen kann.

Van wartet. »Was habt ihr gefeiert?«

»Siehst du gleich«, erwidere ich geheimnisvoll.

Van hat jetzt kurze Haare und einen Bart – keinen langen Rauschebart oder so, aber auf jeden Fall mehr als nur Stoppeln.

Außerdem hat er eine Narbe an der linken Augenbraue. Eine Zeitlang konnte ich sie nicht ansehen, ohne selbst körperlich zu leiden. Sie stammt von einem Unfall draußen vor Streaky Bay, als er auf einer riesengroßen, grauenhaft mächtigen Welle gesurft ist. Er wurde aufs Riff geschleudert und ziemlich heftig herumgewirbelt – er kann von Glück sagen, dass er sich keine Knochen gebrochen hat.

Es macht mich fertig, dass ich nicht die Erste war, die er angerufen hat – aber wie sollte ich das auch sein? Ich bin so weit weg, dass ich im Notfall nicht sein erster Kontakt sein kann. Ich bin ja froh, dass er Freunde wie Dave hat, auf die er sich verlassen kann, wenn mal was passiert.

Van hat mir versprochen, dort nie wieder surfen zu gehen. Der Unfall hat auch ihm Angst gemacht.

»Soll ich gleich noch mal anrufen?«, fragt Van.

»Nein, warte kurz.«

Ed kommt zurück und reicht mir meine Tasche. »Danke. Du musst nicht gehen«, sage ich schnell, als er wieder auf die Tür zusteuert.

»Ich hole noch was zu trinken«, erwidert er.

Ich sehe ihm nach und schaue dann wieder aufs Display.

»Er ist aber noch spät da«, bemerkt Van mit leichtem Stirnrunzeln.

»Er schläft heute Nacht im Nebengebäude.« Ich versuche, es locker zu sagen, aber bin leicht nervös dabei. »Wir waren zusammen essen, dann ist er mitgekommen, um mir beim Aufbauen zu helfen. Wir dachten, die ganze Schrauberei ist lustiger, wenn wir was dabei trinken.«

Kein Kommentar von Van.

»Wie schon gesagt, wir hatten etwas zu feiern!«, rufe ich begeistert und ziehe das Buch von Schummel und Bummel hervor. »Ta-da!«

»Die Bücher!« Sein Gesichtsausdruck verändert sich komplett.

»Ja!« Ich halte das kleine Buch unter mein Kinn und lächele ihn an.

»O Mann!« Überwältigt schüttelt Van den Kopf.

»Es wäre so schön gewesen, wenn du heute dabei gewesen wärst und sie im Schaufenster gesehen hättest. Ed ist extra früher gekommen, um sie zu dekorieren.«

»Ich sehe sie ja am Wochenende. Bleibt es bei dem Termin?«

»Ja.«

Wir haben eine Autogrammstunde in der Buchhandlung – Ed hat Plakate drucken lassen und alles vorbereitet. Es war total seltsam, Kunden zu bedienen, während mein Gesicht – und das von Van – hinter mir von der Wand starrte.

»Ich weiß echt nicht, wie ich die nächsten Tage überstehen soll«, sage ich seufzend. Die letzten zwei Monate haben sich nur so dahingeschleppt. »Wenn ich könnte, würde ich jetzt einschlafen und erst Donnerstag wieder aufwachen.«

Van lächelt. Seine Augen sind auf dem Display noch dunkler als in Wirklichkeit – mitternachtsblau nenne ich die Farbe inzwischen heimlich. »Geh zurück zu Ed! Kannst du ihm danke von mir sagen? Ich habe ein schlechtes Gewissen, dass er dir dabei helfen musste.«

»Das hat ihm nichts ausgemacht. Er ist nett.«

»Ja.« Van atmet laut hörbar ein. »Lieb dich.«

»Ich liebe dich auch.«

Wir melden uns ab, und ich sitze noch eine Minute lang leicht benommen da. Dann krabbele ich zum Fußende des Bettes und steige vorsichtig die Leiter hinunter.

»Ed?«, rufe ich beim Klettern.

»In der Küche! Ich nehm dann doch lieber einen Kaffee«, sagt er lächelnd, als ich hereinkomme. »Du auch?«

Er hat alles gefunden, was er braucht.

»Nee, ich glaube, ich trinke ein Wasser. Ich soll dir von Van danke sagen.«

»Kein Problem. Hat Spaß gemacht.«

»Ja, stimmt.« Wir lächeln uns an und schauen schnell wieder beiseite.

»Ich glaube, ich gehe gleich ins Bett«, sage ich mit einem Gähnen.

»Ich auch«, antwortet er. »Aber erst trinke ich den hier aus.« Er nimmt einen Schluck von seinem Kaffee.

Ich bleibe noch kurz und nehme ihm das Versprechen ab, am nächsten Morgen nicht einfach zu verschwinden.

»Ich schulde dir ein opulentes Frühstück!«, rufe ich fröhlich, bevor ich ins Badezimmer gehe.

»Darauf nagele ich dich fest«, ruft Ed zurück.

Ich habe ihn nicht umarmt und ihm keinen Gutenachtkuss gegeben, was für uns eigentlich normal gewesen wäre. Es ist wegen … *Dieser Augenblick, da oben* … Es war nicht das erste Mal, dass so etwas passiert ist.

Letzten Monat war ich auf Eds Geburtstagsfeier in seiner Wohnung. Sein Bruder und ein paar enge Freunde waren aus London gekommen. Ich hatte sie schon bei der Einweihungsparty für sein Haus kennengelernt, und seit der Trennung sind sie öfter da. Es war ein total netter Abend, und ich blieb anschließend länger, um Ed beim Aufräumen zu helfen. Dabei griffen wir beide zur selben leeren Weinflasche, und unsere Finger berührten sich. Als wir uns in die Augen sahen, hatte ich auch schon so ein kribbeliges Gefühl in der Magengrube.

Eine Zeitlang war mir deshalb richtig mulmig, aber ich redete mir ein, dass ich nach einem Jahr ohne Van nur einsam und ausgehungert war und dass mein Körper auf Hautkontakt verständlicherweise reagierte. Dasselbe versuche ich mir jetzt auch zu sagen und beschließe, den Zwischenfall einfach zu verdrängen.

Während ich das Frühstück vorbereite, klopft Ed an der Haustür des Cottages. Als er sieht, dass ich eine dunkle Sonnenbrille trage, muss er grinsen.

»Oje. Ist es so schlimm?«

»Wie geht es dir?«, frage ich auf dem Weg zurück in die Küche.

Er zuckt mit den Schultern. »Alles gut. Hab nicht so viel getrunken.« Er registriert die Lebensmittel auf der Arbeitsfläche: Eier, Bacon, Würstchen, ein Dose Baked Beans, Brot ... »Kann ich helfen?«

»Nein. Ich hab's dir doch versprochen.«

»Sei nicht albern«, murmelt er, nimmt ein Messer und schneidet die Packung mit dem Bacon auf. »Isst du wirklich so viel?«

»Das ist für dich!«

»Mir würde auch ein Schinkenbrot reichen.«

*Ooh.* Vielleicht will ich doch was essen ...

Am Ende sitzen wir am Picknicktisch auf der Terrasse nebeneinander und genießen die Aussicht. Es ist ein wunderschöner, strahlender Morgen, die Oberfläche des Flusses ist durch die Flut glatt wie Glas. Von hoch oben am steilen Hang bis unten am Ufer stehen die alten Eichen so dicht nebeneinander, dass ihre grünen Wipfel wie ein großer Schwamm wirken. Im Flug stoßen die Vögel herab und umkreisen sich wie Düsenflieger bei einer Schau der Red Arrows. Ein Reiher steigt vom Ast eines toten Baumstamms auf, der Schwerkraft trotzend leuchten seine weiten Flügel weiß vor dem blauen Himmel.

»Wahnsinn, hier aufzuwachsen«, murmelt Ed anerkennend.

»Ist schon was Besonderes.«

*Meistens jedenfalls*, füge ich in Gedanken hinzu und denke an die schmerzhaften Jahre nach Ruths Tod, als auch Van fort war.

»Wie hast du das mit Luke und dem Wasser gemacht, als er klein war?«

»Wir waren sehr, sehr vorsichtig«, sage ich. »Aber du hast recht, eigentlich hätten wir einen Zaun aufstellen müssen. Ich dachte, ich mache es beim nächsten Kind, aber daraus ist ja nichts geworden.«

»Du bist doch erst fünfunddreißig«, wirft Ed ein.

»Jetzt wird das nichts mehr.«

»Warum nicht?«

»Wo Van am anderen Ende der Welt ist?« Ich werfe ihm einen bedeutungsschweren Blick zu. »Es war immer seine größte Angst, dass ich schwanger werden könnte. Er hat seinen eigenen Vater erst mit sieben Jahren kennengelernt, und das war nicht schön für ihn. Es würde ihn fertigmachen, Libby zurückzulassen, und Sam würde natürlich auch niemals erlauben, dass er sie mitnimmt – jedenfalls nicht dauerhaft. Er müsste sich zweiteilen.«

Früher habe ich mir immer gewünscht, zwei Kinder kurz nacheinander zu bekommen. Erst einen Jungen, dann ein Mädchen, das hätte mir gut gefallen, und als Luke kam, sah es erst so aus, als könnte es klappen. Doch je älter er wurde, in desto weitere Ferne rückte mein Traum. Jetzt ist Luke schon seit fast zehn Jahren Einzelkind.

Vielleicht machen Nick und Stefanie ihn ja zu einem großen Bruder; wie ich das schaffen sollte, ist mir schleierhaft. Bis Libby achtzehn wird, ist Van an Australien gebunden – früher würde er auf keinen Fall weggehen. Ich kann mir überhaupt nicht vorstellen, Luke je zu verlassen und ans andere Ende der Welt zu ziehen – nicht mal, wenn er erwachsen ist. Ich weiß, dass Van das nicht wahrhaben will, weil auch ihn so ein Umzug aus der Bahn werfen würde, aber die Alternative ist für uns beide undenkbar.

»Willst du Kinder?«, frage ich Ed.

»Ja, ich hab mir immer vorgestellt, dass ich zwei bekomme.«

»Du und Tasha, ihr habt nie …«

»Doch, wir haben drüber gesprochen. Das war eigentlich ein Teil des Pakets, von London wegzuziehen, aber irgendwie passte es nie, und jetzt bin ich heilfroh, dass wir keine Kinder in diesen großen Murks gesetzt haben.«

»Für dich als Mann tickt wenigstens nicht die Uhr.«

»Danke für die Feststellung.« Er grinst mich schief an und verputzt den Rest seines Frühstücks.

Vier Tage später lege ich die schönste Strecke der Welt zurück – ich fahre zum Flughafen. Sie ist so lange meine Lieblingsstrecke, bis ich Van und Libby wegbringen muss. Dann wird sie meine Hassstrecke, aber daran will ich jetzt nicht denken.

Luke sitzt vorne neben mir, wir haben die Musik laut aufgedreht. Aus Leibeskräften singe ich »Don't Stop Believing« in der Version von *Glee*, Luke macht netterweise mit. Wahrscheinlich bin ich viel zu alt, um mich so für diese Fernsehserie zu begeistern, aber wenn ich sie sehe, fühle ich mich jung. Als Jugendliche hätten Ellie und ich jede Folge davon verschlungen – sie ist heute übrigens ein genauso großer Fan davon wie ich.

Meine alte Freundin fehlt mir immer noch. Sie hat sich mit ihrem Mann Liam und ihren beiden Kindern Thomas, fast zwei Jahre alt, und Ciara, vier Monate, in Newcastle niedergelassen. Nächste Woche machen sie Familienurlaub in Cornwall, dann sehen wir uns endlich wieder. Es ist mir gelungen, einen gemeinsamen Termin für ein Grillen am nächsten Sonntag zu vereinbaren. Brooke und Ed kommen auch, auch wenn ich ihm versprechen musste, mich in nichts einzumischen.

Als das Lied zu Ende ist, dreht Luke die Lautstärke herunter.

»Alles in Ordnung?«, frage ich.

»Kann sie nicht bei ihrem Vater schlafen?«

Ich seufze schwer. »Ach, komm, Luke, nicht schon wieder! Es wird bestimmt lustig, dir das Zimmer mit Libby zu teilen! Außerdem schläft Van nicht im Nebengebäude, sondern in meinem Zimmer.« *Auch darüber haben wir schon mehrmals gesprochen …*

Er schnaubt verächtlich und starrt aus dem Fenster. »Gut. Aber ich nehme das obere Bett.«

»Wir hatten uns doch geeinigt, dass wir das klären, wenn wir nach Hause kommen«, sage ich vorsichtig. Wir wollten uns noch nicht festlegen – ich weiß nicht, was Libby davon hält, unten zu schlafen. »Sei bitte nett zu ihr!«, sage ich und tätschele sein Knie. »Du weißt doch, wie sehr ich mich darauf gefreut habe, dass die beiden kommen.«

Er macht die Musik wieder lauter.

Eine Stunde später stehen wir in der Ankunftshalle. Ich versuche, den Flummi nervöser Anspannung in meinem Bauch zu ignorieren. Luke tritt mit dem Fuß gegen die Absperrung, ungeduldig und gelangweilt.

»Hör auf damit!«, mahne ich und wuschele in seinen blonden Locken.

»Wie lange noch?«, stöhnt er.

»Sie müssen jeden Moment rauskommen!«

Er verdreht die honigfarbenen Augen.

Als ich wieder zur Tür schaue, steht Van da.

»Da sind sie!«, rufe ich und kämpfe gegen den Drang, zu ihm zu laufen. Wir haben vorher abgesprochen, dass wir uns ein bisschen zusammenreißen, damit wir den Kindern keine Angst machen, aber verdammt, es ist hart. Mir ist schwindelig vor Freude.

Er sieht dermaßen gut aus: groß und braun gebrannt, die breite Brust im verblassten orangefarbenen T-Shirt, einen dunkelgrauen Hoodie locker um die Taille gebunden. Als er näherkommt, funkeln seine blauen Augen. Ich kann den Blick kaum von ihm abwenden, um Libby anzusehen, aber dann schaffe ich es. *Wow*, ist sie hübsch! Unter einem zarten Pony sehen mich die Augen ihres Vaters an; das kastanienbraune Haar reicht ihr bis auf den Rücken. Und sie ist unglaublich groß! Sogar größer als Luke. Libby trägt eine pinke Leggings, weiße Turnschuhe und einen hellgrauen Kapuzenpulli mit silbernen Sternen. Ich gehe zu ihr, um sie in den Arm zu nehmen. Sie lächelt mir entgegen.

»Hey, Luke!«, sagt Van mit tiefer, warmer Stimme, während ich auf Libby einrede, wie schön es sei, sie zu sehen und so weiter. Van legt Luke die Hand auf die Schulter und schüttelt ihn herzlich, sie nehmen sich nicht in den Arm. Unsere Blicke treffen sich, wir lächeln, dann tritt Van vor, nimmt mein Gesicht in die Hände und gibt mir einen züchtigen Kuss auf die Lippen.

Nee, so nicht!

Ich schlinge die Arme um seine Taille und drücke ihn fest an mich. Mein Herz schlägt wild gegen seins. *Er fühlt sich so herrlich an …* Es schmerzt regelrecht, ihn loszulassen, aber schließlich trennen wir uns mit einem eindringlichen Blick voneinander. Später werden wir uns richtig begrüßen.

»Luke, das ist Libby.«

Bisher kennen sich die beiden nur von FaceTime.

»Hi«, sagt er schüchtern und bleibt hinter mir.

Libbys Hallo ist auf jeden Fall selbstbewusster.

»Unglaublich, wie du gewachsen bist!«, staune ich. »Du bist bestimmt die Größte in deiner Klasse!«

Sie zuckt mit den Schultern. »Zwei Mädchen sind noch größer.«

»Liegt wahrscheinlich an der herrlichen Sonne in Australien.«

»Als wir geflogen sind, hat es wie aus Eimern gegossen«, sagt Van. »Stimmt's, Libs?«

»Yep. Ist hier wirklich Sommer?« Sie wirkt skeptisch, als müsste sie sich erst mit eigenen Augen davon überzeugen.

»Angeblich«, erwidere ich grinsend.

»Hier ist es wärmer als zu Hause«, verspricht Van.

Ich ziehe die Nase kraus. *Darauf kann man sich nicht verlassen …*

Er grinst mich an, und mein Herz schlägt einen Purzelbaum.

»Dann kommt, ihr Kobolde«, sage ich lächelnd. »Fahren wir nach Hause!«

Libby und Luke werfen sich einen kurzen Blick zu und ziehen Grimassen. Nach ihren Gesichtern zu urteilen, komme ich damit nicht mehr lange durch. Also nutze ich es am besten noch gründlich aus.

Libbys Mund steht nicht still. Sie plappert fast ununterbrochen. Immer wieder schiele ich zu Van hinüber und versuche, mir das Lachen zu verkneifen.

»Libby kommt auf jeden Fall nicht nach dir«, necke ich ihn, als seine Tochter meinem Sohn gerade so konzentriert etwas über Pokémons erzählt, dass sie nicht auf uns achtet. Luke ist ebenfalls überraschend gesprächig. Wir wissen nicht, woher er sein Schweigen beim Autofahren hat – von Nick und mir jedenfalls nicht, das ist unmöglich. Vielleicht von meinem Vater.

Vor einer Ampel müssen wir halten. Ich strecke die Hand aus und streiche über Vans Bart. Er ist erstaunlich weich. Seit Monaten sehne ich mich danach, ihn zu berühren.

»Was macht deine Mum da mit dem Gesicht von meinem Dad?«, höre ich Libby fragen.

Sofort ziehe ich die Hand zurück, und Van schüttelt den Kopf. Er verdreht die Augen zum Autohimmel, während ich in Lachen ausbreche.

Ich habe das Gefühl, dass dieser Urlaub deutlich anders wird als der letzte, wo wir fast die ganze Zeit zu zweit waren.

»Darf ich im oberen Bett schlafen?«, fragt Libby, kaum dass sie Lukes Zimmer gesehen hat.

»Ähm …« Unsicher schaut mein Sohn zu mir herüber.

»Libs, wenn Luke da gerne schlafen möchte …«, setzt Van an.

»Nein, schon gut«, unterbricht Luke ihn. »Sie kann das nehmen, wenn sie will.«

»Yippieh!« Sofort klettert Libby hinauf.

Luke sieht mich noch mal an, ich mache ein fragendes Gesicht. *Ist das wirklich in Ordnung?*

Er zuckt mit den Schultern.

»Steig hoch!«, drängt Libby ihn.

»Ähm, ja.« Zögernd begibt er sich zur Leiter.

»Kommt nach unten, wenn ihr fertig seid«, sage ich zu beiden, meine aber in erster Linie Libby. »Dein Dad und ich sind in der Küche.«

»Können wir mit dem Ruderboot raus?«, ruft Libby uns nach.

»Vielleicht später, Libs«, erwidert Van. »Ruhen wir uns erst mal ein bisschen aus, ja?«

Als wir unten angekommen sind, quasselt sie Luke bereits wieder zu. Über die Schulter werfe ich Van ein Lächeln zu und schaffe es, so lange zu warten, bis wir in der relativen Abgeschiedenheit der Küche sind. Dann schlinge ich die Arme um ihn. Er hält mich so fest, dass ich kaum Luft kriege, aber ich komme auch gerne eine Zeitlang ohne Sauerstoff aus. Gleichzeitig suchen wir die Lippen des anderen, und mit aufeinandergepressten Mündern schiebt er mich langsam rückwärts gegen die Küchenzeile. Er hebt mich hoch, ich schlinge die Beine um seine Taille. Schauder fahren mir den Rücken hoch und runter, während wir uns leidenschaftlich küssen. Keiner von uns beiden merkt, dass Libby und Luke in die Küche kommen. Bis Libby etwas sagt …

»Bah! Erwachsene sind ekelhaft.«

Sofort springen wir auseinander. Ich werde knallrot, Van reibt sich peinlich berührt übers Gesicht.

»Sorry.« Am liebsten würde ich vor Scham im Boden versinken. »Will jemand einen Keks?«

»Ich!«, rufen beide Kinder gleichzeitig.

*Ich habe mich in meinen eigenen Vater verwandelt ...*

»Können wir jetzt mit dem Ruderboot fahren?«, bettelt Libby, während ich eine große Packung Jaffa aufmache.

»*Libs!*«, stöhnt Van.

Ich kichere. Wie gesagt, dieser Urlaub wird wohl ein bisschen anders als der letzte ...

Um Viertel vor sieben ist Libby platt, nachdem sie in den letzten achtunddreißig Stunden nur vier Stunden geschlafen hat, doch es dauert noch mal eineinviertel Stunde, bis Luke sich mit einem Buch ins Bett zurückzieht.

Der arme Van hat sogar noch weniger geschlafen als seine Tochter, will aber unbedingt wach bleiben, bis wir in meinem Zimmer verschwinden können. So lange sitzen wir in der Küche und reden. Seine Lider werden schwer vor Erschöpfung.

Ich strecke die Hand aus und streiche mit der Fingerspitze über die Narbe in seiner Augenbraue. Alles in mir zieht sich zusammen.

Er nimmt meine Hand und drückt einen Kuss auf die Finger. Er will nicht über seinen Surfunfall reden. Wir sind ihn unzählige Male am Telefon durchgegangen.

»Tut mir leid, dass du so lange warten musst, bis du mit mir ins Bett gehen kannst«, sage ich.

»Du bist das Warten wert«, erwidert er.

»Ooooh, wie süüüß!« Ich muss lachen. »Du solltest Bücher schreiben, nicht ich.«

Er lacht. »Wie kommst du mit dem nächsten voran?«, fragt er.

»Nur langsam. Ich war zu aufgeregt zum Schreiben, weil ich auf dich gewartet habe.«

»Hat Ed schon was davon gesehen?«

»Vor dir?« Ich runzele die Stirn. »Nein.«

Er betrachtet mich nachdenklich, und ich spüre einen seltsamen schuldbewussten Stich.

»Hast du deine Zeichensachen mitgebracht?«, frage ich.

Er nickt. »Und auch ein paar Zeichnungen aus der letzten Zeit. Ich hab überlegt, ob Luke sie vielleicht für sein Zimmer haben will.«

»Super Idee! Wir lassen sie rahmen.«

Lächelnd beugt sich Van auf dem Stuhl vor und nimmt auch meine andere Hand. Lange sehen wir uns in die Augen.

»Komm!«, sagt er schließlich und zieht mich auf sich. Ich setze mich rittlings auf seinen Schoß, er nimmt mein Gesicht in die Hände und küsst mich.

»Scheiß drauf, wir gehen nach nebenan«, brumme ich. »Ich mache das alte Babyphon an, dann hören wir, falls Luke nach unten kommt.«

Wir hasten nach draußen, ziehen nicht mal Schuhe an, und sobald die Tür aufgeschlossen ist, drängt Van mich gegen die Wand.

»Was ist *das*?«, fragt er und sieht zur Seite.

»Ein Surfbrett.«

»Ja, das sehe ich, Nell.«

»Nick hat es hergebracht, damit du es dir leihen kannst. Er ist ja im Urlaub.«

»Gott, ich liebe deinen Mann.«

*»Exmann«*, korrigiere ich, als Van mich hochnimmt und zum Bett trägt.

Der Schock, als unsere nackte Haut aufeinanderklatscht, erschüttert jeden Zentimeter meines Körpers. Es ist schmerzhaft schön, ihm wieder nahe zu sein. Wir verlieren keine Zeit mit dem Vorspiel – die letzten zwölf Monate waren mehr Vorspiel als genug.

Danach schläft Van sofort ein. Ich gebe ihm einen Kuss auf die Stirn und lasse ihn in Ruhe, ziehe meine Sachen an und gehe wieder rüber ins Haus, in mein Bett, damit ich in der Nähe bin, wenn die Kinder aufwachen. Mitten in der Nacht klettert er zu mir unter die Decke. Ich wache in seinen Armen auf.

Am Freitag ist Nick und Stefanies Hochzeit. Luke ist der Ringträger. Ich platze vor Stolz, als er im Standesamt neben seinem Vater steht. Er sieht so groß aus.

Am nächsten Tag fahren Nick und Stefanie vierzehn Tage in die Flitterwochen. Der Pub wird so lange von Drew geführt, der mit seiner Frau und den zwei Kindern über die Sommerferien aus Buckinghamshire gekommen ist. Drew ist jetzt Sporttherapeut; es ist schön, ihn und seine Familie wiederzusehen.

Der nächste Tag ist ein Samstag, der Tag unserer ersten und einzigen Autogrammstunde. Die Kinder freuen sich schon, Van und ich sind ein bisschen nervös. Wir wissen nicht, ob jemand kommen wird, aber Ed hat uns gebeten, trotzdem alle vorhandenen Bücher zu signieren, so dass wir nicht umsonst nach Falmouth fahren.

Als wir hereinkommen, schaut Ed von der Kasse auf und lächelt uns entgegen. Sein Blick wandert von mir zu Van. Ed kommt hinter dem Tresen hervor, um Van die Hand zu geben.

»Freut mich, dich wiederzusehen«, sagt Ed.

»Ganz schön lange her«, bemerkt Van.

»Fünfundzwanzig Jahre«, werfe ich ein. »Das ist Libby!« Ich schiebe sie vor. »Und Luke kennst du ja.« Ich sehe mich nach meinem Sohn um, der jedoch bereits in die Spielzeugabteilung verschwunden ist – wir verkaufen auch ein paar Spielsachen. Libby gesellt sich zu ihm.

»Es sind schon ein paar Kunden vorbeigekommen und haben nach der Signierstunde gefragt«, verkündet Ed. »Ich denke, sie wird ein Erfolg.«

Hinter mir ertönt eine Stimme: »Ist das *Nell Forrester?* Die berühmte *Autorin?*«

Ich wirbele herum und breche beim Anblick von Ellie mit ihrem kleinen Sohn an der Hand in Lachen aus. Ihre Tochter ist in dem Tragetuch vor Ellies Brust verpackt.

Ich laufe zu ihr und nehme sie in die Arme. Wegen des vor ihren Bauch geschnallten Bündels steht sie mit seltsam gespreizten Beinen da. »Was machst du denn hier?«, rufe ich. »Ich dachte, ihr kommt erst nächste Woche!«

»Damit ich eure Autogrammstunde verpasse? Nee!« Ellie schüttelt den Kopf. »Nicht mit mir.« Sie sieht sich in der Buchhandlung um und schlägt mit übertriebener Geste die Hand vor den Mund. »O Gott, da ist ja auch Van Stirling, der Illustrator!«

Er kichert, und die beiden umarmen sich ebenfalls umständlich wegen des Babys.

Van nennt sich jetzt meistens nur noch Stirling mit Nachnamen. Stanley Stirling ist zu umständlich, deshalb ist Stanley nun eher so etwas wie sein zweiter Vorname geworden.

»Hallo!« Ellie geht zu Ed, um ihn herzlich zu begrüßen. »Wie geht's dir? Ostern ist schon ewig her, als wir uns gesehen haben.«

Van hockt sich hin, um mit Ellies Sohn zu sprechen. Sie merkt es und stellt die beiden einander vor.

»Das ist Thomas«, erklärt sie.

»Hi, Thomas«, sagt Van.

»War heute viel zu tun?«, erkundige ich mich bei Ed.

»War ganz okay.«

»Du vermisst mich aber nicht, oder?«

»Vorgestern warst du doch noch hier.« Seine warmherzigen braunen Augen blicken belustigt. »Frag mich nächste Woche noch mal.«

Van tritt zurück, als die nächste Kundin hereinkommt – Brooke!

»Hey!«, ruft sie. Ich nehme sie in die Arme. Sie hat Megan dabei, die siebenjährige Tochter ihres Bruders Brad.

»Wie lieb von dir, dass du gekommen bist!«

»Das hätte ich mir um nichts in der Welt entgehen lassen.«

Ich drehe mich zu Ed um und sehe ihn mit aufgerissenen Augen an. »Das ist *Brooke*«, sage ich nachdrücklich.

»Hallo!«, zwitschert sie und winkt ihm zu.

»Freut mich, dich kennenzulernen«, entgegnet er.

»Brad parkt gerade das Auto«, erklärt Brooke, während Ed hinter dem Tresen aufzuräumen beginnt. »Er kommt mit Lisa und Emily.« Lisa ist Brads Frau, Emily ihre jüngere Tochter. Sie ist vier. »Christopher und Theresa sind auch auf dem Weg hierher, haben wir gesehen.«

Die Unterstützung von so vielen Freunden und Bekannten macht mich sprachlos. Selbst ein paar alte Freunde von Dad kommen vorbei, darunter Steven und Linzie vom Bauernhof.

»Dein Vater wäre so stolz auf dich«, sagt Linzie zu mir, drückt Vans Hand und fügt hinzu: »Auf euch beide.«

Wir sind ganz gerührt.

In erster Linie fühlt es sich an, als würden wir eine große Party feiern. Die Buchhandlung ist voll, alle sind gut drauf. Es kommen auch ein paar Leute aus dem Ort und lassen sich ihr Buch signieren, einige hatten sich das Exemplar schon vorher gekauft und sind jetzt noch mal wegen Van da. Ich bin so stolz, als ich ihn unterschreiben sehe. Der Tag gehört mit zu den glücklichsten in meinem Leben. Wenn Dad das noch erlebt hätte!

Anschließend wollen wir in einen Pub auf die andere Straßenseite, um noch auf die Autogrammstunde anzustoßen.

»Komm mit!«, dränge ich Ed.

Er schüttelt den Kopf. »Ich muss den Laden dichtmachen.«

»Kann Kiran das nicht übernehmen?« Sie ist die Samstagskraft – manchmal springe ich für sie ein, wenn sie nicht kann, und solange Van und Libby da sind, übernimmt sie meine Schichten. Kiran ist Grundschullehrerin und froh, über die Sommerferien ein bisschen Geld dazuverdienen zu können.

»Dann sehen wir uns nächsten Sonntag, ja?«, sagt Ed mit einem schwachen Lächeln.

Ich versuche, mir meine Enttäuschung nicht anmerken zu lassen, doch es macht mir schon etwas aus. »Falls du es dir noch anders überlegst …«

»Weiß ich ja, wo ich euch finde«, beendet er meinen Satz.

»Kommt Ed nicht mit?«, fragt Van, als wir gehen.

»Nein, er kann nicht.«

Van legt den Arm um meine Taille, wir überqueren die Straße, doch ich werfe einen enttäuschten Blick über die Schulter zurück zum Laden. Ohne Ed ist es nicht dasselbe.

Unsere ersten gemeinsamen Tage verschwimmen ineinander. Van und Libby brauchen eine Weile, um ihren Jetlag loszuwerden – Libby gelingt es besser als ihrem Vater –, doch ab Mittwoch läuft es besser.

Als ich mir die Haare mache, kommt Libby ins Bad. Wir wollen in Kürze zum Minack Theatre aufbrechen, wo es eine Vorlesestunde für Kinder gibt.

»Darf ich deine Haare bürsten?«, fragt sie.

»Ja, wenn ich deine Haare auch kämmen darf«, erwidere ich lächelnd.

Wir gehen in die Küche, ich ziehe einen Stuhl an den Tisch, setze mich und reiche ihr die Bürste. Vorsichtig geht sie durch meine schulterlangen Locken, mit jedem Strich wird sie zuversichtlicher.

»Mit Mums Haaren kann ich das nicht machen«, gesteht sie.

»Hat sie immer noch Dreadlocks?«, frage ich.

»Ja.« Libby bürstet weiter. »Wenn ich groß bin, will ich Friseurin werden.«

»Cool.«

Als ich dort sitze und aus dem Fenster auf das ablaufende Wasser schaue, habe ich ein Déjà-vu. Früher hat Ruth mir immer die Haare gebürstet, und da saß ich auf genau demselben Stuhl. In solchen Momenten fühlte ich mich ihr besonders nah.

Als Libby und ich Plätze tauschen, bin ich in Gedanken immer noch bei Ruth. Libby ist ungewöhnlich still; ich glaube, es gefällt ihr, wenn ich mit ihren Haaren herumspiele. Ich flechte ihr einen Fischgrätenzopf und empfinde dabei einen Schwall der Liebe für dieses Mädchen, das nicht meins ist. Als ich fertig bin, drücke ich einen Kuss auf ihren Scheitel. Sie schaut hoch und lächelt mich an. Ich habe mir schon immer eine Tochter gewünscht. Ich versuche, die Traurigkeit zu verdrängen, die mich erfüllt, weil ich nie eine eigene haben werde. Ich sehe Libby nur wenige Wochen im Jahr, wenn ich Glück habe – wie sollte sie ein Ersatz für das sein, wonach ich mich sehne?

Das Minack Theatre ist eine Art Amphitheater am Rand einer hohen Klippe; die Sitzreihen steigen steil nach oben an. Hinter der Bühne befindet sich die schlichteste, aber atemberaubendste Kulisse, die man sich vorstellen kann: das Meer und der Himmel. Es ist ein wenig bedeckt, aber die Sonne tut ihr Bestes, durch die Wolken zu dringen und das Grau des normalerweise dunkelblauen Wassers zu vertreiben. Fischerboote und Marineschiffe ziehen am Horizont vorbei, aus den Rissen und Spalten zwischen den Reihen platzen bunte Wildblumen und ungewöhnlich aussehende Sukkulenten. Die fröhliche Musik aus den großen Boxen vermischt sich mit dem Geplapper der aufgeregten Kinder und den Schreien herabstoßender Möwen.

Lustigerweise geht es in der Geschichte heute um die verschiedenen Elfen- und Koboldarten. Libby und Luke schauen immer wieder ungläubig zu uns herüber, während die quirligen Darsteller verschiedene Puppen präsentieren – Spriggens, Knockers, Brownies und Heckenkobolde. Auch die kornischen Piskies haben ihren Auftritt. Alle diese Arten kommen auch in unseren Büchern vor.

Libby lacht sich halbtot. Und ich spüre in diesem Moment so unglaublich viel Liebe.

Als Van mir damals erzählte, Sam sei schwanger, starb etwas in mir, weil er der Vater eines fremden Kindes werden würde. Damals im Flugzeug dachte ich, er sei für immer für mich verloren. Die ganze Zeit, als wir in Adelaide und Port Lincoln waren, war ich wie betäubt. Zu Hause fand ich Trost bei Nick, doch als ich erfuhr, dass ich ebenfalls ein Kind erwartete, zerbrach mein Herz ein zweites Mal.

Ich wollte, dass Van der Vater war.

Und ich wollte, dass ich die Mutter seines Kindes war, nicht Sam.

Unser Leben wäre deutlich einfacher, wenn Luke und Libby unsere Kinder wären, unsere allein. Das liegt auf der Hand.

Aber dann wäre Libby nicht Libby.

Und Luke wäre nicht Luke.

Sie sind, wer sie sind – eine Mischung aus Van und Sam beziehungsweise Nick und mir –, und wenn ich mir bewusst mache, dass ich mir gewünscht habe, Sam und Nick wären nicht an ihnen beteiligt gewesen, wird mir am ganzen Körper eiskalt.

In meinen einsamsten Momenten habe ich mir ausgemalt, dass Sam nicht mehr da wäre und Van einfach mit Libby zu uns ziehen könnte. Dafür, dass ich mir vorgestellt habe, ein Kind würde seine Mutter verlieren und seine beiden Halbgeschwister zurücklassen müssen, schäme ich mich heute in Grund und Boden. Natürlich werde ich mich immer danach sehnen, mehr Zeit mit Van zu verbringen, jedoch nicht auf Kosten unserer Kinder oder ihrer anderen Elternteile.

Ich glaube nicht, dass ich je verstehen werde, warum Ruth sterben musste oder Dad Krebs bekam, aber wenn ich an Van und mich, Libby und Luke denke, habe ich meinen Frieden damit gefunden, wie alles gekommen ist.

Ich lege die Arme um unsere Kinder und drücke sie fest an mich.

Am Donnerstag und Freitag schüttet es wie aus Eimern, der Samstagmorgen ist windig und bedeckt, doch im Verlauf des Tages legt sich der Wind, und ich freue mich, als wir am Sonntag aufwachen und der Himmel blau ist. Perfektes Grillwetter.

Van hilft mir, die Salate und Marinaden vorzubereiten, während die Kinder miteinander spielen. Van kann sehr gut kochen, eine Fähigkeit, die er in den Jahren entwickelt hat, als er auf dem Thunfischboot war und auf den langen, langsamen Fahrten mit den Käfigen voller Fische kaum Ablenkung hatte. Jetzt arbeitet er auf einem Schlepper, was besser zu seiner Lebenssituation passt. Er ist vom Deckarbeiter zum Steuermann aufgestiegen und auf dem besten Wege, irgendwann Kapitän zu werden. Ich bin sehr stolz auf ihn.

Als Erstes kommen Ellie und Liam mit Thomas und Ciara. Ich ziehe die vier Monate alte Ciara aus den Armen ihrer Mutter und gehe mit ihr auf die Terrasse. Van klappt den Sonnenschirm auf, damit Ciara im Schatten ist, und wir sehen zu, wie Liam voller Panik den steilen Hang hinab dem zweijährigen Thomas nachläuft.

»So geht das jetzt den ganzen Tag, oder?«, sagt Ellie ernüchtert, während Van ans Fenster des Nebengebäudes klopft.

»Libby!«, ruft er. Die beiden Kinder haben den Raum in ein Spielzimmer verwandelt, das momentan voller Lego ist.

»Ja?«, ruft sie zurück.

»Kannst du mal rauskommen und ein bisschen auf die Kinder aufpassen?«

Ich erwarte, ein Murren zu hören, wie es bei Luke sicher der Fall wäre, doch kurz darauf erscheint Libbys Kopf um die Ecke, ein keckes Grinsen im Gesicht. »Wie viel bezahlst du dafür?«

»Bekommst du von deiner Mutter Geld fürs Babysitten?«, fragt Van trocken zurück.

»Nein.« Sie zuckt mit den Schultern und lacht.

»Du hast gesagt, Jake würde dir fehlen, also kannst du jetzt mit Thomas spielen.«

Sam hat nicht nur Libbys Halbschwester Brittney, die jetzt sieben ist, sondern auch einen Sohn aus einer dritten Beziehung: Jake, zwei Jahre. Mit Jakes Vater ist sie noch zusammen, Van sagt, er würde sich nicht wundern, wenn da noch mehr Kinder kämen. Libby ist offenbar eine verantwortungsbewusste ältere Schwester.

Über die Schulter ruft sie Luke zu: »Komm, wir rollen den Berg runter!«

Mein Sohn kommt nach draußen gelaufen. Panisch schüttele ich den Kopf.

»Komm, Thomas, wollen wir zusammen den Berg runterrollen?« Aufgeregt hüpft Libby vor dem Kleinen herum.

»Ist ja Ebbe«, wirft Van ein.

»Weißt du noch, was es für eine Arbeit ist, den Schlamm abzuwaschen?«, frage ich, und er lächelt reumütig zurück. Mir fällt ein, was er gerade gesagt hat: »Hat Libby dir gestanden, sie hätte Sehnsucht nach Jake?«

»Ja, ein bisschen. Auch wenn ich mir vorstellen kann, dass sie eher ihre Mutter vermisst. Libby spielt viel mit Jake – für Sam ist das wie ein Sechser im Lotto.«

Ich möchte nicht, dass Libby Sehnsucht nach ihren Geschwistern zu Hause hat – ich weiß, dass ihr auch Brittney sehr nahsteht.

Ich hatte mir immer Geschwister für Luke erhofft, nicht nur jetzt in seiner Kindheit, sondern auch für später, wenn er älter wird und vielleicht selbst Kinder hat. Ich hatte keine Tanten und Onkel – meine Eltern waren beide Einzelkinder –, und alle meine Großeltern starben sehr früh. Ich bin froh, das Nicks Eltern Teil meiner erweiterten Familie sind, denn die einzige Blutsverwandte, die ich außer Luke noch habe, ist meine Mutter.

»Alles in Ordnung?«, fragt Ellie, als Van und Liam nach unten an den Fuß des Hangs gehen, um dort die Kinder aufzufangen.

»Hab nur nachgedacht«, murmele ich und streiche über das feine hellbraune Haar ihrer Tochter. Ich beuge mich vor und sauge ihren Geruch ein. »Hmmm.«

Ellie lächelt und schaut nach unten zu Van. Ihr Gesichtsausdruck wird versonnen. In dem Moment hören wir Reifen auf der Kiesauffahrt. Ich gehe nach vorne, um zu sehen, wer gekommen ist.

»Hallo!«, rufe ich und öffne das Tor für Ed, der gerade aus seinem Wagen steigt. »Schön, dass du da bist!« Ich freue mich wirklich. Er hat mir in dieser Woche gefehlt – bis gerade war mir gar nicht klar, wie sehr.

»Hey, ich freu mich auch«, erwidert er lächelnd, als wir uns auf die Wangen küssen. Er trägt eine kurze Hose und ein gelbes Polo, das seine gebräunten Arme zur Geltung bringt.

»Wer ist das denn?«, fragt er und bückt sich, um das Baby auf meinem Arm zu inspizieren.

»Das ist Ciara.«

»Ah, Ellies Tochter«, begreift er. »Letztes Wochenende habe ich sie nicht richtig gesehen, als Ellie sie vor die Brust geschnallt hatte.«

»Ich weiß. Deshalb habe ich sie mir heute geschnappt, bevor Ellie sie wieder wegschließen konnte.«

»Total süß.« Er weist auf meine Frisur. »Heute eine kleine Hommage an Prinzessin Leia?«

Ich trage die Haare heute als Knoten rechts und links am Kopf.

Ich lache. »Das war Libby. Jeden Morgen will sie mir die Haare machen. Ich kann es ihr nicht abschlagen.«

»Steht dir«, sagt Ed grinsend und geht an mir vorbei zum Kofferraum seines Wagens. Er holt ein Sixpack Bier und eine Flasche Prosecco heraus.

»Oooh!«, freue ich mich und nehme ihm die Flasche ab. »Die kann gefährlich werden.«

Er grinst. Verstört stelle ich fest, dass die Nervosität in mir wieder da ist.

*Das sind nur seine Grübchen*, sage ich mir und erinnere mich daran, dass ich als Jugendliche in Drew verknallt war, der auch solche Grübchen hatte. *Denen konnte ich schon immer schwer widerstehen.*

»Wie war's diese Woche im Laden?«, erkundige ich mich.

»Gut«, erwidert Ed und schlägt den Kofferraum zu.

»Fehle ich euch schon?«, scherze ich und schaukele Ciara auf dem Arm, die anfängt, vor sich hin zu brabbeln.

»Ich komme noch gerade so klar«, antwortet er trocken.

Lachend wende ich mich zum Tor um. Da sehe ich Van auf der Terrasse, der uns mit einem seltsamen Gesichtsausdruck beobachtet. Die Haare in meinem Nacken stellen sich auf. Van lächelt und kommt nach vorne, um Ed die Hand zu geben. Die beiden begrüßen sich, als wäre nichts gewesen.

»Ich bringe das mal in die Küche«, sagt Van und nimmt das Sixpack. »Wir haben schon ein paar Flaschen kalt gestellt – willst du ein Bier?«, ruft er Ed über die Schulter zu.

»Ja, danke.«

Ed geht zu Luke und den anderen, um sie zu begrüßen. Ohne nachzudenken, folge ich Van ins Haus.

»Alles in Ordnung?«, frage ich, als wir allein sind. Ciara zählt nicht, auch wenn sie immer noch Geräusche von sich gibt und ich nicht ganz sicher bin, ob sie völlig zufrieden ist.

»Ja, alles gut«, erwidert er, aber weicht meinem Blick aus, als er mir den Prosecco abnimmt.

»Wirklich?« Ich lasse nicht locker.

Es dauert einen Moment, bis er mich ansieht, doch als er es tut, steigt die Anspannung, die ich bereits gespürt habe. Sein Gesichtsausdruck ist undurchdringlich. Was denkt er? Ich bin mir nicht sicher, ob ich es wissen will. Wenn Van eifersüchtig auf Ed wäre, würde alles unglaublich kompliziert werden.

»Alles gut«, erwidert er leise.

»*Van* …«, murmele ich und schaukele Ciara etwas schwungvoller. »Mach dir bitte keine Sorgen. Wir sind nur Freunde.« Kaum habe ich das gesagt, bereue ich es. Wieso hatte ich das Gefühl, mich rechtfertigen zu müssen? Andererseits: Wie soll ich seine Ängste ignorieren, wenn er mich so ansieht? Es ist nicht Wut oder Eifersucht, es ist etwas anderes.

»Das weiß ich«, sagt er und schüttelt den Kopf, dann fällt sein Blick auf Ciara, die jetzt eindeutig zu ihrer Mama will. »Sorry, war nur irgendwie ein komisches Gefühl, als ihr beide durch das Tor reinkamt.«

»Wie meinst du das?«

Er zuckt mit den Schultern und wendet den Blick ab.

Ich berühre seinen Arm. »Erklär's mir bitte!«

»Keine Ahnung. Ich hab irgendwie eine Gänsehaut bekommen.«

Ich sehe ihn bestürzt an, und Ciara fängt an zu brüllen.

»Ist schon gut, wirklich«, sagt er bestimmt und küsst mich auf die Schläfe. »Bring sie zu Ellie. Ich komme sofort nach.«

Ich will nicht gehen, aber tue es trotzdem.

Kurz darauf trifft Brooke ein, und ich gehe zu ihr, um sie zu begrüßen, achte aber die ganze Zeit darauf, Van nicht aus den Augen zu verlieren. Er wirkt einigermaßen gefasst, und als er den Grill anwirft und anfängt, das Fleisch draufzulegen, gesellen sich Ed und Liam zu ihm, trinken Bier und unterhalten sich. Die Kinder haben Thomas mit ins Nebengebäude genommen, so dass wir sie durchs Fenster im Blick haben. Ciara ist in ihrem Kinderwagen eingeschlafen, die Erwachsenen sitzen in der Sonne und bringen sich gegenseitig auf den neuesten Stand. Ich muss mir auf die Zunge beißen, um Brooke nicht zu fragen, was sie von Ed hält. Sie begrüßen sich freundlich, doch ein richtiges Gespräch zwischen ihnen kommt nicht zustande.

Van lacht über etwas, das Ed gesagt hat. Ich sehe hinüber.

Van wirkt entspannt und zufrieden, was wiederum mich entspannt.

Es ist seltsam: Der Junge, mit dem ich aufgewachsen bin, war oft eifersüchtig und besitzergreifend, der Mann mir gegenüber ist deutlich gelassener. Wann hat sich das geändert? Irgendwie ist mir das entgangen. Ich habe so viel verpasst ...

Mir kommt der Gedanke, dass ich Van auf gewisse Weise überhaupt nicht kenne. Wenn ich zusammenrechne, wie viel Zeit wir tatsächlich miteinander verbracht haben, nachdem wir als Kinder hier wohnten, bin ich schockiert, dass es insgesamt weniger als acht Monate sind.

Ich frage mich, ob Van und ich heute anders wären, wenn wir mehr Zeit zusammen gehabt hätten, ob wir wie ein normales Paar leben würden. Wären wir anders geworden, als wir heute sind? Und sind wir heute so, wie es immer unsere Bestimmung war?

In meinem Bemühen, Brooke und Ed zusammenzubringen, sitze ich schließlich zwischen Van und Ed, Brooke mir gegenüber. Thomas ist am Kopfende zwischen Van und Ellie mit einer Sitzerhöhung an einen Stuhl geschnallt, Libby und Luke haben es sich auf einer Picknickdecke gemütlich gemacht. Dennoch ist es mit sechs Erwachsenen am Tisch ziemlich eng.

»Und, was machst du beruflich, Brooke?«, betreibt Ed höflich Konversation.

»Ich bin Innenarchitektin«, antwortet sie.

»Hast du eine eigene Firma, oder wie ...?«

»Das ist der Plan«, sagt sie. »Da ich gerade erst wieder hergezogen bin, muss ich noch mal von vorn anfangen, also, falls du jemanden kennst ...«

»Werde ich mir merken«, sagt Ed. »Hast du eine Visitenkarte?«

»Ja, in meiner Handtasche. Gebe ich dir gleich.« Sie lächelt. Unter dem Tisch stoße ich Eds Knie an.

*Gut gemacht, Junge!*

Er stößt zurück.

Ein klares Lass-mich-in-Ruhe.

Ich bemühe mich, mir nichts anmerken zu lassen.

»Und du hast diese hübsche Buchhandlung, wo wir letztes Wochenende waren?«, führt Brooke das Gespräch weiter.

»Ja.« Ed nickt.

»Wie ist das so, Nells Chef zu sein?«, fragt sie grinsend und probiert das Couscous.

Ed schmunzelt. »Fühlt sich manchmal an, als wäre es andersherum.«

»Was soll das denn heißen?«, rufe ich. »Willst du damit sagen, dass ich dich herumkommandiere?«

Alle lachen, nur Ed nicht.

»Nein, damit will ich sagen, dass du gut in deinem Job bist. War ein Kompliment«, fügt er hinzu und lächelt mich von der Seite an, bevor er sich wieder Brooke zuwendet. »Weißt du, dass wir drei uns schon als Kinder kennengelernt haben?« Er weist mit dem Daumen auf Van und mich.

»Nein!« Überrascht hebt Brooke die Augenbrauen.

»Ich hab mit meinen Eltern in einem Cottage oben im Dorf Urlaub gemacht. Als wir den Schlüssel hier abholen wollten, hatten Nell und Van ein Entenküken gefangen.«

Libby auf der Picknickdecke spitzt die Ohren. »Stimmt das, Dad?«

»Ja.« Van nickt ihr zu.

»Van hat das Zwitschern gehört und ist ins Haus gekommen, um es mir zu sagen«, berichte ich. »Unser Hund Scampi ist total durchgedreht.« Ich lächele Van an. »Deine Mum war am Arbeiten, wir wollten sie nicht stören. Also haben wir uns einfach das Ruderboot genommen – wir waren erst zehn Jahre alt.« Ich drehe mich zu den anderen am Tisch um.

»Können wir auch mit dem Ruderboot fahren?«, ruft Libby.

»Nein«, lautet Vans strenge Antwort.

Während ich weitererzähle, regen sich Libby und Luke über das Verbot auf. »Es war wirklich ein Rennen gegen die Zeit, das Entenküken zu finden, ehe das Wasser abgelaufen war und wir auf dem Trockenen gesessen hätten. Wir waren nur halb erfolgreich. Das Küken haben wir gefangen, aber wir mussten das Boot da lassen und zu Fuß nach Hause gehen. Wombat, unser Boot, haben wir an einen Baumstamm gebunden. Vans Mum war so sauer! Als wir auftauchten – wir sahen aus wie Schlammmonster –, war der arme Ed mit seinen Eltern hier. Aber du fandest uns nicht gruselig, oder?« Ich grinse ihn an.

»Nein, gar nicht«, entgegnet er lächelnd. »Ich wollte sofort bei euch mitmachen.«

Ich stoße Van mit dem Ellenbogen an, weil mir einfällt, wie mürrisch er an jenem Tag war.

»Ja, schon gut«, brummt er.

»Ich weiß noch, dass ich Van erzählt habe, du würdest mich an den Jungen aus der *Unendlichen Geschichte* erinnern.«

»An welchen?«, fragt Brooke.

»Bastian. Das ist der, der das Buch liest. Van hatte für mich immer Ähnlichkeit mit Atréju. Wir hatten den Film ein paar Wochen vorher geguckt.«

Van schüttelt belustigt den Kopf, Ed lacht.

»Also hast du mich schon damals als Bücherwurm abgestempelt«, sagt Ed.

»Du bist doch kein Nerd!«, wirft Brooke ein, und wieder stoße ich Ed an. Diesmal knufft er nicht zurück.

»Nell hat gesagt, du hast ein Segelboot?«, liefert Brooke das nächste Stichwort.

Ed zuckt mit den Achseln. »Nur ein kleines.«

»Da müssten wir mal alle zusammen mitfahren.«

Ed grinst und schüttelt den Kopf. »Es ist wirklich nur ganz klein – passen höchstens zwei Leute drauf.«

»Oh.« Brooke kichert.

Ich warte darauf, dass er sie einlädt, sie allein, doch er tut es nicht.

*Wieso wollen sie nichts voneinander?* Brooke ist doch einfach umwerfend, und Ed ist ... Ach, er ist einfach ... *toll.*

In dem Moment wacht Ciara im Kinderwagen auf. »Ich hole sie.« Schnell verlasse ich meinen Platz zwischen den beiden Männern.

Ellie streckt die Arme aus, doch ich nicke in Richtung ihres Tellers. »Iss du erst mal auf. Alles gut.«

Ellie macht ein besorgtes Gesicht. »Wirklich?«

»Ja, klar.« Ich nehme Ciara auf den Arm, tätschele ihren Rücken und beruhige sie.

»Oh, kriegst du wieder Sehnsucht nach einem eigenen?«, neckt Brooke mich.

Ich verspüre einen Stich, aber zwinge mich zu lächeln. »Bei der Kleinen hier ist es schwer, sich keins zu wünschen.«

»Ich würde sie ja auch mal nehmen, aber ich kann nicht so gut mit Babys«, erwidert Brooke.

»Aber mit den Kindern von deinem Bruder kommst du doch super klar!«, wende ich ein.

»Erst jetzt, wo sie größer sind. Babys machen mir Angst. Ich wüsste nicht, wie ich mit einem klarkommen sollte.«

»Das ist anders, wenn man eins hat«, sage ich und drücke Ciara einen Kuss auf die Schläfe.

Am nächsten Tag stehen wir alle früh auf, um mit den Kindern zum Strand nach Holywell Bay zu fahren, ungefähr eine Stunde entfernt an der Nordküste. Er liegt nicht weit weg von Newquay, und im Sommer kann es dort ziemlich voll werden. Wir wollen ein Picknick machen und den ganzen Tag dort verbringen.

Ein Süßwasserbach ergießt sich vom ländlichen Hinterland ins Meer. Wir gehen daran entlang, bis Libby und Luke nicht mehr widerstehen können, die Schuhe ausziehen und durchs Wasser waten. Auf der einen Seite umspült der Bach einen Grashang, auf der anderen ist der Strand. Mehrere Kinder bauen bereits Sandburgen am Bachufer, während ihre Eltern die Stangen von bunt gestreiftem Windschutz in den Sand schlagen.

Der Strand selbst ist überraschend groß – fast eine Meile goldener Sand –, aber liegt versteckt hinter den hohen Dünen. Wir stellen unsere Sachen ab und klettern die Anhöhe hinauf, um den Ausblick zu genießen, vorbei an großen Büscheln Strandhafer. Van hat die Boogiebretter der Kinder mitgenommen – ich habe ihn daran erinnert, was wir früher an diesem Strand gemacht haben. Als wir oben auf der steilen Düne ankommen, reicht Van Luke dessen Brett und wirft sich, ohne mit der Wimper zu zucken, bäuchlings auf Libbys, um den Hang hinunterzuflitzen. Luke stößt einen Schrei aus und macht es ihm nach. Ich sehe lachend zu, wie die beiden auf den Brettern nach unten sausen. Libby lacht ebenfalls, aber hüpft ungeduldig herum, genervt von der Aktion ihres Vaters.

»Tut mir leid, Libs«, sagt Van, als er zurückkommt, und reicht ihr das Brett. Sie entreißt es ihm und fährt ebenfalls jubelnd los.

Ich bin so froh zu sehen, dass Van nicht mehr bedrückt ist. Am Sonntagabend war er sehr still und ging früh ins Bett. Er behauptete, er hätte Kopfschmerzen vom Alkohol.

»Die sind heute Abend hundemüde«, bemerke ich oben auf der Düne, als die Kinder wieder nach unten rutschen. Wir setzen uns ins Gras.

Van antwortet nicht. Sein Blick ist auf Luke und Libby gerichtet, die kehrtmachen und wieder den langen Weg nach oben schlurfen.

»Ist alles in Ordnung bei dir? Du hast doch keinen dicken Kopf mehr, oder?«

»Nein, alles gut.« Van kratzt sich am Bart. »Bier tagsüber macht mich immer ziemlich fertig.«

»Aber es hat doch Spaß gemacht, oder?«

»Ja.«

Er hat kurz gezögert.

»Alles in Ordnung?«

Er seufzt und zieht die Mundwinkel nach unten. »Das brauchst du mich nicht ständig zu fragen.«

»Ich mache mir Sorgen.«

»Wie ist es, ihr beiden?«, ruft er. »Wollt ihr noch mal?«

Schnaufend und prustend kämpfen sich Luke und Libby durch den Sand nach oben, aber sie lachen und nicken sofort.

Wir warten, bis sie oben angekommen sind und wieder die Düne hinunterrutschen, um unser Gespräch weiterzuführen.

»Gestern war nett«, sagt Van zu meiner Überraschung. »Alle hatten Spaß, ich mag deine Freunde wirklich gerne.«

»Da bin ich erleichtert.« Das ist nicht untertrieben. »Libby war super mit Thomas, nicht? Ich glaube, Ellie und Liam waren hin und weg von ihr.«

»Ja, sie ist ein gutes Mädchen«, bemerkt er liebevoll. »Und Thomas ist ein süßer kleiner Kerl.«

Es scheint Van schwerzufallen, sich zu unterhalten. Das ist wahrscheinlich der Grund, warum ich nicht aufhören kann zu reden.

»Schon komisch, dass Brooke Ciara nicht auf den Arm nehmen wollte, oder? Ich hab mich aber gefreut, als sie daran gedacht hat, Ed ihre Visitenkarte zu geben. Hoffentlich wird das was mit den beiden.«

»Hmm, ist bestimmt nicht leicht, mit einem Geschäft noch mal ganz von vorn anzufangen«, überlegt Van.

»Ich fand, die beiden kamen gut miteinander klar, oder? Ist doch toll, dass Brooke wieder hergezogen ist und beide solo sind.«

Es dauert einen Moment, bevor Van weiterspricht. »Das kannst du vergessen.« Er klingt zynisch.

»Na ja, vielleicht funkt es nicht sofort zwischen den beiden«, fahre ich fort, während er den Arm hebt und den Kindern zuwinkt. »Ich meine, Ed ist ja noch nicht mal geschieden, aber bald. Wenn sie sich öfter sehen ...«

»Da wird nichts draus, Nell«, unterbricht mich Van schroff.

Ich werfe ihm einen Seitenblick zu. »Wieso sagst du das?«

Er zögert. »Weil Ed in dich verliebt ist.«

Ich werde kalkweiß. Van schaut zu den Kindern hinüber, die fast wieder oben angekommen sind.

»Na los, und noch mal!«, drängt er sie. In seiner Stimme ist keine Spur von Wut oder Schmerz. Lachend fahren die beiden wieder los.

Van dreht sich zu mir um. Ich streiche mir die windgepeitschten Haare aus dem Gesicht und merke, dass meine Hände zittern. Mir ist, als müsste ich mich übergeben.

»Schon gut«, murmelt Van mit sanfter Stimme.

Jetzt kann ich *ihn* nicht ansehen.

»Wie kannst du so was sagen?« Ich habe so einen dicken Kloß im Hals, dass ich den Satz kaum herausbekomme.

»Weil es stimmt«, antwortet er leise.

Ich schüttele den Kopf, aber kann es nicht leugnen, so gerne ich auch möchte. Tief in mir habe ich wohl geahnt, dass Ed Gefühle für mich hat. Aber ich habe mich nicht getraut, der Tatsache ins Auge zu sehen, dass das Folgen haben könnte.

Ich zwinge mich, Van anzuschauen. »Was soll ich tun? Willst du, dass ich kündige?«

»Natürlich nicht!«, sagt er verächtlich.

Ich schüttele den Kopf, Tränen brennen mir in den Augen. »Du bist so anders als früher.«

Er lehnt sich auf den Ellenbogen zurück. »Meinst du damit, dass ich kein eifersüchtiges Arschloch mehr bin?«

Ich finde nicht mal die Kraft, darüber zu lachen.

»Ich bin erwachsen, Nell«, sagt er leise. »Es ist nicht alles schwarz oder weiß, nicht so wie damals, als wir Kinder waren.« Er reibt mir über den Rücken. Ich sitze immer noch stocksteif da. »Es ist in Ordnung«, sagt er. »Ich wollte dich nicht beunruhigen oder dass du dich unwohl fühlst. Aber es ist schwer, nichts dazu zu sagen, verstehst du? Ich habe viel nachgedacht.«

»Was heißt das jetzt schon wieder?«

»Keine Ahnung«, erwidert er mit gerunzelter Stirn. Wir sehen uns an. »Aber das wird schon.«

Tränen steigen mir in die Augen.

»Hey.« Van beugt sich vor und legt mir die Hand auf den Hinterkopf, um mich zu einem Kuss an sich zu ziehen.

Als sich unsere Lippen treffen, bin ich völlig verwirrt.

Die Kinder kommen zurück, wir lösen uns voneinander.

»Noch ein Mal, dann gehen wir mit den Brettern runter zum Wasser«, sagt Van und steht auf. »Komm!« Er zieht mich hoch und behält meine Hand in seiner. Gemeinsam laufen wir die Düne hinunter, und es ist unmöglich, dabei nicht zu lachen.

Die ganze Woche über will Van nicht mehr mit mir über Ed sprechen, und da ich die kurze Zeit, die wir zusammen haben, nicht verderben will, nehme ich Rücksicht auf ihn. Am Freitagabend ruft mich Kiran zu Hause an, die Frau, die mich gerade in der Buchhandlung vertritt.

»Es tut mir so leid, dass ich dich störe«, sagt sie kläglich. »Aber Ed ist heute nicht gekommen, weil er Grippe hat, und jetzt habe ich mir so einen Magen-Darm-Virus eingefangen. Er meint, er würde morgen kommen, aber er hört sich furchtbar an. Er wollte nicht, dass ich dich anrufe, aber ich finde es verrückt, dass er arbeiten will, obwohl er noch so krank ist. Wäre es eventuell möglich, dass du für mich einspringst?«

»Natürlich«, erwidere ich, ohne zu zögern. Der nächste Tag ist ein Samstag, der geschäftigste Tag bei Dragonheart. Das schafft man gerade so allein, aber wenn man krank ist, ist es die Hölle auf Erden. »Ich sage Ed Bescheid«, erkläre ich Kiran. »Erhol dich gut, ja? Ich hoffe, es wird nicht allzu schlimm bei dir.«

»Danke! Das ist wirklich toll von dir.«

Van unterstützt meine Entscheidung. »Dann bleiben wir eben einen Tag zu Hause. Die Kinder können ein bisschen Ruhe wahrscheinlich gut gebrauchen.«

»Samstags ist eh viel zu viel auf den Straßen los«, bemerke ich, während ich mein Handy nehme, um Ed eine Nachricht zu schicken.

Tatsächlich freue ich mich nach zwei Wochen Urlaub auf einen Tag in der Buchhandlung. Normalerweise ist Ed morgens immer schon vor mir da; als ich die Tür aufschließe, in den leeren, dunklen Laden gehe und mir klarwird, wie sehr mir sein freundliches Gesicht fehlt, ist mir unbehaglich zumute. Doch nachdem ich den vertrauten Geruch eingeatmet habe, die neu eingetroffenen Bücher in die Regale geräumt und die Kasse aufgefüllt habe, fühle ich mich wieder besser.

Im Laufe des Tages wird es mehrmals etwas voller, aber ich komme eigentlich gut klar.

Um halb vier ruft Ed an.

»Hey, wie geht es dir?«, frage ich.

»Schon viel besser«, erwidert er.

Es klingt nicht so. »Ich hoffe, du liegst im Bett.«

»Fast. Ich komme gleich vorbei und löse dich ab, damit du nach Hause kannst.«

»Du bist doch bescheuert!«, fahre ich ihn an. »Bleib im Bett! Brauchst du irgendwas? Ich kann auf dem Heimweg was für dich besorgen – Suppe, Brot oder so?«

»Nein, du hast schon genug getan! Stört es dich auch wirklich nicht, bis zum Schluss zu bleiben?«

»Natürlich nicht! Die zwei Stunden sind jetzt auch egal.«

Am anderen Ende herrscht Schweigen. »Danke, Nell«, sagt Ed schließlich. »Wir sehen uns dann in zwei Wochen.«

Auf einmal kommt mir das sehr lange vor.

Ohne groß zu überlegen, schreibe ich Van eine Nachricht. Ich will wissen, was er davon hält, wenn ich auf dem Heimweg ein paar Sachen für Ed besorge und sie ihm vorbeibringe. Sofort danach bereue ich es, Van damit belästigt zu haben, und die Reue wird in den folgenden zwanzig Minuten immer größer, als er nicht antwortet. Schließlich summt mein Handy. Schnell greife ich danach. *»Mach ruhig. Alles gut hier.«*

Ich sage Ed erst Bescheid, dass ich bei ihm vorbeikomme, als ich fast schon vor seiner Tür stehe.

Mit verblüfftem Gesichtsausdruck öffnet er mir. Sein hellbraunes Haar klebt ihm seitlich am Schädel, an der anderen Seite steht es ab. Sein gebräuntes Gesicht wirkt durch den Zwei-Tage-Bart noch dunkler. Er tut mir furchtbar leid, wie er so dasteht in seinem zerknitterten hellgrauen T-Shirt.

»Hey!« Meine Stimme ist voller Mitgefühl. »Wie geht es dir?«

Ed reibt sich den Nacken und nickt. »Ganz gut.«

»Kann ich reinkommen?«

Er zieht die Tür auf, damit ich an ihm vorbeigehen kann. Ed hat sein durchgesessenes braunes Ledersofa in ein provisorisches Bett umgebaut, hat seine Kissen und die Decke aus dem Schlafzimmer herübergeholt. *Ach, der arme Kerl …* Ich kann den Gedanken nicht ertragen, dass sich niemand um ihn kümmert, während er krank ist.

Er hat eine moderne offene Küche, die nur durch eine Kochinsel vom Wohnzimmer getrennt ist. Ich lade die Einkaufstüten darauf ab.

»Hast du schon was gegessen?«

»Ja, Toast.«

»Wir wär's mit einer Hühnersuppe?«, biete ich lächelnd an und hole eine Tüte heraus.

»Ja, mache ich mir. Fahr du besser nach Hause.«

»Setz dich!«, befehle ich. »Ich bin froh, mal eine Weile aus dem Trubel raus zu sein.«

Ed zieht sich einen Barhocker an die Kochinsel, während ich den Wasserkocher fülle und anstelle. Dann suche ich einen Kochtopf.

»Wie war die Woche bei dir?«, erkundigt sich Ed.

»Schön. *Anstrengend*«, füge ich hinzu. »Wir waren viel am Strand.«

»Surfen die Kinder?«

»Luke ein bisschen – Nick hat es ihm gezeigt. Und Van hat

es Libby beigebracht. Die Bedingungen hier sind nicht ganz so rau wie an manchen Riffen in Australien, wo er surft. Ich habe die meiste Zeit am Strand gesessen und gelesen.«

Nach dem Kurs mit Joel habe ich nicht mehr versucht, surfen zu lernen.

Ich messe kochendes Wasser ab und gieße es in den Topf, gebe die Tütensuppe hinzu und rühre sie um. Als ich mich zu Ed auf der anderen Seite der Kücheninsel umsehe, schaut er niedergeschlagen auf die Arbeitsfläche.

»Du musst dich warm halten!« Ich weise mit dem Kopf auf die Couch. »Ich bringe dir den Teller rüber.«

Ein schmerzhafter Ausdruck huscht über sein Gesicht. Ich erschrecke mich. Ed rutscht vom Barhocker und setzt sich aufs Sofa. Ich bleibe zurück und frage mich, was das gerade war. Während ich die Suppe auf den Teller gebe und sie ihm bringe, versuche ich das nagende Gefühl in meiner Magengrube zu ignorieren.

»Das ist wirklich nett von dir«, murmelt Ed, als er Teller und Löffel entgegennimmt.

Ich setze mich in den Sessel. »Das würdest du mit Sicherheit auch für mich tun. Na ja, vielleicht nicht«, korrigiere ich mich. »Schließlich ist mein Haus eine Dreiviertelstunde weit weg, während du nur fünf Minuten von meiner Arbeit entfernt wohnst. So ein großes Opfer ist das also auch wieder nicht.«

»Natürlich würde ich das auch für dich tun«, sagt er leise. Während er auf die heiße Suppe auf seinem Löffel pustet, sieht er mir kurz in die Augen.

»Hast du dich schon bei Brooke gemeldet?«

Ich weiß nicht, warum ich diese dämliche Frage stelle – schon gar nicht nach dem Gespräch am Anfang der Woche mit Van. Vielleicht versuche ich, die Situation auf die leichte Schulter zu nehmen. Vielleicht will ich so tun, als hätten Ed und ich eine lockere platonische Freundschaft, wie ich mir dämlicherweise eingeredet habe. Trotzdem ist es eine dumme Frage, denn ich kenne die Antwort.

»Nein.«

Ich nicke und mache mir nicht die Mühe, mich überrascht zu geben.

»Sie hat mich irgendwie an Tasha erinnert«, verrät Ed.

»Was?« Jetzt bin ich doch überrascht. »In welcher Hinsicht?«

»Ein paar Eigenarten von ihr ... die langen blonden Haare ...«

»Ich habe auch lange blonde Haare.«

Er gibt ein belustigtes leises Schnauben von sich. »Das ist aber auch alles, was ihr gemeinsam habt.«

»Das heißt also, mit der armen Brooke wird es nichts?«

»Nein, aber ich denke, sie wird nicht lange allein bleiben«, bemerkt Ed trocken.

»Da hast du wohl recht.«

Mit dem Kinn weist Ed auf Unterlagen, die vor mir auf dem Couchtisch liegen.

»Was ist das?«, frage ich und nehme sie hoch.

»Scheidungsunterlagen«, erwidert er. »Tasha verlangt die Hälfte des Ladens.«

»Was?!? Aber sie hat nicht mal einen Tag da gearbeitet! Oder irgendwas dafür getan. Damit hat sie doch nichts am Hut!« Ich bin empört.

»Unwichtig«, erwidert Ed düster. »Was mir gehört, gehört offenbar auch ihr.« Er macht eine Pause. »Was sie wirklich will, ist das Haus.«

»Will sie denn überhaupt in Cornwall bleiben?«

»Das bezweifele ich stark. Sobald sie das Haus bekommt,

wird sie es verkaufen, aber falls wir vor Gericht müssen, wird sie das natürlich ganz anders darstellen.« Er seufzt. »Ich will wirklich nicht vor Gericht.«

»Was hast du vor?«, frage ich besorgt.

»Ich denke, ich überlasse ihr meinen Anteil des Hauses.«

»Und behältst dafür die Buchhandlung?«

Er nickt.

»Das Haus ist aber mit Sicherheit mehr wert«, sage ich stirnrunzelnd. »Ich hoffe, du hast einen guten Anwalt.«

Er sieht mir in die Augen. »Ich will sie einfach nur loswerden, Nell, damit ich von vorne anfangen kann.«

Bei seinem Blick bekomme ich wieder dieses komische Gefühl im Bauch. Es beunruhigt mich.

Ed seufzt und stellt die Schüssel auf den Couchtisch, dann weist er zur Tür. »Fahr jetzt mal besser nach Hause zu Van.«

»Der kommt schon alleine mit den Kindern klar.« Ich kämpfe gegen den überwältigenden Drang, aufzustehen und Ed zu umarmen.

*Was ist das bloß?*

Ich war schon immer ein fürsorglicher Mensch. Als ich klein war, habe ich Van bemuttert, und Ed gegenüber bin ich nicht anders.

Tief in mir weiß ich, dass es stimmt, was Van gesagt hat: Eds Gefühle für mich gehen über reine Freundschaft hinaus. Ich glaube, das ahne ich schon länger.

Was will ich hier also?

Will ich ihm Hoffnung machen?

Das wäre wirklich mies von mir, so was tue ich eigentlich nicht.

Tatsächlich wollte ich herkommen. Ich wollte mich um ihn kümmern.

*Ich wollte ihn sehen.*

Ed unterbricht mich in meinen Gedanken. »Alles in Ordnung?«

Doch ich kann nicht aufhören zu grübeln.

*Das muss Van gewusst haben. Warum hat er mich nicht aufgehalten?*

Ein unbehagliches Gefühl legt sich über mich.

»Ich glaube, ich gehe besser«, murmele ich zu Eds Überraschung. Eben noch hatte ich gesagt, ich könne problemlos bleiben. »Schon gut, du musst mich nicht zur Tür bringen«, halte ich ihn auf, als er sich erheben will.

»Nell?«

»Alles gut. Ruf mich an, wenn du mich Montag brauchst, ja?«

Er nickt. Das Letzte, was ich sehe, ist sein verwirrtes Gesicht.

Die Kinder sind bereits im Bett, als ich nach Hause komme, auch wenn ich bezweifele, dass sie schon schlafen. Es stört uns nicht, wenn sie noch eine Weile miteinander reden, solange sie sich nicht streiten. Im Großen und Ganzen vertragen sie sich gut, auch wenn Van und ich am Ende des Tages immer Ruhe und Frieden herbeisehnen.

Van sitzt mit einem Bier in der Küche und starrt aus dem Fenster in die dunkler werdende Nacht.

»Hey«, sagt er, als er mich bemerkt.

»Hallo.«

Er schiebt seinen Stuhl leise nach hinten, doch beim Aufstehen gelingt es ihm nicht, kein Geräusch zu machen. Ich zucke zusammen, schlinge die Arme um seine Taille und lege die Wange an seine breite Brust. Während ich versuche, den Kloß im Hals runterzuschlucken, drückt er mich fest an sich.

Als wir uns nachts lieben, ist es bittersüß, und die ganze

Zeit bin ich kurz davor, in Tränen auszubrechen. Unser gemeinsamer Monat ist jetzt zur Hälfte um, und jeder Tag bringt uns seiner Abfahrt näher.

Auch Libby ist die ganze Woche ruhiger als sonst. Als ich am Donnerstagmorgen aus dem Bad komme, sehe ich, dass Van sie im Flur umarmt. Luke ist wahrscheinlich nebenan und wartet darauf, dass Libby spielen kommt.

»Alles gut?«, frage ich besorgt.

»Sie hat Sehnsucht nach ihrer Mum«, erwidert Van mit belegter Stimme. Libby stößt einen gepeinigten Seufzer aus. »So lange war sie noch nie von zu Hause fort.«

»Das tut mir leid, Schätzchen«, sage ich liebevoll und streiche ihr über den Rücken. Van sieht mich an. Seine blaue Augen sind voller Schmerz.

Abgesehen von der Nachricht, die ich Ed am Montag geschickt habe und in der ich ihn fragte, ob er wieder arbeiten sei, und seiner Antwort, ja, er arbeite wieder, hatten wir keinen Kontakt mehr; deshalb bin ich äußerst angespannt, als wir am Sonntag zum Mittagessen im Pub auf der anderen Seite des Helford River sitzen und Ed plötzlich mit seinem Segelboot auf dem Trailer am Straßenrand hält.

»Da ist Ed!«, ruft Luke.

Van erhebt sich vom Tisch und geht über die Straße zu Ed, der aus dem Auto steigt.

»Hallo, Kumpel!«, höre ich ihn sagen, als er Ed die Hand gibt. »Brauchst du Hilfe?«

Ed schaut über die Straße zu mir und winkt grüßend herüber. Ich hebe ebenfalls die Hand und zwinge mich zu lächeln. Ed fragt Van, ob er schon mit dem Essen fertig sei, ehe er sein Angebot annimmt.

»Mum, kann ich mit Eds Boot fahren?«, fragt Luke aufgeregt.

»Warte ab.«

»Kann ich vom Tisch aufstehen?«

»Bist du fertig?« Ich weise auf seinen fast leeren Teller.

»Ja, ich bin satt.«

»Gut. Aber vorsichtig an der Straße!«, mahne ich, als auch Libby aufspringt und Messer und Gabel auf den Teller knallt.

»Ich bin auch satt«, verkündet sie schnell.

Seit ihr Essen serviert wurde, konnten sie es nicht erwarten, wieder an den Strand zu laufen.

Ich weiß, ehrlich gesagt, nicht genau, warum ich immer noch hier sitze. Alle sind aufgestanden, nur ich hocke wie festgewachsen auf der Bank und sehe zu, wie Ed und Van das Boot gemeinsam zu Wasser lassen. Aufgeregt hüpft Luke im groben Sand um sie herum und reißt jubelnd die Hände hoch, als Ed etwas zu ihm sagt. Dann schauen beide zu mir herüber.

Ed weist erst auf Luke, dann auf sein Boot und dreht dann fragend die Handflächen nach oben.

Ich nicke und halte ihm den ausgestreckten Daumen hin.

Libby springt vor Freude auf und ab. Die Kellnerin räumt den Tisch ab, und ich erhebe mich, denn ich weiß, wenn ich jetzt sitzen bleibe, sieht es wirklich seltsam aus. Ich überquere die Straße und springe runter auf den Strand. Die Sonne kommt hinter den Wolken hervor und fällt auf das Wasser, so dass es strahlend weiß funkelt, wie geschliffenes Glas unter einem Stroboskop. Schützend halte ich die Hand über die Augen und sehe, wie Ed mit zwei Kinderrettungswesten vom Bootsverleih zurückkommt.

»Hi!« Ich lächele ihn an.

»Hey.« Er grinst zurück und gibt Van eine Weste für Libby.

»Ist das wirklich okay für dich?«, frage ich, als Luke die andere Weste überzieht.

»Ja, klar!« Er bückt sich, um die Schnallen bei Luke festzuziehen, damit die Weste eng am Körper sitzt.

»Aber nicht lange, Kinder, verstanden?«, sagt Van ernst, als alle so weit sind. »Und ihr macht genau das, was Ed sagt! Sonst landet ihr beide im Wasser. Und damit meine ich, dass ich euch persönlich reinwerfe, wenn ihr nicht gehorcht!«

Luke nickt feierlich, Libby kichert. Sie nimmt die Drohung nicht ernst.

Vom Steg aus sehen Van und ich zu, wie sie losfahren. Das kleine Boot neigt sich im Wind auf die Seite, die weißen Segel blähen sich. So gleitet es über den Fluss. Das Lachen der Kinder wird über das Wasser zu uns getragen.

»Ich verstehe das nicht«, sage ich fast im Flüsterton.

Van richtet seine Aufmerksamkeit auf unsere Kinder, seine Augen sind voller Gefühl.

Wenn er wirklich glaubt, dass Ed in mich verliebt ist, wenn er es im Entferntesten für möglich hält, dass ich diese Gefühle vielleicht in irgendeiner Hinsicht erwidere, warum ist er dann so freundlich zu Ed, so hilfsbereit und nett?

»Er ist ein guter Kerl«, gibt er leise zurück.

»Und?« Ich kann die Beklemmung nicht aus meiner Stimme bannen.

Er sieht mich kurz an, und in seinem Blick steht alles Bedauern, alle Liebe, Zärtlichkeit und Hinnahme dieser Welt. »Das ist kein Leben, Nell.«

Ich schluchze laut auf.

»Psst!« Er nimmt mich in die Arme. »Hör auf. Wir sprechen später darüber.«

Ich will nicht später darüber reden. Ich will überhaupt nicht darüber reden. Als die Kinder am Abend im Bett sind, weigere ich mich einfach, mit ihm zu reden, und liebe ihn stattdessen mit inniger Verzweiflung, um uns wieder zusammenzubringen, um unser Wir wiederzufinden. Doch es steht zwischen uns, dieses Thema, und auch wenn Van mich nicht drängt, darüber zu sprechen, weiß ich, dass er es tun wird. Es ist nur eine Frage der Zeit. Und die läuft uns davon.

Es passiert am letzten Tag des Urlaubs, als wir in Glendurgan sind. Die Kinder rasen durch den Irrgarten, ihre Köpfe erscheinen immer wieder über den niedrigen Kirschlorbeerhecken. Die beiden kreischen vor Vergnügen. Ich denke an Van und mich früher, als mein Vater hier arbeitete, und bin mir sicher, dass auch Van sich in der Vergangenheit verliert.

Er greift nach meiner Hand und sagt mir, dass er mich liebt.

»Hör auf!«, flehe ich.

»Wir haben es versucht.«

»Bitte nicht!«

»Nicht weinen«, beschwört er mich.

»Wie soll ich bitte nicht weinen?«, stoße ich aus.

»Reiß dich zusammen, für die Kinder.«

Seine Worte helfen, den Sturm der Gefühle niederzuringen, doch ich nehme ihm den Satz übel.

»Hör mir bitte zu!«, sagt er.

Ich beiße mir auf die Lippe.

»Wir machen das jetzt seit fünf Jahren, und wir haben noch *mindestens* acht Jahre vor uns. Ich kann Libby nicht verlassen, bevor sie achtzehn ist.«

»Das weiß ich«, werfe ich ein. »Und das verstehe ich. Ich würde Luke auch nicht zurücklassen.«

»Wir beide führen ein einsames Leben, Nell. Nicht nur du.«

Ich bin erschrocken. »Willst du mit anderen Frauen ausgehen?«

Er antwortet nicht.

»Gibt es eine andere?«, frage ich.

»Natürlich nicht!«

»Könnte es aber«, begreife ich dumpf.

»Wir sind fünfunddreißig«, sagt Van. »Ich weiß, dass du noch Kinder willst.«

Mein Herz zieht sich zusammen.

»Die kann ich dir nicht schenken.«

»Damit finde ich mich ab«, sage ich voller Verzweiflung.

»Ich will aber nicht, dass du dich damit abfinden musst!«, ruft Van, so dass sich ein Paar in der Nähe zu uns umdreht. »Ich würde dir gerne alles geben, aber ich kann nicht.«

Er nimmt meinen Arm und führt mich ein Stückchen weiter, wo wir ungestört sind. Ich starre auf die riesigen Gunneras neben uns und würde mich am liebsten unter ihren gewaltigen Blättern verstecken. So tun, als würde ich mit Kobolden spielen, wie damals als Kind. Aber dies ist kein Märchen.

»Ich liebe dich«, sagt Van mit leidenschaftlichem Blick. »Ich habe dich als Schwester geliebt, ich habe dich als Freundin geliebt, und als Partnerin liebe ich dich erst recht. Aber ...« Er schaut hinüber zum Irrgarten, wo Libby vor Lachen kreischt. »*Ich liebe sie mehr.*« Seine Stimme versagt, Tränen steigen ihm in die Augen, dann kann ich selbst nur noch verschwommen sehen.

»Du weißt, dass es mir genauso geht«, sage ich schniefend und wühle in meiner Tasche herum, bis ich Taschentücher für uns beide finde und heraushole. Wir drehen dem Labyrinth den Rücken zu, um unsere Augen zu trocknen. Es tut mir weh, Vans Schmerz zu sehen. Hat es schon immer.

»Du hast mehr verdient«, sagt er und schluchzt auf. »So viel mehr. Ed könnte dir das geben.«

»Aber ich liebe *dich*! Ich habe dich immer geliebt! Ich werde dich immer lieben!«

»Ich werde dich auch immer lieben. Aber das heißt doch nicht, dass nicht noch mehr Platz in unserem Herzen ist, um jemand anderen zu lieben, um etwas Neues anzufangen, etwas, das von Dauer ist. Dieses Leben in der Schwebe, das wir führen, das ist einfach nichts. Sicher, wir könnten so weitermachen, aber ich will nicht, dass du die besten Jahre deines Lebens opferst, wenn ich weiß, auf wie viel du dabei verzichtest. Dein Vater hat keiner anderen Frau eine Chance gegeben, und er war einsam, Nell. Vielleicht hast du das nicht gesehen, weil du es nicht sehen wolltest, aber du warst nicht genug für ihn, sosehr du dich auch bemüht hast. Du warst die beste Tochter, die man sich wünschen kann, aber er hätte mehr gebraucht. Ich möchte nicht, dass es dir mal genauso geht.« Van atmet tief durch. »Manchmal sind zwei Menschen füreinander bestimmt. Manchmal nicht.«

»Aber wir sind füreinander bestimmt!«, rufe ich voller Leidenschaft.

Er sieht mich lange an, und ich habe das Gefühl zu versinken, zu ertrinken.

»In fünf Jahren ...«

»Hör auf!«, unterbreche ich ihn. »Komm mir nicht mit diesem Spruch!«

»Ich gebe dich frei, Nell«, flüstert er.

»Das geht nicht«, erwidere ich. »Ich gehöre dir.«

# Vierzig

Eine Bewegung in der Tür lässt mich hochschießen. Ich schaue über die Schulter und sehe eine der netten Krankenschwestern mit einem Klappbett hantieren.

»Lukes Vater hat angerufen«, sagt sie mit einem Lächeln. »Er hat gefragt, ob wir vielleicht ein Bett für Sie aufstellen können.«

Ich bin so dankbar, dass ich weinen könnte. »Vielen Dank!«, flüstere ich und hoffe, dass Luke von dem Gepolter nicht aufwacht.

Ich korrigiere ihren Fehler nicht. Lukes Vater ist gerade in Amsterdam, wo er mit seiner Frau und dem kleinen Zach seinen fünften Hochzeitstag feiert.

»Nein, nein, bleiben Sie sitzen«, sagt die Krankenschwester, als ich ihr helfen will. Schnell hat sie das Bett aufgebaut und lässt mich allein.

Ich streife die Schuhe ab und werfe die Decke zurück. Vorsichtig klettere ich hinein und versuche, es mir bequem zu machen. Als ich zu Luke hinüberschaue, erschrecke ich, weil er mich anguckt.

»Entschuldigung, Schatz«, murmele ich. »Ich dachte, du würdest schlafen.«

»Du brauchst nicht hierzubleiben«, erwidert er.

»Ich will dich nicht allein lassen.«

»Das geht schon, Mum. Fahr nach Hause und ruh dich aus.«

»Ich kann mich hier ausruhen. Brauchst du irgendwas?«, frage ich.

»Nein, alles gut. Dann schlaf jetzt«, sagt er.

»Gut. Du auch. Gute Nacht.«

»Gute Nacht.«

»Ich hab dich lieb«, sage ich.

»Ich dich noch mehr«, erwidert er.

Luke schließt die Augen, und ein Lächeln umspielt seine Lippen.

Er hat wirklich keine Ahnung.

# Drei Jahre später

*Da bin ich wieder …*

Ich stehe da und starre auf die Türen. Jedes Mal, wenn sie sich öffnen und jemand herauskommt, schnellt mein Puls in die Höhe. Luke verschränkt seufzend die Arme vor der Brust. Mit einem gelangweilten Ausdruck sieht er sich in der Ankunftshalle um. Ich musste ihn überreden, mich zu begleiten. Er wollte lieber surfen gehen, aber ich brauche ihn als Unterstützung.

»Sie sind gleich da«, flüstere ich.

Er seufzt wieder und fährt sich mit der Hand durch die hellblonden Locken. Luke hat unheimlich große Ähnlichkeit mit seinem Vater in diesem Alter und kann sich auch nicht darüber beklagen, von den Mädchen zu wenig beachtet zu werden. Bisher hat er es aber vermieden, Nicks ehemaligem Ruf nachzueifern. Mein Sohn geht verantwortungsvoller mit den Herzen um, die ihm zufliegen.

»Ganz schön verrückt, dass ihr zusammen zur Uni gehen werdet«, bemerke ich beiläufig, nur um etwas zu sagen.

»Hm.«

Ich weiß nicht, ob das ein gutes oder schlechtes Hm ist; kann gut sein, dass Luke es selbst nicht weiß. Ich kann ihm nicht vorwerfen, dass ihm ein bisschen beklommen zumute ist. Das Studium ist eigentlich ein Neuanfang – aber der ist nicht so einfach, wenn man jemanden von früher dabei hat.

Andererseits: Wenn Luke wirklich einen richtigen Neuanfang gewollt hätte, hätte er sich für eine andere Uni als Falmouth entschieden.

Es gibt zwei Hauptgründe, warum er in der Nähe bleiben wollte. Der eine ist das Geld – die Kosten für Studierende sind heute weitaus höher als früher. Wenn er pendelt, spart er Geld für die Miete. Der zweite Grund ist derselbe, warum Libby nach Falmouth kommt: die Nähe der Uni zu den Stränden von Cornwall. Libby ist ein noch größerer Surffan als Luke. Sie wollte unbedingt im Ausland studieren, und über ihren Status als Juniorenmeisterin im Surfen gelang es ihr, sich ein Stipendium zu sichern.

»Du könntest ja heute Nachmittag mit Libby an den Strand fahren, wenn sie nicht zu kaputt ist«, schlage ich vor und sehe ihn an. Er ist inzwischen größer als ich.

»Vielleicht.«

*Überschlag dich bloß nicht vor Begeisterung, Junge ...*

Ich glaube, er hat Angst davor, mit Libby zu surfen.

Lukes Körper versteift sich, er macht große Augen. Mir schlägt das Herz bis zum Hals, als ich mich umdrehe, um zu sehen, was oder besser wer seine Aufmerksamkeit erregt. Mein Blick bleibt an Van hängen.

Mir wird schwindelig, als er auf uns zukommt. Sein quälend vertrauter Anblick haut mich um. Er trägt immer noch Bart, bloß scheint er jetzt mehr hineingewachsen zu sein. Sein Gesicht ist reifer geworden: Fältchen in den Augenwinkeln und eine Spur Grau an den Schläfen. Er erinnert mich an ein Foto von seinem Vater, das ich mal gesehen habe.

Ich zwinge mich, das achtzehnjährige Mädchen an seiner Seite zu begrüßen, und muss zweimal hinschauen.

Libby ist der Hammer. Groß, langgliedrig und wunderschön mit ihren kastanienbraunen Haaren, die ihr in sanften Wellen auf den Rücken fallen. Ihre blauen Augen funkeln unter einem dichten, fransigen Pony hervor. Sie hat große Ähnlichkeit mit ihrem Vater.

»Hi!«, ruft sie, lässt ihren Rucksack fallen und breitet die Arme aus.

»Unglaublich, wie du gewachsen bist!«, rufe ich und trete vor, um sie an mich zu drücken.

Tatsächlich ist es eher sie, die mich an sich drückt – sie muss so groß sein wie Luke.

Nebenbei bekomme ich mit, dass Van Luke auf ähnliche Weise begrüßt. Seine tiefe Stimme mit dem australischen Akzent trifft mich mitten ins Herz.

Er dreht sich zu mir um, und Schmetterlinge flattern mir durch den Bauch, als ich ihm in die Augen sehe. In seinem Blick sind unendlich viele Gefühle, doch ich traue mich nicht, ihnen auf den Grund zu gehen.

*Er ist da ... Nach so vielen Jahren ist er wiedergekommen ...*

Er nimmt meine Hände, tritt auf mich zu und lehnt sanft die Stirn gegen meine. Ich schließe die Augen, und die Jahre fallen in sich zusammen. Wie oft habe ich mir diesen Moment vorgestellt ...

Tief in mir steigen Gefühle auf, doch da hebt Van den Kopf und lässt mich los.

Ich atme tief ein und drehe mich zu den Kindern um.

Und stutze. Die beiden starren sich an, als hätten sie einander noch nie zuvor gesehen. Ein Schauer läuft mir über den Rücken, als sich ein Fenster in die Zukunft auftut: eine Zukunft, in der mein Sohn aus Liebe zu einem Mädchen ans andere Ende der Welt ziehen will. Ich schüttele den Kopf, um die Bilder loszuwerden, und Luke und Libby schauen gleichzeitig zur Seite. Auf dem Weg zum Parkplatz bemühen sie sich, einander bloß nicht anzusehen.

Libby wird Modedesign in Falmouth studieren, Luke hat sich für Architektur entschieden. Sein Entschluss fiel schon in dem Sommer, als er fünfzehn wurde und mit gebrochenem Knöchel wochenlang auf dem Sofa lag. Gelangweilt von Fernsehen und Videospielen, begann er die Bücher zu lesen, die ich ihm mitbrachte. Er war nie eine Leseratte, und wenn er diesen Unfall nicht gehabt hätte, bezweifele ich, dass er jemals den Roman in die Hände genommen hätte, der ihn schließlich inspirierte. Damals sagte ich zu ihm, vielleicht würde er in fünf Jahren verstehen, warum das alles so gekommen sei, und jetzt hat es nur drei Jahre gedauert.

»Freust du dich schon darauf, den Campus zu sehen, Libby?« Ich strenge mich an, das unbehagliche Schweigen zu durchbrechen, das sich über das Auto gelegt hat, und lächele sie im Rückspiegel an.

»Ja, auf jeden Fall«, antwortet sie.

»Du bist auf dem Campus in Penryn, oder?«, fragt Luke.

»Yep. Und du in Falmouth?«

»Ja. Mit dem Bus sind das ungefähr zwanzig Minuten von dir.«

»Aber du wohnst nicht an der Uni, oder?«

»Nein, ich bleibe zu Hause. Ist ja nicht so weit.«

»Luke wohnt im Nebengebäude, das ist ja separat. So hat er seine eigenen vier Wände«, werfe ich ein. Ich freue mich, dass die beiden langsam auftauen.

»Ja, an das Nebengebäude kann ich mich erinnern!«, ruft Libby begeistert. »Da haben wir Lego gespielt, nicht?«

»Ja.« Ich höre das Lächeln in Lukes Stimme.

»Hast du ein Auto?«, fragt Libby.

»Ja, mein Vater schenkt mir eins zum Achtzehnten. Mein Geburtstag ist zwar erst nächste Woche, aber ich habe es schon vorher bekommen.«

Wir wollen mit einer großen Party im Boatman feiern. Sogar Mum und Robert fliegen extra her.

»Du kannst ja sonntags mal mit ihm zum Mittagessen kommen«, biete ich Libby an. »Vielleicht hast du Glück, und ich wasche deine Sachen!«

»Volltreffer!«, ruft Libby und reckt die Faust.

Van schmunzelt und schaut aus dem Fenster. Seine Finger klopfen auf seinen Oberschenkel.

Ich widerstehe dem Impuls, seine Hand zu drücken.

Schließlich gebe ich es auf, die Unterhaltung in Gang zu halten. Libby übernimmt den Staffelstab und verwickelt Luke in ein Gespräch übers Surfen und löchert ihn mit Fragen, was er so alles mit seinen Freunden unternimmt. Van und ich sitzen schweigend da, die Atmosphäre zwischen uns ist angespannt.

Schließlich erreichen wir das weiß gestrichene Cottage, das einst sein Zuhause war. Die Kinder klettern aus dem Auto, Libby ruft begeistert, das Cottage sähe genauso aus, wie sie es in Erinnerung habe. Mir ist jedoch klar, dass Van sofort die Veränderung auffällt, die es seit seinem letzten Besuch gibt. Ein Zaun glänzt vor den verschiedenen Grüntönen silbern in der Sonne: grünes Gras, grüner Fluss, grüne Bäume.

Mein Herz tut weh.

»Du musst sehr vorsichtig sein mit der Straße«, warnt Luke Libby, als wir aus dem Wagen steigen. Er macht das Tor hinter ihr zu, obwohl wir nur wenige Schritte dahinter sind. Ich fahre Van und Libby später hoch ins Dorf zu der Ferienwohnung, die sie gemietet haben, aber die wird noch geputzt, deshalb müssen wir etwas Zeit totschlagen.

Die Haustür wird aufgerissen, und Danny stürzt heraus. Er wirft sich auf Luke, der ihn sofort lachend auf den Arm nimmt.

Hinter mir hält Van die Luft an.

Über die Schulter seines großen Bruders schielt Danny zu mir herüber. Seine braunen Kulleraugen werden noch größer. Er streckt die Arme nach mir aus. Luke gibt ihn mir, und als er seinen kleinen Körper an mich schmiegt, fügen sich die losen Enden, die wild in meiner Brust flatterten, langsam wieder zusammen.

»Das ist Van«, sage ich zu meinem Sohn und drehe mich so, dass die beiden sich sehen können. »Und das ist Daniel.«

»Hey, Kleiner!«, sagt Van liebevoll. »Freut mich, dich endlich richtig kennenzulernen!«

Falls er vorher so nervös war wie ich, versteckt er es gut. Doch dann sieht er an mir vorbei und erstarrt. Ich drehe mich um. Ed kommt mit unserer schläfrigen fast dreijährigen Tochter auf dem Arm aus dem Cottage.

*Ivy Ruth Allister.*

Ich hatte Van um sein Einverständnis gebeten, bevor wir sie auf diesen zweiten Vornamen taufen ließen. Daniel trägt als zweiten Vornamen den meines Vaters: Geoffrey.

»Hey!«, ruft Ed, während Ivy vor sich hin nörgelt. Das war klar. Sie ist immer furchtbar eifersüchtig auf Danny; ihr Bruder mit seinen viereinhalb Jahren hingegen würde alles für sie tun. Im Moment hat er nichts dagegen, mich ihr zu überlassen, und so windet er sich, damit ich ihn abstelle, um Ivy hochnehmen zu können. Ed und Van begrüßen sich herzlich, dann geht Van zu dem kleinen Mädchen, das er bis jetzt nur auf FaceTime gesehen hat, und sagt ihr richtig hallo.

»Hi, Süße!«, gurrt er. Ivy krallt sich mit ihren kleinen Händchen an meiner Schulter fest, klammert sich an mich wie ein Koalababy.

»Sagst du Van mal hallo?«, frage ich und drücke einen Kuss auf ihre weiche Wange.

»Hallo!«, wiederholt sie mit einem strahlenden Lächeln.

»Sie sieht aus wie du«, bemerkt er, richtet sich auf und schaut mir in die Augen.

»Das sagen alle«, erwidere ich nervös und streiche Ivy die dünnen blonden Haare aus dem Gesicht. Danny hat Eds Haarfarbe.

Aus dem Nebengebäude dringen Stimmen – so, wie es sich anhört, führt Luke Libby herum.

Van geht zum neuen Drahtzaun, der ihm bis zur Taille reicht, und fährt mit der Hand darüber. »Das ist bestimmt eine Erleichterung.«

»Ja, auch wenn er den Ausblick ein bisschen ruiniert«, entgegnet Ed grinsend und kommt der Bitte seines Sohns nach, auf den Arm genommen zu werden. »Wir rollen uns aber immer noch gerne den Hügel runter, Danny, stimmt's?«

Danny nickt eifrig.

Als wir ins Cottage gehen, drücke ich Ivy fest an mich. Sie ist wie ein Schild, das mein zerbrechliches Herz schützt.

»Kann ich kurz zur Toilette?«, fragt Van.

»Klar. Du kennst dich hier ja aus«, ruft Ed über die Schulter.

Kaum sind wir in der Küche, dreht er sich zu mir um und streckt mit einem Ausdruck aufrichtigen Mitgefühls den freien Arm nach mir aus. Ich schmiege mich an ihn. Er hat Danny noch auf dem anderen Arm, ich balanciere Ivy auf der Hüfte. Ed küsst mich auf die Stirn. Tränen springen mir in die Augen, ich vergrabe das Gesicht an seinem warmen Hals und atme seinen Geruch ein. Unsere beiden Kinder fangen an zu kichern. Als ich hochschaue, strecken sie sich gegenseitig die Zunge aus.

Mein Herz wird groß und weit vor Liebe. Dasselbe Gefühl erkenne ich in den Augen meines Mannes, als wir uns anlächeln.

All die besonderen Momente ... Das erste Lachen unserer Kinder, ihre ersten Schritte, ihre Geburtstage, die Weihnachtsfeste, Jahrestage ... So viele glückliche Momente haben wir miteinander geteilt.

Ich recke mich auf die Zehenspitzen und gebe Ed einen Kuss auf die Lippen. Als er meine Geste zärtlich erwidert, legt sich der Sturm in mir und wird zu einer angenehmen Ruhe.

Wie soll ich das bereuen?

Das kann ich nicht.

Das tue ich auch nicht.

Als Van vor acht Jahren nach seinem letzten Besuch in Cornwall nach Hause flog, war ich am Ende. Ed schien nicht zu wissen, wie er damit umgehen sollte. Später irgendwann gestand er mir, wie sehr es ihn geschmerzt hätte, mich so zu sehen, doch selbst wenn ich gewusst hätte, welches Leid ich ihm bereitete, hätte ich nichts dagegen tun können.

Anfangs wehrte ich mich gegen alle Versuche von Van, unsere Beziehung zu beenden. Ich dachte, wenn es sein müsste, würden wir einfach weitermachen wie bisher, und versuchte ihn davon zu überzeugen, dass es gehen würde. Nach ein paar Monaten schien er sich darauf einlassen zu wollen. Mir war nicht klar, dass er nur beschlossen hatte, sich sanft und langsam von mir zu trennen.

In der Zwischenzeit wurde Ed geschieden, und Tasha bot das gemeinsame Haus, wie erwartet, zum Verkauf an, um selbst unverzüglich nach London zurückzuziehen. Der Immobilienmakler wickelte den Verkauf ab. Einige Tage vor Weihnachten, fast auf den Tag genau ein Jahr, nachdem ich Ed aufgelöst im Lager gefunden hatte, gestand er mir, dass er ebenfalls darüber nachdenken würde, zu verkaufen und fortzuziehen.

Ich war erschüttert.

Als Van zurückflog, hatte ich mich von Ed distanziert, weil ich nicht wollte, dass Van einen Vorwand hatte, unsere Beziehung zu beenden. Dabei hatte ich Ed irgendwann als Freund verloren. Er hatte aufgehört, seine Gefühle und Gedanken mit mir zu teilen.

Ich überredete ihn, nach der Arbeit mit mir etwas trinken zu gehen, um darüber zu sprechen. Bis heute erinnere ich mich, wie wir in der Dunkelheit durch die Straßen von Falmouth liefen, über uns die hübsch funkelnde Weihnachtsbeleuchtung, und einen gemütlichen Pub mit einem knisternden Feuer im Kamin fanden. Innerlich war mir furchtbar kalt – die Vorstellung, dass Ed gehen würde, machte mich frösteln.

»Ich dachte, du bist gerne hier in Cornwall«, begann ich.

»Bin ich auch«, erwiderte er. »Aber in letzter Zeit war es hart. Vielleicht muss ich noch mal von vorne anfangen.«

»Wolltest du das nicht *hier* tun?«

»Eigentlich ja.« Er seufzte.

Wir waren nur wenige Zentimeter voneinander entfernt, dennoch erschien er so weit weg. Uns war die unkomplizierte Kameradschaft abhandengekommen, die uns noch vor wenigen Monaten verbunden hatte. Bei der Arbeit merkte man es nicht, da verhielten wir uns professionell.

»Ich weiß ja, dass es mit Tasha nicht geklappt hat und alles dahin ist, aber ich hatte den Eindruck, dass du mit der Trennung ganz gut klarkommst.«

»Tue ich auch.«

»Ed, dann rede doch bitte mit mir!«, flehte ich, und ein altvertrauter Impuls überkam mich. Ich griff nach seiner Hand. Doch er zog sie zurück, als hätte er einen elektrischen Schlag bekommen.

Ich sah ihn fragend an. Er wirkte aufgeregt, fuhr sich mit den Fingern durch die Haare, so dass sie in alle Richtungen abstanden. Meinem Blick ausweichend, trank er aus seinem Glas, doch ich wartete geduldig, und irgendwann sah er mich wieder an.

Als wir uns in die Augen schauten, machte sich ein kribbelndes Gefühl in meinem Bauch breit, und auf einmal hatte ich diesen Gedanken: *Vielleicht ist in meinem Herzen ja doch Platz für jemand anderen …*

»Ich möchte nicht, dass du wegziehst.«

»Warum nicht?«, fragte er.

Ich schüttelte den Kopf und versuchte, Van kurzzeitig auszuklammern, damit ich mich konzentrieren konnte. »Nicht, weil ich meine Stelle behalten möchte.«

Sein Mund verzog sich zu einem niedlichen schwachen Lächeln. Ich verspürte den Drang, mich vorzubeugen und ihn zu küssen.

»Du bedeutest mir etwas«, sagte ich. »Viel.«

Ed nickte und griff nach seinem Glas.

»Und zwar nicht nur als Freund.«

Das Glas schwebte wenige Zentimeter vor seinem Mund. Er stellte es auf den Tisch und drehte sich, um mir ins Gesicht zu sehen. »Was soll das heißen?«, fragte er mit zusammengezogenen Augenbrauen.

»Ich habe dich gern. Schon sehr lange. Aber Van …«

Ich verstummte. Ed nahm wieder sein Bier und trank mehrere Schlucke.

»Van hat im Sommer versucht, mit mir Schluss zu machen«, beendete ich meinen Satz.

Verblüfft stellte Ed sein Glas auf die klebrige Tischfläche.

»Ich habe dir das nie erzählt«, fuhr ich fort. »Ich war am Boden zerstört, aber allmählich kann ich seine Entscheidung akzeptieren. Die letzten fünf Jahre waren wirklich hart. Van meint, noch mal acht Jahre sind einfach zu viel.«

In dem Moment wurde mein Blick verschleiert, so dass ich das Mitleid in Eds Gesicht zum Glück nicht richtig sah. Kopfschüttelnd wischte ich meine Tränen fort. Ich musste dafür sorgen, dass er verstand. »Aber das ist nicht der Grund, weshalb er Schluss machen wollte.« Ich schluckte, wappnete mich für den nun kommenden Satz. »Er hat vermutet, dass da etwas zwischen dir und mir ist. Nichts Körperliches«, fügte ich schnell hinzu, als Ed mich entsetzt anschaute. »Sondern etwas Emotionales. Und damit hatte er recht«, fuhr ich fort. »Zumindest von meiner Seite. Machst du dir auch etwas aus mir, Ed? Bin ich für dich mehr als eine Freundin?«

Lange sah er mich an, dann nickte er knapp. »Aber ich hätte nie gedacht, dass du mal in der Lage wärst, jemand anderen als Van zu sehen«, sagte er leise.

»Ich auch nicht«, gestand ich. »Aber ich glaube, da habe ich mich geirrt.« Ich griff nach seiner Hand und drückte sie. Diesmal entzog er sie mir nicht. »Ich muss mit ihm reden. Gibst du mir ein bisschen Zeit? Können wir uns noch mal nach Weihnachten treffen, wenn du wieder da bist?«

Ed wollte nach London, seine Familie besuchen. Die Buchhandlung würde in der Woche zwischen Weihnachten und Neujahr geschlossen sein.

Er nickte.

Wir umarmten uns zum Abschied. Nach einem kurzen Drücken wollte er sich zurückziehen, doch ich hielt ihn fest, und nach kurzem Zögern erwiderte er meine Geste.

Und da spürte ich es. Ich spürte, wie sich mein Herz entfaltete und ihm öffnete, wie es sich für eine neue Liebe, einen Neuanfang bereit machte.

Am Abend rief ich Van an.

»Was du im Sommer zu mir gesagt hast, einen Tag vor deinem Abflug, dass ich in meinem Herzen Platz für jemand anderen finden soll: Denkst du das immer noch?«

Eine seltsame Form des Einverständnisses schien sich über ihn zu legen. »Ed?«, fragte er.

Ich nickte, und Tränen liefen mir über die Wangen wie kleine Bäche.

»Ja«, entgegnete er sanft. »Das denke ich immer noch.«

Als wir hören, dass die Badezimmertür aufgeschlossen wird, löst sich Ed von mir. Es ist acht Jahre her, dass ich mit Van zusammen war, fünfeinhalb Jahre davon sind Ed und ich schon verheiratet, dennoch wird er immer Rücksicht auf Van und mich nehmen.

»Wo sind Libby und Luke?«, fragt Van, als er in die Küche kommt.

»Noch nebenan. Lernen sich näher kennen«, spöttele ich.

Er sieht mich streng an, ich lache. »Keine Sorge, Dad! Luke ist ein guter Junge.«

»Der kann so gut sein, wie er will. Er ist und bleibt ein Junge«, entgegnet Van trocken und marschiert aus der Küche.

Ed grinst mir zu, ich gehe Van nach.

»Also, dir ist schon klar, dass du nicht die ganze Zeit bei ihr sein wirst und ein Auge auf sie haben kannst«, flüstere ich ihm zu, als er stutzt und erschrocken auf die geschlossene Tür des Nebengebäudes starrt.

Er geht zum Fenster und späht hindurch, nur um leise fluchend zur Tür zu stürzen. Ich schaue ebenfalls durch die Scheibe und sehe Luke auf seinem Bett sitzen, mit dem Rücken an die Wand gelehnt. Libby hockt im Schneidersitz am Ende des Bettes und hat Lukes nackten Fuß auf dem Schoß. Als die Tür aufgerissen wird, schnellen beide Köpfe herum.

»Was ist hier los?«, fragt Van. Ich folge ihm in den Raum.

»Ich gucke mir Lukes Narbe an«, antwortet Libby unbekümmert. »Das hat bestimmt tierisch weh getan«, sagt sie zu Luke. »Wie lange warst du nicht im Wasser?«

»Ein paar Monate. Aber es hat ein ganzes Jahr gedauert, bis es richtig verheilt war.«

»Sein gebrochener Knöchel«, erkläre ich Van und versuche, meine Belustigung über seinen verdatterten Gesichtsausdruck zu verbergen.

»Ich hab mir mal die Schulter ausgekugelt«, berichtet Libby. »Bei Blacks, also Blackfellows heißt das richtig. In Elliston.«

»Ich glaube, davon hab ich schon mal gehört«, sagt Luke ehrfürchtig.

»Ja, das ist ziemlich berühmt. Da surfe ich oft. Das Riff ist voller Löcher, und einmal wurde ich runtergerissen und in eine Höhle gespült. Mann, ich habe Sterne gesehen, und plötzlich klemmte mein Arm zwischen zwei Steinen fest. Ich bekam ihn nicht frei. Ich dachte, das war's, aber zum Glück habe ich es doch noch geschafft.«

»Du liebe Güte!«, rufe ich. »Du hättest ertrinken können!«

Libby zuckt mit den Schultern und lacht. *»No risk, no fun.«*

Ich sehe Lukes Gesichtsausdruck und stelle voller Genugtuung fest, dass Van sich Sorgen macht. Diesen Blick habe ich bei meinem Sohn nicht mehr gesehen, seit er sich Hals über Kopf in Angela Rakesmith verliebte, seine erste richtige Freundin. Kurz nachdem er sich den Knöchel brach, kam er mit Angie zusammen. Sie war eine super Ablenkung für ihn, als Ivy geboren wurde. Mit zwei Kindern unter zwei Jahren hatte ich ordentlich zu tun. Als Luke im Krankenhaus lag, war ich mit Ivy im achten Monat schwanger. Ich weiß noch, wie dankbar ich war, als Ed ein zweites Bett im Krankenzimmer aufstellen ließ. Er musste zu Hause bleiben und auf Danny aufpassen.

Ich gehe zu Van, der die Bilder an der Wand betrachtet.

»Kaum zu glauben, dass hier nicht längst Autos und Mädchen hängen«, murmelt er staunend.

»Deine alten Kieselsteine liegen auch auf den Fensterbänken bei Ivy und Danny«, bemerke ich.

»Was hast du gesagt?« Luke hat uns mit halbem Ohr zugehört.

»Van wundert sich, dass du immer noch seine alten Schummel-und-Bummel-Illustrationen an der Wand hast«, verrate ich.

»Ah. Tja ...« Verlegen zuckt Luke mit den Schultern.

»Total cool!«, ruft Libby und springt vom Bett, um sich die Bilder genauer anzusehen. »Warum habe ich so was nicht?«, fragt sie ihren Vater.

»Ich dachte, du wolltest sie nicht.«

»Klar will ich die!«, sagt sie erzürnt und schaut stirnrunzelnd auf die Wand. »Die sind der Hammer.«

»Libby, ich habe dich vor ungefähr fünf Jahren ausdrücklich gefragt, ob ich welche von diesen Zeichnungen für dein Zimmer rahmen lassen soll, und du wolltest nicht«, erklärt Van.

»Da war ich *dreizehn*, Dad!«, erwidert Libby spitz. »Damals war ich eine kleine Zicke.«

Ungewollt muss ich lachen.

»Hast du noch welche?«, fragt sie ihren Vater.

»Dein Dad hat Massen davon«, antworte ich an seiner Stelle. Van ist zu sehr damit beschäftigt, die Augen zu verdrehen und »ts« zu machen. »In der Buchhandlung haben wir welche aufgehängt. Wenn du willst, kannst du Samstag welche mitnehmen, dann ersetze ich sie später durch andere.«

»O ja!« Libby ist zufrieden. »Die hänge ich in meinem Zimmer an der Uni auf.«

Am Samstag ist unsere erste Signierstunde seit acht Jahren bei Dragonheart. Sie ist der Start einer Lesereise, die sich allerdings hauptsächlich auf Cornwall und die benachbarten Grafschaften beschränkt, wo unsere Bücher besonders beliebt sind – Ivy und Danny sind noch so klein, da will ich nicht zu weit weg sein.

Unsere frechen kleinen Kobolde werden immer erfolgreicher: Inzwischen sind es zwölf Bücher, und ein Ende ist nicht in Sicht. Das bedeutet nicht, dass wir massenhaft Geld verdienen, aber wir lieben unsere Arbeit. Wir erschaffen gerne etwas, an das wir glauben, und wir genießen die Zusammenarbeit. Van und ich mögen kein Liebespaar mehr sein, aber wir werden immer beste Freunde bleiben. Unsere Bücher sind unsere Kinder, die einzigen, die wir je zusammen haben werden.

Van ist in Großbritannien, um Libby bei ihren ersten Schritten hier zu unterstützen und um diese Lesereise mit mir zu machen, doch bald wird er wieder nach Hause zurückkehren. Heim zu seinem Job als Schlepperkapitän, heim zu seinem älter werdenden Vater, heim zu seiner Freundin (nehme ich an), einfach ... nach Hause. Er lebt gerne in Australien, und Libby will sowieso nicht, dass er ihr hier auf die Pelle rückt.

Welch bittersüße Ironie!

Durch das Fenster sehe ich, dass Ed draußen ein Tablett auf den Picknicktisch stellt.

»Tee ist fertig«, verkünde ich.

»O Mann!«, stöhnt Libby glücklich und macht große Augen, als sie die Tortenplatte sieht, auf der sich jede Menge

Scones stapeln. Ich habe sie gestern gebacken, Ed hat Rahm und Erdbeermarmelade aus dem Dorfladen geholt.

Wir quetschen uns alle an den Tisch. Libby redet ohne Unterlass, Ivy klettert auf den Schoß ihres Vaters, Luke dreht auf der Terrasse einen kreischenden Danny im Kreis und ich stehe mittendrin, schenke Tee aus und genieße den Trubel.

Bevor Ed und ich heirateten, habe ich Van mal in einem Moment der Schwäche gefragt: »Bereust du es eigentlich, dass du letztlich derjenige warst, der mich zu Ed geführt hat?«

Schließlich hatte Van mir vorgeschlagen, bei Dragonheart nach einer Stelle zu fragen.

Er schüttelte den Kopf. In den Tiefen seiner nachtschwarzen Augen schwammen die Gefühle.

»Ich werde nichts bereuen, solange du glücklich bist, Nell. Mehr habe ich mir nie gewünscht.«

Als ich mich neben ihn an den Tisch setze, denke ich an eine andere Begebenheit. Damals hatten wir gerade Schluss gemacht. Völlig aufgelöst hatte ich Ellie angerufen, und sie versuchte, mich zu trösten.

»Wie geht noch mal dieser Spruch?«, sagte sie. »Wenn du jemanden liebst, gib ihn frei. Wenn er zurückkommt, gehört er zu dir. Wenn nicht, hat er es nie getan.«

Ich brauche keine Rückschau oder fünf Jahre Zeit, um mir diesen Augenblick vorzustellen und zu wissen, dass ich genau da bin, wo ich hingehöre. Über den Tisch hinweg lächele ich meinen Mann an. Er weiß, dass er mir vertrauen kann, auch wenn ich mit Van auf Lesereise gehe. Ed weiß, dass ich ihn niemals so verletzen würde, wie seine Exfrau es getan hat. Er weiß, dass ich ihn liebe, dass ich unsere Kinder liebe und dass ich niemals irgendetwas tun würde, das dieses Leben, das wir uns zusammen aufgebaut haben, aufs Spiel setzt. Ich bin glücklich. Unglaublich glücklich.

Aber Ellie hat sich geirrt.

Ich habe immer zu Van gehört. Ich werde immer zu ihm gehören – zumindest ein Teil von mir.

Unter dem Tisch hakt er seinen kleinen Finger um meinen.

Er weiß es auch.

# Danksagung

Wie immer geht mein Dank zuallererst an meine wunderbaren Leserinnen und Leser. Ich kann es nicht erwarten zu hören, wie Ihnen die Geschichte gefallen hat.

Doch es gibt noch andere, denen Dank gebührt, und zwar nicht zu wenige …

Ich danke meiner großartigen Lektorin Suzanne Baboneau und der gesamten Mannschaft von Simon & Schuster für ihre hervorragende Arbeit, unter anderem Bec Farrell, Jess Barratt, Pip Watkins, Sara-Jade Virtue, Dawn Burnett, Laura Hough, Gill Richardson, Richard Vlietstra, Joe Roche, Dominic Brendon, Poppy Jennings, Emma Capron und Jo Dickinson. Ein großes Dankeschön an meine Korrektorin Anne O'Brian und an Maisie Lawrence für alles, was sie bei S&S für mich getan hat. Außerdem danke ich Lizzy Kremer für ihre weisen Worte.

Ich habe das Gefühl, den Figuren in diesem Buch emotional näher zu stehen als allen anderen, die ich im Laufe der Zeit erschaffen habe. Vielleicht identifiziere ich mich so stark mit ihnen, weil ich mich bei ihrer Geschichte an der Chronik meines eigenen Lebens orientiert habe. Es könnte auch daran liegen, dass mich meine Recherche einem Zweig meiner Familie näherbrachte, den ich nicht oft sehe, oder dass sich die Idee zu *Im Herzen so nah* aus einem Satz entwickelte, den mein Vater zu mir sagte, nachdem ich meinen Schulabschluss vermasselt hatte. »In fünf Jahren wirst du zurückschauen und verstehen, warum es so kommen musste …«

Im Laufe der Jahre habe ich sehr oft über seine Worte nachgedacht, nicht zuletzt deshalb, weil ich jetzt nicht meine beiden wunderbaren Kinder hätte, wenn ich damals auf eine andere Universität gegangen wäre und so meinen Mann nicht kennengelernt hätte. Ich habe das Glück, dass für mich alles gut ausging, aber das mag nicht bei all meinen Figuren der Fall sein.

Vor ungefähr anderthalb Jahren bekam ich einen Brief von meinem Cousin Dave Beaty aus Südaustralien, der mir von seinen beiden Söhnen Tom und Morgan berichtete, beide Mitte zwanzig. Daves Beschreibung ihrer Arbeit als Fischer – Tom beispielsweise füttert Orcas mit der Hand – jagte mir Schauer über den Rücken. Ich wollte unbedingt eine Figur in meinem Buch, die so was machte! Es hat mir unheimlich viel Vergnügen bereitet, meine Cousins besser kennenzulernen (genauer gesagt, die Söhne meines Cousins) und ich kann Tom und Morgan gar nicht genug für ihre Geschichten danken, die mich stark zu diesem Buch inspiriert haben. Ich habe es ihrer Mutter Pascale gewidmet, die leider 2015 verstarb.

Wir verbringen unseren Familienurlaub oft dort, wo mein nächstes Buch spielen soll, und das war im Sommer 2017 Cornwall. Wir wohnten in einem Cottage am Helford River, und das ganze Ambiente war so perfekt, dass ich im Buch so gut wie nichts daran geändert habe. Danke an Linda Dandy, die unseren Aufenthalt im Rock Cottage so angenehm gestaltete (rockcottagecornwall.com, wer selbst mal nachsehen möchte).

Einen großen Dank an Dan Joel von danjoelsurf.com, der nicht nur unserem zehnjährigen Sohn das Surfen beibrachte, sondern mir auch großzügig seine Zeit schenkte, als ich mich später bei ihm meldete und um Hilfe bei der Recherche bat. So, wie er die Bewegungen von Wellen beschreibt, frage ich mich, warum er nicht selbst Autor geworden ist.

Ich danke auch Ruth Glover, die ihr Wissen über die Strände Cornwalls mit mir teilte, der reizenden Gärtnerin in Trelissick, die mich hinter die Kulissen blicken ließ, sowie Dr. Lewis Barnes, der mir bei meinen medizinischen Fragen half.

Ein Dankeschön an Kate White, die ihre Erinnerungen an die Arbeit am Uluru mit mir teilte, und ich danke meinen Eltern Vern und Jen Schuppan sowie meinem Bruder Kerrin samt Familie für den Urlaub in der Nähe des Felsens, der mich zu einem Teil dieses Buchs anregte. Ganz besonders bedanke ich mich bei meinem Vater, der damals den Satz mit den fünf Jahren zu mir sagte – sein Rat erwies sich als zutreffend.

Ebenfalls bedanke ich mich bei den wunderbaren Freunden, die frühe Versionen dieses Buches lasen und mir ihr wertvolles Feedback gaben: Jane Hampton, Katherine Reid, Dani Atkins und Kimberly Atkins.

Ich danke auch den Bloggerinnen und Bloggern und den zahlreichen anderen Autorinnen und Autoren, die so eine tolle Online-Gemeinschaft bilden – besonders Giovanna Fletcher und Lindsey Kelk, die im vergangenen Jahr eine riesengroße Unterstützung waren.

Zu guter Letzt möchte ich meinem tollen Mann Greg Toon und unseren Kindern Indy und Idha danken, die mich nicht nur jeden Tag zum Lachen bringen, sondern auch in vielerlei Hinsicht inspirieren. Ich bin froh, dass ich meinen Schulabschluss verbockt habe, ein Jahr Auszeit nahm und schließlich auf eine andere Uni ging, sonst hätte ich euren Vater nämlich nicht kennengelernt – und euch gäbe es gar nicht. Ich liebe euch alle sehr.